Gabi Haug

# Die Wäscherin von Niederrad

Bibliografische Information der Deutschen Nationalbibliothek:
Die Deutsche Nationalbibliothek verzeichnet diese Publikation in
der Deutschen Nationalbibliografie; detaillierte bibliografische
Daten sind im Internet über http://dnb.dnb.de abrufbar.

**Hinweis:**
Einige Charaktere in diesem Roman sind von historischen
Persönlichkeiten inspiriert und mit Respekt vor der Geschichte,
jedoch mit künstlerischen Freiheiten gestaltet. Sie sind als
Hommage an die Menschen ihrer Zeit gedacht und nicht als
exakte historische Porträts.

Andere Protagonisten sind vollständig erfunden. Jegliche
Ähnlichkeit mit realen Personen, lebend oder verstorben, ist rein
zufällig. Die Handlungen, Dialoge und Beziehungen dieser
Figuren sind frei erfunden und dienen dem alleinigen Zweck der
Unterhaltung.

Verlag: BoD • Books on Demand GmbH, In de Tarpen 42,
22848 Norderstedt
Druck: Libri Plureos GmbH, Friedensallee 273, 22763 Hamburg

ISBN: 978-3-7597-5076-1

Mein großer Dank geht an …

meine Freundin Ingrid,
die mit Begeisterung als Korrekturleserin zu fungierte,

ebenso an meine geschätzten Lektorin für ihre wertvolle
Unterstützung, für die ich zutiefst dankbar bin.

Ein besonderer Dank geht auch an Werner Hardt,
dessen Unterstützung in Form von anregenden Gesprächen
und durch seine Bücher über Niederrad mir eine
unermessliche Hilfe war.

Und ich danke meinem Mann Manfred für seine Geduld,
sein Verständnis und seine unermessliche Unterstützung.

*Freude am Schreiben*

*Liebe Leser ich mache Fehler, aber bitte verzeiht mir, denn
ich leide an Legasthenie, möchte meinen Traum vom
Schreiben trotzdem ausleben.*

*Ich danke hier an dieser Stelle den Menschen, die mir sag-
ten: Legasthenie ist kein Hindernis. Nur Mut!*

# Vorwort

Am 22.2.1867 erfolgte die Eingliederung des Dorfes Niederrad in den Stadtkreis Frankfurt am Main, am 1.7.1900 wurde Niederrad endgültig in Frankfurt am Main eingemeindet und entwickelte sich zu einem Stadtteil.

Niederrad entstand als Rodungssiedlung am Rand des Reichsforstes (Wildbann) Dreieich. Die erste urkundliche Erwähnung erfolgte im Jahr 1151 im Mainzer Urkundenbuch (2, 1, Nr. 159, S. 292-297), als Dorf namens Rode (Rodung). Zu dieser Zeit bestand es aus 15 Feuerstellen (Häusern).

Niederrad hatte als Ausflugsziel für die Bewohner Frankfurts einiges zu bieten. Im 18. und 19. Jahrhundert gab es zahlreiche Gasthäuser und das Oberforsthaus, das im Mittelpunkt des Wäldchestags stand. Heute findet dieser Traditionstag im dortigen Wald statt.

Niederrad liegt auf der südlichen Seite des Main und ist etwa 2,7 km von der Frankfurter Hauptwache entfernt. Im Norden grenzt der Stadtteil an das Mainfeld und das südliche Mainufer sowie an das Gutleutviertel auf der gegenüberliegenden Flussseite. Im Osten und Süden schließt die Gemarkung an den Stadtteil Sachsenhausen an und ist im Süden von einem Teil des Frankfurter Stadtwaldes umgeben. Im Westen grenzt Niederrad an die Frankfurter Stadtteile Goldstein und Schwanheim.

In vergangenen Zeiten war es für die Bewohner von Niederrad üblich, neben ihrer Haupttätigkeit das Waschen und Färben von Wäsche als Nebenbeschäftigung auszuüben. Die Frankfurter Bevölkerung nannte Niederrad lange Zeit liebevoll das "Wäscherdorf" von Frankfurt. Aufgrund des weichen Wassers und der herausragenden Fähigkeiten der dortigen Wäscherinnen bevorzugte das gehobene Bürgertum der Stadt, ihre schmutzige Wäsche in Niederrad behandeln zu lassen. Bald gab es über 100 Betriebe, die Wäsche am damals wasserreichen Großen Waschbach (Grüne Bache genannt) reinigten und anschließend auf den Bleichwiesen am Main trockneten und bleichten. Im Einwohnerverzeichnis von 1877 sind 102 Wäscherinnen und Wäscher vermerkt. Zusätzlich verlief hinter der heutigen Kelsterbacher Straße und zwischen dem Mainfeld am Stichel der Kleine Waschbach. Leider sind diese beiden Bachläufe heute nicht mehr vorhanden, da sie zugeworfen wurden, um die Bebauung Niederrads voranzutreiben.

Ein weiterer Berufszweig, in dem Niederräder in Heimarbeit ihren Unterhalt fanden, war die Hutstoffherstellung. Hierbei spielte der Beruf des Haarschneiders, auch Hasenhaarschneider genannt, eine Rolle, welche nicht mit dem Friseur zu verwechseln ist. Allerdings findet dieses Handwerk in meiner Geschichte keine Erwähnung.

Im Laufe der Zeit hat sich Niederrad zu einem aufstrebenden Stadtteil von Frankfurt entwickelt, der sich stetig verändert und durch das kontinuierliche Wachstum der Einwohnerzahl geprägt ist. Leider geht mit dieser Entwicklung das Verschwinden des historischen Ortskerns einher, der sich zwischen den Straßen Kelsterbacher und

Schwanheimer Straße bis hin zum Frauenhof erstreckte.

Ich wurde in einem anderen Stadtteil Frankfurts geboren und aufgezogen, genauer gesagt in Bornheim. Obwohl meine Wurzeln auf der anderen nördlichen Mainseite liegen, schlägt mein Herz leidenschaftlich für Niederrad. Hier durchlief ich meine Ausbildung zur Floristin. Es war nicht nur der Ort, an dem ich meinen beruflichen Weg fand, sondern, wo ich die Liebe meines Lebens traf.

In diesem Roman, liebe Leser, lade ich Sie ein, meine fiktiven Protagonisten auf einer faszinierenden Reise durch das Dorf Niederrad zu begleiten. Gemeinsam mit ihnen erkunden Sie die einzigartige Atmosphäre dieses Stadtteils sowie einen Hauch von Sachsenhausen und Frankfurt, insbesondere während des 19. Jahrhunderts. Tauchen Sie mit mir ein, in das Leben einer mutigen Wäscherin, deren Alltag von Herausforderungen und Hingabe gezeichnet war. Erleben Sie mit ihr die Leiden und Freuden, den Verlust und die Liebe, die ihren Weg säumten.

# Trauer um Großmutter

Dorf Niederrad bei Frankfurt am Main anno 1824 ...

Klara, eine 22-jährige schlanke Frau von mittlerer Statur mit dunkelblonden Haaren und saphirblauen Augen, bewahrte sich stets ein fröhliches Gemüt – selbst nach dem frühen Verlust ihrer Eltern. Doch der kürzliche Tod ihrer geliebten Großmutter Ernestine, liebevoll Erna genannt, hatte sie tief getroffen. Seit drei Tagen war sie von Trauer umhüllt.

Als sie an jenem Morgen aufwachte, wurde ihr schmerzlich bewusst, dass ihre Großmutter in der vergangenen Nacht verstorben war. Klara hatte den Mund der geliebten Verstorbenen geschlossen, um sicherzustellen, dass Leib und Seele nach dem Tod nicht wieder zusammenkommen. Danach verließ sie das kleine Fachwerkhaus in der Frankfurter Straße* und lief eilig zu den Nachbarn.

»Es tut mir leid, Tante Trude, es ist zwar früh, aber Großmutter ist gestorben«, sagte sie unter Tränen, als Trude, die Mutter ihrer besten Freundin Ida und eine Frau, die sie, seit ihrer Kindheit kannte, die Tür öffnete.

Trude, die nicht nur die Mutter ihrer besten Freundin Ida war, sondern auch eine langjährige Weggefährtin und vertraute Freundin ihrer Mutter und später ihrer Großmutter, empfand sofort den tiefen Verlust. Trude stand da, erschüttert, unfähig, sofort Worte zu finden. Ihre Beziehung zur Erna war mehr als eine bloße Bekanntschaft; sie waren Seelenverwandte, deren Band durch Jahre des Verlustes, Trauer und gemeinsamer Erlebnisse gestärkt worden war. Als das volle Ausmaß der Situation zu ihr durchdrang, zog sie Klara sanft in eine tröstende Umarmung. Mit zärtlichen Bewegungen strich sie Klara über den Rücken und flüsterte Worte des Trostes, die in dieser schweren Stunde mehr Bedeutung und Trost spendeten, als es jegliche anderen Worte hätten leisten können.

Ida, mit ihren blonden Haaren und gerade einmal 20 Jahren, hastete herbei, um Klara liebevoll in die Arme zu nehmen. Das ungewöhnliche Funkeln von Schmerz in ihren sonst so lebhaften graublauen Augen verriet die Tiefe ihrer Empfindungen. Ihre Umarmung, gleichzeitig fest und sicher, war mehr als eine Geste; sie war ein stilles Versprechen ewiger Unterstützung, ein Schwur, an Klaras Seite zu stehen, komme, was wolle.

Während Klara und Ida diesen Moment der Verbundenheit teilten, wandte sich Trude an Ida mit der Bitte, den Pfarrer zu informieren.

Ida nickte ihrer Mutter zu und machte sich dann auf den Weg – zum Schulhaus*, das dem Pfarrer und dessen Familie auch als Wohnort diente und sich in unmittelbarer Nähe zur evangelischen Dorfkirche befand. Ihr Herz, schwer von der Bürde der Nachricht, die sie überbringen musste, erreichte Ida das Gebäude, stieg zügig die Stufen zum ersten Stock hinauf und stand bald vor der Tür des Pfarrers.

Nachdem sie tief durchgeatmet hatte, klopfte Ida an die Tür.

Die Magd öffnete die Tür und blickte fragend in das zarte Morgenlicht. »Was führt dich zu so früher Stunde zu uns?«, erkundigte sie sich mit einem Hauch von Unbill aber auch Neugier in ihrer Stimme.

»Ich muss den Herrn Pfarrer wegen eines Todesfalls sprechen«, antwortete Ida, ihre Stimme kaum mehr als ein

Flüstern, das die Schwere ihres Anliegens verriet.

»Die Familie befindet sich beim Morgenmahl. Du wirst dich ein wenig gedulden müssen, Ida«, erwiderte die Magd, doch ihre Worte waren kaum verklungen, als aus der Tiefe der Wohnung die Stimme von Pfarrer Fichtmüller[1] an ihr Ohr drang: »Lass Ida nur herein. Mir düngt, ihr Anliegen duldet keinen Aufschub.«

Mit einem Nicken öffnete die Magd weiter die Tür und sagte: »Na dann, komm herein.«

Ida trat in die Wohnung ein. Mit einer Stimme, die sowohl ihre innere Stärke als auch die Schwere ihres Herzens zum Ausdruck brachte, begann sie zu sprechen: »Herr Pfarrer Fichtmüller, Frau Pfarrer, bitte entschuldigen Sie die Störung, zu dieser frühen Stunde. Aber ich komme mit einer Nachricht, die uns tief getroffen hat. Unsere geliebte Ernestine, die vielen von uns als Erna bekannt war, ist von uns gegangen. Klara, unsere Familie und ich sind von tiefer Trauer erfüllt. Es fühlt sich an, als wären wir in ein unendliches Meer aus Schmerz und Verlust geworfen worden. Es würde uns viel bedeuten, wenn Sie in dieser schweren Zeit für Klara da sein könnten, um Ernas Aussegnung* vorzunehmen und uns allen Trost zu spenden.«

Der Pfarrer, sichtlich bewegt von Idas Worten, ließ seine Betroffenheit erkennen. Mit einer Stimme, die Wärme und Mitgefühl ausstrahlte, antwortete er: »Ida, ich danke dir, dass du zu mir gekommen bist. Der Verlust von Ernestine trifft uns alle hart. Sie war ein geschätztes Mitglied unserer Dorfgemeinschaft und wird uns fehlen. Selbstverständlich werde ich alles in meiner Macht Stehende tun, um Klara und eurer Familie in dieser schweren Zeit beizustehen.« Er blickte sie ernst an und sagte: »Ida, während ich mich

13

vorbereite, könntest du bitte einen weiteren wichtigen Gang erledigen? Es wäre hilfreich, wenn du beim Bestatter vorbeischauen könntest, um bei ihm alles für Ernestines letzte Reise zu ordnen. Sobald ich fertig angekleidet bin, werde ich mich direkt zu Klaras Haus begeben.«

»Herr Pfarrer. Ich werde sofort zum Bestatter gehen. Ich treffe Sie dann bei Klara im Haus.« Mit diesen Worten machte sich Ida auf den Weg zum Bestattungsunternehmen, bereit, diese Aufgabe mit der gleichen Fürsorge zu erfüllen, die sie in ihrem Gespräch mit dem Pfarrer an den Tag gelegt hatte.

Als Trude Klara sanft am Arm nahm und zurück ins Haus führte, lag eine stille Schwere in der Luft. Mit Sorgfalt drapierte sie Laken über beide Spiegel, die sich im Haus befanden. Das Fenster im Zimmer der Großmutter wurde geöffnet, eine stille Einladung an die Seele der Verstorbenen, sich in Frieden zu erheben und der Welt zu entweichen.

Der herbeigerufene Pfarrer, dessen Gesicht von tiefer Empathie und Verständnis zeugte, trat ein. Die Aussegnungsfeier wurde begleitet von einem Gebet, das mit den Worten endete: Er sei dir gnädig im Gericht und gebe dir Frieden und ewiges Leben.

Die Aufgabe, die Freundin für ihre letzte Reise vorzubereiten, wurde zu einem Akt tiefster Zuneigung. Trude, unterstützt von einer mitfühlenden Nachbarin und dem Bestatter, wusch die verblichene Ernestine und kleidete sie neu ein.

Auf einer Kommode entstand ein improvisierter Altar,

geschmückt mit einem weißen Tischtuch, flackernden Kerzen und einem schlichten Kreuz. So wurde die Großmutter zu Hause im Sarg aufgebahrt. In der Stille der aufkommenden Nacht wachten und beteten Klara, Trude und Ida gemeinsam am offenen Sarg, gehüllt in ihre Kirchengewänder, als sichtbare Zeichen ihrer Verbundenheit und ihres Glaubens.

Am darauffolgenden Morgen, als die ersten Sonnenstrahlen das Dach des bescheidenen Hauses küssten, betrat Josef, der jüngste Spross von Trude, Klaras Heim, um nach seiner Mutter, seiner Schwester und Klara zu sehen. Der zwölfjährige Josef fand sich in der warmen Umarmung seiner Mutter wieder. Als sie ihren Sohn losließ, beauftragte Trude ihn mit einer Stimme, die die Schwere des Verlusts trug, jedoch von einer unerschütterlichen Stärke durchzogen war, mit einer Mission von großer Bedeutung. »Josef, mein tapferer Junge«, begann sie, »du trägst heute eine schwere, aber ehrenvolle Bürde. Die liebe Klara, in ihrem Leid gefangen, braucht unsere Unterstützung mehr denn je. Es liegt an dir, die traurige Kunde von Ernas Heimgang zu verbreiten. Mach dich auf den Weg, mein Kind, und teile all unseren Freunden und Bekannten mit, dass Erna ihren Frieden in den Armen des Herrn gefunden hat. Ihr irdisches Gefäß ruht in ihrem Heim, wo sich jeder, von ihr verabschieden kann. Der offene Sarg wird bis zu unserer letzten Zusammenkunft am Freitag um 10 Uhr morgens dort verweilen. Geh, Josef, mit dem Segen des Herrn!«

Mit diesen Worten, die in seinem Herzen widerhallten, da er Erna sehr gemocht hatte, machte er sich auf den Weg.

Die Morgenluft in Niederrad trug eine Stille in sich, die nur durch das gelegentliche Zwitschern der Vögel unterbrochen wurde. So ging Josef als Totenansager vor dem Schulunterricht von Haus zu Haus, von Tür zu Tür, und überbrachte die Nachricht von Ernas Tod, ihrer Aufbahrung im eigenen Heim und der bevorstehenden Beerdigung. Damit war allen Bekannten und Freunden die Möglichkeit gegeben sich angemessen von der Verstorbenen zu verabschieden.

Am Freitag, in der Wärme eines sonnendurchfluteten Sommertages, der mit der Schwere des Abschieds kontrastierte, sammelte sich die Trauergemeinde vor Klaras Haus. Der Sarg, gefertigt aus Kiefernholz und Ort der letzten Ruhe, wurde von vier Trägern mit würdevollem Respekt aus dem Wohnhaus gehoben. Der Trauerzug setzte sich in Richtung der kleinen Kirche auf der anderen Straßenseite in Bewegung, angeführt von Pfarrer Fichtmüller, der in seinem dunklen Talar*, mit dem charakteristischen Beffchen und die Bibel in den Händen haltend, gekleidet war. Ihm folgten zwei Mitglieder des Kirchenrats. Klara, ihre Freundin und deren Mutter gingen dahinter, begleitet von zahlreichen Nachbarn, zum kleinen Totenhof, der sich um die Kirche erstreckte. Ein Weg, so kurz, doch unendlich lang in seiner Distanz und beschwerlich in seiner Bedeutung.

Die Glocken der Kirche läuteten sanft, als würde die Zeit selbst innehalten, um diesen Moment der Beisetzung zu ehren.

Als der Sarg sanft in die Erde gelassen wurde, füllte sich die

Luft mit den Worten von Pfarrer Fichtmüller, die das Leben von Klaras Großmutter ehrten, wie es in der christlichen Tradition üblich ist.

Klara stand da, verloren in der Weite ihrer Gedanken, flankiert von ihrer Freundin und deren Mutter, ein stiller Trost, da sie keine Verwandten mehr hatte. Die Segnung des Sarges markierte einen Übergang, eine Geste, die den Raum zwischen Diesseits und Jenseits überbrückte. Klara fühlte die Last der Einsamkeit schwer auf ihren Schultern, während ihr in den Sinn kam: ›*Jetzt bin ich auf mich allein gestellt!*‹ Ihre Augen gerötet, den Blick starr auf das Grab gerichtet.

Nach einem Gebet und den Worten: »Von Staub bist du gekommen, zu Staub sollst du wieder werden«, welches vom Pfarrer unterbrochen wurde, um drei Hände voll Erde auf den Sarg zu werfen, trat dieser beiseite und ermöglichte der Trauergesellschaft, sich selbst von der Verstorbenen zu verabschieden.

Klara ging zum Grab, betete still und warf ebenfalls Erde auf den Sarg, bevor sie den anderen Platz machte.

»Der Glaube, mein Kind, vermag das Leiden nach dem Tod eines geliebten Menschen zu lindern«, sagte der Pfarrer leise zu ihr.

Trude und ihre Freundin traten zu ihr hin, nachdem sie sich ebenfalls verabschiedet hatten. Dann kamen nach und nach die Trauergäste zu ihnen. Einige reichten Klara erst einmal schweigend die Hand, ein mitfühlender Händedruck und ein Blick, der in dieser Situation mehr sagen sollte als Worte. Andere flüsterten: »Es tut mir leid.« Bei einigen, die sagten: »Mein Beileid«, wusste sie, dass dieses Kondolieren eine bloße Floskel war, die wenig aussagte.

Nachdem alle Trauergäste an ihr vorbeigegangen waren,

nutzten einige von ihnen die Gelegenheit, noch einmal auf sie zuzugehen, um ihr tröstende Worte zu sagen und ihre Hilfe anzubieten.

❖

Nach der Beerdigung versammelte sich die Trauergemeinde zum Leichenschmaus in einem der örtlichen Gasthäuser.

In der gedämpften Atmosphäre kämpfte Klara mit einem Sturm aus Gefühlen. Der Schmerz des Abschieds wog schwer auf ihrer Seele, und die Last der bevorstehenden Ausgaben für die Beisetzung, aber vor allem für das Totenmahl, drückte sie nieder. In diesem Moment der Verzweiflung setzte sich Trude neben sie und legte ihren Arm um Klaras Schultern. Mit einer Stimme, die so beruhigend war wie eine sanfte Umarmung, begann sie, Klara Trost zu spenden. »Mein liebes Kind, dieser Leichenschmaus ist mehr als nur ein Mahl. Es ist ein Band, das uns in Zeiten der Trauer zusammenhält, ein Lichtstrahl in der Dunkelheit des Verlusts.« Nach diesen Worten wischte sich Trude einige Tränen aus dem Gesicht und fuhr fort: »Du stehst nicht allein, Klara. Dein Kummer ist unser Kummer, und gemeinsam werden wir diese Last tragen. Mach dir keine Sorgen wegen der Kosten um den Verzehr hier. Ich werde dafür sorgen, dass alles geregelt wird.«

In diesem Moment, umgeben von der Wärme und Unterstützung Trudes, begann Klara zu spüren, wie ein Teil ihrer Last von ihren Schultern genommen wurde. Dankbar küsste sie Trude auf die Wange.

❖

Nachdem die letzten Trauergäste sich verabschiedet hatten, begaben Trude, Ida, Josef und Klara sich auf den Heimweg, ihre Gedanken schwer von der Trauer umhüllt. Klara trennte sich von den dreien, mit den Worten: »Ich werde ans Grab von Großmutter gehen.«

Ida wollte sie begleiten, doch Klara schüttelte den Kopf und steuerte zielstrebig den Friedhof an. Die Atmosphäre des Friedhofs, nur unterbrochen durch das ferne Zwitschern eines Vogels, schuf einen Raum für Klara, in dem sie ihrer Trauer freien Lauf lassen konnte, ohne die Blicke anderer.

Ihr erster Halt galt dem Grab ihrer Mutter. Klara verlangsamte ihre Schritte, als sie den roten Grabstein erreichte, und legte sanft ihre Hand darauf. Der Stein fühlte sich kühl an, und in diesem Moment schien die Zeit stillzustehen. Ein Moment der Reflexion umfing sie, während sie sich an die geliebte Mutter erinnerte, die schon länger hier ruhte. Nach einem Moment der Stille begab sie sich weiter zum Grab ihrer Großmutter, das sich auf der anderen Seite des Gottesackers befand. Das Grab war zu einem Erdhügel aufgeschüttet, und gekrönt von einem Holzkreuz, auf dem der Name ihrer Großmutter eingraviert war.

Mit einem Blick in die Zukunft fasste Klara den festen Entschluss: Sobald sie genügend Geld angespart hatte, würde sie einen Grabstein beim örtlichen Steinmetz in Auftrag geben. Diese Entscheidung trug die tiefe Absicht in sich, die Erinnerung an ihre Großmutter auf eine würdige Weise zu bewahren.

Niederkniend an dem schlichten Erdhügel, begann Klara liebevoll das stille Gespräch mit ihrer verstorbenen Großmutter: »Dies ist ein wunderschöner Ort, nicht wahr? Nicht weit von der Kirchhofmauer und deiner geliebten

Tochter entfernt«, sagte sie. In einer Geste der Hingabe legte Klara sanft ihre Hand auf den Erdhügel und vertiefte sich in ein leises Gebet. Tränen rannen über ihr von Schmerz gezeichnetes Gesicht. »Ach, Großmutter, warum musstest du mich allein lassen?«, sprach sie mit einem Ausdruck tiefster Sehnsucht. »Das Leben ohne dich ist so schwer zu begreifen. Die Vorstellung, dass du nie wieder bei mir sein wirst, schmerzt zutiefst. Wenn du vom Himmel auf mich herabblickst, pass bitte von dort oben gut auf mich auf.« Schließlich stand sie seufzend auf und machte sich auf den Heimweg, die Gedanken an ihre verstorbene Großmutter im Herzen tragend und die Frage im Kopf, wie es weitergehen solle.

Klara schloss die Tür des kleinen Häuschens auf, schlüpfte behutsam hinein und drückte die Tür mit ihrem Po sanft ins Schloss, bevor sie den Innenriegel vorschob. Ihr Weg führte sie geradewegs in die Küche. Dort griff sie nach dem Wasserkessel, füllte ihn mit Wasser und stellte ihn auf den Herd. Automatisch nahm sie zwei Tassen aus dem Regal, so wie sie es immer getan hatte. Ein Gefühl der Verlorenheit überflutete sie wie eine Welle, als sie begriff, die zweite Tasse brauchte es nicht. Tränen stiegen in ihren Augen auf, und sie schüttelte den Kopf, als ob sie die quälenden Gedanken vertreiben wollte. Zögernd stellte sie eine der Tassen zurück ins Regal.

Als der Tee fertig war, trank sie ihn in Stille, und während sie das tat, wanderten ihre Gedanken unaufhaltsam zu den Verstorbenen, als würden ihre Erinnerungen den Raum füllen.

Ihre Jugend war gezeichnet von der behütenden Fürsorge ihrer Großmutter, denn ihre Eltern waren früh verstorben. Klara gedachte der Geschichte, die ihre Mutter und Großmutter über das Kennenlernen ihres Vaters mitgeteilt hatten.

Im Jahr 1796 hatte sich Frankfurt erneut einer Bedrohung durch die Franzosen gegenüber gesehen. Nach den Schlachten bei Friedberg und bei Nidda wurde die Stadt von österreichischen Truppen besetzt. Während dieser österreichischen Besatzung verlor Frankfurt seine Neutralität und bereitete sich auf eine Schlacht vor. Die französische Armee unter General Jean-Baptiste Kléber[a] bezog Stellung in Bornheim und begann am 12. und 14. Juli die Stadt Frankfurt mehrfach von der Friedberger Warte aus zu beschießen. Infolgedessen wurde vor allem der Nordteil der Stadt schwer getroffen, wobei 156 Häuser zerstört wurden. Besonders die Judengasse brannte zur Hälfte nieder. Glücklicherweise halfen einige italienische Matrosen beim Löschen der Brände. Am nächsten Nachmittag rettete ein heftiger Regen Frankfurt vor weiteren Schäden. Während des Beschusses wurde der Vater von Klara verwundet. In dieser schwierigen Zeit halfen ihre Großmutter und ihre Mutter, Verletzte zu versorgen. Hier lernten sich Klaras Eltern kennen und lieben, wie sie wusste. Zwei Jahre nach den Ereignissen heirateten sie. Viele glaubten damals, dass Klaras Mutter niemals das Glück haben würde, Mutter zu werden. Es vergingen fünf Jahre, bis Klara zur Welt kam. Nach all den Herausforderungen und Unsicherheiten während der Kriegszeit, hat ihr Vater, der sich von nichts abschrecken ließ, vor Glück geweint, als sie endlich geboren wurde, als sie endlich geboren wurde; ihre Oma erzählte Klara oft davon. Ihr Vater, Ferdinand, fiel dann im Kampf von 1806 gegen die Franzosen, als sie gerade einmal drei Jahre alt gewesen war. An ihn konnte sie sich kaum erinnern. Harte Zeiten hatten sie durchlebt. Im Jahr 1813 erlebte die Stadt erneut eine Invasion von Soldaten; Tausende marschierten auf ihrem Weg zum Kriegsschauplatz durch Frankfurt, wo sie Unterkunft und Verpflegung beanspruchten. Über die ständigen Truppendurchzüge hinaus rekrutierte der französische Marschall Mortier in Frankfurt eine aus 10.000 italienischen Elitekämpfern bestehende Einheit, die sich die Junge Garde nannte. Zwei Monate lang wurden sie in der Stadt ausgebildet, bevor sie mit Mortier nach Sachsen aufbrachen, um in den Krieg zu ziehen. Klara erinnerte sich daran, dass es nicht lange dauerte, bis die Soldaten Frankreichs abermals nach Frankfurt zurückkehrten, diesmal meist schwer verwundet und krank, transportiert auf den Ladeflächen von Ochsenkarren. Frankfurt, gelegen an einem Schnittpunkt zahlreicher Heerstraßen, hatte sich zu einer Lazarettstadt entwickelt. Um Ansteckungen vorzubeugen, hatte man außerhalb der Stadt auf der Pfingstweide* Baracken errichtet. Die Kranken und Verwundeten wurden von Frankfurter Ärzten betreut. Nach der Völkerschlacht bei Leipzig schien der Strom an Verwundeten kein Ende zu nehmen, sodass weitere Einrichtungen in und außerhalb der Stadt zur Unterbringung herangezogen werden mussten. Zudem war ein verstärkter Bedarf an Pflegekräften zu verzeichnen, die für ihre Dienste Nahrung und eine finanzielle Entlohnung erhielten. Lange konnten sich die Franzosen nicht ausruhen, da der Feind immer näher rückte. Wer transportfähig war, wurde in Richtung Mainz evakuiert. Diese hastige Evakuierung der französischen Lazarette führte dazu, dass sich das Fleckfieber erstmals unter den Frankfurtern verbreitete, mit dem ersten Todesfall am 26. Oktober 1813. Am selben Tag starb auch der französische Generalinspekteur, General Sahuc[b], der sich um die Lazarettinsassen gekümmert hatte, an Typhus.

Kaiser Napoleon[c] durchquerte als letzter Franzose Frankfurt, nachdem er mit seinen Truppen bei Hanau einen Sieg errungen hatte. Durch Lob, Geld und die Erwähnung der Bemühungen für seine Soldaten in den Lazaretten, brachte man Napoleon dazu, sich bei den Frankfurtern zu bedanken, indem seine Truppen um den Anlagenring zogen und nicht direkt durch die Stadt.

Nach Napoleons Abzug wurde Frankfurt befreit, was bedeutete, dass innerhalb weniger Tage zehntausende Preußen, Österreicher und Russen in der Stadt lagerten oder in den Lazaretten lagen. Das Fleckfieber wurde jetzt unter der Zivilbevölkerung zu einem ernsten Problem. Allein von November bis Januar 1814 starben tausende Menschen am Fieber. Auch Klaras Mutter und weitere Niederrädern erkrankte an dem Nerven- und Faulfieber, vermutlich infiziert durch den Kontakt mit den Soldaten, kurz nach ihrem elften Geburtstag.

Ab diesem tragischen Vorfall war ihre Großmutter das einzige verbleibende Familienmitglied für Klara gewesen. Nun stand sie allein in dieser Welt und musste sich selbst durchschlagen. Ihre Gedanken kehrten zurück zu jenem Tag vor dem Tod ihrer Großmutter. An diesem Montagmorgen hatte sie sich mit frisch gewaschener und sorgfältig gebügelter Wäsche nach Frankfurt aufgemacht. Klara und ihre Großmutter waren als Wäscherinnen tätig und sicherten sich auf diese Weise ihr Auskommen. Die klare Morgenluft hatte sie auf dem Weg in die Stadt begleitet, während sie ein Waschbrett voll ordentlich gefalteter feiner Kleidungsstücke auf dem Kopf balancierte. Mit Fleiß und Geschick hatten die beiden Frauen es geschafft, sich einen festen Kundenstamm aufzubauen und ihren Lebensunterhalt zu verdienen. Saubere Wäsche war für die wohlhabenden Bewohner Frankfurts nicht nur ein materieller Besitz, sondern ein Symbol für Ordnung und Würde, das sie besonders schätzten.

Am späten Nachmittag, nachdem Klara noch andere Besorgungen erledigt hatte, kehrte sie bei drückender Sommerhitze mit der schmutzigen Wäsche ihrer Kunden nach Hause zurück. Dort sortierte sie die Wäsche, während ihre Großmutter das Abendessen zubereitete. Nach dem gemeinsamen Essen gingen sie schlafen. Die Erinnerung an jenen Morgen, als Klara ihre Großmutter leblos im Bett vorfand, kehrte mit größerer Klarheit zurück als am eigentlichen Dienstag selbst. Gegen halb fünf Uhr morgens war Klara in den Waschraum gegangen, um den Waschkessel zu befeuern. Nachdem sie dies getan hatte, legte sie sich noch einmal ins Bett, denn das Wasser benötigte einige Zeit, um zu kochen. Bei Tagesanbruch stand sie wie gewohnt auf, um ihre Großmutter zu wecken, die an diesem Morgen länger schlief als üblich. Als Klara die Tür zum Schlafzimmer ihrer Großmutter öffnete, bemerkte sie eine ungewöhnliche Stille im Raum. Gewöhnlich hörte man von der Großmutter im Schlaf ein leises Pfeifen durch die Zähne. Doch dieses Mal herrschte bedrückende Stille – kein Geräusch, kein Hauch eines Atemzugs. Dann, oh Gott! Es war nicht nur das erschreckende Bild ihrer leblosen Großmutter im Bett, das ihr inneres Auge heimsuchte. Zusätzlich ließ der Gedanke an den vorbereiteten Kessel im Waschraum sie erschaudern. Sowohl den Kessel als auch die

Wäsche hatte sie völlig vergessen. Dabei war schon Freitagabend, und sie hatte die Wäsche nicht einmal angefangen zu waschen. Sie hatte in ihrer Trauer ihre Verpflichtung gegenüber den Kunden völlig vergessen. Am Montag erwarteten diese die gereinigte und gebügelte Wäsche zurück. Wie sollte sie dies bewältigen, wenn die Wäsche nicht einmal gewaschen war? Beim Verlust von Aufträgen würde ihre finanzielle Lage schwierig werden. Klara riss sich aus ihrem Trübsinn los, eilte in den Waschraum und stellte die Öllampe auf die Fensterbank. Einige Holzscheite wurden aus dem halb gefüllten Korb geholt, die Feuerstelle unter dem Waschkessel wurde entzündet, und Klara begann, ihn zu beheizen. Es würde bis Mitternacht dauern, um den Kessel auf die richtige Temperatur zu bringen.

Klara band sich ein Tuch um das Haar, krempelte die Ärmel weit hoch und seifte jedes Stück gründlich im Holzbottich ein. Jedes einzelne Wäschestück wurde auf einem Waschbrett geschrubbt, bis ihre Hände runzelig waren. Als das Wasser im Kessel endlich zu kochen begann, gab sie die Wäsche hinein und rührte sie mit einer langen Holzkelle um. Es dampfte und brodelte so heftig, dass ihre Haare unter dem Tuch feucht wurden und der Schweiß über ihre Stirn perlte. Klara wischte sich mit der nassen Hand den Schweiß von der Stirn und hob die Wäsche mit der Kelle aus dem Kessel heraus, um sie in eine bereitstehende Zinkwanne zu geben. Dort fügte sie klares Wasser hinzu und ließ die Wäsche darin einweichen.

Spät nach Mitternacht war sie endlich fertig und völlig erschöpft. ›Ich brauche dringend eine Salbe für meine Hände‹, dachte sie.

Zuerst aber ging sie in den kleinen Garten hinter dem

Haus, der von einem Lattenzaun umgeben war. Das stille Örtchen, ein Plumpsklo mit einer Sickergrube in einem Holzbau und einem Herzchen an der Tür, lag dort.

Nach ihrem Geschäft kehrte Klara ins Haus zurück. Sie stieg die Stiege hinauf, betrat ihr Zimmer und befreite sich von ihrer Kleidung. Nach einer schnellen Körperwäsche cremte Klara sich ihre Hände ein und fiel wie ein Stein auf ihr Bett, wo sie sofort einschlief.

# Es muss weitergehen

Die ganze Nacht hindurch hatte Klara Wäsche gewaschen und lediglich zwei Stunden geschlafen. Um halb sechs Uhr morgens stand sie auf. Mit schnellen Schritten eilte sie in den Waschraum, ihre Hände geschickt die Wäsche im klaren Wasser bewegend, das sie zuvor mühsam aus dem kleinen Waschbach hinter dem Haus geschöpft hatte.

Das Glück schien auf ihrer Seite zu sein; der Morgen begrüßte sie mit einem wolkenlosen Himmel. Die Sonne badete das Dorf, bestehend aus Fachwerkhäusern, Scheunen und Stallungen, in einem warmen Licht. Und es war dazu gegen Ende des Monats, wodurch die Auftraggeber nicht so viel Wäsche hatten. Der Grund dafür war, dass ihre Geldbörsen etwas leerer waren als zu Beginn.

Mit einem Hauch von Zufriedenheit begann Klara, die Wäsche aufzuhängen, getrieben von dem Gedanken, dass sie bis zum Abend trocken sein würde. Denn der Sonntag war der Tag des Herrn und für gläubige Christen der Tag des Kirchgangs und der Ruhe. Ein Gedanke durchzuckte sie plötzlich – einige Wäschestücke lagen auf der Bleichwiese. Die Bleichsaison, ein Kampf gegen Flecken und Vergrauung der Wäsche von April bis Oktober, war in den Sommermonaten besonders gnädig. Ohne Zeit zu verlieren, machte sich Klara auf den Weg, vorbei an der kleinen Bleichhütte, einem schlichten Unterschlupf für die Bleichwächter, dessen Lehmwände und Schieferdach diesen Schutz boten. Nikolaus, der jüngere der beiden Wächter mit seinen lockigen roten Haaren, die sein schmales Gesicht umspielten, war normalerweise ein fröhlicher und lustiger Zeitgenosse. Ein kleines Muttermal zierte seine Wange und verlieh seinem ohnehin markanten Erscheinungsbild eine zusätzliche Note. Mit seiner mittelgroßen, schlanken Statur bewegte er sich mit einer Leichtigkeit, die seine lebhafte Persönlichkeit unterstrich. Heute jedoch zeigte er sich ernster als gewöhnlich, als er sich nach ihrem Befinden erkundigte.

»Es tut mir leid, Klara«, sagte er, und man konnte seinen Worten eine große Anteilnahme entnehmen. »Ich mochte deine Großmutter. Sie war so freundlich, spendete Trost und war nie so ein tratschfreudiges altes Waschweib wie manche andere hier im Dorf. Man konnte ihr alles erzählen, was einem auf dem Herzen lag, und es war am nächsten Morgen nicht im ganzen Dorf bekannt.« Nikolaus versuchte zu lächeln, als er fragte: »Was wirst du jetzt ohne sie machen?«

»Ich werde weitermachen, genau wie Großmutter und ich es immer getan haben. Die Wäsche für die Frankfurter Kundschaft waschen«, antwortete sie.

»Das wird allein schwer werden«, bemerkte Nikolaus.

»Irgendwie wird es schon gehen! Aber sei mir bitte nicht böse, ich muss mich beeilen, um die Wäsche rechtzeitig fertig zu bekommen. Die Auftragsware muss am Montag rechtzeitig nach Frankfurt gebracht werden. Verärgerte Kundschaft kann ich mir derzeit wirklich nicht leisten.«

»Ich würde dir gerne helfen, aber zuerst muss ich sicherstellen, dass Enten, Gänse und sonstiges Federvieh, das sich vermehrt an der unteren Bleiche herumtreibt, sich von der Wäsche fernhalten.«

»Ach Nikolas, bevor ich es vergesse, hier ist das Wachgeld.« Klara langte in die kleine Tasche an ihrem Gürtel und zählte ihm die Münzen auf die Hand.

»Kannst du die Münzen jetzt nicht besser selbst

gebrauchen? Wir würden den Betrag gerne stunden.«
Nikolas' Stimme war von echter Sorge getragen, während er
die Münzen in seiner Hand betrachtete.

Klara jedoch schüttelte entschlossen den Kopf. »Nein, ist
schon gut!« Ihre Stimme klang fester, als sie sich fühlte, aber
sie hatte sich vorgenommen, ihre Schulden zu begleichen,
egal wie schwer die Zeiten sein mochten.

Auf ihrem Abschnitt der Wiese lagen fünf große
Leinenbettlaken, zusammen mit der Bettwäsche und den
Tüchern anderer Wäscherinnen aus Niederrad. Die
Methode des Bleichens der Wäsche in der Sonne war eine
natürliche Möglichkeit, um den Stoff ein strahlendes Weiß
zu verleihen. Jedoch hatte diese Vorgehensweise ihre
Nachteile: Die Bleichzeit erstreckte sich über einen recht
langen Zeitraum und konnte, abhängig von der Vergrauung
der Fasern, zwischen sechs und acht Wochen betragen. Ein
zusätzlicher Aspekt war die Gefahr von Diebstählen von
ausgelegten Wäschestücken. Aus diesem Grund war
beschlossen worden, Wächter rund um die Uhr einzusetzen,
die die Wiesen überwachten. Diese Wächter mussten aus
den Einnahmen der Wäscherinnen bezahlt werden und
minderte somit ihren Reingewinn.

Klara sammelte die Laken flink von der Wiese auf, denn zu
Hause wartete genügend Arbeit auf sie. Sie musste die
Wäsche, die hoffentlich fast trocken war, abhängen und mit
einem Kohleplätteisen glätten.

Eilig kehrte Klara nach Hause zurück. Um das Bügeleisen
zu erwärmen, benötigte sie glühende Kohlen, weshalb sie
ohnehin den Herd anheizen musste, daher nahm sie sich

kurz Zeit, um etwas von der Suppe zu essen, die ihr Trude am Donnerstagabend bereitet hatte. Nachdem sie hastig ihre Mahlzeit beendet hatte, entnahm sie mit Vorsicht die heißen Kohlen aus dem Herd, bereit, das Bügeleisen in Betrieb zu nehmen. Sie öffnete das Bügeleisen und befüllte die Pfanne mit den glühenden Kohlestücken. Die Bügeldecke lag bereits auf dem Küchentisch, so konnte das Bügeln beginnen. Für Klara war das Plätten mehr als nur eine Pflicht – es war eine Kunst. Jeder Handgriff, jede Bewegung erforderte Präzision und Geduld. Sie hatte gelernt, die Hitze zu kontrollieren, das Bügeleisen sanft über die Stoffe gleiten zu lassen und dabei sicherzustellen, dass sie keine unschönen Falten oder Brandspuren hinterließ. Klara nahm das erste Kleidungsstück, ein Leibchen, und begann, es mit dem heißen Bügeleisen zu bearbeiten. Vertieft in ihre Arbeit vergingen Stunden, während sie Kleidungsstück um Kleidungsstück sorgfältig bearbeitete.

Es war neun Uhr abends, als Klara die frisch gebügelte Wäsche auf das Tragebrett packte, um sie am Montagmorgen nach Frankfurt zu bringen.

# Ein Freund

Die Leere in ihrem Herzen war greifbar, als ihr bewusst wurde, dass dies der erste Sonntag ohne ihre geliebte Großmutter war. Klara seufzte tief; am liebsten wäre sie heute im Bett geblieben, hätte die Decke über den Kopf gezogen, um die Welt draußen zu vergessen. Doch der Sonntag eines Christen begann üblicherweise mit dem Kirchgang, auch wenn die gewohnte Vorfreude heute wie verflogen schien, hielt Klara sich daran. Die Kirchenglocken begannen zu läuten, als sie sich auf den Weg machte, doch heute hatten sie für sie einen traurigen Klang, so als ob sie ihre Gefühle widerspiegeln wollten.

Klara betrat das Gotteshaus. Einige der Menschen, die in den Bankreihen saßen, warfen ihr traurige, teilweise mitleidige Blicke zu. Unbeeindruckt davon nahm sie ihren Platz neben Ida und Tante Trude auf einer der Bänke in der vierten Reihe der Kirche ein. Die Sonne schien freundlich durch die Fenster in das schlichte Gotteshaus, und ihre warmen Strahlen durchfluteten den Raum mit einem sanften Licht.

Fritz, ein junger Mann, der als Stallknecht im Oberforsthaus* arbeitete, traf beim letzten Glockenschlag ein, gemeinsam mit einigen anderen späten Kirchgängern. Sein Erscheinungsbild war unverkennbar: Ein schmales, kantiges Gesicht verlieh ihm eine markante Ausstrahlung. Die glatten, schwarzen Haare bildeten einen starken Kontrast zu seinen grünen Augen, die intensiv und durchdringend wirkten. Schlank und mit einer natürlichen Anmut bewegte er sich selbstsicher durch den Kirchgang. Bewusst suchte er sich seinen Platz auf der gegenüberliegenden Seite derselben Reihe aus – ein strategischer Punkt, um Klara unauffällig beobachten zu können. Sein Blick schien förmlich an ihr zu haften. Nachdem er vom Tod ihrer Großmutter gehört hatte, hoffte er, sie hier beim Kirchgang anzutreffen und ihr ein wenig Trost spenden zu können, denn sie waren befreundet.

Ida beugte sich zu Klara hinüber und flüsterte ihr leise ins Ohr: »Schau doch, der Fritz sieht dich die ganze Zeit an.«

Klara, deren Stimme gedämpft und ein wenig irritiert klang, erwiderte: »Ich habe es bemerkt. So zu starren, gehört sich nicht, selbst wenn man befreundet ist!«

Mit einem leichten, fast amüsierten Seufzer reagierte Ida nur mit einem »Ach!« – ein Ausdruck, der eine Mischung aus Belustigung über Klaras Tadelung für Fritz' enthielt.

Klara wandte ihren Blick nicht zu Fritz hin. Die Orgel begann mit einem scharfen Ruck zu spielen. Ihr Gesicht spiegelte Trauer wider, und sie schaute stattdessen zum Altar. Zwischen zwei Kerzen stand das Kreuz auf dem Altartuch, und davor lag die aufgeschlagene Bibel.

Fritz Binder lauschte nicht der Predigt des Pfarrers, denn er war in Klaras Anblick versunken. Er erhoffte sich seit einiger Zeit mehr als nur die lose Freundschaft zu Klara, und nun war die junge Frau allein, ohne jegliche Verwandte.

Der Pfarrer hielt eine feierlich-heilige Messe und gedachte ihrer Großmutter mit den Worten: »Es hat dem Herrn gefallen, die Frau Ernestine Ruhland im 69. Jahr ihres Lebens von uns zu nehmen und zu sich zu rufen.« Die Worte berührten die Herzen aller Anwesenden. Klara faltete ihre Hände und betete still. Nach ihrem Gebet hob sie den Kopf wieder und trocknete ihre Tränen mit einem Taschentuch.

»Lasst uns beten!«, rief der Pfarrer aus.

Die Gemeinde erhob sich von den Sitzen, faltete die Hände und sprach das Vater unser. Danach spendete der Pfarrer der stehenden Gemeinde den Segen: »Der Herr segne euch und behüte euch! Der Herr lasse sein Angesicht über euch leuchten und gebe euch seinen Frieden!«

»Amen!«, antwortete die Gemeinde im Chor.

Der Gottesdienst neigte sich dem Ende zu, und die Gläubigen strömten aus der Kirche in den warmen, sonnigen Tag.

Trude lud Klara ein, sie nach Hause zu begleiten: »Komm mit uns, Klara. Bei uns gibt es einen leckeren Sonntagsbraten und als Nachtisch Kompott.«

Fritz kam am Kirchenausgang auf die drei Frauen zu und grüßte freundlich. Trude bemerkte die Enttäuschung in Fritz' Gesicht, als er Klara näher kam, aber sie sprach immer noch nicht mit ihm.

Nach kurzem Zögern sagte Trude zu Klara: »Du kommst doch nach, Klara? Herr Binder möchte sicherlich mit dir sprechen, um dir sein Beileid auszusprechen.«

Fritz warf Klara einen prüfenden Blick zu, und sie nickte schweigend. Nach einem Moment des Zögerns sagte Fritz: »Klara, es tut mir unendlich leid. Darf ich deiner Großmutter am Grab die letzte Ehre erweisen und dich zum Friedhof begleiten, da ich es am Freitag nicht konnte?«

Als Klara erneut zaghaft nickte, nahm er sie behutsam an der Hand. Gemeinsam betraten sie den Friedhof, und er ließ Klara vorangehen. Als sie am Grab ankamen, stiegen Klara Tränen in die Augen.

»Ach, Klara!«, sagte er, während er sie zärtlich an sich zog. Eine lange Stille breitete sich zwischen ihnen aus, und danach setzten sie sich auf eine Bank im Friedhof.

»Klara«, sprach er mit einem gütigen Lächeln und legte fest seine Hände auf die ihren, »mach dir keine Sorgen. Wenn du Hilfe benötigst, bin ich für dich da. Dafür sind Freunde schließlich da!«

Klara blickte ihn entschuldigend an. »Ich muss zu Tante Trude. Sie warten mit dem Essen auf mich.«

»Selbstverständlich!«, erwiderte er. »Ich muss auch ins Forsthaus zurück. Die Pferde kennen keinen Sonntag.« Fritz küsste sie gegen ihren Willen auf den Mund und fügte tröstend hinzu: »Es ist ein Unglück, aber du hast mich an deiner Seite! Wir gäben doch ein schönes Paar ab«, sagte er.

Klara war durch den unerwarteten Kuss verwirrt. Sie hatte ihm nicht zugestimmt, und die Worte: Du hast ja mich und wir gäben doch ein schönes Paar ab, ließen sie gedankenverloren und geistesabwesend die Straße überqueren, bis sie zu Tante Trudes Haus gelangte.

»Ah, da bist du ja«, empfing sie Trude. »Der Tisch ist schon gedeckt, die Suppe steht bereit. Komm, lass uns in die gute Stube gehen und uns zu Tisch setzen.«

Trude nahm auf ihrem Stuhl Platz und wies dann Josef an. »Heute bist du an der Reihe Sohn, sprich das Tischgebet!«

Obwohl das Essen von Trude köstlich war, konnte Klara nur mit Mühe einen Teller Suppe verzehren. Die Trauer um ihre Großmutter hatte erneut ihren Magen fest zusammengezogen.

Nach dem Essen befanden sich Klara und Ida allein in der Stube. Diese diente der Familie nicht nur als der Hauptaufenthaltsraum, sondern fungierte gleichzeitig als der Ort für häusliche Arbeit – ein Raum, in dem sogar ein kleiner Webstuhl und ein Spinnrad ihren Platz fanden. Klara unterstützte Ida dabei, mit geschickten Händen die Wolle für das Spinnen vorzubereiten, während Trude draußen in der Küche mit dem Abwasch beschäftigt war.

Ida betrachtete ihre Freundin, die neben ihr auf der gepolsterten hölzernen Sitzbank saß, aufmerksam. »Du magst den Fritz?« Ihre Stimme war leise, fast als würde sie ein Geheimnis hüten.

Klara zuckte leicht zusammen, als ihre Augen von der Wolle aufblickten, um Idas forschenden Blick zu begegnen. »Ich mag ihn als Freund«, entgegnete sie, ihre Stimme bemüht gleichgültig, doch ein Hauch von Unruhe schwang mit.

»Ja, gewiss! Du versuchst, mich wohl zum Narren zu halten?« Ida ließ nicht locker, ihr Ton wurde drängender. »Sei doch aufrichtig zu mir. Mutter ist in der Küche und bekommt nichts mit. Ich habe gesehen, wie er dich geküsst hat.«

Langsam ließ Klara die Wolle aus ihren Händen gleiten und fuhr auf. »Ida, ich sagte doch, er ist ein Freund!«

»Ach komm, er ist doch ein Prachtkerl! Hast du nicht bemerkt, wie die anderen jungen Frauen um ihn herumschwänzeln?« Ida lehnte sich vor. »Was macht er? Er sieht nur dich!«

»So, meinst du das?«, sagte Klara bedächtig und atmete schwer.

»Es ist mein voller Ernst!« Idas Augen funkelten vor Überzeugung. »Ihr passt zusammen, und jetzt, wo du allein bist, ist er dein Schicksal!«

Die kleine Falte, die sich mittlerweile auf Klaras Stirn gebildet hatte, vertiefte sich. »Um Himmels willen, hör auf mit diesen Albernheiten und dem dummen Gerede von

Schicksal, Ida. Das Schicksal hat mir bisher mehr Kummer als Glück beschert.« Ihre Worte waren ein leises Echo ihrer Verletzlichkeit. Ein unheilvolles Schweigen breitete sich zwischen ihnen aus, schwer und undurchdringlich wie ein dichter Nebel, der jede Möglichkeit zur Verständigung zu verschlingen schien.

Klara spürte, wie die Spannung sie umklammerte, ein unsichtbares Gewicht, das schwer auf ihren Schultern lastete. Mit einem tiefen Atemzug versuchte sie, die wachsende Beklemmung in ihrer Brust zu lindern. Schließlich erhob sie sich, ihre Bewegungen langsam und bedacht, nachdem sie die Wolle beiseitegelegt hatte. Mit einem leisen Seufzer, der kaum die Schwere in ihrem Herzen zu lindern vermochte, verabschiedete sich Klara bald darauf. Ihre Stimme, kaum mehr als ein Flüstern, schien sich in der erdrückenden Stille um sie herum zu verlieren, als würde sie von der dichten Atmosphäre verschluckt. Langsam, fast zögerlich, ließ sie den Raum hinter sich, ihre Schritte leise auf dem Boden hallend, als wollte sie nicht mehr Aufmerksamkeit auf sich ziehen als unbedingt nötig. Bevor sie ging, trat sie in die Küche ein, verabschiedete sich von Trude. Ein Kuss auf Klaras Stirn, ein kurzer Austausch von Blicken, in denen Wärme mitschwang, bevor Klara sich abwandte und den Weg zu ihrem eigenen Heim antrat.

Ida fühlte sich zerrissen, nachdem Klara fort war, und warf sich selbst vor, unklug gehandelt zu haben. Warum hatte sie es nicht geschafft, ihre Überlegungen für sich zu behalten? Klara hatte zweifellos genug andere Sorgen im Kopf als Liebe. Ida wusste genau, dass sie Klara am nächsten Morgen keinesfalls allein nach Frankfurt gehen lassen konnte. In einem seltenen Moment der Offenheit wandte sich Ida an ihre Mutter. Mit zögerlicher Stimme gestand sie ihre Befürchtung: Sie habe Klara möglicherweise mehr verletzt, als sie es je beabsichtigt hatte, und nun fürchtete sie, dass ihre Freundin vermutlich böse auf sie war. »Ich möchte Klara morgen nach Frankfurt begleiten. Wir benötigen Garn, Mutter, das kann ich dort besorgen.«

Nach einem Moment des Nachdenkens nickte Trude. »Wenn du glaubst, dass es das Richtige ist, Klara nach Frankfurt zu begleiten, dann solltest du das tun. Und das Garn, das wir benötigen, gibt dir einen guten Grund, sie zu begleiten. Es ist wichtig, für die Menschen, die uns am Herzen liegen da zu sein, besonders in schwierigen Zeiten. Pack deinen Korb und lege dich gleich nach dem Abendessen ins Bett, damit du morgen frisch bist. Klara wird sicher, wie immer, früh aufbrechen.«

# Ein Mord

Julius, der Bleichwächter, dessen Erscheinung von schwarzen, grau durchzogenen Haaren, einem rundlichen Gesicht und einem leicht hervorstehenden Bauch geprägt war, hatte sich einen behaglichen Sonntagnachmittag im Wirtshaus gegönnt. In der Gesellschaft eines alten Bekannten und bei einem Krug Bier genoss er die Stunden, bis die Erinnerung an eine Verpflichtung ihn unerwartet einholte. Es war zwar sein freier Tag, doch da das Monatsende nahte, stand eine Aufgabe aus: Er musste das Geld für die Bleichwache abholen, das die Wäscherinnen am Samstag zu zahlen versprochen hatten. Mit dieser Absicht im Kopf machte er sich auf den Weg zu Nikolaus, der das Geld für sie gewiss eingefordert hatte.

»Julius, schön dich zu sehen. Ich hoffe, dein freier Sonntag war erfreulich?«

»Sehr sogar, aber nun zu ernsteren Angelegenheiten. Hast du das restliche Geld von den Wäscherinnen bekommen?«

Nikolaus nickte. »Natürlich!«, er stand auf, um eine kleine, hölzerne Truhe vom Regal zu holen. Er entnahm dieser die Münzen und reichte sie Julius über den Tisch. »Es gibt keinen Ausstand, auch die Klara Ruhland hat gezahlt!«

Während Julius das Geld nahm und in seine Börse gleiten ließ, setzte er sich auf den zweiten Stuhl und wechselte gehörte Neuigkeiten mit Nikolaus aus und sie diskutierten über die Ereignisse im Dorf.

Während sie plauderten, verging die Zeit wie im Flug.

Julius streckte sich langsam, ein leises Knacken seiner Gelenke durchbrach die Stille des Raumes. »Mein Gott, wie spät es geworden ist!« Er stand auf, das Knarren des alten

Holzstuhls war zu hören, als er sagte: »Nikolaus, ich mache mich auf den Heimweg. Bevor ich nach Hause gehe, werde ich einen Blick auf die Bleiche werfen!«

Nikolaus erhob sich. »Das ist nicht notwendig, es ist mein Dienst, und deine Schwester wird schon auf dich warten, Julius.« Seine Stimme klang leicht besorgt und um Vernunft bittend, denn er kannte die Ungeduld von Julius' Schwester nur zu gut.

Doch Julius, dessen Entschlossenheit in seinen festen Schritten widerhallte, als er sich zum Gehen wandte, schüttelte den Kopf und erwiderte: »Nein, ich werde es trotzdem machen. Außerdem ist Ursula heute bei ihrer Freundin zum Abendessen eingeladen, Margarete hat Geburtstag. Das kann dauern. Ich werde gewiss schon im Bett liegen, wenn sie nach Hause kommt. Wir sehen uns morgen am Mittag, zum Wachtausch. Gute Nacht!«

Der Rückweg war spärlich vom schwachen Schein des Mondes erleuchtet, der gerade genug Licht spendete, um den schmalen Pfad und die angrenzenden Wiesen zu erkennen, auf denen frisch gewaschene Wäsche zum Trocknen ausgebreitet lag. Die Welt schien in Ordnung, die Nacht breitete ihren ruhigen Mantel über die Landschaft aus. Julius genoss die Stille, die nur gelegentlich von dem leisen Rascheln eines kleinen Tieres im Unterholz durchbrochen wurde.

Plötzlich ließ ein leises Knacken Julius innehalten. Ein Schauer lief ihm über den Rücken, ein unbestimmtes Gefühl der Furcht umklammerte sein Herz. War er wirklich allein? Er lauschte in die Nacht, versuchte, den Ursprung des Geräusches auszumachen. Wieder knackte es, diesmal näher. Sein Puls beschleunigte sich. ›War da jemand?‹ In diesem Moment schälte sich eine dunkle Gestalt aus dem Schatten der Hecke hinter ihm, ein Messer in der Hand. Das Mondlicht, das auf die Klinge fiel, reflektierte das silberne Licht und enthüllte die tödliche Natur ihrer schneidenden Präsenz in der stillen Nacht. »Lebe wohl, Alter!«, flüsterte der dunkle Schatten mit einer Stimme, kalt wie der Hauch des Todes.

Die Worte krochen wie Eiszapfen seinen Nacken hinab. Julius' Augen weiteten sich in panischem Entsetzen. Doch bevor er reagieren konnte, spürte er einen Schmerz. Ein gurgelnder Laut, der seinem Mund entwich, war das einzige Zeichen seines Kampfes. Er sank in die Knie, kippte nach vorne zu Boden, seine Sinne schwindend, seine Sicht verdunkelnd.

Der Angreifer, dessen Herz wild hämmerte, atmete tief durch, ein dunkles Zufriedenheitsgefühl über den gelungenen Überfall in seiner Brust. Die Stille der Nacht wurde nur vom leisen Murmeln des Mörders durchbrochen. Er stieß den leblosen Körper mit dem Fuß an, dann beugte er sich hinunter und drehte ihn auf den Rücken. »Du warst ein alter Narr«, murmelte er leise. »Das passiert, wenn man im Wirtshaus wie ein Waschweib über den Kassenbestand tratscht, den die Wäscherinnen für die Bewachung ihrer Wäsche bezahlen!«

Nachdem die düstere Gestalt das Messer sorgfältig an der Kleidung des Opfers abgewischt hatte, verstaute sie es flink im Gürtel und griff gierig nach dem Geldbeutel. Als sie diesen in der Hand wog, zerriss ein zynisches Lachen die Stille. »Verdammt, das reicht nicht nur für den Ring, da kann ich mir ein paar schöne Stunden im Wirtshaus machen«, lachte der feige Mörder breit, während er eilig seinen Weg in die Dunkelheit antrat, aus der er gekommen war. Sein finsteres Gelächter hallte durch die Nacht, als er über die Mainwiesen das Dorf umrundete. Er setzte seinen Weg fort, vorbei am düsteren Galgenacker*, um über den Forsthausweg durch die undurchdringliche Dunkelheit zu schleichen und nur das morbide Echo seiner grausamen Tat zurückzulassen.

# Weg nach Frankfurt

Kaum hatte der Montag die ersten zarten Strahlen des Morgens erblickt, schlüpfte Klara in ihr schwarzes Trauergewand und begann, ihre Schnürschuhe anzuziehen. Der schmerzliche Verlust, den sie vor sechs langen Tagen erlitten hatte, lastete schwer auf ihrer Seele. Ein leiser Seufzer entwich ihr, als sie den Rigel* auf den Kopf legte und das Tragebrett darauf platzierte. Das leise Knarren des Holzes unter dem Gewicht der Wäsche mischte sich mit dem Rascheln ihrer Kleidung. Punkt 7 Uhr morgens verließ sie schweigend das Haus, die Tür fiel mit einem sanften Klicken ins Schloss.

»Guten Morgen!«, rief Ida ihr lebhaft zu.

»Ida? Aber sag mal, wo möchtest du in aller Frühe hin?«, fragte Klara mit einem Hauch von Verwunderung.

»Ich begleite dich nach Frankfurt, wir brauchen Garn. So musst du nicht allein gehen, und ich kann dir ein wenig helfen.« In Idas Stimme schwang Entschlossenheit, während im Hintergrund das ferne Krähen eines Hahns zu hören war.

»Wirklich?«, erwiderte Klara.

Ida biss sich auf die Lippen, bevor sie antwortete: »Ach Klara, sei mir wegen meinem Geplapper von gestern nicht kram. Ich hoffe du freust dich ein kleines bisschen darüber, dass ich mitkomme!«

»Natürlich freue ich mich. Lass uns aufbrechen.« Klaras Worte waren von einem zarten Lächeln begleitet, das leise durch ihre Trauer schimmerte.

Ida atmete auf und in ihrem Blick lag eine Spur von Erleichterung, so folgte sie Klara auf ihrem Weg.

Sie durchquerten den Torbogen des Schlösschens*, liefen auf der Straße am großen Waschteich entlang, auf dem mehrere quakende Enten umherschwammen. Zwei Tauben flogen dicht über ihre Köpfe hinweg, um sich auf dem Taubenschlag niederzulassen, der dort am Rande von einigen Pappeln aufgestellt war, und gurrten ihnen nach.

Sie schritten nebeneinander die Straße entlang. Ihr Weg führte durch das Waldstück der Holzhecke, weiter über die lange Wiese, ein Stück seitwärts am Sandhof* vorbei, über den Hohensteg*, um den Königsbach* zu überqueren.

Klara nahm auf dem Niederräder Fußweg* das Tragbrett mit der Wäsche von ihrem Kopf und stellte es auf den oberen Querstein des Ruhestein* ab, um ein wenig auszuruhen. Klara gönnte sich dort immer eine kleine Pause, bevor sie ihren Weg mit ihrer Traglast über den Riedhof* und den Apotheker Hof* nach Sachsenhausen fortsetzte. Beide Frauen setzten sich auf den unteren Stein und begannen ein lockeres Gespräch. Hauptthema waren die verschiedenen Arten von Garn, die Ida für ihre nächsten Näharbeiten benötigte. Sie plante, zusammen mit ihrer Mutter warme Winterkleidung zu nähen, darunter Mäntel und Jacken. So saßen sie 10 Minuten lang. Das Knarren von Karrenrädern mischte sich mit dem Stimmengewirr vorbeigehender Menschen. Klara stellte das Tragbrett mit der Wäsche wieder auf ihren Kopf, und sie machten sich auf, ihren Weg fortzusetzen.

Auf der Brückenstraße angekommen, gingen sie bis zur Südseite der Brücke hin. Die Alte Brücke* war die einzige Brücke, die über den Main nach Frankfurt führte. Sie betraten die Brücke mit der Sandsteinbrüstung.

Frankfurt war in den Jahren zuvor mehrmals von französischen Revolutionstruppen besetzt worden. Nach dem Sieg über Napoleon im Jahr 1815 wurde die Stadt als Freie Stadt innerhalb des Deutschen Bundes wiederhergestellt. Auch die Brücke wurde bei den Kämpfen beschädigt. Hochwasser und Eis trugen im Winter oft zusätzlich dazu bei, die Pfeiler zu beschädigen. Seit 1816 wurde kontinuierlich an der Renovierung der maroden Brückenpfeiler der 13 Brückenbögen gearbeitet, was den Stadtherren von Frankfurt erhebliche Kosten für die Instandhaltung verursachte. Wie in den letzten Wochen, waren auch heute Arbeiter damit beschäftigt, Mörtel und Steine von der Brücke zu den Pfeilern herabzulassen.

Zur frühen Stunde herrschte auf der Brücke noch nicht viel geschäftiges und lebendiges Treiben. Später, auf dem Rückweg, querten unzählige Händler, die ihre Waren transportierten, Handwerker mit Karren und Fußgänger, die von einer Seite des Mains zur anderen gelangen wollten, die Brücke. In diesem Fall war es ratsam, die Brücke zügig zu überqueren. Jetzt konnte man sich noch einer gemächlichen Gangart bedienen.

Klara blickte in Richtung der Mitte auf, wo ein Kruzifix auf einem Sandsteinsockel stand, darauf der Brickegickel*. Dabei dachte sie an ihre Großmutter und an deren Erzählung, dass dies bereits das vierte Kruzifix an dieser Stelle sei. Der erste Brickegickel sei bei einem Orkan im Main versunken, der zweite sei zuvor im Dreißigjährigen Krieg von schwedischen Truppen beschädigt und heruntergeschossen worden. Der dritte Brickegickel sei am 16. Dezember 1739 beim Einsturz der Brücke zusammen mit Sockel und samt Kruzifix, in den Fluten verschwunden und nicht mehr gefunden worden, so habe der Vater der Oma erzählt.

Nach dem Überqueren der Brücke, liefen Klara und Ida über die Fahrgasse* weiter und trennten sich zu deren Ende hin. Ida bog in die Dönges Gass* ein, während Klara ihren Weg in Richtung Zeil fortsetzte. Ida hatte vor, während Klara ihre Wäsche bei der Kundschaft ablieferte, zum Garnhändler in der Dönges Gasse zu gehen.

Der Weg war lang, und Klara ging bis zur Friedberger Gasse, dann ein Stück die Vilbeler Gasse hinein. Schließlich hatte sie die gesamte Strecke zurückgelegt. Um acht ein halb Uhr stand sie am Haus ihrer Kundschaft. Als sie den Klingelzug zog, erklang ein deutliches, metallisches Bimmeln, das durch die Stille des frühen Morgens schnitt. Die Tür öffnete sich mit einem leisen Quietschen, und ein Dienstmädchen mit einer weißen Haube, gehüllt in ein dunkelblaues Kleid und Schürze, strahlte sie freundlich an.

Kläre, die in Klaras Alter war und sämtliche hauswirtschaftlichen Aufgaben für ihre Herrschaft übernahm, angefangen von Reinigungsarbeiten über das Kochen, Geschirrspülen, Einkäufen und Botengängen bis hin zur angemessenen Betreuung von Gästen, begrüßte Klara herzlich.

Kläre, stammte, wie die meisten Dienstmädchen vom Land. Sie hatte keine andere Wahl gehabt, bei einer Familie mit 12 Kindern, davon 11 Mädchen, die Zeit zwischen einer allfälligen Eheschließung zu überbrücken. In ihrer Stellung hatte sie in den letzten 3 Jahren wichtige Fertigkeiten als Hausfrau erlernt, und wie sie zu Klara einmal sagte, hatte sie es bei ihrer Herrschaft gut getroffen. Nicht zu ihren Pflichten gehörte die Erledigung der Wäsche, eine der mühseligsten Arbeiten im Haushalt, daher wusste sie Klara und ihre Tätigkeit hoch zu schätzen. Mit der Zeit hatte sich so etwas wie eine Freundschaft zwischen den beiden jungen Frauen entwickelt, wenn sie auch nie mehr Zeit miteinander verbrachten als bei der Anlieferung und Abholung der Wäsche.

»Guten Morgen, Klara. Wie immer pünktlich! Komm herein, es freut mich, dich zu sehen.«

Während Klara Kläre die Wäsche übergab, führten die beiden einen kurzweiligen Austausch von Neuigkeiten. Kläre, immer aufmerksam und einfühlsam, spürte eine Veränderung in Klaras sonst so lebhaftem Wesen. »Du scheinst heute nicht ganz bei dir zu sein, liebe Klara. Ist etwas vorgefallen?« Die Fürsorge in ihrer Stimme ermutigte Klara, ihr Herz zu öffnen.

Als Klara vom Tod ihrer Großmutter berichtete, war Kläre tief berührt von ihrem Kummer, und zog Klara in eine herzliche Umarmung. »Mein aufrichtiges Beileid, Klara. Ich kann mir vorstellen, wie schwer dieser Verlust für dich sein muss. Wenn du reden möchtest, ich bin für dich da.« Nach einem Moment der Stille, in dem Kläre Klara tröstete, erinnerte sie sich an die praktischen Angelegenheiten des Tages. »Ich werde bei der gnädigen Frau wegen des Geldes für dich vorsprechen. Heute ist Zahltag«, sagte sie, bevor sie mit einem mitfühlenden Blick davon eilte.

»Gnädige Frau, ich habe zu vermelden, dass die äußerst fleißige Wäscherin Klara soeben die frisch gewaschene

Wäsche geliefert hat. Erlauben Sie mir, Sie daran zu erinnern, dass heute Zahltag ist.«

»Schick sie mir herein, ich habe mit ihr zu sprechen.«

Kläre, erschien an der Tür und forderte Klara auf einzutreten, da ihre Herrschaft sie zu sprechen wünsche. Klara sah Kläre verwundert und gleichzeitig besorgt an, während Kläre mit der Schulter zuckte. Beide Frauen waren gewohnt, dass die Herrschaft der Dienstmagd das Geld übergab und diese es an Klara.

Klara betrat den Wohnraum mit den schweren grünen Samtvorhängen, den edlen Teppichen und den kostbaren Möbeln. »Die Wäscherin Klara«, meldete Kläre Klara an und machte, nachdem sie den Raum verlassen hatte, die Türe hinter sich zu. Die Luft war erfüllt vom Duft von poliertem Holz und dem subtilen Aroma von Lavendel.

Klara knickste. »Guten Morgen Gnädige Frau!«, und dachte schon, ihre Auftraggeberin sei nicht zufrieden gewesen mit ihrer letzten Arbeit, denn diese sah sie von ihrem Sessel her, abschätzend an. Doch winkte sie Klara mit dem Finger zu sich und reichte ihr das Waschgeld, mit den Worten: Keine Sorge, die Arbeit wurde für tadellos befunden.«

Klara wurde es leichter zu Mut.

»Dem Eindruck des Kummers in Euren Augen und der Kleidung nach, entnehme ich, dass es einen Todesfall zu beklagen gibt.«

»Klara nickte und antwortete mit gedämpfter Stimme: »Dem ist leider so, Gnädigste. Meine Großmutter ist verstorben.«

Ein Moment der Stille folgte, bevor die Auftraggeberin bekundete: »Das tut mir leid.«

»Habt Dank«, erwiderte Klara, spürte, wie ihre Fassung

schwand. Tränen traten on ihre Augen, und sie konnte die Worte kaum herausbringen. »Verzeiht!«, schniefte sie, während sie versuchte, die aufkommenden Emotionen zu kontrollieren.

Die Frau erhob sich, reichte Klara ein Taschentuch und sprach mit Wärme und tiefstem Verständnis: »Es ist eine schwere Last, einen geliebten Menschen zu verlieren, und es dauert, bis einem der Schmerz von der Seele genommen ist.«

Klara spürte, wie sich eine zarte Wärme in ihrem Inneren ausbreitete, als sie die tröstenden Worte hörte. Die Last schien für einen Moment leichter zu werden, während die Hausherrin geduldig wartete, bis sich Klara wieder beruhigt hatte. Dann fragte sie einfühlsam: »Kannst du weitere Arbeit annehmen?«

»Ja, gnädige Frau«, antwortete Klara mit einem Hauch von Dankbarkeit in ihrer Stimme.

»Nicht für meinen Haushalt. Eine meiner Freundinnen wünscht sich, dass du ihre Wäsche machst. Du kannst dich heute bei ihr melden. Sie ist die Frau von Elias Hahn, dem Fabrikbesitzer.«

»Vielen herzlichen Dank für Ihre Großzügigkeit mich zu empfehlen, Gnädige Frau.«

Die gnädige Frau goss eine Tasse Tee ein und reichte sie Klara. »Für gute Arbeit empfehle ich gerne weiter«, sagte sie und lächelte, während Klara am Tee nippte. »Nimm dir ein paar von den Keksen für den Weg. Kläre, hat sie gestern gebacken. Sie sind vorzüglich!«

Nachdem die Kundin das Waschgeld schon bezahlt hatte, legte sie ein paar Münzen darauf, die sie für das Grab ihrer Großmutter verwenden sollte.

Als Klara das Haus verließ, konnte sie ihr Glück kaum

fassen. Entschlossen machte sie sich auf den Weg zu ihrer vielleicht neuen Kundschaft.

Das besagte Haus befand sich in einer Querstraße nicht weit entfernt. Eine steinerne Treppe von fünf Stufen mit Eisengeländer führte zur Haustür hinauf. Ein Schild aus schwarzem Marmor befand sich an der Seite der geschnitzten Eichentüre, auf dem der Name der Herrschaft Hahn stand.

Klara griff entschlossen nach dem Eisenstab, der als Glockenzug diente. Kaum hatte sie geläutet, als sich die Tür öffnete. Eine weißhaarige Frau mit verhärmten Zügen trat heraus und starrte Klara finster an. »Was möchtest du?«

Klara erklärte ihre Absicht.

Die Frau zeigte sich etwas freundlicher. »Du möchtest für uns waschen? Gut, komm herein.«

Klara betrat den Korridor des Frankfurter Stadthauses und erkannte, dass die Familie in äußerst wohlhabenden Verhältnissen lebte.

»Warte hier einen Moment«, sagte die Frau in einem dienstbeflissenen Ton und verschwand.

Es verging einige Zeit, bis sich die Tür wieder öffnete, hinter der die Frau verschwunden war. »Das ist die Wäsche«, sagte sie. »Die Freundin unserer gnädigen Dame sagt, dass sie von deiner Arbeit begeistert ist, weil du etwas davon verstehst.« Die Frau unterbrach sich einen Augenblick und fügte mit gedämpfter Stimme hinzu: »Wir hatten die feine Wäsche unserer gnädigen Dame einer Wäscherin in Sachsenhausen anvertraut, aber sie hat den feinen Stoff und die edle französische Spitze an den Leibchen mit ihren Bürsten ruiniert. Deshalb haben wir ihr den Auftrag entzogen.«

Klara hätte das gar nicht wissen wollen. Dies war

schwierige Kundschaft, wie sie im Geheimen bei sich dachte. Doch der Auftrag würde ihr eine Aufbesserung des zum Leben nötigen Einkommen bringen, daher erwiderte sie freundlich: »Ich werde diese Wäschestücke auf Probe für euch waschen und sie am Montag wiederbringen. Dann könnt ihr entscheiden, ob ihr mit meiner Arbeit zufrieden seid.«

»Das nenne ich ein zufriedenstellendes Angebot.«

Klara traf sich gegen elf Uhr mit Ida an der Stelle, an der sie sich getrennt hatten.

»Du siehst zuversichtlicher aus, Klara«, bemerkte Ida.

»Das kommt daher, dass ich höchstwahrscheinlich neue Kunden gewonnen habe«, erklärte Klara.

»Höchstwahrscheinlich?«

»Ja, ich habe ihnen ein Probewaschen versprochen.«

»Du bist wieder zu gutmütig. Auf diese Weise verdient man kein Geld.«

»Wenn sie zufrieden sind, dann doch, und vielleicht empfehlen sie einen weiter, was den Verdienst steigern könnte.« Klara stellte die Wäsche kurz ab, kramte in ihrer Tasche und reichte Ida eines der Plätzchen, die sie von ihrer Kundin bekommen hatte. »Von meiner alten Kundin, der ich heute die Wäsche brachte, habe ich meinen Lohn und etwas Geld zusätzlich bekommen, für Großmutters Grab. Auch die Plätzchen. Probiere mal, die sind himmlisch.«

Ida biss hinein. »Hm, das ist wahrhaft lecker.«

Die beiden machten sich auf den Heimweg. Im Hafenbecken an der Brücke lagen kleine Schiffe und Boote, einige fuhren durch die Brückenbögen flussabwärts auf dem glitzernden Wasser des Mains. Die Besatzungen der angelegten Schiffe und Boote schauten entweder gelangweilt den Vorbeifahrenden zu oder waren damit beschäftigt, Körbe, Kisten und Fässer zu entladen, die dann auf Fuhrwerke oder Karren geladen wurden.

Auf der anderen Seite des Flusses in Sachsenhausen lagen die Häuser in vollem Sonnenschein, umgeben von Hügeln, Weingärten\*, Wiesen und Feldern.

Das Leben auf der Brücke hatte, wie zu erwarten war, sich belebt. Es gab eine Menge Menschen, Wagen und Pferde, die sich zwischen der Frankfurter und Sachsenhäuser Seite hin und her bewegten.

In Sachsenhausen erreichten sie die Brückenstraße, wo sie auf Albrecht trafen – einen Mann in den späten Vierzigerjahren. Seine breiten, kräftigen Schultern verrieten, dass er in seinem Leben wohl mehr Herausforderungen gemeistert hatte. Trotz seiner imposanten Größe und den grauen Haaren, die ihm ein würdevolles Aussehen verliehen, erinnerte seine Gestalt an einen standhaften Leuchtturm. Seine Haut war von der Sonne geküsst, was ihm eine gesunde, lebensbejahende Ausstrahlung verlieh. Die lebendigen, braunen Augen unter seinen kräftigen Brauen funkelten mit einem feurigen Glanz, und gelegentlich blitzten unter seinem vollen Schnurrbart einige schwarze Haare hervor – stille Zeugen seiner einst dunkleren Haarpracht. Albrecht, der mit einem Gespann auf dem Weg nach Niederrad war, bemerkte sie ebenfalls und grüßte sie freundlich mit einer Handbewegung, während er sein Pferd mit einem bestimmten "Brrr!" zum Anhalten brachte.

»Meedcher, wollt ihr mit?«, rief der grauhaarige Knecht ihnen freundlich zu, während er sich mit der Hand über die Stirn strich und den Schweiß aus dem Gesicht wischte. »Ganz schön heiß heut!«, keuchte Albrecht.

Albrecht zeichnete sich durch sein freundliches Gesicht und sein offenes Herz aus, was ihm viele Freunde unter den Dorfbewohnern Niederrads einbrachte.

Klara und Ida nahmen das Angebot gerne an.

Klara hievte ihr Tragebrett auf die Ladefläche des Wagens, und die beiden jungen Frauen nahmen selbst darauf Platz. Die Pferde zogen an, und der Wagen ruckelte im nächsten Augenblick los. Die Hufe der Pferde klapperten über das holprige Kopfsteinpflaster. In einer halben Stunde würden sie im Dorf sein.

Ida begann zu plaudern: »Heute haben wir großes Glück. Ich konnte mein Garn zu einem guten Preis ergattern, und Klara hat einen neuen Auftrag an Land gezogen.« Das Klara diesen noch nicht in der Tasche, sondern lediglich in Aussicht hatte, ließ Ida in ihrer Überschwänglichkeit außer Acht. »Jetzt treffen wir dich! Das bedeutet, wir müssen den Weg in dieser drückenden Hitze nicht zu Fuß zurücklegen. Ein großartiger Tag, oder?«

Albrecht lachte herzlich, warf einen Blick über die Schulter und erwiderte: »Und ich habe das Vergnügen, euch zu treffen, sodass ich den Weg nicht allein und ohne Unterhaltung bewältigen muss.«

Der Weg führte sie an Weingärten vorbei, auf denen Tagelöhner auf den Rebflächen Weinpflege betrieben. Sie waren dabei Weinranken aufzubinden und die Blätter nach Anzeichen von Meltau oder Pilzerkrankungen abzusuchen. Ebenso stand die Grüne Lese an. Dabei entfernten die Arbeiter grüne Trauben die entweder schlecht entwickelt oder überflüssig waren. Weiter ging die Fahrt direkt am Sandhof vorbei, der sich im Erbpachtbesitz der Familie von Bethmann[c] befand. Im Jahr 1813 wurde das schlossähnliche Herrenhaus auf der linken Seite von Sachsenhausen vorübergehend als Lazarett genutzt, derselbe Ort, an dem Klaras Mutter verstorben war. Im Vordergrund ähnelte der Ausflugsbetrieb einem Park, der dazu einlud, sich zu erholen. Hier gab es Beete mit roten Rosen, gelben Feuerlilien und anderen Blumen. Auf der rechten Seite, auf dem Sandhof-Feld, das sich bis zum Mainufer erstreckte, konnte man Obstbäume sehen, deren belaubte Zweige über frischem Graswuchs hingen. Selbst heute an einem Wochentag konnte man Reiter, Kutschen und einige wenige Spaziergänger auf dem Weg beobachten.

»Alle diese Pflanzungen und Blumengruppen sind das Werk hervorragender Gärtner der Familie Bethmann. Ich war mit Mutter schon ein paarmal dort«, bemerkte Ida.

»Das mag sein, aber für Leute wie uns ist es leider nicht möglich, in dem Gasthof zu speisen. Da müssen wir uns schon mit den Einfacheren in unserem Örtchen begnügen«, sagte der Fuhrknecht.

Klara warf ein: »Die unsrigen sind nicht unbeliebt, bei den Frankfurtern, denkt nur an den Herrn Goethe[e] der vor einigen Jahren immer wieder in der Schwanenwirtschaft gastierte und die ganzen Sommerfrischler aus Frankfurt, die immer gerne bei uns im Dorf einkehren oder sogar ihren Sommersitz bei uns haben.«

Auf ihrem weiteren Weg trafen sie auf einige Landarbeiter, die in robuste Arbeitskleidung gekleidet waren. Albrecht erkannte sie sofort. Das Pferdegespann wurde kurz von Albrecht angehalten, und ein breites Lächeln erschien auf seinem Gesicht, als er freundlich grüßte. »Hallo Freunde!«, rief er ihnen zu, während er sich leicht im Wagen aufrichtete.

»Grüß Gott, Albrecht!«, rief einer der Männer, ein kräftiger Kerl mit wettergegerbtem Gesicht. »Da hast du aber eine hübsche Fracht auf dem Weg von Sachsenhausen nach Hause eingesammelt«, fügte Karl, so hieß der Landarbeiter, mit einem breiten Grinsen hinzu, begleitet von einem zwinkernden Auge, das den beiden Frauen galt.

Klara und Ida erwiderten das Zwinkern mit einem Lächeln.

Albrecht antwortete lächelnd. »Ich habe sie in Sachsenhausen getroffen, da lass ich sie doch den Weg nicht nach Niederrad laufen, wo der Karren leer ist. Vor allem bei der Hitze. Wie läuft die Arbeit auf den Feldern?«

»Es geht«, sagte Karl mit einem Seufzer, »wir sind schon seit dem frühen Morgen hier, kaum, dass du losgefahren bist. Wäre es nur nicht so unerträglich heiß. Wir haben beschlossen, uns für eine kurze Rast im Schatten der Bäume niederzulassen, um der sengenden Sonne für eine Weile zu entfliehen. Doch müssen wir bald weitermachen, um das heutige Arbeitspensum zu erfüllen.«

»Ich will euch nicht aufhalten«, sagte Albrecht, »der Gutsherr erwartet mich mit dem Gespann zurück. Am Abend hole ich euch ab. Bis später dann!«

# Grausamer Fund

Während Klara und Ida in Frankfurt ihre Zeit verbrachten, hatte sich in Niederrad einiges zugetragen.

Die Tochter einer der Wäscherinnen, Lore genannt, machte sich frühmorgens auf den Weg zur Bleichwiese. Lore, mit ihren leuchtend rotblonden Haaren, Sommersprossen auf der Nase und Wangen und den tiefgrünen Augen, war eine auffällige Erscheinung. Ihre Mutter hatte sie beauftragt, die getrockneten Wäschestücke einzusammeln. Lore erledigte diese Arbeit stets mit einem Lächeln auf den Lippen, denn der Bleichwächter Nikolas, in den sie heimlich verliebt war, würde dort sein. Sein Lächeln ließ ihr Herz jedes Mal höher schlagen.

Als sie die Wächterhütte erreichte, hörte sie das vertraute Quietschen der ungleichen Türangeln. Nikolas stand in nächsten Augenblick vor der Hütte, sein Lächeln strahlte in den Morgen hinein. »Guten Tag, Lore!«, rief er und sein Gruß mischte sich mit dem Zwitschern der Vögel.

Lore spürte, wie ihr Herz einen Schlag übersprang. »Einen schönen Tag auch dir, Nikolaus! Leider kann ich nicht lange bleiben; meine Mutter erwartet mich mit der Wäsche schnell zurück.« Ihre Stimme war leise, fast zögerlich, als wollte sie jeden Moment neben ihm ausdehnen.

Nikolaus' Blick wurde wehmütig. »Ich würde dir gerne helfen, aber Julius hat mir aufgetragen, den Fensterladen zu reparieren.«

»Verstehe, jeder hat seine Aufgaben«, erwiderte Lore mit einem Seufzen. »Ich sollte weitermachen, Mutter reißt mir den Kopf ab, wenn ich mich nicht beeile.«

»Das können wir nicht zulassen«, scherzte Nikolaus. »Es

wäre schade, wenn dieser entzückende Kopf in Schwierigkeiten geraten würde.«

»Du bist mir ein Charmeur«, lachte sie. Lore drehte sich um, doch nicht ohne einen letzten Blick über die Schulter zu werfen.

Ihr Weg führte sie durch das Gras. Das Rascheln des Grases unter ihren Füßen begleitete sie, als sie den unteren Teil der Wiese erreichte. Plötzlich erstarrte sie. Aus dem Gebüsch dort ragten Beine hervor – und ein unverkennbarer Geruch von Eisen hing in der Luft. *Blut!* Lores Schrei zerriss die Stille.

Nikolaus, alarmiert durch ihren Schrei, sprintete über die Wiese, sein Atem schwer und das Herz pochend. »Was ist passiert?«, rief er aus der Ferne, im Lauf. Als er Lore erreichte, die bleich und zitternd dastand, folgte sein Blick ihrem entsetzten Blick in das Gebüsch. Ein Mann lag dort, blutüberströmt, die Kehle durchgeschnitten. Sie hatten einen Toten gefunden.

Ein durchdringender Schmerzensschrei brach aus Nikolas' Kehle hervor, als seine Augen den Mann erkannten. Ein scharfes Gefühl des Entsetzens durchfuhr ihn, tief verwurzelt in einer persönlichen Betroffenheit, die sein Herz wie Eis umklammerte. »Julius, mein Gott«, entwich es ihm kaum hörbar, eine Mischung aus Schock und Unglaube in seiner Stimme. Die Erkenntnis, dass der Mann, den er so gut kannte und dem er so viel verdankte, vor ihm in einen derart unfassbaren Zustand lag, ließ ihn zutiefst erschüttern.

Vom Schrei alarmiert, kamen drei Frauen aus der Richtung der oberen Bleiche gelaufen. Ihre Gesichter spiegelten das Entsetzen wider, das auch Lore und Nikolas empfanden.

Die älteste, eine resolute Frau mit festem Blick, fasste sich als Erste. »Wir müssen die Beamten holen, ich kümmere mich darum.« Ihre Stimme war fest, ein Hauch von Traurigkeit schwang mit, als sie sich umdrehte und mit entschlossenen Schritten davonlief.

Die Dorfschutzmänner*, in ihren Uniformröcken, erreichten mit eiligen Schritten nach kurzer Zeit den Ort des entsetzlichen Verbrechens.

»Es ist ein Mord verübt worden«, sagte einer der Dorfwachmänner, als er die Leiche besah. »Man hat ihm die Kehle durchtrennt! Sehe dich um Lambmann, ich übernehme die Befragung. Habt acht«, sagte er zu seinem Kollegen. »Schau nach, ob das Messer oder sonst etwas zu finden ist.«

Sofort nahm man eine eingehende Befragung der beiden Zeugen vor, die den Körper entdeckt hatten.

Lore, umfangen vom Mantel des Schocks, stand zitternd da, ihre Augen weit aufgerissen, als würden sie noch immer das Bild des Verbrechens vor sich sehen. Sie war unfähig, auch nur das Geringste beizutragen; ihre Stimme war ein flüsterndes Hauchen, das im Wind verwehte.

Die ältere Frau, die mit schnellem Denken die Beamten alarmiert hatte, nahm Lore behutsam bei der Hand. Mit einer Mischung aus Fürsorge und Entschlossenheit führte sie die junge Frau weg von der Szene des Geschehens, um sie sicher nach Hause zu ihrer Mutter zu bringen.

Nikolaus, dessen Gesicht aschfahl war, gab mehr Details preis. Seine Stimme zitterte, als er erzählte: »Ich hatte Nachtwache, und er wollte nach Hause. Es war gestern Abend, gegen zehn Uhr, als er in der Dunkelheit der aufkommenden Nacht verschwand.« Seine Worte wurden zeitweise von einem Schluchzen unterbrochen, als er die Erinnerungen durchlebte. »Bis morgen, hat er gesagt. Er plante, auf dem Heimweg einen Blick auf die untere Bleiche zu werfen, und so blieb ich in der Hütte. Bei Gott, ich habe nichts bemerkt oder gehört - und jetzt ist Julius tot!«, erklärte Nikolaus dem Wachtmeister mit dem graugesprenkelten Schnurrbart und den ernsten, grauen Augen. Die Stille, die seinen Worten folgte, war erdrückend.

»Es schmerzt mich, danach fragen zu müssen. Aber ist seine Börse da«, fragte Nikolas nach einer Weile, mit zögernder Stimme, die Bitterkeit und Sorge zugleich ausdrückte.

»Seine Börse?«, wiederholte der eine Wachtmeister, ein Ausdruck des Erstaunens auf seinem Gesicht.

»Ja, seine Börse! Er hat das Geld geholt, das die Wäscherinnen für den Monat gezahlt haben, um die Abrechnung zu machen«, erklärte Nicolas mit Nachdruck.

Die beiden Wachtmeister standen da, mit ernsten Mienen, die die Schwere ihrer Aufgabe unterstrichen. Auf die Frage, ob sie die Börse gefunden hätten, kam eine stille, aber deutliche Geste: beide schüttelten gleichzeitig den Kopf. »Keine Börse«, erklang es kurz und bündig aus ihrem Mund.

Als sich die Nachricht von Julius' Tod wie ein Lauffeuer durch das Dorf verbreitete, trug das leise Murmeln der Dorfbewohner die Schreckenskunde auch zu den Wäscherinnen am Waschteich vor dem Schlösschen, deren Arbeit im Schock der Ereignisse zum Erliegen kam. Ihre eiligen Schritte zur Bleiche wurden begleitet von Flüstern.

Der stumme Anblick des Leichnams, stille Zeugenschaft einer Tragödie, entlockten viele Tränen.

Umgeben von herzzerreißendem lauten Wehklagen, hastete die Schwester des Verstorbenen, überwältigt von tiefstem Schmerz, entlang des Speckweg* vom Dorf zur Bleiche. Die 60-jährige Frau, deren graue Augen von Falten umrahmt waren, mittelgroß und von etwas rundlicher Statur, trug ihr grau durchzogenes einst braunes Haar zu einem Knoten gebunden. Ihr einfaches, von der Zeit gezeichnetes Kleid strahlte dennoch Würde aus. Ihr Gesicht erzählte von einem Leben voller vielfältiger Erfahrungen, ein Spiegelbild ihrer Seele, die nun von einer Welle der Trauer erfasst wurde. Diese Trauer drohte, ihre Seele zu erdrücken und ihr die Lebenskraft zu entziehen, als sie der Stelle näher kam, an der ihr Bruder sein Leben gelassen hatte. Ihr Schluchzen durchbrach die sonst so ruhige Umgebung, ein verzweifelter Versuch, die schmerzhafte Realität zu akzeptieren, die sich ihr unwiderruflich aufdrängte.

Nur wenige Momente später wurde der Leichnam ihres Bruders behutsam auf ein herbeigeschafftes, robustes Brett gelegt. Ein Leinentuch bedeckte seinen leblosen Körper. Mit schweren Herzen trugen die Dorfbewohner ihn zurück ins Herz des Dorfes, gefolgt von einer Prozession trauernder Seelen. Einige Frauen des Dorfes schlossen sich der trauernden Ursula an, boten ihr stützende Arme und flüsterten Worte des Trostes.

Freiwillige Helfer gesellten sich zu den beiden Wachmännern des Dorfes, bereit, ihnen ihre Augen zu leihen, um auch die kleinste Spur nicht zu übersehen. Gemeinsam formten sie eine entschlossene Gruppe, die darauf abzielte, die Wahrheit hinter dem grausamen Mord ans Licht zu bringen.

# Der Fremde

Das Wetter am Sonntag war günstig gewesen, und ein Übernachten im Freien erwies sich als angenehme Idee. So beschloss er, auf einer Wiese nahe des Main Rast zu machen und dort zu übernachten. Sie verweilten bis Montagmittag dort, zumal sein Sohn am Morgen noch von der Erschöpfung der vorherigen Tage gezeichnet war.

Ein Fischer aus Niederrad bemerkte ihre Anwesenheit. Er bereitete sein Boot für den Fang vor und hatte von der Ermordung des Bleichwächters gehört. Ohne zu zögern, ließ der Fischer seine Vorbereitungen und eilte über die Wiese zu den Wachleuten, die die Gegend nach Hinweisen absuchten. Er berichtete ihnen von dem Fremden in der Nähe.

Ein Tagelöhner vom Landgut Rothehamm*, der dort schon länger arbeitete, gesellte sich dazu und berichtete wichtigtuerisch: »Einen solchen habe ich gestern gegen Abend dort schon gesehen. Es schien mir, er habe die Absicht, sein Nachtlager aufzuschlagen.«

Fritz, der dies mitbekommen hatte, meldete sich zu Wort: »Es wäre ratsam, den Mann einer Überprüfung zu unterziehen, denkt ihr nicht?« Er war wie durch Zufall erschienen und hatte seine Hilfe angeboten. Das Saatkorn der Verdächtigung gegen den Fremden war gesät. Die beiden Wachmänner entschieden sich daraufhin, vorerst von einem Verhör der übrigen Niederräder Abstand zu nehmen. Diese Überlegung war ihnen gekommen, nachdem weiterhin keine brauchbaren Spuren gefunden worden waren. Jetzt war der Beschluss gefasst, sich zunächst den Dorffremden genauer anzusehen.

In Gedanken versunken, war Wilfreds Aufmerksamkeit ganz bei seiner Arbeit, während er seinen Karren belud. Seine schulterlangen, leicht gewellten, braunen Haare umrahmten ein wettergegerbtes Gesicht, in dem sich müde, doch aufmerksame braune Augen befanden. Er bewegte sich mit einer geschmeidigen Behändigkeit, die von vielen Jahren körperlicher Arbeit zeugte. Sein Sohn Hans war in die Büsche gegangen, um sich zu erleichtern. Plötzlich durchschnitt eine scharfe Stimme die Stille und riss Wilfred aus seinen Überlegungen: »Wer seid ihr, Fremder?«

Erschrocken und mit einer ruckartigen Bewegung drehte sich Wilfred um, nur um die strenge Miene eines Wachmeisters zu erblicken, der mit festen Schritten auf ihn zukam, gefolgt von einem Pulk weiterer Männer.

»Was möchten Sie von mir?«, entgegnete Wilfred, seine Stimme von leichter Verunsicherung durchzogen, doch mit einer Stärke, die von einem Leben voller Herausforderungen erzählte. »Ich wollte gerade aufbrechen.«

»Hier bricht im Augenblick niemand auf! Identitätsfeststellung! Durchsuche ihn!«, befahl der Wachmeister seinen Kollegen mit einem Ton, der keinen Widerspruch duldete.

Während der Gehilfe Wilfreds Taschen durchwühlte, fanden sie eine lederne Geldbörse. Das Klirren der Münzen darin – ein Geräusch, das in der Luft hing wie ein unheilvolles Omen. »Das ist Grund genug, dich vorerst festzunehmen, Kerl!«

»Weshalb denn«, fragte Wilfred. Verwirrung spiegelte sich in seinen Augen wider.

»Weil du unter Verdacht stehst«, antwortete der

Dorfwachmann, seine Augen verengten sich.

»Verdacht? Wegen welcher Tat?«, hakte Wilfred nach.

»Du bist verhaftet, Mann, wegen des Verdachts des Raubmordes an einem unserer Bürger.« Der Wachtmeister packte Wilfred am Kragen und stieß ihn grob vor sich her. Wilfred stolperte vorwärts.

»Jetzt geht es erst einmal zur Wachstube* im Dorf.«

»Aber, mein Junge!«, rief der Fremde, eine Mischung aus Verzweiflung und Furcht in seiner Stimme, als er versuchte, sich loszureißen.

Des Dorfwachmanns Zorn entflammte: »Jetzt kommt Widerstand gegen die Staatsgewalt hinzu, das bringt dich in Untersuchungshaft.«

In diesem Moment tauchte Hans, der kleine, 5-jährige Junge mit wirbelnden braunen Haaren, die ihm frech in die Stirn fielen, aus dem Gebüsch auf. Seine tiefbraunen Augen, groß und ausdrucksstark, waren weit aufgerissen vor Angst, als er den Wachleuten nachsah, die seinen Vater abführten. Verwirrt und verängstigt verstand er nicht, was da mit seinem Vater geschah.

Als sie das Dorf erreichten, wurden sie von einer Menge Dörflern empfangen, die den Weg versperrte.

»Mörder!«, schrie eine alte Frau, deren Stimme von Trauer und Wut gezeichnet war – es war Ursula, die Schwester von Julius Baumbach. Ihre Worte hallten über den Platz, während sich die Menge sammelte, jeder Blick war auf Wilfred gerichtet. »Am Galgen auf dem Galgenacker wirst du elend enden.«

Direkt vor dem Dorf jenseits des Waschteichs erstreckte sich der Galgenplatz. Dort stand die Konstruktion aus zwei stabilen Steinstützen und einem Querbalken aus Holz, der in eisernen Dollen ruhte, und dazu diente, eine Person daran zu erhängen.

Von den Wachmännern geführt, musste der verzweifelt dreinblickende Mann an all den Menschen vorbeigehen, die sich angesammelt hatten. Drohungen wurden gegen ihn ausgestoßen, und die Menge starrte ihn an, als stünde er in der nächsten Minute am Galgen.

»Um Himmels willen! Was möchtet ihr von mir? Welche Schuld soll ich begangen haben?«, rief Wilfred aus, sein Blick huschte nervös über die Gesichter der Umstehenden, doch es gab keine Gnade, nur Ablehnung und Verurteilung.

»Vater! Vater!«, schrie Hans, doch seine Stimme ging unter in der Menge, unbeachtet, verloren. Niemanden schien es zu interessieren.

Wilfred schüttelte resigniert den Kopf, ein Blick der Verzweiflung auf seinen Sohn gerichtet, in seinen Augen spiegelte sich das Entsetzen einer ungewissen Zukunft. Dann senkte er den Blick, sein Herz schwer von der Last, die ihm aufgebürdet wurde, ohne Hoffnung auf Erlösung aus dem Alptraum, der sich für ihn und seinen Sohn in diesem Augenblick abspielte.

# Verhängnisvolle Beschuldigung

Während der Mann von den Wachmännern durch das Dorf geführt wurde, fand die Rückkehr von Klara und Ida, auf Albrechts Wagen statt. Die drei bemerkten mit Verwunderung die ungewohnte Stille, die den Waschteich und das Vorfeld des Schlösschens umgab. Albrecht, lenkte geschickt den Wagen durch die Durchfahrt beim Schlösschen, das seit 1817 im Besitz seines Herrn, dem Landwirt Schulze, stand. An der Hofeinfahrt hielt Albrecht inne, sprang mit einer behänden Bewegung vom Kutschbock und bot Klara sowie Ida galant seine Hand zum Absteigen an.

»Vielen Dank, Albrecht, für die Fahrt«, sagten die beiden Frauen, ihre Stimmen waren durchzogen von Dankbarkeit.

Albrecht nickte lächelnd und sagte: »Gern geschehen«, bevor er sein Gespann durch die Einfahrt in den Wirtschaftshof steuerte, zur Stallung hin.

Kaum hatten Klara und Ida sich auf den Weg die Straße hinauf zu ihren Häusern gemacht, zerriss ein verzweifelter Schrei die Luft. »Vater!«

Als sie das Haus an der Ecke Schwanheimer und Frankfurter Straße erreichten, fiel ihr Blick die Frankfurter Straße hinauf, wo ein ungewöhnlicher Auflauf für Unruhe sorgte.

»Was ist denn da vorne beim Rössi* am Kirchpfad* los?«, fragte Ida, Neugier und Sorge mischten sich in ihrer Stimme. Gemeinsam näherten sie sich dem Tumult, Klara bahnte sich entschlossen einen Weg durch die Menge. Während ein weiterer, von Angst und Verzweiflung getragener Ruf »Vater« an ihr Ohr drang, ließ dieser Klara erschauern und drang ihr bis ins Mark. »Was ist denn los?«, fragte sie.

Ein Gemurmel empfing sie: »Das ist ein Raubmörder, er hat unseren Bleichwächter Julius auf dem Gewissen.«

Als sie die vorderste Reihe erreichte, sah sie ihn. Einen Mann, der im Zentrum all der aufgebrachten Stimmen stand, öffnete den Mund, blieb dann jedoch stumm und starrte die Wachmänner ungläubig an. Neben ihm weinte ein kleiner Junge, seine Hand nach dem Festgenommenen ausgestreckt, in einer Geste der Hilflosigkeit und des Flehens.

»Du hör auf zu plärren und mach dich fort«, schnauzte der Wachtmeister den Jungen an. Der Junge wich zurück, sein Gesicht ein Spiegelbild tiefer Seelenqual und Verzweiflung.

»Warum wollt Ihr Euch lange mit diesem Kerl herumärgern? Bringt den Mörder zum Galgenfeld* und hängt ihn auf«, hörte man eine Stimme aus der Menge, aggressiv und fordernd. Derjenige, der die Aufmerksamkeit aller auf sich gezogen hatte und die Menge anstachelte, war Fritz, wie Klara erkannte.

»Das Gericht kann sich die Mühe sparen. Ihr habt es doch selbst gehört: Er wurde gestern schon dabei beobachtet, wie er sich bei der unteren Bleiche herumtrieb. Da besteht definitiv ein Zusammenhang«, verkündete er mit Nachdruck.

Die Menge nickte zustimmend.

Doch einer der Wachtmeister hielt dagegen, seine Haltung von seiner Dienstpflicht geprägt: »Ich verstehe euch, doch dürfen wir nicht voreilig Schlüsse ziehen. Die Lage ist weitaus komplexer, als es auf den ersten Blick erscheint. Uns fehlen schlüssige Beweise, die eine eindeutige Verbindung herstellen. Dieser Mann wird dem Frankfurter Gericht überstellt. Dort verfügt man über die Mittel und die Erfahrung, um der Wahrheit auf den Grund zu gehen.«

Eine Wäscherin, die besorgt ihre Hände wrang, meldete sich zu Wort: »Glaubt ihr, unsere Wäsche ist in Gefahr, so wie die auf der Sachsenhäuser Bleiche? Da wurde in letzter Zeit einiges gestohlen, wie mir und der Frau Käthe zugetragen wurde.« Ihre Stimme zitterte leicht.

»Beruhigt euch«, antwortete der Wachtmeister, der die aufkommende Panik zu lindern versuchte. »Wir müssen zunächst Beweise sammeln. Wir werden den oder die Verantwortlichen schon finden. Vorher kann kein Urteil gefällt oder gar vollstreckt werden, so sieht es das Gesetz vor. Frankfurt wird uns sicherlich jede erdenkliche Unterstützung zukommen lassen. Wahrscheinlich wird uns sogar ein Kommissar für Amtshilfe zur Seite gestellt werden, um in dieser Angelegenheit Licht ins Dunkel zu bringen. Nun macht Platz, Leute, ich bitte euch! Geht endlich nach Hause!«

Die Menge löste sich widerwillig auf, doch ein kleiner Junge blieb zurück, verloren und ängstlich, als die Wachtmeister seinen Vater abführten.

Klara spürte einen schmerzlichen Stich in ihrem Herzen, als sie das Kind in diesem schutzlosen Zustand sah. Sie war zornig und gleichzeitig angewidert von der Gleichgültigkeit der Niederräder Bürgerinnen und Bürger gegenüber dem hilflosen Kind. Niemand schien sich darum zu kümmern, sich nach Verwandten des Jungen zu erkundigen. »Wie kann es sein, dass niemand sich um das Kind kümmert?«, murmelte sie, mehr zu sich selbst als zu Ida, die neben ihr stand.

Ida zog besorgt die Augenbrauen zusammen. »Klara, komm«, drängte Ida. »Das Kind ist nicht unsere

Verantwortung. Der Vater ist ein Mörder. Das geht uns nichts an.«

In Klaras Gedanken blitzte eine Frage auf, ›Soll ich mich abwenden‹, sie schüttelte für sich den Kopf. ›Nein, der Junge braucht Hilfe.‹ Entschlossenheit leuchtete in ihren Augen auf. »Ob die Anschuldigungen gegen seinen Vater wahr sind, kann ich nicht sagen«, entgegnete sie mit fester Stimme. »Aber eines weiß ich genau: Es ist grausam, einem Kind gegenüber so gefühllos zu sein. Der Kleine trägt keine Schuld an der Tat. Ich kann und will nicht wegsehen, wenn ich helfen kann!«

Entschieden stellte sie das Tragbrett, beladen mit schmutziger Wäsche, auf einer nahegelegenen Mauer ab und ging mit festen Schritten auf den Jungen zu. Sie kniete sich vor ihm nieder, sodass ihre Augen auf gleicher Höhe mit ihm waren. Ein mitfühlendes Lächeln umspielte ihre Lippen, als sie versuchte, ihm etwas Trost zu spenden. Aus der Tasche ihres einfachen, aber sauberen Kleides zog sie ein Taschentuch hervor und begann sanft, die Tränen des Jungen zu trocknen. »Wie heißt du denn, mein Kleiner?«

»Hans«, sagte der Junge mit weinerlicher Stimme.

»Wo ist deine Mutter, Hans?«, forschte sie weiter, während sie ihm vorsichtig über das Haar strich, in der Hoffnung, ihm etwas Halt zu geben.

»Mama ist im Himmel!«

Die Einfachheit seiner Worte, gesprochen mit der Unschuld eines Kindes, trafen sie mitten ins Herz.

»Ich bin mit Papa allein«, fügte er hinzu und deutete dann in die Richtung, in die die Dorfwachmänner den Mann abgeführt hatten. Seine kleinen Finger zitterten, als er auf den unsichtbaren Punkt zeigte. »Papa jetzt fort!«, schluchzte er dann und warf sich mit einer Verzweiflung, die sie tief berührte, ihr entgegen. Instinktiv hielt sie ihn fest, seine kleinen Arme klammerten sich um ihren Hals, als suchte er in ihr den Halt, den die Welt ihm genommen hatte.

»Armer Kleiner«, flüsterte sie, während sie sanft über seinen Rücken strich. Nach einer Weile, als Hans' Weinen langsam nachließ und sich in leises Schluchzen verwandelte, blickte sie sich um. »Komm, Hans! Ich verspreche dir, wir werden herausfinden, was mit deinem Papa passiert.« Sie stand auf, den Jungen an der Hand haltend und wandte sich an Ida. »Ida, pass bitte auf die Wäsche auf.«

Ida sah sie mit einem besorgten Blick an. »Was hast du vor?«

»Ich werde versuchen, ihm zu helfen. Die können den Bub nicht mutterseelenallein stehen lassen, während sie den Vater einkerkern. Es ist nicht richtig, ihn hier so allein und hilflos zurückzulassen. Wir müssen herausfinden, wie wir für den Kleinen sorgen können.«

Ihre Entschlossenheit ließ keinen Raum für Zweifel. Sie wusste, in diesem Moment war das Wohl des kleinen Hans, das Einzige, was für sie zählte. Mit einer Mischung aus Entschlossenheit und Mitgefühl machte sie sich auf den Weg, nicht ahnend, welche Herausforderungen noch vor ihr lagen, als sie mit Hans fest an ihrer Hand, den Wachleuten folgte.

Mit entschlossenen Schritten trat Klara in die Wachstube zu Niederrad ein, ohne anzuklopfen, und unterbrach das Gespräch der Wachmänner. »In Gottes Namen, was soll aus dem Kind des Mannes werden?« Ihre Stimme schnitt durch die schwere Luft der Stube. Die Wachmänner Fabian und Schneider, überrascht von ihrer Direktheit, tauschten missbilligende Blicke, schienen keine Lust zu haben, sich auch noch mit dem Sohn des in Gewahrsam Genommenen auseinanderzusetzen.

»Sorg du dich um ihn, wenn es dich interessiert, was aus dem Bengel wird. Du kannst ihn zum Pfarrer oder ins Waisenhaus bringen«, entgegnete einer von ihnen schroff, seine Worte begleitet, von dem Geklirr der Schlüssel, an seinem Gürtel. »Wir sind lediglich für den Festgenommenen verantwortlich. Der wird morgen früh von uns nach Frankfurt überstellt. Damit ist die Angelegenheit für uns erst einmal erledigt.« Der andere nickte zustimmend, ihre Aufmerksamkeit bereits ihrer Aufzeichnung zu der Tat und dem leisen Knistern von Papier zugewandt.

»Dann muss ich's eben machen«, sagte Klara entschlossen, die Enttäuschung über ihre Gleichgültigkeit mit Fassung tragend. »Sagt dem Frankfurter Gefängnisaufseher, dass ich den Jungen einstweilen bei mir aufnehme.«

Als sie sich zu Hans hinunterbeugte, spürte sie, wie ihre Entscheidung noch mehr Gewicht annahm. »Komm mein Kleiner, dann werde ich erst einmal für dich sorgen.« Ihre Stimme sanft, ein beruhigender Kontrast für den Jungen zu den rauen Tönen der Wachstube.

Beim Verlassen der Wachstube warf Klara einen letzten Blick zurück zum Haus. Das kleine Fenster, gesichert mit eisernen Stangen, fing ihren Blick ein. Sie glaubte, dort im Schatten das Gesicht des Gefangenen zu erkennen. Seine Augen, Schatten unterworfen und der Blick verzweifelt, da er das Schicksal seines Kindes nicht mehr in seinen Händen hielt.

Mit einem tiefen Atemzug wandte sie sich ab, den Blick fest nach vorn gerichtet, die Zähne aufeinandergepresst in stummer Entschlossenheit, für den Jungen erst einmal die Verantwortung zu übernehmen. Sie war nicht länger nur

Klara, die Wäscherin, die vor ein paar Tagen ihre letzte Angehörige verloren hatte. Sie war unerwartet zur Hüterin eines kleinen, verlorenen Lebens geworden, das in seiner Unschuld das Gewicht der Welt nicht zu tragen wusste.

# Uneinigkeit

Fritz stand neben Ida, sein Blick unnachgiebig, als wäre er ein Wächter alter, unumstößlicher Werte. Seine Augen, kalt und fast berechnend, fixierten den kleinen Hans, als wägte er dessen Schicksal in seinem Geist ab. Klara konnte nicht anders, als ein unangenehmes Ziehen in der Magengrube zu spüren, als ihre Blicke sich trafen. In seinen Augen las sie ein tiefes Unverständnis. ›Jetzt auch das noch‹, dachte sie, während ihr Herz einen unwillkommenen Takt schneller vor Unmut schlug.

»Komm Hans!«, sagte sie, in einer Mischung aus Entschlossenheit und Wärme, um dem Jungen etwas Sicherheit zu geben.

»Wo willst du mit den Bengel hin?«, fragte Fritz, seine Stimme scharf wie eine Klinge.

»Wohin glaubst du, dass ich mit ihm gehen könnte? Ich werde ihn mit mir nach Hause nehmen«, entgegnete Klara.

»Der wird bald ein Kind ohne Vater sein«, warf Fritz kalt ein.

»Dann wäre er ein Waise, denn er hat keine Mutter mehr!«, entgegnete Klara, ihre Stimme brach leicht unter der Last der Traurigkeit.

»Solche Kinder gehören ins Waisenhaus. Du willst ihn doch nicht ernsthaft bei dir aufnehmen. Er ist der Sohn eines Mörders!«, spottete Fritz.

Klara stand ihm gegenüber, unbeirrt von seinem spöttischen Ton und den Vorwürfen, die er gegen Hans und seinen Vater erhob. Doch Hans, der bis dahin stumm geblieben war, blickte Fritz mit großen, fassungslosen Augen an. »Das ist nicht wahr«, schrie er plötzlich, die

71

Verzweiflung in seiner Stimme unüberhörbar. »Es ist eine Lüge, mein Papa tut niemand etwas.«

»Sei nicht so frech Balg, sonst setzt es was!«, drohte Fritz und er machte einen Schritt auf Hans zu.

Hans wich zurück, seine kleinen Hände zitterten. »Ich habe Angst vor dem«, flüsterte er kläglich und suchte Schutz hinter Klaras Rock.

»Fritz, lass den Jungen in Ruhe!«, sagte sie energisch und stellte sich schützend vor Hans. »Du musst keine Angst haben, Hans. Ich lasse nicht zu, dass er dir etwas tut!« Ihre Augen blitzten Fritz vor Zorn an. »Glaubst du wirklich, Mitgefühl und Barmherzigkeit sind in diesem Fall fehl am Platz?«

»Der Apfel fällt bekanntlich nicht weit von seinem Stamm«, entgegnete Fritz abfällig.

»Er ist der Sohn eines Mannes, der unter Mordverdacht steht. Aber nichts ist bewiesen. Das ist ein wesentlicher Unterschied«, erwiderte Klara mit fester Stimme.

»Falls du dein Herz für andere männliche Wesen öffnen würdest, wäre es mir lieber«, bemerkte Fritz.

»Ich kann mir vorstellen, wen du mit anderen männlichen Wesen' meinst. Aber ich habe dir bereits gesagt, wir können Freunde sein, nicht mehr. Wenn du das nicht akzeptieren kannst, vielleicht sogar das nicht mehr.«

Die Diskussion hatte sich vertieft, als Ida sich einschaltete, die bisher geschwiegen hatte. Ihre Worte waren wohlüberlegt, doch trugen sie eine Schärfe in sich, die Klara gegen sie gerichtet, unerwartet traf. »Im Grunde hat Fritz nicht Unrecht, Klara. Warum möchtest du dich mit einem Kind belasten, von dem du so wenig weißt?«

»Ida, du weißt, ich kenne den Schmerz, ohne Eltern zu sein, nur zu gut. Somit weiß ich, wie es ist, ein Waisenkind zu sein. Selbst wenn man eine liebevolle Großmutter hat, die sich dann um einen kümmert, bleibt doch immer eine Leere im Herzen zurück. Der Junge hat bis zu diesem Zeitpunkt noch seinen Vater, aber sonst niemanden mehr. Wenn sich in dieser Zeit niemand um ihn kümmert, während sein Vater auf sein Urteil oder seinen Freispruch wartet, könnte er der Gesellschaft entwurzelt auf der Straße landen. Haben wir nicht schon genug unerwünschte und verstoßene Kinder in und um Frankfurt gesehen? Jedes Mal, wenn ich in die Stadt komme, scheint die Zahl dieser Straßenkinder sich zu vervielfachen. Ich frage mich immer wieder, wann die Stadtväter sich endlich dieses Problems annehmen. Da sie es nicht tun, sehe ich es in diesem Fall, zunächst als meine Aufgabe mich ihn anzunehmen«, entgegnete Klara mit einer Klarheit und Festigkeit, die keinen Widerspruch duldete.

»Naja, aber der Racker kann doch arbeiten«, äußerte Fritz kalt. Seine Stimme trug keine Spur von Mitgefühl, nur das nackte Kalkül eines Menschen, der den Wert eines Kindes einzig und allein an Arbeitsleistung maß.

Für einen Moment war es, als würde die Zeit stillstehen. Klara konnte Hans neben sich spüren, der zu ihr aufblickte, verwirrt und verängstigt von der Kälte, die Fritz ausstrahlte. Sie konnte nicht fassen, dass jemand, mit dem sie seit längerer Zeit ihre Freundschaft teilte, so gefühllos sprechen konnte.

Mit einer ruhigen, doch deutlich zitternden Stimme, in der sich ihr ganzes Entsetzen und ihre Ablehnung gegenüber dieser Vorstellung spiegelte, antwortete Klara: »Hans ist ein kleines Kind, Fritz, kein Arbeitsgerät. Was er jetzt braucht, ist Schutz und Fürsorge. Du kennst die harten Arbeiten, die Straßenkinder oft verrichten müssen, wenn sie überhaupt eine Gelegenheit finden, um nicht betteln oder sogar stehlen zu müssen, um nicht vor Hunger zu sterben.«

»Daher sollte man ihn, wie Fritz vorgeschlagen hat, ins Waisenhaus bringen. Dort wird man sich um ihn kümmern«, warf Ida ein.

Doch Klaras Antwort ließ keinen Zweifel daran, dass diese Option alles andere als wünschenswert war. »Sie prangerten im Waisenhausstreit die herrschenden Missstände in den Anstalten an - die Situation der Heimkinder hat sich seitdem nicht verbessert. Die Armenfürsorge setzte sich in letzter Zeit wieder vermehrt für Obdach von Waisen in Familien ein.«

»Du bist keine Familie!«, sagte Ida. »Die Kinder, die in Waisenhäusern untergebracht sind, erhalten zumindest eine grundlegende Bildung und Erziehung. Sie lernen Lesen, Schreiben und Rechnen, und sie erhalten Unterricht in Religion. Außerdem werden sie durch einige Stunden Arbeit in den Arbeitsalltag eingeführt. Die älteren Kinder kommen später in Arbeitsanstalten, damit sie, wenn sie erwachsen sind, einen ehrlichen Beruf ergreifen können.«

»Liebe, Schutz, Fürsorge – ach muss man dafür unbedingt Blutsverwandte sein? Ich dachte, wir wüssten es besser!« Klara sprach mit einer Überzeugung, die aus tiefstem Herzen kam. »Was der Junge jetzt braucht, ist jemand, der für ihn da ist, der ihn unterstützt, egal ob in einem Haus voller Verwandter oder bei jemandem, der sich entscheidet, diese Rolle zu übernehmen.«

Hans Augen wanderten zwischen den Erwachsenen hin und her, sichtlich verwirrt von dem, was um ihn herum geschah.

Klara, deren Geduld am Ende war, brachte mit ihrer scharfzüngigen Bemerkung ihre Frustration zum Ausdruck.

»Ihr beiden geht mir gehörig auf die Nerven. Vielleicht solltet ihr euch als Paar zusammentun«, schlug sie vor.

»Klara, was soll das denn heißen?«, empörte sich Ida, deren Reaktion die Absurdität des Vorschlags nur unterstrich.

»Die Beweggründe hinter Fritz Aussagen und Taten, die kannst du sicherlich besser beurteilen als ich. Ihr schürt Erwartungen in euch und an mich, denen ich unmöglich gerecht werden kann. Wie kommt ihr dazu, über mein Leben bestimmen zu wollen?« Ohne auf eine Antwort oder Reaktion zu warten, nahm Klara entschlossen ihr Wäschebrett mit der schmutzigen Wäsche auf. »Komm, Hans!«, sagte sie und ließ die beiden zurück, die ihr perplex nachblickten.

Ein schweres Schweigen lag zwischen ihnen, gebrochen nur durch Idas resignierten Seufzer. Sie schloss kurz die Augen, bevor sie Fritz einen entschuldigenden Blick zuwarf, als wolle sie sagen, dass sie selbst keine Lösung parat hatte. »Klara wird sich schon wieder beruhigen. Ihre Sichtweise unterscheidet sich von unserer, weil sie um ihre Großmutter trauert. Sie hat ein weiches Herz und hat dadurch Mitleid mit einem solch verlassenen Kind.«

Fritz nickte langsam, sein Blick verlor sich kurz in der Ferne, bevor er sich wieder Ida zuwandte. »Vielleicht hast du recht. Ida, wir kennen uns gut, und deshalb möchte ich dir gestehen: Ich bin mir unsicher, ob sie auf lange Sicht allein zurechtkommen wird. Ich liebe sie und beabsichtige nicht, sie wegen dieses Streites aufzugeben.« Seine Worte waren gefasst, und für einen Moment ließ er gespielt seine feste Haltung fallen, deren wahren Hintergründe er gut verbarg.

Ida trat einen Schritt näher, ihre Hand suchte die seine, ein stummes Zeichen der Unterstützung. »Ich bin überzeugt, dass Klara ihre Meinung ändern wird, sobald sie erkennt, welche Herausforderungen ein solches Kind mit sich bringen kann. Sie wird die Situation gewiss schon bald klarer sehen und entsprechend vernünftige Entscheidungen treffen.«

Ein langer Moment der Stille umhüllte sie, in dem lediglich ihre Blicke miteinander kommunizierten, voller unausgesprochener Gedanken und Gefühle.

»Es wird Zeit, dass ich nach Hause komme«, sagte Ida.

Sie verabschiedeten sich voneinander. »Pass auf dich auf, Ida,« sagte er.

»Du auch,« erwiderte sie, bevor sie sich umdrehte, ihr Herz schwer von dem, was geschehen war, trennten sich ihre Wege, jeder in seine eigene Richtung.

Während Ida nach Hause ging, kehrte Fritz in eine der Dorfschenken ein. Er war fest entschlossen, nicht nur Klara zu erobern, sondern das Häuschen in seine Hand zu bekommen, von dem sie nach dem Tod der Großmutter die Alleinerbin war. Ihr Erbe machte sie zu einem begehrenswerteren Ziel für ihn als vor einigen Wochen, als ihre Großmutter noch lebte.

Einen Apfelwein* bestellend, lehnte er sich zurück, ließ den Blick durch den Raum schweifen. Sein Interesse richtete sich auf die Schankmaid, eine bekannte Person aus vielen Abenden im Dorf, deren Lächeln ihm nicht fremd war.

Als die Wirtsstube sich allmählich leerte und die Gäste nach und nach gingen, trat er zu ihr, während sie die Gläser spülte. »Du siehst heute wieder bezaubernd aus, Frieda«, sagte er und zwinkerte ihr zu.

Mit einem Hauch von Röte auf den Wangen und einem schelmischen Lächeln erwiderte sie: »Du bist auch kein schlechter Anblick, Fritz.«

In einem spontanen Einfall schlug Fritz einen Gang ins Freie vor, wissend, dass der bescheidene Abort genug Diskretion für seine Zwecke bot.

Sie konnte es nicht lassen ihn nach Klara zu fragen. »Wo hast du denn deine züchtige Freundin gelassen?«

In seinem Blick trat eine gewisse Genervtheit, dann knurrte er: »Klara hat sich des Balges angenommen, von dem der des Mordes beschuldigt ist, was mich geärgert hat. Aber das klärt sich bald.« Ein Lächeln huschte über sein Gesicht, als sich ein Mundwinkel leicht nach oben zog. »Du weißt doch, dass ich es nicht ausstehen kann, wenn...« Er brach ab. »Ich denke, es ist Zeit für eine kleine 'Strafe' wegen deiner Neugier«, sagte er. Seine Stimme brachte alles in ihr zum Kribbeln. »Dann, pflüge mich hart«, hauchte sie. »Du weißt doch, mir reicht es, von dir beackert zu werden.«

»Das kann ich selbst noch, wenn Klara erst einmal meine Frau ist«, sagte er und öffnete seine Hose.

Außerhalb der Schenke und jenseits der Nacht, die sie verbarg, blieben die moralischen Grenzen, die sie so bereitwillig überschritten, unsichtbar.

Als Fritz geraume Zeit später seinen Apfelwein, das Getränk der einfachen Leute und für die Zuneigung der Schankmaid bezahlte, zeigte sein Gesicht ein selbstzufriedenes Grinsen.

»Fritz, du lässt dich nicht lumpen«, bemerkte die junge Frau schmunzelnd, eine Spur Bewunderung in ihrer

Stimme, während ihre geschickten Finger die Münzen entgegennahmen, die Fritz ihr als Anerkennung für ihre Zuwendung zusteckte. Mit einer artistischen Geschmeidigkeit ließ sie die Münzen in ihrem Ausschnitt verschwinden, ein Akt der Diskretion, entworfen, um sicherzustellen, dass der Wirt oder neugierige Augen das kleine Vermögen nicht erblickten.

Fritz, dessen Augen einen Moment lang dem Weg der Münzen folgte, bevor sie wieder in den ihren ruhten, antwortete mit einem tiefen, zufriedenen Lachen. »Wer fleißig arbeitet, der kann sich etwas leisten«, erwiderte er mit einer Selbstsicherheit, die von harter Arbeit und dem stolzen Bewusstsein angeblicher eigener Arbeitsleistung zeugte.

# Verantwortung

Klara betrachtete den Jungen, dessen Augen vom Weinen rot umrandet waren, und ein zärtliches Lächeln umspielte ihre Lippen. ›*Was soll ich nur mit dir machen?*‹, fragte Klara sich. Ihr Herz zog sich zusammen bei dem Gedanken an die Unsicherheiten, die vor ihnen lagen. Doch in ihrem Entschluss, diesem Kind zu helfen, fand sie eine neue Aufgabe in ihrer Einsamkeit, während sie sich sanft zu ihm herunterbeugte. Sie streckte ihre Hand aus, legte sie behutsam auf seine Schulter, ein Angebot von Trost und Sicherheit. »Ich denke, zuerst brauchst du ein warmes Bad. »Und danach«, fuhr sie fort, »gibt es etwas zu essen. Du musst hungrig sein.« Klara erhob sich, voller entschlossener Fürsorge, während sie im Geiste durchging, was sie zubereiten und tun könne, um nicht nur seinen Hunger, sondern darüber hinaus ein Stück weit die Leere, die er zu tragen schien, zu stillen. Klara hielt inne, ihre Stirn in Falten gelegt. »Weißt du, woher ihr kommt? Kannst du dich erinnern? Es wäre hilfreich für uns beide!« Ihre Frage war sanft, ein vorsichtiger Versuch, ihn nicht zu überfordern.

»Michelstadt«, kam die Antwort zögerlich, aber mit einem Funken Klarheit in seinen Augen. »Ich kann mir das gut merken, weil Papas Papa Michel, wie die Stadt hieß.«

Mit jedem Wort, das der Junge preisgab, schien er ein Stück weit aus seinem Schneckenhaus herauszukommen. Der Junge erzählte über den Hof, auf dem sie gelebt hatten, und dass sie ihn hatten verlassen müssen, da der Vater sich eine neue Arbeit suchen musste. Klara hörte aufmerksam zu, während er berichtete. Sie spürte, dass es für den Jungen wichtig war, darüber zu sprechen. Aus seinen Worten webte sich ein Bild der Ereignisse zusammen: Nach dem schmerzhaften Verlust seiner Mutter geriet das Leben auf dem Bauernhof ins Wanken. Der Bauer, bei dem sie lebten, hatte klar gemacht, dass er nur Platz für ein Paar hatte – jemanden, der die Felder bestellte und eine weitere Person, die den Haushalt führte. Hans' Vater, nach dem Tod seiner Frau, alleinerziehend, passte nicht mehr in diese geforderte Konstellation, und so standen sie vor der schmerzhaften Entscheidung, ihr Heim zu verlassen, auf der Suche nach neuen Möglichkeiten, damit er woanders sein Auskommen fand. Es war eine Geschichte von Verlust und Veränderung, die schwer auf seinen jungen Schultern lastete. Sie spürte eine tiefere Empathie für den Jungen und seinen Vater, deren Leben durch Umstände erschüttert wurden, die sie kaum kontrollieren konnten. Ihre Augen, voller Mitgefühl und Verständnis, fixierten den Jungen, als wollte sie ihm stumm versichern, dass er in ihr eine Verbündete gefunden hatte.

Nachdem sie die Badewanne mit warmem Wasser gefüllt hatte, half Klara dem kleinen Hans vorsichtig, sich von seiner durch Straßenschmutz in Mitleidenschaft gezogenen Kleidung zu befreien. Überraschenderweise war seine Haut darunter weniger verdreckt, als sie angenommen hatte. Mit einer sanften Bewegung hob sie den Jungen in die Zink-Sitzbadewanne, die in der Mitte der Küche stand.

»Zum Donnerwetter! Hör doch auf mit dem Gezappel!«, rief sie aus, als Hans zu zappeln begann.

»Nein! Lass mich, hörst du?« Hans' Protest war energisch und voller Angst. »Ich mag das Wasser nicht!«

»Das Wasser?«, fragte sie, verwirrt über seinen plötzlichen Widerstand gegen das, was sie als eine Art feierliches, wöchentliches Reinigungsritual ansah, ein Moment, den sie selbst stets genoss.

Die tägliche Körperpflege erledigte sie normalerweise mit einer Waschschüssel, einer danebenstehenden Wasserkanne und einer Seifenschale, die auf einem kleinen Schränkchen in ihrem Zimmer bereitstand. Doch mit Hans' entschiedenem Widerstand hatte sie nicht gerechnet. Jetzt war Klara von Kopf bis Fuß durchnässt. »Aber das Wasser ist doch angenehm warm.« Ihre Stirn legte sich in Falten, während sie versuchte, seine Angst zu verstehen.

»Mama ist gestorben, nachdem sie im warmen Wasser gebadet hat. Deswegen baden Papa und ich nur im Fluss oder Bach, oder wir waschen uns direkt am Brunnen.« Hans' Worte waren ernst und offenbarten eine tiefe, kindliche Furcht vor dem, was ihm erzählt worden war. »Der Bauer hat gesagt, dass durch warmes Wasser Krankheiten in den Körper kommen können.«

Klara, bemüht, seine Sorgen zu zerstreuen und ihn zu beruhigen, wählte ihre Worte mit Bedacht und Zuneigung. »Hans, ich bade jeden Sonntagvormittag, bevor ich zum Gottesdienst gehe im warmen Wasser, und mir geht es gut. Warmes Wasser hilft dabei, uns sauber zu halten und kann sogar beruhigend wirken. Es ist wichtig, dass wir uns keine unnötigen Ängste machen lassen.«

Nachdem Hans seinen Kampfgeist aufgegeben hatte, tauchte Klara einen Waschlappen ins warme Wasser und begann behutsam, seinen Körper zu säubern. »Siehst du, es ist gar nicht so schlimm, oder?«, sagte sie leise.

Langsam nickte Hans und begann sich zu entspannen, während Klara in Gedanken zu ihrer eigenen Kindheit zurückkehrte. Sie erinnerte sich daran, wie mühsam ihre Mutter und später ihre Großmutter zahlreiche Töpfe mit Wasser erwärmen mussten, um ein Bad vorzubereiten. Die Vorbereitung für Hans' Bad hatte auch ihre Zeit beansprucht, bis die Wanne schließlich ausreichend gefüllt war. Jetzt bildeten sich aufgrund des übergeschwappten Wassers kleine Pfützen auf dem unebenen Küchenboden.

Heute hätte sie sich eigentlich schon, um die Wäsche ihrer Kunden kümmern wollen, doch das würde bis morgen warten müssen, im Augenblick hatte sie mit ihrem kleinen Gast genug zu tun.

Nachdem das Bad beendet war, hob sie Hans aus der Wanne und hüllte ihn in ein Handtuch. Sein Magen knurrte, als sein Blick zum Brot auf dem Küchentisch wanderte.

»Du hast Hunger, nicht wahr?«, fragte sie mit einem Lächeln.

Er nickte zögerlich. »Ein bisschen schon.«

Gemeinsam setzten sie sich an den Küchentisch, wo Klara zwei Scheiben Brot abschnitt und dazu einige Stücke Käse sowie ein Glas Milch servierte.

Nach dem Essen räumte sie den Tisch ab und setzte sich wieder, ihre Blicke trafen sich. »Jetzt geht es ab ins Bett mit dir. Kinder brauchen ihren Schlaf. Morgen schauen wir dann weiter, was wir machen werden.«

Als Klara Hans behutsam in das Bett ihrer verstorbenen Großmutter legte, konnte sie spüren, wie eine erneute Welle der Traurigkeit den kleinen Jungen ergriff. Tränen begannen, seine Wangen herunterzurinnen. In der Stille des

Raumes waren Hans' gedämpfte Schluchzer zu hören, die Klara tief berührten.

»Dein Herz scheint schwer zu sein, mein Kleiner, wegen deines Papas. Das kann ich gut nachempfinden«, flüsterte Klara sanft, während ihre Finger liebevoll über seine Stirn strichen, als würden sie versuchen, den Kummer mit jener Berührung zu lindern. Sie tupfte behutsam seine Tränen ab, als wollte sie jedes einzelne Leid, dass sie aufnahm, für ihn leichter machen.

»Es ist mir schwer, ohne ihn zu sein«, schluchzte Hans, seine Stimme erstickt von den Tränen.

Mit einem tiefen Verständnis und voller Mitgefühl nickte Klara. Die Erinnerung an den kürzlichen Verlust ihres letzten Familienmitglieds lag schwer auf ihrem eigenen Herzen, ein Schmerz, der durch Hans' Worte wieder lebendig wurde. Doch in diesem Moment war sie für Hans da, bereit, ihm den Trost zu schenken, den sie beide so dringend benötigten. »Aber du bist nicht allein. Ich bin hier, und wir werden gemeinsam durch diese schwierige Zeit gehen, egal was passiert«, sagte sie mit einer Stimme, die Wärme und Zuversicht ausstrahlte. Ihr Lächeln war sanft und beruhigend, ein stilles Versprechen, dass sie ihm beistehen würde.

»Kannst du mir eine Geschichte erzählen? Ich kann dann immer besser einschlafen«, fragte Hans mit zitternder Stimme, seine Augen suchten die ihren.

»Natürlich, mein Kleiner. Aber danach wird geschlafen«, antwortete Klara, ihr Herz erfüllt von einer tiefen Zuneigung für den Jungen. Klara setzte sich auf den Rand des Bettes und dachte nach, welche Geschichte sie erzählen sollte. Dann fiel ihr eine ein, die ihr ihre Großmutter erzählt hatte. Sie änderte sie ein wenig ab, da die Geschichte von einem Mädchen handelte. So begann sie: »Es war einmal, vor langer Zeit. In einem Dorf lebte ein kleiner Junge namens Lorenz. Lorenz liebte es, in den klaren, sternenbesäten Nächten aus dem Fenster seiner Kammer zu schauen und die Sterne am Himmel zu bewundern. Eines Nachts, als Lorenz wieder einmal nicht schlafen konnte, setzte er sich ans Fenster und bemerkte nach kurzem etwas Ungewöhnliches. Die Sterne waren nicht da, wo sie sonst am klaren Nachthimmel standen. Doch da war ein Mann, der schaute vom Mond auf ihn herab. Sein Gesicht war von einem warmen, strahlenden Glanz umgeben. Lorenz war erstaunt, fühlte sich sofort mit diesem geheimnisvollen Mann im Mond verbunden. Der Mann im Mond begann zu sprechen und erzählte Lorenz von seiner Aufgabe. Er erklärte, er sei dafür verantwortlich, dass die Sterne des Nachts an ihrem richtigen Platz leuchteten. Aber in letzter Zeit habe er Schwierigkeiten mit ihnen. Einige von ihnen seien unruhig und flogen wild durch den Nachthimmel, anstatt zu funkeln. Lorenz bot dem Mann im Mond Hilfe an. Er war ein kluger und erfinderischer Junge und glaubte fest daran, dass sie gemeinsam die Sterne beruhigen konnten. So machte er sich mit dem Mann im Mond auf den Weg, zu einer abenteuerlichen Reise durch den Himmel. Lorenz sprach sanft zu den Sternen und erzählte ihnen Geschichten, er sang Lieder und berichtete ihnen, wie glücklich die Menschen waren, wenn sie ihnen in der Nacht den Himmel erleuchteten. Langsam, aber sicher begannen die Sterne, sich zu beruhigen. Sie nahmen ihre angestammten Plätze am Himmel wieder ein und begannen, in voller Pracht zu leuchten. Der Mann im Mond und Lorenz lächelten sich an und freuten sich, dass ihre Mission erfolgreich war.«

Hans schloss die Augen und ließ sich von Klaras Geschichte in einen ruhigen Schlaf wiegen, während sie die Geschichte zu Ende erzählte. »Als der Mann im Mond Lorenz am Ende ihrer Reise, zurück in seine Kammer brachte, bedankte er sich bei Lorenz und sagte: Du hast mir geholfen, die Schönheit des Nachthimmels wiederherzustellen, dafür werde ich dir immer dankbar sein.« Dann verschwand er langsam hinter den Wolken. Lorenz ging zurück in sein Bett und schlief friedlich ein, um von leuchtenden Sternen und dem Mann im Mond zu träumen. Seitdem wusste er, dass er nie allein war, wenn er in den Himmel schaute, denn der Mann im Mond und die Sterne würden immer über ihn wachen.

Klara beugte sich sanft über den mittlerweile friedlich schlafenden Hans und drückte einen zärtlichen Kuss auf seine Stirn. Mit einer Stimme, so leise wie der Flügelschlag eines Schmetterlings, flüsterte sie: »Gute Nacht, Hans. Morgen bricht ein neuer Tag an, und wir werden ihn gemeinsam erleben, das verspreche ich dir.«

Nachdem sie diese liebevollen Worte ausgesprochen hatte, erhob sie sich langsam, um keinen Laut zu verursachen, der die Stille des Zimmers durchbrechen konnte.

Sie ließ nach Verlassen der Kammer die Tür einen Spalt offen. Mit gedämpften Schritten begab sie sich dann in ihr eigenes Zimmer, wobei jeder ihrer Schritte von der Hoffnung getragen wurde, die der morgige Tag für sie beide bereithalten mochte.

Im Schutz der Dunkelheit ließ sie sich in ihr Bett sinken, umhüllt von der Stille des Hauses. Doch bevor sie sich dem Schlaf hingab, verweilten ihre Gedanken einen Moment bei Hans, erfüllt von der warmen Gewissheit des Versprechens, das sie ihm gegeben hatte.

❖

Am nächsten Morgen, als die ersten Strahlen der Sonne das Dorf in ein sanftes Licht tauchten, trat Klara vor ihr Haus und wurde von der alltäglichen Betriebsamkeit des Dorflebens begrüßt. Dort erblickte sie Ida, die geschäftig dabei war, den Weg vor ihrer Haustür zu fegen.

Ida, die Klaras Anwesenheit bemerkte, unterbrach ihre Tätigkeit, kam mit bedächtigen Schritten auf sie zu, stützte sich einige Schritte vor ihr auf ihren Besen und richtete einen vorwurfsvollen Blick auf Klara. Ihre Augen funkelten im Licht des neuen Tages, als sie ihren Unmut zum Ausdruck brachte: »Es war nicht nett von dir, uns gestern stehen zu lassen, besonders mich, nachdem ich dich nach Frankfurt begleitet hatte«, tadelte sie Klara mit einem Ton, der sowohl Enttäuschung als auch Sorge verriet. »Was Fritz betrifft, könntest du mit deinem Verhalten ihm gegenüber so weit gehen, dass er dich ignoriert und sich einer anderen zuwendet.«

Idas Worte hinterließen ein nachhallendes Echo in Klaras Gedanken, während sie den besorgten Ausdruck auf dem Gesicht ihrer Freundin betrachtete. Mit einer Mischung aus Verteidigung und Enttäuschung in ihrer Stimme erwiderte Klara: »Ihr habt euch selbst nicht freundlich verhalten. Der Junge war verängstigt. Es ist mir unverständlich, wie jemand so herzlos gegenüber einem Kind sein kann, das sich in einer so verlassenen Lage befindet. Und was Fritz angeht, so habe ich dir klargemacht, dass ich nicht mehr als Freundschaft für ihn empfinde. Ida, ich brauche für mich Zeit, um meine Gedanken, Gefühle und mein Leben zu ordnen!«

In diesem Moment gesellte sich Trude zu ihnen. Sie hatte die angespannte Atmosphäre zwischen Klara und ihrer

Tochter bemerkt und wollte, getrieben von dem Wunsch nach Harmonie, zur Versöhnung beitragen. Mit einem Hauch von Vorwurf in ihrer Stimme fragte sie: »Ihr wollt euch doch nicht schon wieder streiten? So kenne ich euch Mädchen überhaupt nicht. Was sind das für Dummheiten?«

Bevor Ida oder Klara etwas sagen konnten, öffnete sich die Tür von Klaras Haus ein Stück weit. Ein brauner lockiger Schopf erschien im Türspalt.

Klara lächelte, als sie den Jungen in der Tür sah. Sein Haar war zerzaust, und sein verschlafener Blick verriet, dass er erst aufgewacht war. »Guten Morgen, Hans«, sagte Klara.

Hans, trat in Unterwäsche und barfuß einen Schritt näher.

Klara wandte sich an Trude und sagte: »Tante Trude, darf ich dir Hans vorstellen? Ich habe den Jungen in Ermangelung einer Betreuungsperson bei mir aufgenommen, nachdem man seinen Vater gestern verhaftet hat.«

Trude schien davon zu wissen. Sie lächelte Hans an, und Hans lächelte zurück, während Klara sagte: »Hans, du solltest dir erst einmal etwas anziehen.«

Hans sah Klara an und nickte zustimmend.

»Ihr entschuldigt mich!«, bat Klara und faste den Jungen bei der Hand. Klara führte Hans ins Haus, während Trude den beiden folgte.

Trude sah Klara im Haus fragend an und sagte: »Kannst du mir erklären, was gestern hier passiert ist? Ich war in Schwanheim drüben, bei meiner Freundin Lotte, weil es ihrer Mutter nicht gut geht und ich ihr helfen wollte. Als ich zurückkam, war es bereits dunkel. Da habe ich von dem Mord an unserem Bleichwächter gehört. Ida erzählte mir von dem Jungen des angeblichen Mörders, und dass du ihn aufgenommen hast. Auch das du einen Disput, mit Fritz und ihr deswegen hattest. Ich wollte erst zu dir herüber, doch es war schon spät. Ich würde aber gerne von dir wissen, was geschehen ist.«

Trude hörte aufmerksam zu, während Klara ihre Sicht der Dinge darlegte. »Sie halten den Vater von Hans für den Mörder. Den Jungen hat keiner beachtet. Ich konnte das Kind doch nicht mutterseelenallein auf der Straße zurücklassen. Unsere beiden Wachmänner hat der Junge nicht interessiert. Sie alle haben gegenüber seinem Leid ein verstocktes Herz gezeigt. So ist Hans jetzt erst einmal bei mir.« Klara sah Trude ernst an. »Weißt du, was mich am meisten erschüttert hat? Fritz war merkwürdig in seinem Verhalten. Er hat die Leute regelrecht aufgewiegelt, so stellte es sich mir dar, als wäre es ihm am liebsten gewesen, sie hätten den Vater von Hans ohne Untersuchung aufgehängt. Gut, es besteht ein Verdacht, aber wirkliche Beweise scheint man nicht gefunden zu haben.«

Nachdem Klara geendet hatte, sagte Trude nachdenklich: »Es ist bedauerlich, was in unserem Dorf passiert. Die Dorfgemeinschaft ist äußerst verärgert und erschüttert über den Mord. Ich verstehe ihre Wut, doch es gibt Gesetze, da muss ich dir zustimmen.«

Klara fügte hinzu: »Es ist wichtig, dass wir uns nicht von Vorurteilen leiten lassen. Das hast du immer gesagt, wenn es hier im Dorf Streit gab. Ich denke, es ist ratsam, auch in einem solchen Fall, es so zu halten!«

Trude nickte zustimmend und sagte: »Du hast recht. Ich denke, es wird sich herausstellen, ob der Mann schuldig ist oder wer sonst hinter der Tat steckt. Sie haben ihn im Gefängniswagen weggebracht, das habe ich gesehen, als ich Milch geholt habe. Es wird geschwatzt im Dorf, jetzt über dich. Du habest begonnen dich von Fritz abzuwenden.«

Klara fragte sich zwar kurz, wer den Streit zwischen ihnen im Dorf weitergetragen hatte, da sie allein auf der Straße verblieben waren, doch vielleicht hatte einer der Nachbarn ihre Auseinandersetzung mitbekommen, bis sie hervorstieß: »Die sollen mal besser vor den eigenen Türen kehren. Was Fritz und unsere Freundschaft betrifft, ist das meine Angelegenheit«, erwiderte Klara bemüht beherrscht.

»Also hast du nichts mit ihm im Sinn?«

»Ich habe mir, als Großmutter lebte, keine sonderlichen Gedanken darüber gemacht. Nur weil ich jetzt allein bin und sich einige hier im Dorf, unserer Freundschaft wegen dumme Gedanken in den Kopf gesetzt haben, muss es nicht nach deren Kopf gehen. Was gehen die anderen mein Leben an? Eine Bindung soll gut überlegt sein. Man merkt doch, ob es im Herzen mehr als nur Freundschaft ist und da spürt mein Herz nichts. Sollte ich mich schämen, das einzugestehen?«

*Was sollte sie darauf sagen?* So antwortete Trude: »Wir wollen erst einmal nicht mehr von Fritz sprechen. Wichtiger ist jetzt, brauchst du Hilfe mit dem Jungen?«

»Wir werden zurechtkommen. Ich muss nur schauen, ob ich an die benötigte Kleidung herankomme. Hans sagte, dass es diese auf dem Wagen seines Vaters für ihn gibt.«

Klara bemühte sich nachdrücklich, die Kleidung des Jungen zu erhalten, stieß jedoch auch in dieser Angelegenheit auf wenig Verständnis in der Wachstube.

»Ich verstehe, da ihr mir mehrfach erklärt habt, beschlagnahmte Gegenstände dürfen nicht an Dritte herausgegeben werden. Aber wir haben es hier mit einer

Ausnahmesituation zu tun: Es geht um den Sohn des Verhafteten, der seine Kleidung dringend benötigt«, argumentierte sie mit Nachdruck. Da ihr der Zugang zu dem beschlagnahmten Karren verwehrt wurde, machte sie einen Vorschlag: »Übergebt mir die Kinderkleidung. Ihr könnt doch zwischen dieser Kleidung und den anderen Gegenständen auf dem Karren unterscheiden.«

»Was habe ich gesagt? Nein bedeutet … Nein!«, donnerte die Antwort des Wachmanns Fabian, untermalt von dem harten Knall seiner Faust, die auf den Tisch schlug.

Bei dieser rauen Zurückweisung konnte Klara ein Seufzen nicht unterdrücken. Es war ein leises, resigniertes Lufthauchen, das sich in der angespannten Atmosphäre der Wachstube nahezu verlor.

»Jetzt mach besser keinen Aufstand mehr, und geh!«, wurde ihr mit einer schroffen, nachdrücklichen Stimme beschieden, während das Gemurmel: »Wir haben wichtigeres zu tun!«, des Kollegen anstieg, als Zeichen dafür, dass ihr Gesuch endgültig abgelehnt wurde.

Klara erkannte, dass ihre Bemühungen vergeblich waren und sie in dieser starren Haltung kein Weiterkommen finden würde, was die Situation umso bedrückender machte. Mit einem: »Ich wünsche einen angenehmen Tag«, das eher aus Frustration als aus Höflichkeit heraus gepresst wurde, verließ sie die Wachstube.

Keine halbe Stunde später befanden sie sich in der Waschküche – Klara war spät mit der Arbeit dran. Hans betrachtete sie fragend. »Warum wäschst du hier und nicht am Waschteich oder im Fluss?«

»Große Wäschestücke, wie Laken, wasche ich tatsächlich am Waschteich«, erklärte Klara. »Aber meine verstorbene Großmutter richtete hier im Haus eine Waschküche ein, die unsere Arbeit sehr erleichtert. Außerdem haben wir uns als selbstständige Lohnwäscherinnen auf Feinwäsche spezialisiert.« Ihre Stimme wurde weicher, als sie an den gestrigen, für Hans schweren Tag dachte: »Gestern habe ich die Wäsche bei meinen Kunden in Frankfurt abgeholt. Das mache ich normalerweise montags. Ich liefere saubere Wäsche aus und nehme die schmutzige mit. Heute Morgen, als du noch geschlafen hast, habe ich die Wäsche sortiert und eingeweicht. Wir Wäscherinnen sagen: 'Gut eingeweicht ist halb gewaschen.' Ich hatte auch den Waschkessel angeheizt. Jetzt muss die eingeweichte Wäsche gekocht werden. Während des Kochvorgangs wird die Wäsche mit diesem großen Holzlöffel umgerührt, um sie zu lockern. Siehst du den hölzernen Waschbottich dort? Ich werde die Wäsche gleich umfüllen und das Waschbrett hineinstellen. Kennst du ein Waschbrett?«

Hans nickte. »Ja, das da, das gewellte Blech mit dem Holzrahmen.«

»Kannst du es mir bringen? Dann kann es losgehen. Ich werde jedes Stück darauf kräftig durchrubbeln. Dabei muss man sich natürlich über den Bottich beugen, was bald Rückenschmerzen verursacht.«

Hans half eifrig mit und reichte ihr die Wäschezange aus Holz, um die heiße Wäsche aus dem Wasser zu heben.

»Siehst du die Schüssel mit der klein geschnittenen Kernseife? Kannst du sie mir reichen?« Während er ihr die Schüssel gab, erklärte Klara weiter: »Ein preiswerter Ersatz für Seife ist Soda, aber das laugt die Hände aus und wird nur für robuste Stücke verwendet, weil es auch feine Spitzen angreifen kann.«

Sie behandelte hartnäckige Flecken mit Seife und bürstete einige sogar mit einer Wurzelbürste nach. »Jetzt geht's ans Spülen. Dafür holen wir Wasser vom Waschbach. Idealerweise verwendet man weiches Wasser, das wir hier glücklicherweise reichlich haben. Zum Glück fließt hinter dem Haus der kleine Waschbach, sodass wir nicht zum Weiher laufen müssen, denn die gesamte Wäsche muss im kalten Wasser mindestens zwei- bis dreimal gespült werden, bis das Wasser klar bleibt und keine Seifenreste mehr zu sehen sind.«

Nach dem ersten Spülen gingen sie mit den Eimern zum kleinen Waschbach hinter dem Haus. Klara füllte einen kleinen Eimer halb voll, um Hans nicht zu überlasten, während sie selbst zwei volle Eimer trug.

Nach einem weiteren Spülvorgang legten sie eine Pause ein, um etwas zu essen, da es längst nach der Mittagszeit war.

»Jetzt wartet noch einmal harte Arbeit auf mich«, sagte sie, als sie die Teller vom Tisch abräumte. »Das Auswringen der nassen Wäschestücke. Danach kann die saubere Wäsche zum Trocknen in den Garten gehängt werden.«

Nach Stunden harter Arbeit war die Wäsche endlich fertig. Während Hans ihr die Holzklammern reichte, mit denen sie die Wäsche im Garten aufhängte, sagte sie: »Wenn sie trocken ist, geht es morgen ans Bügeln mit dem Eisen. Dabei muss ich vorsichtig sein, um die Spitzen nicht zu beschädigen. Passiert das, geht mir der Lohn verloren und ich muss für den Schaden aufkommen.«

Hans schüttelte den Kopf und murmelte beeindruckt: »Puh.« Er wischte sich über die Stirn ab und blickte Klara mit einem Ausdruck von Bewunderung an. „Das ist harte

Arbeit. Ich werde es mir merken, bevor ich meine Kleidung wieder einmal achtlos auf den Boden werfe.«

Klara lachte leise und nickte. »Ja, jedes saubere Hemd hat seine Geschichte. Doch Kleidung wird nun einmal schmutzig, und genau das sichert Frauen wie mir, die sie waschen, Lohn und Brot.«

# Ungewissheit

Drei Tage waren seit der Überführung von Hans' Vater in einem Gefängniswagen nach Frankfurt verstrichen, eine Zeitspanne, in der Klara und vor allem Hans von Ungewissheit geplagt wurden. Mit der Last dieser Tage auf ihren Schultern übertrat sie erneut die Schwelle der Wachstube, diesmal mit dem Ziel, Informationen über das Schicksal des Gefangenen einzuholen, dessen Sohn in ihrer Fürsorge lebte.

Einer der Wachtmeister, dessen Aufmerksamkeit einem Dokument galt, das vor ihm auf dem Tisch lag, würdigte Klara kaum eines Blickes, als sie den Raum betrat. Seine Augen flackerten nur kurz auf, bevor sie wieder von den Zeilen des Papiers gefesselt wurden. Der andere Wachtmeister hingegen, der im Begriff war, seine Habseligkeiten für die anstehende Mittagspause zu sammeln, ließ seine Utensilien mit einem genervten Seufzer auf den Tisch zurückfallen. Die Anspannung in der Luft war fast greifbar, als er seinen Unmut äußerte: »Was gibt es denn dieses Mal? Kann das nicht warten? Du warst doch erst vor Kurzem hier!« Seine Stimme war von einer Mischung aus Frustration und Ungeduld geprägt. Und bevor Klara überhaupt zu Wort kommen konnte, fügte er hinzu, um jegliche Hoffnung im Keim zu ersticken: »Und um es klarzustellen: Nein, der Wagen bleibt beschlagnahmt!«

Klara spürte, wie sich ihre Entschlossenheit verhärtete. Sie war hier, um etwas über das Schicksal eines Menschen zu erfahren, nicht um über Eigentum zu streiten. Doch bevor sie antworten konnte, musste sie sich sammeln, um ihre

Worte mit Bedacht zu wählen. Die Herausforderung bestand darin, durch die Mauer der Gleichgültigkeit zu brechen, die ihr entgegengestellt wurde. »Mir ist bewusst, dass es Unannehmlichkeiten bereitet, aber ich tue dies nicht aus Vergnügen. Ich habe selbst andere Verpflichtungen. Doch hier geht es, um das Wohl eines Kindes, dessen Vater...«

Der Wachtmeister unterbrach sie mit einer Handbewegung. »Im Moment sind uns die Hände gebunden. Der Richter und der Ankläger müssen den mutmaßlichen Mörder erst verhören. Erst danach wird entschieden, was mit ihm geschieht.« Er lehnte sich zurück, seine Miene wurde ernst, und seine Stimme erhielt einen düsteren Klang. »Und sollten sie ihm die Tat nachweisen können, wird er am Ende wohl aufgeknüpft.«

Klaras Gesicht betrübte sich. »Das wäre ein schreckliches Schicksal, vor allem, für den Jungen.«

Der Wachtmeister, sichtlich nachdenklicher und mit einer Spur von Mitgefühl in seiner Stimme, nickte langsam. »Wir setzen die Ermittlungen fort. Zur Unterstützung wurde uns ein Kriminalassistent aus Frankfurt zugesichert. Er wird sich des Falls annehmen. Seine Ankunft wird jeden Moment erwartet.« Er machte eine kurze Pause, sein Blick wurde wieder fokussiert. »Bis dahin müssen wir uns in Geduld üben.«

Klara spürte einen Funken Hoffnung bei der Erwähnung des Kriminalassistenten. Vielleicht brachte dieser neue Ermittler frischen Wind in den Fall und konnte die Wahrheit ans Licht bringen. Doch zugleich wusste sie, dass jede weitere Verzögerung für den Jungen und sie eine zusätzliche Belastung bedeutete. Trotzdem nickte sie dem Wachtmeister zu, dankbar für das kleine Zugeständnis an

Menschlichkeit in seiner Antwort.

Nach dem emotional aufwühlenden Besuch in der Wachstube führten sie ihre Schritte zurück in die vertraute Umgebung ihres Heims, wo Hans auf sie wartete. In einem Versuch, die Sorgen zu vertreiben, konzentrierte sie sich auf die vor ihr liegenden Aufgaben. Sie packte einige Stullen ein, die sie am frühen Morgen geschmiert hatte. Griff nach einer Decke und einer Gießkanne, lud alles auf den Handziehwagen, stellte zuletzt den Wäschekorb mit Weißwäsche darauf, während das Gefährt leise knarrte, als würde es unter der Last seufzen.

Gemeinsam zogen Hans und sie den Handziehwagen über die Straße aus Kopfsteinpflaster, begleitet vom Rumpeln der Räder über den unebenen Boden und das gelegentliche Quietschen der Achse, die Frankfurter Straße hinauf, bis zum Speckweg und von da aus bis zur Wiese.

An der Bleichwiese angekommen, breitete Klara die zu bleichenden Wäschestücke sorgfältig auf dem Gras aus. Durch ständigen Gebrauch neigte weiße Wäsche dazu, sich im Laufe der Zeit gelblich bis grau zu verfärben. Klara schöpfte Wasser aus dem ruhig dahinfließenden kleinen klaren Waschbach, der durch die Wiesen im Mainfeld* verlief.

Hans, der ihr mit großen, fragenden Augen zugesehen hatte, durchbrach die Stille: »Mir ist so warm«, sagte er. »Darf ich ins Wasser?« Seine Worte, getragen von einer Mischung aus Hoffnung und kindlicher Unbeschwertheit, schwebten zu Klara hinüber, die einen Moment in ihrer Arbeit innehielt. In seinem Gesicht spiegelte sich die

Sehnsucht nach einer Abkühlung. »Du darfst, aber sei vorsichtig«, antwortete sie schließlich mit einem sanften Lächeln. »Das Wasser mag einladend wirken, doch der Grund kann trügerisch sein. Bleib in meiner Nähe, damit ich ein Auge auf dich haben kann.«

Da Klara zustimmte, zögerte Hans keinen Moment. Er zog mit Begeisterung seine Schuhe und Strümpfe aus und sprang mit einem Platschen in den Bach. Das Wasser, das ihm bis an die Knie reichte, umfing ihn mit einer angenehmen Kühle. Er begann, mit Steinen, die er vom Bachgrund aufhob, zu spielen. Fasziniert beobachtete er auch das kleine Getier, das geschäftig im Wasser herumschwirrte, während gelegentlich das Surren einer Libelle die Luft durchbrach. Unterdessen begoss Klara mit der metallenen Gießkanne die Wäsche mehrmals mit Wasser und drehte sie um. Dieses Verfahren setzte, wenn die Wäsche feucht gehalten wurde, eine chemische Reaktion in Gang, denn durch Einwirkung des Sonnenlichts entfaltete das Gras Bleichsauerstoffe, das die Wäschestücke aufhellte.

Hans und Klara waren nicht allein auf der Bleiche; andere Wäscherinnen taten dasselbe. Wenn sich die Frauen nicht am öffentlichen Waschplatz – dem Waschteich vor dem Schlösschen* – trafen, dann hier. Da Klara im Haus eine kleine Waschküche hatte, nutzte sie den öffentlichen Waschplatz nur selten.

Die Klatschbasen unter ihnen verbrachten ihre Zeit, wie üblich, mit Tratsch über Männer oder abwesende Frauen, während sie sich gegenseitig beim Auslegen der großen Leinentücher halfen. Ihre Stimmen, ein Gemisch aus spöttischem Gelächter und scharfen Bemerkungen, durchschnitten die friedliche Stimmung. Klaras

Anwesenheit mit dem Jungen, dessen Vater des Mordes am Bleichwächter beschuldigt wurde, machte sie zum Ziel ihrer Spottlust. Klara spürte die bissigen Seitenblicke und das Geflüster, das mit einem Mal gegen sie in der Luft lag, wie ein drohendes Gewitter.

Als Klara sich umdrehte, sah sie direkt in die Augen einer der lautstärksten Klatschbasen. Die Frau, die in künstlicher Empörung giftete, rief aus: »Schande über dich, Klara!« Ihre Worte, scharf und durchdrungen von Verachtung, ließen für einen Moment die Zeit stillstehen. Ein tiefes Schweigen legte sich über die Wiese, schwer und drückend, ein unmissverständliches Zeichen der Distanz, die zwischen Klara und den restlichen Dorfbewohnern bestand.

»Schande?«, durchbrach da eine fragende Stimme die Stille, nicht minder kraftvoll, aber getragen von Wärme und Verständnis. »Mein Gott, wie könnt ihr nur so herzlos sein! Lasst Klara in Frieden. Man sollte ihr danken, dass sie auf eigene Kosten ein fremdes Kind unter ihre Fittiche genommen hat, anstatt sie zu verurteilen.« Frauke, eine mittelgroße, schlanke Frau mit einer zierlichen Gestalt, mit ihrer vierjährigen Tochter Greta stand auf der Bleiche, die Arme in die Hüften gestemmt. Ihre blonden Haare umspielten sanft ihr Gesicht, und ihre graugrünen Augen, die eine tiefe Traurigkeit widerspiegelten, verliehen ihr eine besondere Ausstrahlung. Ihre Entschlossenheit, Klara zu verteidigen, ließ das zuvor herrschende Gekicher verstummen. »Bei allem, was heilig ist, zeigt etwas Mitgefühl, verhaltet euch dem Jungen gegenüber christlich! Das Bürschchen ist ein armes Herzchen, er trägt keine Schuld für die Taten anderer.«

Fraukes Worte hallten nach, unterstützt durch das sanfte Rauschen des Windes. Ihr eigenes Schicksal, gezeichnet durch den tragischen Verlust ihres Mannes, verlieh ihren Worten ein Gewicht, das nicht leicht ignoriert werden konnte. Sie war seit drei Jahren mit Greta allein. Ihr Mann war gestorben, als sein Fuhrwerk gekippt und er vom Bock gestürzt war. Der Wagen hatte ihn daraufhin unter sich begraben und ihm den Brustkorb zerquetscht.

Frauke gesellte sich an Klaras Seite und lächelte sie freundlich an. »Du hast doch nichts dagegen, oder?« Ihre Stimme war sanft, fast als würde sie um Erlaubnis bitten, diesen Platz einzunehmen. Klara drehte sich zu ihr, überrascht von der plötzlichen Gesellschaft, doch ihr Gesicht hellte sich schnell auf. »Natürlich nicht, ich freue mich über deine Gesellschaft«, erwiderte sie herzlich.

In diesem Moment erklang die zarte Stimme des kleinen Mädchens: »Du, Junge, willst du mit mir spielen?« Es war Greta, die mit ihrer unschuldigen Frage die Aufmerksamkeit von Hans auf sich zog. »Ich bin die Greta.«

Hans, der bisher eher zurückhaltend gewesen war, fühlte sich durch Gretas offene und freundliche Art sofort angesprochen. Mit einem Lächeln, das sowohl seine Zustimmung als auch seine Freude über die unerwartete Einladung ausdrückte, antwortete er: »Ich bin der Hans! Wenn deine Mama und Klara es erlauben, dann gern.«

Seine Worte, begleitet von einem Lächeln, ließen die Hoffnung in Gretas Augen aufleuchten, ein Leuchten, das von Aufregung und der Vorfreude auf ein gemeinsames Spiel erzählte.

Frauke nickte zustimmend und gestattete Greta, mit Hans zu spielen. Klara war ebenfalls damit einverstanden.

Greta, war ein aufgewecktes und fröhliches Mädchen, beeindruckte mit ihren strahlend blauen Augen und ordentlich geflochtenen blonden Zöpfen, die ihr zartes

Gesicht einrahmten. Eine niedliche Stupsnase verlieh ihr einen liebenswerten Ausdruck. Hans schloss sie sogleich als Freundin in sein Herz, weil die Kleine sich ihm gegenüber anders verhielt als die anderen Dorfkinder. Hans holte Steine aus dem Wasser, die sie zu Türmchen aufhäuften. Danach brachte er Greta, mit Hilfe der Steine das Zählen bei.

»Der Kleine ist ein schlaues liebes Kerlchen«, bemerkte Frauke mit einem Lächeln, ihr Blick weich und nachsichtig.

»Ja, das ist er«, erwiderte Klara, ihre Augen voller Zuneigung für die Kinder. »Ich kann nur versuchen und hoffen etwas Freude in diesem Kinderherz zu erwecken und ihm das Einsamkeitsgefühl zu nehmen, bei all der Gefühllosigkeit, die ihm im Dorf entgegengebracht wird.«

Als die Glocke der evangelischen Kirche die 12. Stunde läutete - ein tiefes, resonierendes Geläut, das durch das Dorf hallte - bis hin zur Bleiche, riefen Klara und Frauke die Kinder zu sich. Klara breite die Decken aus, die sie mitgenommen hatte, und aßen ihre mitgebrachten Brote, die sie mit Greta und Frauke teilten.

Gemeinsam, nach vielfachem gemeinsamen Wenden und Begießen der Leinentücher mit Wasser, traten sie spät am Nachmittag den Heimweg an. Als sich ihre Wege trennte, und Hans, die Hand der Kleinen losließ, sagte Greta: »Du musst zu uns zum Spielen kommen. Ich habe dich lieb, und wenn's die Mama erlaubt, so besuch ich dich mal, bei Klara. Adieu Hans.«

Hans lächelte, er hatte an Klaras Seite auf der Bleichwiesen und beim Spielen mit der kleinen Greta einen schönen Tag erlebt.

❖

Am Abend, als die Dämmerung die Straße in ein sanftes Licht tauchte und die Welt in einen Zustand zwischen Tag und Nacht versetzte, kündigte ein beharrliches Klopfen an Klaras Tür einen unerwarteten Besucher an. Es war Trude, die mit einem liebevollen Lächeln und warmen Augen, die trotz der Mühen des Lebens eine unerschütterliche Güte ausstrahlten, dastand.

Klara, deren Herz bei dem Anblick der vertrauten Gestalt einen Sprung machte, öffnete die Tür und ließ Trude eintreten.

Trude, die in ihren Armen ein Bündel trug, das sorgfältig in ein Tuch eingewickelt war, reichte es Klara mit den Worten: »Ich habe eine erste Ausrüstung für deinen Pflegling gerichtet. Kleidung für Hans, die ich von Josef hatte, der dieser mittlerweile längst entwachsen ist.«

Es waren Hemden, zwei kurze und ein langes Beinkleid, Oberhemden, Strümpfe, ein Paar lederne Schuhe und eine Kappe.

»Glaube bloß nicht, ich hätte an der Stelle einen Stein, wo unser Herz pocht, so wie viele hier im Ort zurzeit für einen mittellosen Buben«, fuhr Trude fort, während sie Hans, der schüchtern hinter Klara stand und bisher nur mit großen Augen das Geschehen beobachtete, näher winkte. Sie streichelte Hans in mütterlicher Zärtlichkeit über die Wange und schenkte ihm ein Lächeln, das mehr sagte als tausend Worte.

»Tante Trude, wie kann ich dir jemals danken«, erkundigte sich Klara, deren Augen von unermesslicher Dankbarkeit erfüllt waren und die in diesem Moment spürte, wie erneut ein Gewicht von ihren Schultern genommen wurde.

»Du brauchst mir nicht zu danken, mein Kind. Es ist

unsere Pflicht, füreinander da zu sein, in guten wie in schlechten Zeiten«, entgegnete Trude, bevor sie hinzufügte: »So nun muss ich aber wieder los.« Bevor Trude ging, drehte sie sich noch einmal um und sagte: »Vergesst nicht, ihr seid nicht allein.« Mit diesen abschließenden Worten trat sie aus der Tür, und Klara spürte eine gewisse Erleichterung. Sie war sich bewusster denn je, dass mit der Unterstützung von Menschen wie Tante Trude, die Bewältigung der vor ihnen liegenden Herausforderungen um einiges erträglicher werden würde.

Der Morgen des siebten Tages brach an, seitdem Klara Hans in ihrem Heim willkommen geheißen hatte. Eine ungewöhnliche Stille lag über dem Haus, durchbrochen von der Sorge, die Klara umtrieb. Es waren keine Nachrichten eingetroffen, weder aus dem Gefängnis noch von den strengen Richtern des Frankfurter Gerichts. Der Tag verlangte seine Pflichten, und Klara, getrieben von der Notwendigkeit, ihre bescheidene Existenz zu sichern, musste in die Stadt. Ihre Kunden erwarteten die sorgfältig gereinigte Wäsche, die sie mit hingebungsvoller Sorgfalt behandelt hatte.

Am Vortag, unmittelbar nach dem Kirchgang, hatte sie Trude mit sanfter Stimme gebeten: »Ich muss morgen nach Frankfurt, möchte den Jungen aber nicht mitnehmen. Würdest du ihn zu dir nehmen?«

Ihr Plan war es, beim Gefängnis vorbeizuschauen, um sich über die Entwicklungen zu erkundigen.

Trude hatte gelächelt und genickt: »Mach dir keine Sorgen. Bring den Kleinen, bevor du dich auf den Weg in die Stadt machst. Wir werden gut auf ihn aufpassen.«

So verließ Klara am nächsten Morgen das Haus, kurz vor der Stunde, als das Dorf zum Leben erwachte, und brachte Hans zu Trude.

Sehnsüchtig schaute Hans Klara aus dem Fenster nach und verfolgte sie mit seinem Blick, bis sie aus seinen Augen verschwand. Sorge stand in seinen großen Augen zu lesen.

Ida, bemerkte die Traurigkeit in Hans' Augen und trat an seine Seite. Mit einer beruhigenden Stimme versuchte sie, seine Sorgen zu lindern. »Klara wird spätestens am Nachmittag zurück sein. Du brauchst keine Angst zu haben.«

»Du magst mich doch nicht, ebenso wie dieser Fritz.«

Ihr gesunder Menschenverstand lehrte sie, instinktiv das Richtige zu tun. »Das stimmt nicht! Du wirst sehen, es wird fein, denn ich werde mit dir basteln und spielen. Ich kann allerhand schöne Sachen.«

Hans' Neugier war geweckt. »Was denn für welche?«, kam es zögernd heraus.

»Wir werden Figuren ausschneiden und zusammenkleben. Es wird dir gefallen, komm, lass es uns versuchen.«

So verbrachten sie den Vormittag am Küchentisch, vertieft in die Kunst des Bastelns. Ida staunte nicht schlecht, als sie erkannte, wie geschickt Hans für sein Alter mit Papier und Schere umging.

Als der Tag voranschritt und die Sonne ihren Zenit erreichte, wurde Ida bewusst, dass es Zeit war, sich den täglichen Aufgaben zu widmen. »Nun muss ich ein wenig im Haushalt arbeiten, Hans. Du wirst dich eine Weile allein beschäftigen müssen.«

Hans, der die Stille und das Alleinsein fürchtete, antwortete: »Ich spiele gerne allein, doch mit anderen macht es mehr Spaß. Greta hat mit mir gespielt; sie ist nett und hübsch.« Nach einem Moment des Nachdenkens fügte er hinzu, ein Lächeln umspielte seine Lippen: »Klara und du, ihr seid auch hübsch!«

# Stadtgericht

Wilfred Brook, der mehrere Tage lang auf der Hauptwache* festgehalten wurde - wo man mittels endloser Verhöre, Überredungsversuche und der Androhung von Gewalt versuchte, ihm ein Geständnis abzuringen - und der durchgehend beteuerte, unschuldig zu sein sowie die ihm vorgeworfenen Taten nicht begangen zu haben, wurde schließlich ins Stadtgericht vor den Richter gebracht.

»Wessen wird der Angeklagte beschuldigt?«, wandte sich der Richter an den Anklagevertreter, der am Vernehmungspult stand.

»Der Ermordung eines Mannes namens Julius Baumbach, im Pfarrdorf Niederrad.«

Der Gerichtsdiener protokollierte geflissentlich jedes Wort auf einem Pergament.

»Was gibt es für Beweise für die Straftat?«, fragte der Richter.

»Brook wurde in unmittelbarer Nähe des Tatorts aufgegriffen. Dann sind da die Münzen, die er bei sich hatte, als man ihn ergriff. Das Opfer wurde ausgeraubt. Der Beschuldigte hat sich den Beamten bei der Festnahme vehement widersetzt.«

»Hat der Beklagte Brook etwas gegen diese Beschuldigung vorzubringen?«, fragte der Richter den Verteidiger.

Bevor dieser antworten konnte, erhob sich Wilfred Brook von der Anklagebank. »Herr Richter, das ist Unsinn! Ich war es nicht, das schwöre ich! Ich kann nur immer wiederholen, dass ich mit der Ermordung dieses Mannes nichts zu tun habe. Ich machte lediglich in der Nähe des mutmaßlichen Tatorts Rast, weil mein Sohn erschöpft war.

Wir hatten am Vortag eine weite Strecke zurückgelegt. Was die Form des Widerstands umfasst, ich war so überfahren. Da mein Sohn, sich im Gebüsch zum Erleichtern befand, habe ich versucht die Wachleute darauf aufmerksam zu machen, doch die hörten mir nicht zu. Zu den Münzen kann ich sagen: die Börse gehört mir. Ich habe schon mehrfach den Inhalt beschrieben, da sich unter diesen Münzen zwei doch eher seltene Exemplare befinden. In meiner Börse befinden sich ein Maria Theresia Konventionstaler von 1766 den mein Vater, hab ihn selig, von seinem Vater bekam und ein Preußentaler König Friedrich Wilhelm II. von 1795, den ich von meinem Vater erhielt. Beide wollte und habe ich nie ausgegeben, weil es vererbte alte Stücke sind.«

»Du lügst, Schurke! Ein Geständnis ist die bessere Wahl!«, rief der Ankläger ungerührt von diesen Beteuerungen aus.

»Brook, wenn Sie etwas zu sagen haben, dann tun Sie es über den Verteidiger. Setz er sich wieder«, sagte der Richter in gestrengem Ton, ohne auf die Worte des Beklagten weiter einzugehen.

Wilfred sah den Richter verzweifelt an, folgte der Aufforderung, konnte dabei aber einen Seufzer nicht unterdrücken. ›Meine Erklärungen finden keine Beachtung beim Richter, was soll ich nur tun?‹, dachte er.

»Herr Richter, Sie sollten heute ein Urteil sprechen!«, begann der Ankläger.

»Bevor ich ein Urteil spreche, benötige ich mehr Beweise für seine Schuld als nur einen Verdacht. Denn sollte Brook es gewesen sein, ist zu bedenken, dass sein Leben auf dem Spiel steht. Ich vertage daher die Verhandlung auf nächste Woche, damit weitere Beweise gesucht und vorgelegt werden können.« So lautete der Beschluss des Richters, als die Kirchturmuhr elf Uhr schlug.

»Bitte, einen Augenblick, Herr Richter, können Sie mir nicht wenigstens sagen, was mit meinem armen Jungen passiert ist? Er ist fünf Jahre alt und ohne mich allein und verlassen!«, appellierte Wilfred Brook mit einem Flehen in der Stimme.

Der Richter, mit einem Ausdruck der Unnachgiebigkeit im Gesicht, erwiderte: »Mir wurde über ein Kind nichts mitgeteilt. Die Verhandlung ist auf nächste Woche vertagt. Führt den Gefangenen wieder ab.«

Wilfred presste die Lippen zusammen und biss hart auf seine Zähne, während er von den Wachen aus dem Gerichtssaal geführt wurde. In seinem Inneren brodelte ein Sturm aus Frustration, Sorge um seinen Sohn und der brennenden Ungewissheit, was die Zukunft bringen würde.

# Hauptwache

Klara hatte ihre Wäsche abgeliefert und bat höflich bei Kläre darum, die Schmutzwäsche später abholen zu dürfen, bevor sie sich auf den Weg zur Hauptwache machte. Es war kurz nach halb zwölf Uhr, als sie sich zur Stadtwache begab, die zugleich als Gefängnis diente.

Klara erreichte den großen Platz und stand vor der Katharinenkirche. Auf der anderen Seite des Platzes befand sich ein massives Barockgebäude, das aus Mainsandstein erbaut war. Dahinter erstreckte sich eine offene Bogenhalle, in der die Wachstuben untergebracht waren. Nachdem sie tief Luft geholt hatte, überquerte Klara die Straße und trat in die Wachstube ein, in der ein ernst dreinblickender Wachtmeister mit markantem Schnurrbart saß.

Der Wachtmeister befragte Klara zu ihrem Anliegen. Sie erklärte höflich: »Ich komme aus dem Dorf Niederrad und möchte Sie bitten, mir Auskunft über einen Gefangenen namens Brook zu geben.« Anschließend schilderte sie den Sachverhalt und bat, um die Erlaubnis, den Gefangenen besuchen zu dürfen. Der Wachmann informierte sie, dass sie einige Minuten warten müsse, bis der Schließer käme, um sie zur Zelle des Gefangenen hinabzuführen.

Nach einer Weile erschien der Schließer und der Wachtmeister sagte: »Die Wäscherin Klara möchte den arretierten Brook besuchen. Bring sie zu ihm in die Zelle im Schanzerloch.«

Der Schließer, ein Mann mit strengem Blick, führte Klara hinunter in das kühle Untergeschoss. Jeder ihrer Schritte auf dem kalten Steinboden hallte unheimlich in der Stille wider. Vorbei an schweren Türen, deren Anblick allein schon eine bedrückende Schwere ausstrahlte, erreichten sie das Ziel. Der Schließer hielt inne und zog einen Schlüssel aus der Tasche seines Wärterkittels. Zuerst schob er die Blende in der Tür zurück und späte hindurch. Mit geübter Hand führte er den Schlüssel in das massive Schloss der Zelle ein, das mit einem lauten Klirren und Knarren den Zugang freigab. Die schwere Tür schwang auf, und für einen Moment hielt Klara den Atem an, unsicher und zugleich voller drängender Sorge um den, der ihr im Innern der Zelle gegenüberstehen würde.

Eine Stunde war vergangen, seit man ihm vom Standgericht in die Hauptwache zurückgebracht hatte und der Schließer Wilfred in seiner Zelle zurückgelassen hatte. In ihr befanden sich ein schmales eisernes Bett, ein grober Tisch und ein hölzerner Hocker. Er hockte auf der Pritsche, das Gesicht vor drückender Ungewissheit in den Händen vergraben, als er Geräusche von draußen vernahm. Die Blende vom Spion wurde aufgezogen und jemand sah in die Zelle. Er wandte seine Augen zur Tür. Der Schlüssel wurde in das Schloss gesteckt und mit einem Ruck öffnete sich die Zelle.

»Aber nur fünf Minuten«, ertönte die sonore Stimme des Wärters aus dem Gang, zu ihm in die Zelle hinein.

Eine junge Frau in schwarzer Kleidung, mit traurigen Augen, betrat die Gefängniszelle. Der Inhaftierte starrte verwirrt auf die Eintretende.

»Guten Tag, Herr Brook. Mein Name ist Klara Ruhland«, begrüßte Klara ihn mit fester Stimme, während der Schließer aus einiger Entfernung mit wachsamen Augen die

Szene beobachtete.

Wilfred Brook erhob sich langsam von der schmalen Pritsche, auf der er gesessen hatte, und betrachtete Klara mit einem abwartenden, fast misstrauischen Blick. Er konnte sich keinen Reim darauf machen, was diese junge Frau, die ihm völlig fremd war, von ihm wollte. ›*Könnte sie die Ehefrau jenes Mannes sein, den er angeblich ermordet haben sollte?*‹, fragte er sich.

Doch die Erklärung folgte auf dem Fuße. »Ihr Sohn Hans ist bei mir in Niederrad untergekommen«, offenbarte Klara, woraufhin Wilfreds Gesichtszüge sich entspannten, jedoch sogleich erneut von Sorge gezeichnet wurden.

Wilfred seufzte tief, seine Stimme brach leicht: »Sie haben mich fortgezerrt, ohne auf meinen Sohn zu achten.«

»Machen Sie sich keine Sorgen um Hans. Es geht ihm unter den Umständen gut«, versicherte Klara mit einer Wärme in ihrer Stimme, die Wilfred ein wenig Hoffnung gab.

»Ich verstehe nicht, wie Hans und ich in diese verzwickte Situation geraten konnten. Ich war es nicht, ich habe den Mann nicht ermordet!« Die Verzweiflung in Wilfreds Stimme war unüberhörbar.

»Ich möchte ihnen das Glauben«, sagte Klara. »Hans hat mir versichert, dass Sie unschuldig sind. Ich bin hier, weil ich wollte, dass Sie als sein Vater wissen, dass er in guten Händen ist.«

Klaras Worte brachten ein flüchtiges Lächeln auf Wilfreds Gesicht, ein Lichtblick in der Dunkelheit seiner gegenwärtigen Lage. »Ich glaube Ihnen, dass es meinem Jungen bei Ihnen gut geht. Dafür bin ich Ihnen zutiefst dankbar. Doch für mich – und damit für ihn – könnte diese Geschichte hier mit meinem Tod enden, sollte der Richter mich wegen Raubmordes zum Galgen verurteilen. Dann steht mein Sohn ohne Familie da. Ich kann nur immer wieder beteuern: Ich war es nicht!«

Trotz der schier unüberwindbaren Probleme, mit denen Wilfred Brook konfrontiert war, brachte ihm die Gewissheit über das Wohl seines Sohnes einen gewissen Frieden. Es war eine bittere Erleichterung inmitten der Turbulenzen, die sein Leben gerade umgaben.

Klara, deren Herz schwer wurde, fand kaum tröstende Worte. »Es wird sich schon alles finden«, sagte sie, mehr in der Hoffnung als im Glauben, dass die Gerechtigkeit siegen würde. Doch bevor sie ihre Gedanken weiter aussprechen konnte, trat der Schließer heran und signalisierte, dass die Zeit abgelaufen war. »Es ist Zeit zu gehen«, sagte er mit einer Stimme, die keinen Widerspruch duldete.

Mit einem schweren Herzen und einem Kopf voller Gedanken verließ Klara die düstere Zelle. Irgendetwas in Wilfreds Augen, seine Art zu sprechen, hatte sie überzeugt, dass er die Wahrheit sagte. Sie spürte, dass dieser Mann zu Unrecht beschuldigt wurde.

Der Schließer, der Klara mit einem prüfenden Blick folgte, bemerkte ihre Traurigkeit und sprach sie darauf an. »Ist er Euer Liebster«, fragte er nach.

Klara schüttelte leicht den Kopf, während sie antwortete: »Nein, ich kenne den Mann nicht. Er wurde bei uns in Niederrad festgenommen, wie Ihr vielleicht wisst, und sein Sohn war bei ihm. Ich habe mich um den Jungen gekümmert, weil sich niemand um ihn sorgte, als sein Vater in Gewahrsam genommen wurde.«

Ihre Worte zeugten in den Ohren des Mannes von einer tiefen Menschlichkeit, die in den kargen Gängen und Zellen des Lochs selten anzutreffen war. Der Schließer, ein wenig überrascht von ihrer Antwort, nickte anerkennend. »Ah, verstehe. Schreib mir bitte deine Adresse auf. Ich werde sie dem Richter weiterleiten, damit du informiert wirst, sobald entschieden ist, was mit ihm geschehen soll.«

Der Schließer führte Klara in seinen Raum, eine kleine, funktional eingerichtete Kammer, die von der nüchternen Atmosphäre des Gefängnisses geprägt war. Auf einem robusten, abgenutzten Tisch lag Schreibzeug bereit: ein blankes Blatt Papier und ein kantiger Bleistift. Er deutete auf den Tisch und ermutigte Klara mit einem Kopfnicken, ihre Adresse niederzuschreiben.

Klara setzte sich auf den bereitgestellten Dreibeinschemel, ihre Finger tasteten die raue Oberfläche des Tisches ab, während sie nach dem Bleistift griff. In diesem Augenblick öffnete sich die schwere Tür, die das Untergeschoß von den anderen Bereichen der Wache abtrennte, mit einem leisen Quietschen. Ein Mann mit zielstrebigen Schritten betrat den Raum des Schließers. Der Mann, dessen Erscheinung trotz seiner zierlichen Statur eine unerwartete Präsenz ausstrahlte, hatte markant scharf gezeichnete Gesichtszüge, die von einer schmalen, hohen Stirn gekrönt wurden. Auf dieser Stirn perlte feiner Schweiß – ein stummer Zeuge der sommerlichen Hitze draußen. Seine Kleidung, ein gut geschnittener Anzug, schien für die Räume des Gerichts konzipiert, wirkte in der nüchternen Atmosphäre der Wachstube fast deplatziert. Mit einer bedachten Geste entnahm er ein makellos weißes Taschentuch aus seiner Jackentasche und tupfte sich behutsam die Stirn ab.

»Das ist Hilfskommissar Hochwald«, erklärte der Schließer Klara, als der Kriminalassistent mit einem kurzen Nicken in ihre Richtung zur Begrüßung weiter in den Raum trat. Nach dieser knappen Vorstellung wandte sich

Hilfskommissar Hochwald dem Schließer zu, der mit wenigen, präzisen Worten über die bisherigen Entwicklungen Bericht erstattete. Klara beobachtete die beiden Männer aufmerksam, während sie die Informationen austauschten. Sie konnte nicht alles hören, was gesprochen wurde, doch die ernsten Mienen und der gelegentliche Blick in ihre Richtung ließen sie erahnen, dass ihre Anwesenheit für ihn von Interesse war.

Hilfskommissar Hochwalds scharfe und durchdringende Augen fixierten Klara, als er sich ihr wieder zuwandte. »Dass der Mann einen Sohn hat, war uns bis heute völlig unbekannt«, begann Hochwald, seine Stimme war fest und ließ keinen Zweifel an der Ernsthaftigkeit seiner Worte. »Der Angeklagte hat seine Existenz heute Morgen während der Verhandlung vor dem Richter erwähnt, wie mir berichtet wurde. Deshalb bin ich hier, um mit dem Gefangenen zu sprechen«, fuhr Hilfskommissar Hochwald fort, seine Stimme klang entschlossen, als er den Grund seines Besuchs erläuterte.

»Sieh einer an, das ist ja höchst interessant«, entgegnete Klara, sichtlich aufgebracht und mit einem Anflug von Ironie in ihrer Stimme. »Auf der Niederräder Wache erzählte man mir, man habe noch keine Anweisungen vom Gericht erhalten, was mit dem Jungen geschehen soll. Ich kann es kaum fassen. Wie soll das auch möglich sein, wenn man hier in Frankfurt bislang von seiner Existenz nichts wusste!«

»Ich werde persönlich darauf achten, dass der Fall dem Richter vorgelegt wird, sobald ich die Gelegenheit dazu habe«, versprach der Kriminalassistent.

Klara, deren Frustration und Enttäuschung kaum zu übersehen waren, schüttelte den Kopf und ließ ihren

Gefühlen freien Lauf. »Herr Kriminalassistent, ich wünsche mir nichts sehnlicher, als den Jungen - der gerade einmal fünf Jahre alt ist - aus dieser quälenden Ungewissheit zu befreien.« Sie betonte die Wichtigkeit, dass die richterliche Autorität so schnell wie möglich über seinen weiteren Verbleib informiert wird, nicht nur für das Wohl des Jungen, sondern auch für ihr eigenes Seelenheil – obwohl sie keinerlei verwandtschaftliche Beziehung zu ihm hatte. »Es ist an der Zeit, dass ich mich auf den Heimweg mache«, sagte sie. Mit einem letzten, bedeutungsvollen Blick auf Hilfskommissar Hochwald, in dem sich sowohl Hoffnung als auch die stille Aufforderung verbarg, sein Versprechen wahrzumachen. Sagte Klara mit fester Stimme: »Dies hier ist meine Adresse. Ich wünsche den Herren einen angenehmen Tag.«

Klara lenkte ihre Schritte, in Nachdenken versunken, über die belebte Zeil, um die Schmutzwäsche bei Kläre abzuholen. Glücklicherweise hatte die neue Kundschaft ihre Arbeit überaus geschätzt, was ihr nicht nur Lob, sondern zusätzliche Waschaufträge einbrachte. Diese Anerkennung füllte ihr Herz mit einer Mischung aus Freude und einer Spur Wehmut, als sie den Weg zurück nach Niederrad antrat. Der Gedanke an Hans beschwerte sie. Was könnte sie dem armen Jungen sagen, um ihm Trost zu spenden? In ihrem Herzen hoffte sie, ihm die Worte: »Es wird alles gut werden«, mit Überzeugung sagen zu können, doch tief in ihrem Inneren nagte die Unsicherheit – und was, wenn es nicht gut werden würde? Sie musste einen Weg finden, ihm Mut zu machen, ungeachtet der eigenen Zweifel.

# Freud und Leid eines Kindes

Als Ida in der Speisekammer etwas suchte, stolperte sie über einen Gegenstand, der tief in der Ecke verstaubt war. Es war der lange vergessene Holzreifen ihres Bruders Josef, ein Relikt vergangener Tage, das unerwartet eine Welle der Freude in ihr auslöste. Dieser Fund erschien ihr wie ein Geschenk des Schicksals, eine Möglichkeit, Hans eine Freude zu bereiten. Mit einem Lächeln, das ihre Zuneigung widerspiegelte, überreichte sie Hans den Holzreifen und sagte: »Schau, was ich gefunden habe! Das ist der Holzreifen meines Bruders. Ich bin sicher, du wirst damit am Mittag Spaß haben, bis Klara aus Frankfurt zurückkehrt.«

Das Mittagessen, an dem Hans gemeinsam mit Josef, der aus der Schule kam, Tante Trude und Ida teilnahm, war von einer Atmosphäre des Wohlgefühls geprägt. Gespräche zwischen ihnen flossen reichlich, durchzogen von herzlichem Gelächter, das die Küche mit Leben erfüllte. Josef, der älter und weiser wirkte, als es sein jugendliches Alter vermuten ließ, hatte eine Großzügigkeit an den Tag gelegt, die Hans tief berührte. Er hatte entschieden, seinen Holzreifen nicht zurückzuverlangen, sondern ihn Hans zu überlassen, ein Geschenk, das für Hans weit mehr als nur ein Spielzeug bedeutete.

Mit einem Herzen voller Dankbarkeit und Augen, die vor Aufregung glänzten, eilte Hans hinaus in die Freiheit des Nachmittags. Die warme Sonne küsste die Straße, als Hans begann, den Holzreifen auf der Frankfurter Straße anzutreiben. Geschickt lenkte er ihn, ließ ihn vor sich her tanzen. Sein Lachen mischte sich mit dem Summen der Sommerluft. Hans, der Junge, der so viel zu früh lernen

115

musste, was Sorge und Verlust bedeuten, fand in diesen Momenten eine Flucht in die Sorglosigkeit seiner Jugend.

Während Hans im Sonnenlicht draußen spielte, sein Lachen und die Freude, die er mit jedem Stoß seines Holzreifens ausstrahlte, standen Trude und Ida am Fenster und beobachteten ihn. Die reine Glückseligkeit des Jungen war ansteckend; es brachte ein warmes, unwillkürliches Lächeln auf ihre Gesichter. In diesem Augenblick der Beobachtung, gefangen in der Freude eines Kindes, fühlten sie eine stille Verpflichtung, ihn zu beschützen und zu umsorgen. Plötzlich durchbrach Trudes mahnende Stimme sein Spiel, welches Hans in die Realität holte. »Lauf nicht so weit vom Haus weg und pass auf Wagen und Pferde auf, wenn sie die Straße entlangkommen«, rief sie, ihre Stimme von einem Hauch der Sorge getragen, die alle Erwachsenen empfinden, wenn sie über das Wohl eines Kindes wachen.

Mit einem kurzen Nicken passte Hans sein Spiel an, nunmehr im sicheren Umkreis des Hauses.

Trude, zufrieden mit Hans' Reaktion und in dem Wissen, dass ihre Worte Gehör gefunden hatten, wandte sich wieder ihren Aufgaben zu.

Hans spielte ausgelassen mit seinem Holzreifen, als sein Blick auf zwei Jungen fiel, die aus einem nahen Hauseingang traten. Sie hatten Tonmurmeln dabei. Die Murmeln rollten mit sanftem Klacken über den Gehweg, ein Geräusch, das Hans' Neugier sofort weckte. Fasziniert von dem einfachen, doch fesselnden Spiel, lehnte er seinen Reifen an den Zaun und näherte sich den Jungen mit einem offenen Lächeln. »Hallo, ich bin Hans. Kann ich mit euch spielen?«, rief er den Jungen zu, seine Stimme erfüllt von einer herzlichen und ehrlichen Begeisterung. Doch die Reaktion, die er erhielt, war nicht die, die er erwartet hatte.

Die Jungen warfen ihm einen verächtlichen Blick zu und wandten sich dann mit einem auffälligen Schnauben ab. Ihre Geste war deutlich: Sie hatten kein Interesse daran, Hans in ihr Spiel einzubeziehen. Ein Stich der Enttäuschung durchfuhr Hans, als er realisierte, dass sein Wunsch nach Kameradschaft abgelehnt wurde. Sein Herz wurde schwer bei dem Gedanken, ausgeschlossen zu sein. Während er noch versuchte, die Situation zu verstehen und zu den Jungen hinüberblickte, in der Hoffnung auf eine Änderung ihres Sinnes, fiel sein Blick auf Klara. Sie kam die Straße entlang, das Waschbrett geschickt auf dem Kopf balancierend. In ihrem Gesicht zeichnete sich ein offenes, freundliches Lächeln ab, das wie ein Lichtstrahl in den Schatten seiner Enttäuschung fiel. Ihr Lächeln, so aufrichtig, hatte die Kraft, die Schwere in seinem Herzen für einen Moment zu lichten. Es war, als ob ihre bloße Erscheinung, ihm eine stille Botschaft der Zugehörigkeit überbrachte.

Liselotte, eine Frau mit glattgescheiteltem aschblonden Haar, schmalem Gesicht mit Adlernase und Mutter der beiden Jungen, sah aus dem Fenster. Als sie Klara erblickte, verzog sie spöttisch die Lippen. Ihre Augen, grau und undurchdringlich wie ein stürmischer Himmel, fixierten Klara mit einem Blick der Verachtung, als sie mit schriller Stimme rief: »Sag dem Blag, dass keiner von uns hier im Dorf etwas mit ihm zu tun haben will.«

Hans ließ seinen Kopf erneut hängen, während ein Schatten der Betrübnis über sein Gesicht fiel.

»Pfui, Lotte, wie kannst du nur so gehässig und herzlos gegenüber einem Kind sein? Hast du denn keinerlei Mitleid in deinem Herzen?«, entgegnete Klara mit einer Mischung aus Entsetzen und Tadel.

Doch Liselotte, die Mutter der beiden Jungen und eine

Frau, deren Herz ebenso kalt zu sein schien wie der Ausdruck in ihren grauen Augen, blieb von Klaras Worten unbeeindruckt. Mit einer Geste, die sowohl Entschlossenheit als Verachtung ausstrahlte, warf sie den Kopf zurück und verschloss sich jeglicher Antwort. Stattdessen rief sie ihre Söhne mit einer Handbewegung ins Haus zurück und schloss das Fenster mit einer derartigen Endgültigkeit, dass kein Zweifel an ihrem Entschluss bestehen konnte.

Klara, deren Herz für Hans überfloss, streichelte zärtlich über seinen Lockenkopf und versuchte, seine Stimmung zu heben. »Gräme dich nicht darum. Die sind alle dumm! Lass sie reden!«

Der brave Junge, bemüht, seine Fassung zu wahren, wischte sich verstohlen die Tränen aus den Augenwinkeln. »Die dummen Tränen laufen – Jungs weinen nicht«, schluchzte er, gefangen zwischen kindlicher Verletzlichkeit und dem Druck, stark zu sein.

»Wenn du weinen möchtest, dann weine. Es ist in Ordnung, Gefühle zu zeigen.«

»Du hast Papa nicht mitgebracht?«, fragte er dann mit einem Anflug von Traurigkeit in seiner Stimme.

Klara, deren Augen voller Liebe und tiefem Verständnis für den kleinen Jungen funkelten, antwortete mit einer sanften, beruhigenden Stimme: »Deinem Papa geht es gut, Hans. Ich hatte die Gelegenheit, mit ihm zu sprechen, und er hat mich gebeten, dir seine herzlichsten Grüße zu überbringen. Für den Moment wirst du bei mir bleiben, mein Lieber, und ich werde sorgfältig überlegen, was wir als Nächstes tun. Aber vergiss nicht, ich habe dich sehr lieb, Hans.« Mit einem warmen, ermutigenden Lächeln, das ihr Gesicht erhellte, nahm Klara Hans vorsichtig bei der Hand, drückte sie sanft.

»Der Reifen«, begann Hans, während er sich sanft von Klaras warmer Hand löste und den hölzernen Reifen aufgriff, den er zuvor sorgfältig gegen den Zaun gelehnt hatte.

Klara fragte: »Woher hast du ihn? Der ist ja schön!« Auch wenn sie insgeheim vermutete, dass er diesen entweder von Josef, Ida oder Tante Trude erhalten hatte, wollte sie es aus Hans' Mund hören.

»Ida hat ihn mir zum Spielen gegeben«, erklärte Hans. »Sie meinte, er gehörte ihrem Bruder.« Er machte eine kurze Pause, als ob er die Erinnerung in seinem Geist noch einmal durchlebte, bevor er fortfuhr. »Als Josef von der Schule zum Mittagessen nach Hause kam, wollte ich ihm diesen zurückgeben. Doch zu meiner Überraschung sagte er, ich könne ihn behalten, da er für ihn längst zu klein wäre. Das war richtig nett von ihm.«

»Das ist es«, bestätigte Klara mit einem zustimmenden Nicken. »Komm, lass uns zu ihnen ins Haus gehen und uns für heute von ihnen verabschieden, bevor wir zu uns nach Hause gehen.«

Am Abend, kurz bevor Hans sich zum Schlafen legte, faltete er sorgsam seine Hände und richtete seine Gebete gen Himmel. Mit einer kindlichen Ernsthaftigkeit und einem Hauch von Hoffnung in der Stimme, betete er: »Lieber Gott im Himmel, ich bitte dich von ganzem Herzen, meinen Papa zu schützen. Bewahre ihn vor jeder Gefahr. Bitte schenke auch Tante Trude, Ida und Josef deinen Schutz, aber vor allem der lieben Klara. Sie ist so gütig und freundlich zu mir. Schütze sie vor dem Unbill der Welt. Amen.«

In den Nächten, in denen er von tiefer Stille und Dunkelheit umhüllt war, fühlte sich Hans einsam und vermisste seinen Papa schmerzlich. Doch inmitten dieser Sehnsucht fand er einen Silberstreif am Horizont – Klara. Ihre Gegenwart war ihm Trost und Geborgenheit spendend. Klaras Lächeln war für ihn ein Versprechen, dass Hoffnung bestand. Durch ihre Fürsorge und Liebe fühlte er sich weniger allein und war dankbar für die Wärme, die sie in sein Leben brachte und ihm half, mit dem Vermissen seines Papas umzugehen.

# Friedensversuch

Klara genoss die friedvolle Stille an diesem Dienstagmorgen, als sie zusammen mit Hans in ihrer kleinen, gemütlichen, aber bescheidenen Küche saß und frühstückte. Die Morgensonne warf durch das Fenster warme Lichtstrahlen. Es war ein wohltuender Auftakt in den sonst so hektischen Arbeitstag.

Nach dem Frühstück machten sich Klara und Hans gemeinsam auf den Weg, um Eier, Zucker, Milch und ein paar Gewürze zu besorgen. Beim Spezereihändler angekommen, wurden sie unvermittelt mit Gerüchten konfrontiert, die Fritz, über sie und Hans verbreitete. Obwohl die Worte ihr Herz beschwerten, entschied sich Klara bewusst, darüber hinwegzusehen. Tief in ihrem Inneren wusste sie, dass ihre Entscheidung, Hans bei sich aufzunehmen und ihm ein Zuhause zu bieten, richtig war. Keine noch so bösartigen Kommentare konnten ihren Entschluss erschüttern oder ihr Handeln beeinflussen.

Nachdem sie den Einkauf nach Hause gebracht hatten, machten sie sich auf den Weg zum Main, hinunter zu den Fischern. Klara hatte vor, eine Fischsuppe zu kochen. Zufällig begegneten sie Fritz in der Nähe des Gäulsloch*, wo die Pferde der Niederräder Fuhrbetriebe nach der Arbeit ins Wasser geführt, gesäubert und getränkt wurden. Fritz war damit beschäftigt, sein offensichtlich überanstrengtes Pferd zu versorgen, als er die beiden erblickte. Mit einer düsteren Entschlossenheit, die sein Gesicht überzog, trat er auf Klara zu, die Spannung zwischen ihnen war fast greifbar. »Wir müssen reden, Klara«, forderte er. »Es kann so nicht weitergehen zwischen uns. Die Situation ist für mich nicht länger hinnehmbar«, betonte er mit ernster Miene.

Die umstehenden Gespannführer, die bis dahin ihren eigenen Verrichtungen nachgegangen waren, hielten inne und beobachteten die Szene.

Klara entschied sich, ihn zu ignorieren, und schritt mit erhobenem Haupt, ohne Fritz Beachtung zu schenken, an ihm vorbei. Ihre Haltung strahlte eine Stärke aus, die Fritz zunächst in Verärgerung versetzte. Hätte man sie nicht beobachtet, dann hätte er anders reagieren können. Das Vögelchen wäre ihm gewiss nicht so leicht entflogen. Mit einem Seufzer der Resignation wandte er sich den beiden Fuhrknechten zu und versuchte, seine Enttäuschung mit einem Schulterzucken und einem abfälligen Kommentar über die Unberechenbarkeit von Frauen zu überspielen. Doch als er sich auf sein Pferd schwang und den Ort des Geschehens verließ, war ihm bewusst, dass, wenn er Klara nicht verlieren wollte, eine Veränderung seines eigenen Verhaltens unumgänglich war. Daher fasste er den Entschluss, sie am Abend aufzusuchen und das Gespräch zu suchen.

Zur achten Abendstunde, als der Tag sich langsam dem Ende zu neigte, klopfte es beharrlich bei Klara an der Haustür. Verwundert und ein wenig zögerlich näherte sie sich dem Eingang, während sie durch das kleine Fenster in der Tür hinaus spähte. Draußen stand Fritz, der nervös seine Kappe in den Händen drehte und wendete. Anfangs widerstrebte es Klara, die Tür zu öffnen, doch als Fritz mit einer sanften, fast flehenden Stimme um Einlass bat, konnte sie ihm diesen Wunsch nicht abschlagen.

Als er die Schwelle ihres Hauses überschritt, fiel Klara sofort auf, wie gezeichnet sein Gesicht wirkte; eine tiefe Traurigkeit lag in seinen Augen.

»Bitte, Klara, hör mir zu. Die letzten Nächte waren schlaflos für mich, so kann es nicht weitergehen«, begann er, seine Stimme brach fast unter der Last seiner Worte. Mit einem resignierten Kopfschütteln unterstrich er die Ernsthaftigkeit seiner Worte. »Ich muss mich bei dir entschuldigen.«

Klara war überrascht, einerseits von seinem plötzlichen Auftauchen, andererseits von der Tiefe seiner Reue.

»Mir liegt unsere Freundschaft am Herzen!«, gestand er, die Worte sorgfältig wählend. Er beteuerte, sie nicht länger belästigen zu wollen, und schlug vor, sich am nächsten Tag zu treffen, um alles in Ruhe zu besprechen. Er würde frei haben und sie einladen, da es ihm wichtig sei, die Dinge zu klären. Seine Miene zeugte von einer unerschütterlichen Entschlossenheit, die Klara beeindruckte.

Nach einem Moment des Zögerns erwiderte sie: »Ich sage ja! Ich will nicht, dass ich mir selbst vorwerfen muss, eine Freundschaft leichtfertig aufs Spiel gesetzt zu haben.«

Ein sichtbares Zeichen der Erleichterung glitt über Fritz Gesicht, als wäre in diesem Moment eine schwere Last von seinen Schultern genommen worden. Die Spannung, die den Raum erfüllt hatte, schien sich zu lösen, und für einen flüchtigen Augenblick spiegelte sich ein Hauch von Frieden in seinen Zügen wider.

»Jetzt geh aber, denn es ist spät, ich habe zu tun und der Junge muss schlafen«, fügte Klara leise hinzu. Erneut kam ihre Sorge um das Wohl des Jungen zum Ausdruck.

Fritz, der Klara sorgfältig zuhörte, konnte nicht umhin, innerlich die Augen zu verdrehen. Trotz seiner Frustration, das Klara den Jungen erwähnt hatte, erkannte er die Wichtigkeit des Moments, Klaras Wünschen zu entsprechen. Mit einem Anflug von Resignation, die er gekonnt hinter einem neutralen Ausdruck verbarg, nickte er verstehend. »Ich verstehe. Dann bis morgen!«, sagte er, seine Stimme gefasst und ruhig, als er sich zum Gehen wandte. Er wusste, dass dies nicht der Moment war, um auf seinen eigenen Bedürfnissen zu bestehen. Während Fritz die Tür hinter sich schloss, blitzte ein Gedanke in seinem Kopf auf, der seine Stirn in Falten legte. ›Immer dieses Balg‹, dachte er, ein Anflug von Ärger mischte sich in seine Hoffnung. Der Junge, wurde immer mehr zum Symbol der Hindernisse, die zwischen ihm und Klara zu stehen schienen. Er musste sie davon überzeugen, dass es das Beste für sie ist, ihn loszuwerden.

Nachdem Klara Hans mit einer Gutenachtgeschichte in den Schlaf begleitet hatte, saß sie in ihrem Zimmer, das in ein sanftes Kerzenlicht getaucht war. Sie ließ ihre Gedanken in die Nacht schweifen, während sie die möglichen Konsequenzen ihres Handelns durchging. Besonders beschäftigte sie die Frage, was geschehen würde, wenn Fritz herausfände, dass sie den mutmaßlichen Mörder in der Hauptwache besucht hatte. Noch schwerwiegender war ihre Entscheidung, Hans für immer bei sich aufzunehmen, sollte sein Vater nicht aus der Haft entlassen werden. Klara war sich der Herausforderungen bewusst, die diese Entscheidung mit sich bringen könnte. Sie rechnete nicht zuletzt mit tadelnden Worten von Tante Trude, die sicherlich nicht mit ihrer unbeugsamen Entschlossenheit einverstanden sein würde. Doch in ihrem Herzen fühlte Klara eine tiefe Überzeugung, dass es richtig war, Hans ein stabiles und liebevolles Zuhause zu bieten. In Hans sah sie ein Kind voller Potenzial und Güte, dessen Entwicklung in der anonymen Umgebung eines Waisenhauses gewiss nicht zur vollen Entfaltung kommen würde. ›*Was ist schon verwerflich daran, einem unschuldigen Kind Zuflucht und Sicherheit zu bieten?*‹, dachte Klara, während ihre Augen den flackernden Kerzenflammen folgten. Sie fand Trost in dem Gedanken, dass ihre Handlungen, auch wenn sie von einigen missbilligt wurden, aus einem tiefen Gefühl der Menschlichkeit und Fürsorge heraus motiviert waren. Sie wusste, dass der Weg nicht leicht sein würde, doch die Vorstellung, Hans ein besseres Leben zu bieten, gab ihr die Kraft und den Mut, sich den kommenden Schwierigkeiten zu stellen.

Der neue Tag erwachte mit einer Fülle von Aufgaben für Klara, die sich mit Hingabe und Eifer der Wäsche ihrer Kunden annahm. In ihrem kleinen, heimeligen Arbeitsraum, umgeben von Stapeln frisch gewaschener Kleidung, waren ihre Hände in ständiger Bewegung – geübt und flink, wie die einer erfahrenen Handwerkerin. Sie glitten geschickt über die verschiedenen Stoffe, bügelte Falten glatt, faltete die Textilien sorgfältig und sortierte alles penibel für die bevorstehende Rückgabe. Es war ein wahrhaftiges Ballett der Sorgfalt und Präzision, das sich in ihrem bescheidenen Heim abspielte, rhythmisch begleitet vom monotonen Zischen und Pfeifen des mit Kohle beheizten Bügeleisens.

Trotz des anspruchsvollen und arbeitsreichen Tages gelang es Klara, Hans rechtzeitig zu Tante Trude zu bringen, um ihr ein Treffen mit Fritz zu ermöglichen. Dieses Vorhaben stieß anfangs auf keinerlei Widerstand von Hans. Im Gegenteil, er zeigte sich sogar aufgeregt und voller Vorfreude, denn Josef, hatte ihm versprochen, eine seiner fesselnden und abenteuerlichen Geschichten vorzulesen. Diese kindliche Begeisterung und Unbekümmertheit, wich einer plötzlichen Trübung, als Klara beiläufig ihre Pläne für den Abend mit Fritz erwähnte. Hans, der sich bis zu diesem Moment in einer Blase der Vorfreude und kindlichen Glückseligkeit befunden hatte, wurde jäh in die Realität zurückgeholt. Die Erkenntnis, den Abend, ohne die vertraute Nähe Klaras verbringen zu müssen, da sie sich mit Fritz traf, schien ihn tief und unerwartet zu treffen. Seine zuvor leuchtenden Augen verdunkelten sich merklich, und ein Schatten fiel über sein Gesicht, der die kindliche Freude verschluckte und eine unerwartete Einsamkeit hinterließ. Klara, die diese Veränderung wahrnahm, fühlte ein stechendes Unbehagen und Sorge. Hans blickte sie mit ernstem Ausdruck an und sagte für einen Fünfjährigen sehr ernst: »Gute Nacht, Klara«, seine Stimme getragen von einer ungewohnten Schwere. »Pass auf dich auf. Ich mag den Fritz nicht. Er war nicht nur böse zu mir, sondern auch zu dir.«

Diese Worte trafen Klara unerwartet. In Hans' Augen las sie eine tiefe Besorgnis, die weit über die typischen Nöte eines Kindes hinausgingen. Es war eine ernsthafte Sorge um ihr Wohl, gemischt mit kindlicher Angst vor der Ungewissheit, die Fritz' Anwesenheit in ihr Leben brachte. Es war ihr bewusst, dass Hans' Bedenken nicht unbegründet waren; Fritz' Verhalten hatte auch ihr bereits Anlass zur

Sorge gegeben. »Danke, Hans. Ich verspreche dir, auf mich aufzupassen«, flüsterte sie, während sie sanft seine Stirn küsste.

Hans nickte, bevor er sich Josef zuwandte.

Inzwischen hatten Klara und Fritz sich in der Wirtsstube niedergelassen. Durch die geöffneten Fenster drang die Abendluft, die nach dem abendlichen Gewitter, das kurz nach ihrer Ankunft losgebrochen war, etwas von ihrer Wärme verloren hatte. Draußen im Hof rauschte der Wind durch die dichten grünen Blätter der Kastanienbäume.

Frieda, die Schankmaid, warf Fritz einen unmissverständlich verführerischen Blick zu, als sie mit geschickten Bewegungen die Getränke servierte.

Die Tische präsentierten sich mit schwerem, graublauem Steingutgeschirr. Trotz eines gewöhnlichen Wochentags war das Wirtshaus erstaunlich gut besucht, ein Zeugnis seiner Beliebtheit.

Aus der Küche drang der Geruch verschiedenster Speisen. Ergänzt wurde dieses durch den süßlich-herben Geruch des Apfelweins, der vom Schanktisch aus die Luft erfüllte.

»Übrigens«, sagte Fritz, »wo hast du deinen Zögling gelassen.« Mit dieser Frage lenkte er das Gespräch geschickt auf Hans, wohl wissend, dass dies ein Thema war, das Klara nahe am Herzen lag.

»Er verbringt den Abend bei Trude und ihrer Familie«, antwortete Klara, ihre Stimme ruhig, doch in ihren Augen lag eine Spur von Verteidigungsbereitschaft. Sie wusste, dass Fritz' Ansichten über Hans und die Situation, kritisch waren.

»Ich könnte mir beim besten Willen nicht vorstellen, mich um ein fremdes Balg zu kümmern – und das ohne jegliche Gegenleistung. Wie du das nur schaffst, mit den Schwierigkeiten umzugehen, die seine Anwesenheit für dich mit sich bringt, ist mir nicht begreiflich.« Seine Worte waren scharf, fast vorwurfsvoll, und Klara spürte, wie eine kalte Welle der Enttäuschung über sie hinwegrollte. Doch sie wusste, dass dieser Moment unvermeidlich war; früher oder später musste sie Fritz gegenüber ehrlich sein. *Sollte sie ihm jetzt anvertrauen, was sie gedachte zu tun?* Nach einem Moment des Zögerns, in dem sie ihre Gedanken sammelte und ihre Entschlossenheit festigte, atmete sie tief durch, und erwiderte: »Fritz, ich verstehe, dass du das nicht nachvollziehen kannst. Für dich sind Werte wie Selbstlosigkeit vielleicht Fremdwörter. Aber für mich ... es geht um mehr«, erklärte sie mit fester Stimme. »Es geht darum, zu helfen, wo man kann, und ein Herz zu haben für diejenigen, die niemanden sonst haben. Hans braucht jemanden, und ich habe die Möglichkeit, diese Person zu sein. Ja, es bringt Schwierigkeiten mit sich, und das Leben ist nicht immer leicht. Manchmal muss man das Richtige tun, auch wenn es nicht das Einfachste ist.« Sie hielt inne, ihren Blick fest auf Fritz gerichtet, als wolle sie ihm ihre Entschlossenheit nicht nur mit Worten, sondern auch mit ihrem Blick vermitteln. »Und was die Gegenleistung angeht... die Zufriedenheit, etwas Gutes getan zu haben, ist für mich mehr wert als jedes materielle Gut. Ich hoffe, du wirst das verstehen können. Denn wenn es nötig sein sollte, bin ich bereit, ihn offiziell bei mir aufzunehmen und die rechtliche Verantwortung für ihn zu übernehmen. Er ist kein 'Balg', wie du sagst, sondern ein Junge, der ein Zuhause braucht.«

Fritz musterte Klara mit einem Blick, der zunehmend ungläubig wurde. Seine Augen verengten sich zu schmalen Schlitzen, und ein Schatten legte sich über sein Gesicht, das vor wenigen Momenten aufgeschlossen und freundlich erschienen war. »Was ist bloß in dich gefahren, Klara? Das kann ich kaum glauben. Ich finde es nicht gut. Das wird Gerede geben, und du wirst darunter leiden.«

»Es ist einmal so von mir beschlossen,« entgegnete Klara fest.

»Du meinst das ernst?« Fritz' Stimme schwankte zwischen Ungläubigkeit und Ärger. »Ich denke, wo deine Großmutter nicht mehr lebt, dass ich dich vor Schaden und deiner eigenen Unvernunft bewahren sollte. Das wirst du mal schön bleiben lassen.«

»In dieser Angelegenheit hat mir niemand hineinzureden, auch nicht du! Es ist allein meine Entscheidung«, beteuerte sie. »Aber warten wir es ab, Hans Vater ist noch nicht verurteilt. Vielleicht nehmen die Dinge für ihn und seinen Vater eine unerwartet gute Wendung, wenn man den wahren Täter findet. Ich halte ihn jedenfalls für unschuldig. Vor allem, nachdem ich mit ihm gesprochen habe.«

Fritz, von endlosem Zorn erfüllt, konnte sich kaum beherrschen: »Du bist doch nicht bei Sinnen! Du warst auf der Hauptwache und bei ihm, im Loch?« Seine Entrüstung war deutlich zu spüren. »Mir scheint, du willst mir den Abend vergällen, an dem ich dich um deine Hand bitten wollte. Ich will dir mein Herz zu Füßen legen, biete dir meine Liebe an, und du kommst mir mit so einem Firlefanz wie der Pflege dieses Kindes. Schämen solltest du dich!«

Klara fand sich erneut in einem Strudel aus Fragen und Unverständnis wieder. Warum drängte Fritz sich so auf und versuchte unablässig, ihre Aufmerksamkeit auf eine

Beziehung zu lenken, die sie nie beabsichtigt hatte? »Warum reagierst du so gereizt? Ich schätze dich als Freund. Warum kannst du es nicht dabei belassen, Fritz?« Ihre Worte waren ehrlich und suchten nach einer friedlichen Lösung, doch Fritz' Reaktion war alles andere als ruhig.

Sein Gesicht nahm augenblicklich eine purpurne Farbe an, ein Zeichen seiner kaum zu bändigenden Wut. Mit einem heftigen Schlag seiner Faust auf den Tisch ließ er seinen Emotionen freien Lauf. »Da soll doch der Beelzebub dreinschlagen!«

Der Lautstärke seines Ausrufs entsprechend zogen sie die schockierten Blicke der anderen Gäste auf sich.

Klara konnte sehen, wie die Anwesenden von ihren Mahlzeiten aufblickten, teils entsetzt, teils neugierig, was zwischen ihnen vorging.

Mit einem Kopfschütteln und hochgezogenen Augenbrauen versuchte Klara, die Situation zu entspannen: »Beruhige dich doch. Es muss doch nicht gleich jeder mitbekommen«, bat sie, in der Hoffnung, die Aufmerksamkeit der anderen Gäste zu mindern.

Doch Fritz, unbeirrbar in seinem Zorn, erklärte trotzig: »Und wenn es das ganze Dorf hört, es ist mir egal!« Mit diesen Worten sprang er von seinem Stuhl auf. »Es hat keinen Sinn, mit dir zu reden. Ich gehe!« Er verließ den Ort, ohne sich noch einmal umzudrehen.

Klara unternahm keinen Versuch, ihn aufzuhalten. Es war klar, dass dieser erneute Bruch in ihrer Beziehung tiefere Wurzeln hatte als nur den augenblicklichen Streit. Die Stille, die Fritz' abruptem Aufbruch folgte, wurde jäh von Friedas Stimme unterbrochen: »Da Herr Fritz gegangen ist, bleibt dir die Begleichung der Zeche, Klara«, sagte sie mit einem triumphierenden Grinsen, sichtlich erfreut über die zusätzliche Peinlichkeit, die sie Klara bereiten konnte, wenn sie ihre Börse nicht bei sich hatte.

»Das gefällt dir, was Frieda?« Klaras Erwiderung war scharf. Trotz der angespannten und unangenehmen Situation zeigte sie Stärke und die Bereitschaft, sich den Konsequenzen zu stellen – sowohl den emotionalen als den finanziellen. In diesem Moment war ihr klar, dass die Herausforderungen, die vor ihr lagen, nicht nur ihre Beziehung zu Fritz betrafen, sondern die Art und Weise, wie sie sich in der Gemeinschaft des Dorfes behaupten würde.

Friedas Worte waren scharf und durchdringend: »Du leistest es dir, einen Mann von Herrn Fritz' Kaliber vor den Kopf zu stoßen, aber nimmst dich eines Mördersohnes an und spielst die Heilige.«

Klara, die keine Lust auf weitere Auseinandersetzungen hatte und die Situation nicht weiter eskalieren lassen wollte, beschloss, sich zu beherrschen. Mit einer gefassten Stimme fragte sie: »Was ist zu zahlen?« Sie griff dabei in ihre Tasche und holte ihre lederne Geldbörse hervor, während Frieda mit einem spöttischen Unterton den geschuldeten Betrag verkündete.

»Hier ist das Geld!« Klara legte die Münzen auf den Tisch, deren Klirren auf der harten Oberfläche ein klares Zeichen ihrer Entschlossenheit war, diese unangenehme Begegnung hinter sich zu lassen.

Ohne einen Abendgruß verließ Klara den Ort des Geschehens. Mit festem und entschlossenem Schritt machte sie sich auf den Weg. Die Uhr der kleinen Kirche im Zentrum des Dorfes zeigte präzise 8:30 Uhr am Abend an.

❖

Klara war nicht nur wütend, sondern tief verletzt von Fritz' Verhalten. Ihre Emotionen waren ein Wirbelsturm von Enttäuschung und Zorn. In ihrer Aufruhr klopfte sie heftig gegen die Tür.

Die Stimme von Trude schallte ungehalten vom Korridor durch die Tür: »Was soll das, wollt ihr uns die Tür einschlagen?« Die Tür wurde aufgerissen. »Ach, du bist es.« Trudes Blick fiel auf Klaras Gesicht. »So früh! Was ist denn passiert?«

»Ich möchte Hans abholen«, war alles, was Klara hervorbringen konnte.

»Komm erst einmal herein. Der Kleine schläft«, sagte Trude sanft, während sie sich in Richtung der Wohnstube bewegte.

Klara folgte ihr.

»Setze dich zu mir, damit wir in Ruhe miteinander sprechen können«, bot Trude an, und Klara ließ sich auf einen Stuhl am großen Tisch fallen, ein Bild der Niedergeschlagenheit.

»Nun erzähl mir, was vorgefallen ist?«, drängte Trude, und Klara entlud ihr Herz. Sie erzählte von Fritz' unerträglicher Szene im Wirtshaus, von seinem Mangel an Anstand, seinen seltsamen Ansichten und launischen Verhaltensweisen. »Ich hätte mich niemals mit ihm angefreundet, wenn ich gewusst hätte, was ich heute weiß. Er hat keine Kinderstube, hat seltsame Ansichten, was die Nächstenliebe betrifft, und ist voller bizarrer Launen«, endete sie. Ihre Stimme wurde ruhiger: »Du wirst erstaunt sein, Tante Trude. Ich werde die Übernahme des Pflegamtes für Hans beantragen, sollte sein Vater im Gefängnis bleiben oder Schlimmeres mit ihm geschehen. Dies ist das Resultat vielfältigen Nachdenkens, so dass ich mir sicher bin, es würde das richtige für Hans und mich sein.« Ihre Worte waren durchdrungen von dem Wunsch, Hans vor dem Schmerz zu bewahren, den sie selbst durch den Verlust ihrer eigenen Familie erfahren hatte.

Trudes Augen glänzten bei Klaras leidenschaftlicher Erklärung. Sie wusste, dass Klara immer da war, um zu helfen, und ihre Liebe zu der jungen Frau war so tief wie die zu einer eigenen Tochter. In diesem Moment der Verbundenheit fühlte sie die Last der Erinnerung an ihre verstorbene Freundin und an Erna, Klaras Großmutter, die ihr einst in schweren Zeiten beigestanden hatte und ebenfalls ihr eine gute mütterliche Freundin gewesen war.

Gerade trat Ida in die von Kerzen erleuchtete Stube. »Du schon hier?«

»Ich weiß nicht, wie ich dir das erklären soll, Ida, doch heute während unserer Verabredung ist bei Fritz erneut etwas zum Vorschein gekommen, dass mir nicht gefällt. Du hättest ihn sprechen hören sollen. Er benimmt sich nicht wie ein Freund, sondern, als habe er ein Recht an mir.«

Eine lange, bedrückende Pause folgte.

Ida seufzte, bevor sie antwortete: »Ein gutes Wort zwischen euch bringt's schon in Ordnung.«

Idas Vorschlag, ein klärendes Wort könne die Wogen erneut glätten, schien Klara in diesem Moment mehr als naiv. »Wie kommst du darauf, dass ich das möchte?«, fragte sie daher ihre Freundin. »Ich weiß nicht einmal darüber zu entscheiden, bei dem, was heute vorgefallen ist, ob die Freundschaft zwischen ihm und mir Bestand haben kann. Man sollte wohl, wie deine Mama immer sagt, nicht nur nach dem Augenschein gehen, sondern man sollte bei einem Menschen tiefer blicken, bevor man sich endgültig auf ihn einlässt.«

»Wenn das Unglück mit Julius Baumbach nicht wie ein dunkler Schatten über eurem Leben aufgetaucht wäre, könnte die Geschichte zwischen euch eine andere Wendung genommen haben. Eine, die mit mehr Glück gesegnet wäre und es könnte alles gut zwischen euch sein.«

In diesem Augenblick waren leise tapsende Schritte von bloßen Füßen zu hören und Hans stand im Wohnraum. Hans blickte mit großen Augen zu den Erwachsenen auf, unsicher, wie er sich verhalten sollte, spürte er jedoch instinktiv die Schwere der Stimmung. »War dieser Fritz schon wieder böse zu dir?«, fragte er mit einem Tonfall, der verriet, dass er eine Vorahnung hatte, weshalb Klara früher als erwartet zurückgekehrt war.

»Vergiss den Fritz, Hans«, sagte Klara.

Hans trat zu Klara, umschloss sanft mit seinen Armen ihren Hals und bot ihr damit den Trost, den sie ihm sonst zu schenken vermochte.

Trude konnte sich ein Lächeln nicht verkneifen. Sie hatte längst erkannt, dass, obwohl die Verluste, die Klara erlitten hatte, nicht rückgängig gemacht werden konnten, Hans doch ein Quell des Glücks für sie darstellte – ein Fundament, auf dem sie aufbauen konnte. Trude hoffte nur, dass dieses Glück nicht in Traurigkeit umschlagen würde. Denn was die Zukunft für Hans bereithielt, das war völlig ungewiss.

Ida, die bislang Klara gegenüber skeptisch bezüglich deren Entscheidung war, erlebte einen Moment der Reflexion. Die Worte von Hans, eingebettet in das Sprichwort: Kindermund tat Wahrheit kund, brachten sie dazu, zu überdenken, ob ihre Ratschläge übereilt waren. Mehr und mehr gelangte sie zu der Einsicht, dass Fritz womöglich doch nicht der geeignete Partner für Klara sein könnte.

❖

Nach ihrer Heimkehr und dem sorgsamen Zubettbringen von Hans zog sich Klara in ihre Kammer zurück, um sich niederzulegen. Ein letzter Blick aus dem Fenster zeigte ihr das Dorf in tiefster Stille, ein Bild der Ruhe unter dem nächtlichen Sternenhimmel. Sie drehte sich um, entledigte sich ihrer Kleidung und hängte diese zum Lüften über einen hölzernen Bügel am Schrank. Mit gedankenverlorenen Schritten trat sie an ihr Bett heran und ließ sich in die weichen Kissen fallen.

In der umhüllenden Stille ihrer Kammer fand Klara heute keinen Frieden, stattdessen fühlte sie sich von einer inneren Unruhe erfasst. Ihre Gedanken und Gefühle waren in einem ständigen Aufruhr, gefangen in einem Netz aus Erinnerungen an glücklichere Zeiten mit Fritz, die durch die jüngsten, emotional aufwühlenden Ereignisse einen bitteren Beigeschmack erhalten hatten. Diese Nacht, die Ruhe und Erholung bringen sollte, wurde stattdessen zur Bühne eines inneren Dramas. Klara quälte sich mit der Frage, ob Fritz sich verändert hatte oder ob sie selbst unbewusst zum Keim ihrer Entfremdung beigetragen hatte. War es möglich, dass ihre eigenen Ängste und Unsicherheiten der Grund für die Entfremdung war? Diese Fragen kreisten unaufhörlich in ihrem Kopf, ließen sie sich unruhig von einer Seite zur anderen wälzen, während sie verzweifelt nach Antworten suchte, die sich ihr nicht erschließen wollten.

Die Nacht nahm ihren Lauf, während Klara in diesem Wirrwarr von Gedanken gefangen blieb. Sie fühlte sich wie auf hoher See, hilflos den Wellen ihrer Emotionen ausgeliefert, ohne Land in Sicht. Mit jeder Stunde, die verstrich, wuchs die Erschöpfung, bis sie, übermannt von reiner Müdigkeit, in einen unruhigen Schlaf fiel. Doch selbst im Schlaf fand sie keine Zuflucht; ihre Träume waren durchzogen von den gleichen quälenden Fragen und unaufgelösten Konflikten, die sie im Wachzustand umtrieben.

Der Mond vollendete unbemerkt seine nächtliche Reise, bis der Anbruch eines neuen Tages die Dunkelheit vertrieb. Hähne krähten den neuen Tag ein, das Vieh in den Ställen begrüßte die Morgenstunden mit lautem Ruf. Die Dorfbewohner traten aus ihren Häusern, bereit, sich den Tagesaufgaben zu widmen. So begann der Tageszyklus von neuem, in stetem Fließen von Zeit und Leben, während Klara in ihrem Zimmer in ihrem Traum gefangen war. Sie erwachte ruckartig, als Strahlen der Morgensonne sanft ihr Gesicht streichelte. Ein kurzer Moment der Verwirrung machte sich breit, bis die harte Realität sie einholte – sie hatte verschlafen. Mit einem Sprung war sie aus dem Bett. Sie wusch sich, zog sich flink an, machte sich zurecht und ging, um Hans zu wecken. Doch als sie die Tür öffnete, fand sie ein leeres Bett vor. Ihr Herz schlug schneller, als sie die Treppe hinuntereilte.

Die Küche offenbarte ihr ein Bild, das ihr Herz zum Schmelzen brachte. Hans stand da, ein Lächeln auf seinem Gesicht, das so hell war wie der Morgen selbst.

»Ich wollte dich gerade wecken, du Langschläferin«, verkündete er, als sei er der Erwachsene und sie das Kind, was Klara ein Lachen entlockte. Trotz seiner jungen Jahre hatte Hans die Küche mit einer Fürsorglichkeit vorbereitet, die sein Alter weit überstieg. Löffel und Tassen waren sorgfältig auf dem Tisch verteilt, und neben dem Herd warteten die Schüsseln darauf, mit warmem Haferbrei gefüllt zu werden.

Klara näherte sich ihm, und wuschelte ihm durch das Haar. »Ich danke dir, dass du schon so fleißig warst«, sagte sie. Hans' kindliche Initiative, sein Bedürfnis, zu helfen und für sie da zu sein, berührte sie tief. »Nun will ich rasch unseren Brei kochen«, erklärte sie und machte sich an deren Bereitung.

Nach dem Frühstück gingen Klara und Hans hinaus in den Garten.

»Was machen wir heute, Klara?«, fragte Hans.

»Der Garten muss ein wenig in Ordnung gebracht werden. Die Beete müssen geharkt werden, bevor wir neue Gemüsepflanzen einsetzen können.«

Doch ihre Erklärung wurde jäh unterbrochen, als zwei Frauen, über den Zaun blickten und tuschelten: »Die hat sich gestern bloß lächerlich gemacht.«

Klara, deren Herz einen Moment schwer wurde, wusste genau, auf wen sich die Worte bezogen. Doch sie entschied so, als habe sie es nicht gehört, und über den Stachel des Geredes hinwegsehend, bat sie Hans: »Magst du mir den Saatkasten mit den Pflanzen, dort drüben, holen?«

Während Hans dem Wunsch nachkam, fuhr eine der Frauen fort: »Die Ruhland wird schon sehen, was man mit so einem Jungen für Kummer hat.« Ihre Worte waren scharf wie Dornen in Klaras Herz.

In diesem Moment kam der Pfarrer, über die Wiese geschritten. Er hatte sich bei einem Fischer am Main Fisch geholt und schüttelte missbilligend den Kopf über die Reden der Frauen. »Was ihr nur wieder für unchristliche

Rede führt. Schämt euch!«, tadelte er sie, bevor er seine Stimme erhob und über den Zaun rief: »Grüß Gott, da hast du aber einen fleißigen kleinen Helfer, Klara.«

Klara hob ihren Blick und erwiderte seine Begrüßung mit Dankbarkeit: »Grüß Gott, Herr Pfarrer. Ja, das lässt sich sagen, obwohl hier im Dorf viele anderer Meinung sind und es vorziehen würden, wenn ich mich nicht um Hans kümmern und ihn stattdessen ins Waisenhaus bringen würde.«

Der Pfarrer, wie immer in korrekte Kleidung gewandet, galt er doch als Vorbild für die Menschen, trat näher an den Zaun, sein Blick voller Mitgefühl. »Mein liebes Kind, es liegt mir fern, dir Vorwürfe zu machen. Deine Stellung, begabt mit gottgegebenen Fähigkeiten, um Gutes in dieser Welt zu bewirken, erhebt dich über solche Niederungen. Es schmerzt mein Herz, zu sehen, wie du, unter diesen herausfordernden Umständen, in eine bedrängte Position geraten bist. Doch lass dich nicht entmutigen. Ich bin zutiefst überzeugt, dass alles sich zum Besseren wenden wird. Gott lässt diejenigen, die mit großem Herzen handeln, niemals im Stich.« Er legte eine kurze Pause ein, sein Blick warm und einladend. »Solltest du Unterstützung benötigen, zögere nicht, zu mir zu kommen. Gemeinsam werden wir einen Weg finden. Erinnere dich daran, dass in der Dunkelheit das Licht am hellsten scheint. Wir sind hier, um einander zu helfen und die Lasten zu teilen, die das Leben uns auferlegt. Mit Glauben und Zuversicht können wir Berge versetzen und Hoffnung in die Herzen der Verzweifelten tragen.«

Seine Worte waren wie Balsam für die Seele. Der Pfarrer stand da, so wie Trude, ihr Beistand zu spenden, wann immer es nötig sein sollte.

# Zweifel eines Richters

Der Frankfurter Richter, ein Mann von scharfem Verstand saß an einem mit Papieren und Aktenheften bedeckten Schreibtisch in der Hauptwache und studierte die Verhörakte des Wilfred Brook. Seine Augen, gezeichnet von der Last der Entscheidung, die er zu tragen hatte, glitten über die Verhörakte, eines Mannes, dessen Schicksal in seinen Händen lag. Trotz der tiefgründigen Analyse konnte er kein einziges Indiz finden, das Brooks Schuld bewies. Er las darin, ließ die Blätter wieder sinken und schüttelte den Kopf. Die Stille des Raumes wurde lediglich durch das Knistern der Seiten unterbrochen, als der Richter sie wieder aufnahm und umblätterte. Er war sich bewusst, dass er diesen Brook nicht ewig festhalten konnte, vor allem nicht ohne stichhaltige Beweise. Der Mord, der das kleine Pfarrdorf Niederrad erschüttert hatte, lag wie ein dunkler Schatten über allem.

Der Richter lehnte sich zurück, Gedanken wirbelten in seinem Kopf. Die Tür ging auf. Heinrich, der Gerichtsdiener, betrat den Raum – ein Mann, dessen Erscheinung so charakteristisch wie seine Rolle war. Mit seinen 48 Jahren hatte das Leben sein Gesicht in eine Landkarte der Erfahrungen verwandelt; jede Linie und Falte ein Zeugnis der Jahre, die er als Diener im Dienste der Gerechtigkeit verbracht hatte. Heinrich war von kleiner, drahtiger Statur, was ihm eine unerwartete Beweglichkeit und Präsenz verlieh. Seine Haare, kurz, schwarz grau meliert und sorgfältig zur Seite gekämmt, unterstrichen seinen ordentlichen, disziplinierten Charakter. Trotz seiner schmalen Figur war eine unterschwellige Zähigkeit in seiner

Haltung zu erkennen.

»Gibt es zwischenzeitlich etwas Neues an Erkenntnissen in dem Mordfall bei Niederrad, Heinrich?«, fragte der Richter, seine Stimme war ruhig.

Heinrich, der durch den Raum schritt, hielt inne und schüttelte den Kopf. Seine Antwort war kurz: »Nein, da gibt es nichts Neues zu berichten.«

Der Richter seufzte tief: »Es ist unsere Aufgabe, Straftaten zu verfolgen und alles aufzudecken. Ich habe schon viele im Glauben an die Gerechtigkeit verurteilt, überzeugt von ihrer Schuld. Doch bei Brook ... bei diesem Mann spüre ich, dass er uns nicht belügt, wenn er seine Unschuld beteuert.«

»Wenn der Mord nicht durch ihn verübt wurde, wer könnte sonst der Täter sein?«

Ein schwerer Seufzer entwich dem Richter, während er in die Ferne blickte, als könne er dort die Antwort finden. »Wenn man darauf eine Antwort wüsste!«, murmelte er mehr zu sich selbst als zu Heinrich. Dann, mit neuer Entschlossenheit in seiner Stimme, fügte er hinzu: »Ich wünsche, den Gefangenen zu sprechen! Der Schließer Lambrecht, er soll ihn hier in die Stube bringen.«

Wilfred wurde von Lambrecht aus der Zelle geholt und in das nüchterne Amtszimmer geführt. Nachdem er eine halbe Stunde lang erneut vom Richter verhört worden war, begann er: »Sie mögen mich des Beschuldigens, was Sie wollen, Herr Richter, ich kann Sie nicht davon abhalten, mich zu verurteilen oder sogar zu hängen. Doch wenn dies geschehen sollte, verliert mein Sohn seinen einzigen Halt im Leben. Glauben Sie mir, bei meiner Seele, er ist mein Ein und Alles. Mein größtes Leid ist nicht die Angst um mein eigenes Schicksal, sondern die Vorstellung, ihn hilflos und verloren auf den Straßen enden zu sehen. Bitte sorgen Sie für ihn. Frau Klara Ruhland aus dem Dorf Niederrad hat ihre Güte bewiesen, indem sie ihn aufnahm. Ich schwöre Ihnen, ich bin unschuldig! Der Geldbeutel gehört mir, und ich habe sowohl Ihnen, als den Wachleuten vom Dorf Niederrad gegenüber Rechenschaft über dessen Inhalt abgelegt.«

Der Untersuchungsrichter fixierte Wilfred mit einem durchdringenden Blick. In den Augen des Mannes vor ihm lag eine ehrliche Verzweiflung, ein tief empfundener Schmerz, der allein seinem Kind galt und als stilles Zeugnis seiner Unschuld diente. Nach einem tiefen Seufzer wies der Richter an, Wilfred zurück in seine Zelle zu bringen.

Nachdem Lambrecht den Angeklagten aus dem Raum geführt hatte, wandte sich der Richter mit einer Frage an den anwesenden Gerichtsdiener: »Wo befindet sich der Geldbeutel? Ich möchte ihn persönlich begutachten.«

»Der Kriminalassistent brachte den Geldbeutel erst gestern aus Niederrad mit. Hier ist er!«

Der Richter schüttete die Münzen auf den Tisch, und unter einigen anderen fand er einen Maria-Theresien-Taler von 1766 und einen Preußen-Taler von König Friedrich Wilhelm II. aus dem Jahr 1795. Er nahm die Taler in die Hand und betrachtete sie. Es schien unwahrscheinlich, dass solche Münzen als Zahlungsmittel für einen Bleichwächter verwendet worden wären. »Das sind schöne alte Stücke«, sagte er vor sich hin.

Entschlossen ließ der Richter den Ankläger zu sich rufen und diskutierte mit ihm die prekäre Beweislage. »Der Brook ist meiner Meinung nach unschuldig!«, stellte der Richter fest.

»Sind Sie sich dessen gewiss?«, fragte der Ankläger zweifelnd.

»Völlig sicher. Sehen Sie selbst, der Geldbeutel des Angeklagten. Er kam erst heute auf meinen Tisch und enthält genau die Münzen, die der Beschuldigte erwähnt hat«, erklärte der Richter und verkündete zugleich seine Absicht, Wilfred Brook am folgenden Tag aus der Haft zu entlassen.

Wilfred Brook hielt am Morgen des nächsten Tages seinen Geldbeutel und den Entlassungsschein fest in der Hand. *›Bei Gott, ich bin frei‹*, durchfuhr es seine Gedanken, als er auf dem Platz vor der Hauptwache stand. Ein Gefühl der Erleichterung durchströmte ihn, und er atmete tief die frische Morgenluft ein. Doch die Erleichterung währte nur kurz, denn nun lag die Aufgabe vor ihm, erneut in das Dorf Niederrad zu gehen und seinen Sohn abzuholen. Der Gedanke an die Menschen dort ließ ihn einen Moment innehalten, während er sich auf das vorbereitete, was ihn in dort erwarten mochte. Trotz der bevorstehenden Herausforderung fühlte er sich entschlossen, seinen Sohn so bald wie möglich in die Arme zu schließen. Danach galt es, sein Hab und Gut von den Wachmännern des Ortes zurückzufordern, um dann weiterziehen zu können. Jetzt hieß es, sich zunächst in Frankfurt zurechtzufinden und die Alte Brücke zu erreichen – den einzigen Übergang zur gegenüberliegenden Mainseite, wie er wusste.

Schließer Lambrecht trat entschlossen vor die Tür und sagte mit einem freundlichen Lächeln. »Ihr seid also noch hier.«

»Ich muss mich zunächst zurechtfinden, denn ich beabsichtige, meinen Sohn in Niederrad bei Frau Ruhland abzuholen und mein Eigentum zu sichern. Dafür muss ich auf die andere Seite des Mains.«

»Eine genaue Adresse von Frau Ruhland wäre wohl hilfreich«, sagte Lambrecht und reichte Wilfred einen Zettel. »Wenn Ihr dort drüben an der Kirche seid, geht durch die Catharinenpforte und folgt dem Weg in gerader Richtung, bis ihr zum Ufer des Mains gelangt. Dort werdet ihr die Brücke flussaufwärts sehen.«

Wilfred verabschiedete sich von dem Schließer und überquerte die Straße. Er verließ Frankfurt über die Brücke, ließ Sachsenhausen hinter sich und strebt am Ufer des Mains am Treidelpfad entlang, auf das Dorfe Niederrad zu.

Am torlosen Durchgang des Barockbaus mit Uhrtürmchen, den die Niederräder Dorfbewohner Schlösschen nannten, blieb er einen Augenblick stehen, blickte sich um. ›Beschaulich‹, dachte er, ›wenn man hier nicht eines Verbrechens beschuldigt wird, dass man nicht begangen hat.‹ Er musste ins Dorf hinein, egal wie sehr die Dorfbewohner ihn als Tatverdächtigen verachteten.

Er ging zwischen den beiden Gebäudeteilen hindurch, die früher, wie er gehört hatte, eine Fabrik waren und heute ein Gehöft bildeten.

Zwei Männer kamen ihm entgegen, grüßten und setzten ihren Weg fort. Er sah mit achtsamem Blick um sich, fürchtete immer noch rasch aufzufallen, indem er die Neugier der Niederräder Dörfler erregte, was nicht geschah.

Wilfred folgte der steingepflasterten Straße, die sich vor einem Haus in zwei lange Straßenzüge gabelförmig verzweigte. Auf der rechten Straße setzte er seinen Weg fort und stellte bald fest, dass es im Dorf viele Gasthäuser gab. Vielleicht würde man ihn für einen Fremden halten, der in einem dieser Gasthäuser einkehren wollte. Beruhigter lief er die Frankfurter Straße entlang.

Auf der linken Straßenseite standen einige Frauen und wetterten lautstark. »Ich brauche Eier, Elsbeth.« Eine andere Frau war ebenfalls verärgert. »Er hätte wenigstens Bescheid sagen können, dass er heute keine hat«, schimpften sie auf diese Frau mit Namen Elsbeth ein. Die Frauen waren so vertieft in ihr Schimpfen, dass ihnen Wilfred, der langsam über die Dorfstraße schritt, nicht einmal auffiel. Er blieb hier und da kurz stehen, um die Eingänge der Häuser auf der rechten Straßenseite zu betrachten.

Wilfred erreichte den Kirchpfad, wo sich die Wachstube befand, in der man ihn eine Nacht festgehalten hatte, bevor er nach Frankfurt überführt wurde. Weiter oben auf der Straße sollte er auf das Haus von Klara Ruhland stoßen. Kurz darauf stand er vor dem zweistöckigen Fachwerkhaus und näherte sich langsam der Haustür.

# Überraschung für Hans

Die Mittagsstunde war angebrochen, da klopfte jemand an die Türe. Klara ging durch den mit Sandsteinplatten belegten Flur, öffnete die Haustür und sah auf. Eine große, sehr bleiche Erscheinung, mit wirren Haar stand vor ihr, streckte ihr die Hand entgegen. »Guten Tag, Frau Ruhland.«

Klara erhielt keine Gelegenheit, etwas zu sagen. Von Neugier getrieben, war Hans ihr gefolgt und stürzte durch den Flur auf die Haustür zu: »Er ist's! Er ist's! Papa«, rief er aus und war nicht mehr zu halten. Er warf sich dem Vater in die Arme. Der Junge strahlte vor Glück und sah dann Klara glücklich an.

»Treten Sie doch näher.«

Wilfred Brook, sichtlich überrascht von der Einladung, zögerte zunächst. »Ich möchte Ihnen keine Umstände bereiten. Es ist besser, wenn ich meinen Sohn mitnehme und gehe.«

»Wir wollten sogleich Essen und natürlich bleiben Sie zum Essen da!«

Klara bestand darauf, und so trat er in das Haus ein. Beim Durchschreiten der Tür musste er sich bücken, und ein kleiner, dunkler schmaler Korridor entfaltete sich vor ihm, von dem eine Stiege, nach oben führte. Am Ende des Flurs befand sich eine weitere Tür, die vermutlich nach hinten ins Freie führte. Das Erdgeschoss des Häuschen schien zwei Räume zu beherbergen: die gute Stube, in die er gebeten wurde, und die Küche.

Klara brach das Eis, indem sie auf die wohl schwierigen Bedingungen im Gefängnis zu sprechen kam.

Wilfred Brook entgegnete, dass es nicht an Nahrung gemangelt habe, aber die Sorge um seinen Sohn ihm den Appetit und den Schlaf geraubt haben. Ein liebevoller Blick traf seinen Sohn, als er von der Angst erzählte, für eine Tat verurteilt zu werden, die er nie begangen hatte. »Es wäre eine Untertreibung zu sagen, dass ich lediglich vom Glück begünstigt wurde, als der Richter mir am Ende des tatsächlich Glauben schenkte.«

»Ich bin sehr froh, dass die Sache so für Euch ausgegangen ist«, sagte Klara, griff dabei nach den Tellern im Schrank und deckte mit Sorgfalt den Tisch in der Stube. Danach gewährte sie Vater und Sohn einen Moment für sich allein und widmete sich dann den weiteren Vorbereitungen für das Mittagessen. Aus der Küche holte sie die Suppenschüssel, stellte frisches Brot und einen Krug mit kühlem Wasser auf den Tisch und nahm schließlich mit einem einladenden Lächeln Platz. Mit einer sanften Geste öffnete sie den Deckel der Suppenschüssel, woraufhin der duftende Dampf des Inhaltes emporstieg und sich wohltuend im Raum verbreitete.

Hans konnte sich nicht zurückhalten und fuhr sich erwartungsvoll mit der Zunge über die Lippen. »Papa, Klaras Essen schmeckt immer gut!«, verkündete er mit glänzenden Augen.

Während des Essens, begann eine Unterhaltung, in der Wilfred von sich, seiner Ehe mit Hans Mutter und deren Tod erzählte. Als der Tisch indessen abgeräumt war, da erzählte Klara etwas von sich.

Als er so dasaß, wurde es ihm wohl. Auch Klara wurde es immer leichter und wärmer ums Herz.

Wilfreds Stimme war von tiefer Dankbarkeit erfüllt, als er sagte: »Ich kann Ihnen gar nicht genug danken für Ihre selbstlose und rücksichtsvolle Fürsorge für meinen Sohn. Sie haben Großes für uns geleistet, Frau Klara, und dafür bin ich zutiefst dankbar. Doch jetzt müssen wir uns auf den Weg machen. Ein herzliches Dankeschön für das köstliche Mahl.« Er versprach, sie zu entlohnen, allerdings erst zu einem späteren Zeitpunkt. Er lächelte. »Ich weiß ja, wo Ihr zu finden seid, Frau Klara.«

Obwohl Klara dies ablehnte, lächelte er und schüttelte den Kopf.

»Wohin wollt ihr?«, fragte Klara, deren Herz bei dem Gedanken schwer wurde, dass sie bald wieder allein war.

Auf Klaras Frage, wohin es gehen solle, gestand Wilfred, dass er keinen festen Plan hatte. Er müsse zuerst ihren Karren wiederbeschaffen, dann würden sie weiterziehen, nach Höchst, in der Hoffnung auf Arbeit und ein besseres Leben.

Komm Hans, wir müssen gehen.«

Hans' Reaktion war ein starker Ausdruck seines Unwillens. Mit trotzig zusammengepressten Lippen stampfte er heftig mit dem Fuß auf die Dielen. »Ich will nicht von Klara weg!«, erklang sein Stimmchen in einem bitterlichen Wehruf.

»Jetzt ist's aber genug Hans!«, sagte Wilfred und warf Klara einen entschuldigenden Blick zu.

Hans' Gesicht verzerrte sich vor Kummer, und im nächsten Moment umklammerte er Klara, schluchzend und bebend wie ein Ertrinkender seinen Retter. Als hätte das Schicksal Hans' Verzweiflung gespürt, begann in der Ferne Donnergrollen die Atmosphäre zu untermalen, als ob die Naturgewalten sich bereit erklärten, ihm Beistand zu leisten.

In diesem emotional aufgeladenen Moment machte Klara einen Vorschlag, angetrieben von Mitgefühl und der Sorge um das Wohlergehen des Jungen. »Es sieht nach einem heftigen Sommergewitter aus. Bleibt doch Hans wegen bis morgen früh hier.«

Wilfred, tief berührt von Klaras Güte, rang mit sich. Es fiel ihm schwer, diese weitere Geste der Freundlichkeit zu akzeptieren, doch der Anblick seines Sohnes, der in seiner Verzweiflung Klara nicht loslassen wollte, rührte ihn zutiefst. »Nun, habt dank Frau Klara, wir bleiben bis morgen früh«, stimmte er schließlich zu, gerade als der Regen einsetzte.

So verbrachten sie den Abend gemeinsam während draußen das Unwetter tobte, bis es Zeit war, sich zur Ruhe zu legen.

An die Seite seines Sohnes geschmiegt, hatte Wilfred schnell in einen tiefen Schlaf gefunden.

Die Stunden verrannen leise, und als der Morgen graute, rüttelten Regentropfen, die gegen das Fenster klopften, ihn wach. Mit schweren Lidern erhob Wilfred sich und blickte hinaus. Die Frankfurter Straße lag in einem trüben, grauen Licht, während der Regen unaufhörlich auf das Pflaster niederging. Feuchtigkeit kroch in jede Ecke des Zimmers.

Unten, aus der Küche, drangen Geräusche zu ihm hoch. Hans lag noch in tiefem Schlaf, als Wilfred leise aus dem Zimmer schlich und die steile Holzstiege hinabging, die mit jedem Schritt ein leises Knarren von sich gab.

Als er die Küche betrat, stand dort ein Morgenmahl bereit.

Klara, die durch die Hintertür hereinkam, schüttelte das Wasser von ihrem Mantel. »Welch abscheuliches Wetter! Es regnet noch immer, wie aus Eimern geschüttet.«, rief sie aus, »Ich bin froh, dass ihr geblieben seid.«

Wilfred konnte nicht anders, als zu grinsen. Klara hatte ihre Röcke in praktischer Manier zwischen die Schenkel geknotet, um sie vor der Nässe zu schützen. »In der Tat!« entfuhr es Wilfred. »Sie sind aber früh auf den Beinen, Frau Klara!«

»Ich bin Wäscherin und die Wäsche meiner Kundschaft wartet nicht! Aber jetzt lasst uns erst einmal etwas essen«, äußerte sie, während sie geschäftig in der Küche umherwirbelte. Sie rief nach Hans, und der Junge, noch verschlafen, kam die Stiege hinunter getrottet.

Während sie das Morgenmahl einnahmen, sagte Klara mit einem Hauch von Trauer in ihrer Stimme: »Ihr könnt gerne hierbleiben. Wenn ihr geht, wird mein Leben ganz schön öde sein!« Nach einem kurzen Moment des Innehaltens fügte sie hinzu: »Aber verzeiht, heute habe ich noch viel zu ordnen. Am Montag muss die Wäsche wieder nach Frankfurt zurück.«

Wilfreds Dankbarkeit mischte sich mit einer Spur von Unbehagen. »Ich danke Ihnen, doch ich möchte nicht weiter zur Last fallen. Und was würden die Dorfbewohner sagen, wenn wir länger blieben? Ich wurde für etwas beschuldigt und habe sitzen müssen, für eine Sache, die ich nicht getan habe. Solche Dinge hängen einem nach, selbst wenn das Gericht einen freispricht. Der Mörder ist wohl auch immer noch nicht gefunden.«

Klara winkte ab. »Ach, was die denken, ist mir gleich! Ich hoffe nur, der Mörder wird gefunden und alles klärt sich auf.«

»Aber ich muss eine Arbeit finden. Hier wird mir niemand eine Anstellung geben, nach dem, was vorgefallen ist«, beharrte Wilfred, die Verzweiflung in seiner Stimme kaum verborgen. »Von eurem Wohlwollen auf eure Kosten, Frau Klara, kann ich nicht leben«, setzte er energisch hinzu.

Klara blickte ihn nachdenklich an. »Arbeit habe ich schon für Sie: Reparaturen im Haus, die dringend anstehen. Ich kann zwar keinen Lohn bezahlen, aber Kost und eine Kammer biete ich Ihnen an, bis sich etwas Besseres für Sie ergibt.«

»Ein paar Tage könnte ich Ihnen schon zur Hand gehen«, sagte er nachgebend, weil er sie nicht enttäuschen wollte aufgrund ihrer Freundlichkeit.

# Entschluss

Am Mittag, als der Regen nachließ und die Sonne sich hinter den letzten Wolkenfetzen hervorwagte, begann das Dorf langsam zum Leben zu erwachen. Die zuvor stillen Straßen belebten sich mit den Klängen spielender Kinder, deren Lachen und Rufen.

Wilfred wollte wissen, wo sein Karren war, so machte er sich zusammen mit seinem Sohn Hans auf den Weg zur Dorfwachstube. Diese lag glücklicherweise nicht weit entfernt. Während sie gingen, wurden sie von dem lärmenden Treiben der Kinder begleitet.

Hans sah zu ihnen hin und mit einem Hauch von Traurigkeit in seinen Augen, deutete er auf die Kinder. »Das ist die Schule, Papa. Da, die beiden Jungen an der Mauer, sie wollten nicht mit mir spielen«, sagte er mit einem Seufzer. »Nächstes Jahr werde ich zur Schule müssen. Doch selbst wenn sie mich nicht mögen, hier bei Klara bleiben und in diese Schule würde ich schon gerne gehen.«

Wilfred spürte, wie sein Herz bei diesen Worten schwer wurde. Sollten sie vielleicht in diesem Dorf bleiben? Die Antwort auf die Frage verlor vorerst ihre Dringlichkeit, da Wilfred sich zunächst um den Karren kümmern musste.

Mit einem flauen Gefühl im Magen, betrat er das Fachwerkhaus, in der sich die Niederräder Dorfwachstube befand. »Guten Tag!«, grüßte Wilfred, als er die Türschwelle überschritt, und trat in die Wachstube ein.

Ungläubig blickten die beiden Wachmänner ihn an, was sofort eine gewisse Spannung in ihn auslöste.

»Kreuzdonnerwetter, du bist doch der Kerl, den wir wegen Mordverdachts festgenommen hatten und vor einigen Tagen nach Frankfurt verfrachtet haben«, rief einer der Wachmänner aus, seine Stimme erfüllt von Unglaube und Heftigkeit.

Wilfred erwiderte ohne Zögern: »Der bin ich. Hier ist der Freilassungsschein!«, und er reichte ihnen das Schriftstück. »Hier, das ist der Beweis meiner Unschuld. Daher fordere ich die Herausgabe meines Eigentum«, trug er unerschütterlich seine Forderung vor.

Die Beamten tauschten einen bedeutungsvollen Blick, bevor der ältere von ihnen, mit einem skeptischen Blick auf das Dokument. »Na da bin ich gespannt, ob das alles seine Ordnung hat«, sagte er, während er sich überzeugte, dass alles seine Richtigkeit hatte.

»Wenn dem nicht so wäre, wäre ich gewiss nicht hier!«, entgegnete Wilfred.

Plötzlich richtete sich der Wachtmeister auf und schritt mit entschlossenen Schritten zur Tür. Über seine Schulter hinweg, in einem Ton, der ruhiger, doch unmissverständlich ernst war, wies er an: »Folgt mir.« Während er voranschritt, fügte er hinzu: »Es gab Zeugen, die behaupten, dich in der Nähe des Tatorts gesehen zu haben. Du musst verstehen, dass wir keine andere Wahl hatten als dich zu verdächtigen!«

Hans, dessen Herz bei den Worten des Wachmanns schneller schlug, warf einen schweigenden Blick von seinem Vater zu dem Wachmann, während sich in seinen Augen eine Spur von Angst widerspiegelte.

Wilfred, die Fassung bewahrend, entgegnete mit fester Stimme: »Für mich und meinen Sohn ist nur wichtig, dass meine Unschuld feststeht.«

»Es ist schlimm für die Schwester des Getöteten«, sagte der andere, dessen Stimme einen Hauch von Mitgefühl erkennen ließ, »dass wir immer noch keine Ahnung haben, wer den Bleichwächter gemordet hat.«

Schließlich wurde Wilfred zu seinem Handkarren geführt, auf dem sich ihr gesamtes Hab und Gut befand, der in einem Schuppen abgestellt worden war.

Der Beamte wechselte in einen offiziell-distanzierten Ton, adressierte Wilfred mit formeller Höflichkeit: »Bitte überprüfen Sie, Herr Brook, ob Ihr Eigentum vollständig ist, und leisten Sie anschließend hier Ihre Unterschrift.«

Ein Schwall der Erleichterung durchflutete Wilfred, als er nach gründlicher Prüfung feststellte, dass tatsächlich nichts von ihrem bescheidenen Gut fehlte. Mit einem festen: »Alles da!«, bestätigte er und unterzeichnete das Dokument.

Die Frage, der Beamten, wohin sie gehen würden, hing schwer in der Luft.

»Wir wohnen erst einmal bei Frau Ruhland, sie hat uns die Unterkunft angeboten.«

Der Wachtmeister zog skeptisch eine Augenbraue hoch, ein Anflug von Sorge in seinem Blick. »Ob das so klug ist?« Seine Stimme trug ein Gewicht, das mehr auf die Lage hindeutete als auf eine direkte Anklage.

Wilfred stand fest, seine Körperhaltung spiegelte die Entschlossenheit wider, die jetzt in seinen Worten mitschwang. »Ich habe mir nichts zu Schulden kommen lassen. Ich denke, ich kann selbst entscheiden, ob ich die Einladung von Frau Klara annehme und ihr die Güte durch meiner Hände Arbeit vergelte. Wer würde schon hier bleiben, wenn er etwas zu verbergen hätte? Zumal, wie man mir bereits in Frankfurt bei meiner Entlassung zu verstehen gab, die Untersuchungen weiterhin andauern. Es wurde mir gesagt, dass sogar ein Kommissar zu euch entsandt wurde, um den Fall zu übernehmen.« Seine Worte hallten in dem

Schuppen wider, unterstrichen Wilfreds Selbstbewusstsein und ließen erkennen, dass er sich der Schwere seiner Lage bewusst war, sich jedoch nicht von den Schatten des Verdachtes lähmen ließ.

Der Wachtmeister, obwohl durch Pflicht und Vorsicht gebunden, konnte nicht umhin, eine gewisse Anerkennung für Wilfreds Standhaftigkeit zu empfinden, sagte dann ruhig: »Hilfskommissar Hochwald, war zur ersten Untersuchung hier und wird sich weiter um den Fall kümmern.«

»Das ist gut zu hören«, entgegnete Wilfred mit einem Hauch von Erleichterung in seiner Stimme, die jedoch schnell von der Entschlossenheit abgelöst wurde, die vor ihnen liegenden Herausforderungen zu meistern. Er wandte sich zu Hans und sagte: »Komm, Hans, lass uns gehen.«

Mit diesen Worten machten sich Vater und Sohn, auf den Weg zu ihrer vorübergehenden Bleibe bei Klara.

## Argwohn und Spott

Es war Sonntag, Klara trug eines der besseren schwarzen Kleider mit Spitze am Kragen. Sie hatte ein Samtband mit Kreuz, um den Hals gebunden, war sorgfältig frisiert und trug ihr Haar in einem Knoten.

Direkt von der Frankfurter Straße aus, trat man durch das Portal in der nördlichen Giebelwand in den Innenraum des Gotteshauses. An ihrer Seite ging Wilfred. Klara hatte Hans an der Hand.

Die empörten Seitenblicke der Dorfgemeinschaft trafen sie wie unsichtbare Schläge, als sie den Mittelgang entlangschritt, vorbei an den Reihen der Kirchenbänke. Doch Klara ließ sich nicht beirren. Die Missbilligung, die ihr entgegenschlug, schien sie nicht zu erreichen. Ihr Schritt blieb fest, ihr Blick geradeaus gerichtet. Es war mehr als die Tatsache, dass sie Hans bei sich aufgenommen hatte. Es war ihre gesamte Haltung – die Entschlossenheit, Wilfred, den Vater des Jungen und den Mann, der fälschlicherweise des Mordes an Julius Baumbach beschuldigt worden war, in ihr Leben und somit in die Kirche zu bringen.

Klara schien in den Augen der Dörfler keinerlei Scham über die Lage zu empfinden, in der sie sich befand. Während dies fast das ganze Dorf beklagte, schien ihre Stimmung von Tag zu Tag heiterer zu werden. Dachte sie nicht einmal an die arme Schwester des Bleichwächters, die den Tod ihres Bruders betrauerte? Und nun brachte sie auch noch den Mann mit in die Kirche, der des Mordes an Julius Baumbach beschuldigt worden war. Die Empörung erreichte damit den Gipfel. Klara hörte jemand sagen: Was fällt der denn ein? Die traut sich was, den Kerl in den

Gottesdienst zu bringen.

Als sie ihren angestammten Platz in den Kirchenbänken einnahm, hob sie Hans auf ihren Schoß und deutete auf den Platz neben sich – einen Platz, der einst ihrer Großmutter gehört hatte.

Die empörten Stimmen hinter ihr wurden lauter. »Was fällt dem denn ein, jetzt setzt sich der vor mich?«

Tante Trude, eine Stimme der Vernunft und Güte, versuchte, die aufgebrachten Gemüter zu beruhigen. »Lasst sie doch zufrieden'«, flüsterte sie.

»Du heißt ihre unerhörte Schamlosigkeit für gut? Sie verhält sich wie eine Dirne ... «

Die Frau kam im Satz nicht weiter, da Trude auffuhr: »O', mein Gott! Ihr werdet euch doch nicht im Gotteshaus selbst der Boshaftigkeit versündigen wollen.«

»Das ist uns gleich; eine unsaubere Sache bleibt es immer, denn sie haben ihn in Verdacht, den Mörder aber nicht gefunden. Tugend, Moral und Sittsamkeit sind die Grundpfeiler, auf denen das gesamte Interesse unserer Dorfgemeinschaft ruht. Wenn einer von uns diese erschüttert, kommen wir alle in Verruf.«

»Alles Unsinn! Der Mann wurde vom Richter freigesprochen. Ihr seid die, die unser Dorf mit solchen Anschuldigungen in Verruf bringen, nicht die Klara.«

Trudes Worte waren ein erneuter Lichtstrahl für Klara in der blinden Verurteilung von Vorurteilen, gegen Wilfred und sie.

Die Kirchentür knarrte. Der Pfarrer, der sie hinter sich geschlossen hatte, betrat das Kirchenschiff, blieb stehen und sah sich um. »48 Bibelverse übers Lästern sind mir bekannt! Wollt ihr sie alle heute in der Predigt von mir hören?«, fragte er. Er ging weiter zum Altar, mit den Worten:

»Jakobus 4:11 - Afterredet nicht untereinander, liebe Brüder! Wer seinem Bruder afterredet und urteilet seinen Bruder, der afterredet dem Gesetz und urteilet das Gesetz. Urteilest du aber das Gesetz, so bist du nicht ein Täter des Gesetzes, sondern ein Richter.« Mit einer eindringlichen Erinnerung an die Bibelverse, fiel eine Stille über die Gemeinde. Seine Worte waren eine scharfe Zurechtweisung für jene, die sich der Verurteilung und des Klatsches hingaben.

Nach dem Gottesdienst eilten die Frauen voraus, um in ihre Küchen zu gelangen, während sich einige der männlichen Kirchenbesucher vor dem Kirchhof versammelten. Einige saßen auf der Bank an der Mauer. Doch die sonst so lebhafte Unterhaltung kam zu einem abrupten Stillstand, als Klara, begleitet von Wilfred und Hans, ihren Weg an ihnen vorbei nahmen.

Wilfred, obwohl umstritten in der Gemeinde, hielt den Blicken der Männer mit einer bemerkenswerten Stärke und einem reinen Gewissen stand. Die Spannung in der Luft war greifbar, als einer der Männer, kaum seinen Missmut verbergend, vor Wilfreds Füße spuckte, bevor er mit Verachtung bemerkte: »Ich bin gespannt, wann sie das Aufgebot mit dir Lumpen bestellt.« Die Worte, scharf wie ein Messer, zielten darauf ab, Wilfreds, doch vor allem Klaras Würde zu untergraben. Doch ehe der Hohn weiter gedeihen konnte, mahnte ein anderer: »Sei besser still, hast du doch die heutige Predigt gehört, der Herr Pfarrer unterstützt sie in der Sünde!«, und deutete mit den Augen zur Kirchenpforte hin.

Der Pfarrer, stand nicht weit entfernt und warf den Männern einen strengen Blick zu. Seine Worte; »Ich habe keine tauben Ohren. Mäßigt Euch!«, hallten mit einer Autorität, die keine Widerrede duldete, über den Kirchhof. Es war ein Moment, der die tiefe Kluft zwischen den Dorfbewohnern und den moralischen Prinzipien, die der Pfarrer zu verteidigen suchte, offenlegte.

Wilfred, dessen Herz von den stacheligen Worten getroffen wurde, konnte nicht umhin, Klara gegenüber seine Betroffenheit und Entschuldigung auszudrücken. »Jetzt habt ihr Euch selbst davon überzeugen können, wie sie gegen mich gesinnt sind, Klara. Es ist nicht zuträglich für Euer Ansehen, wenn wir uns in Eurer Nähe aufhalten und, dass wir bleiben.« Doch in diesem Augenblick, des Schmerzes fand er Trost in der sanften Berührung Klaras Finger auf seiner Hand, ein stilles Zeichen der Zuneigung, die sich zwischen ihnen mittlerweile entfaltet hatte.

»Lass sie reden!«, sagte sie leise.

Plötzlich wurden sie von Fritz aufgehalten, dessen Anwesenheit eine neue Welle der Spannung mit sich brachte. Er räusperte sich ein paarmal, bis er begann: »Klara, ich möchte dich sprechen.« Ein verächtlicher Blick traf Wilfred.

Wilfreds Gesicht verfinsterte sich ebenfalls. Er zog die Stirn in Falten, als er in Fritz den Mann erkannte, der die Niederräder am stärksten gegen ihn aufgehetzt hatte, als er festgenommen wurde. Obwohl er Argwohn gegen ihn hegte aufgrund von Hans' Berichten über sein Verhalten, wusste Wilfred doch, dass Klara und Fritz einst Freunde waren. Sein Entschluss, Klara nicht im Stich zu lassen, wurde auf die Probe gestellt, als er sich entschied, mit Hans vorauszugehen und Klara Fritz' Bitte, um ein Gespräch zu überlassen.

Während Fritz neben Klara herlief, spiegelte sich ein Ausdruck von Bitterkeit auf seinem Gesicht wider. Er bemühte sich, seine abschätzige Meinung über Wilfred im Zaum zu halten. Doch schließlich konnte er nicht länger schweigen und seine Worte brachen hervor wie ein unaufhaltsamer Strom: »Du benimmst dich in einer Weise, die alle fassungslos macht.« Die ungelösten Konflikte zwischen ihm und Klara, kamen bei ihm erneut zum Vorschein. »Du nimmst einen Landstreicher bei dir im Haus auf, der beschuldigt wird, einen eurer Dorfbewohner ermordet zu haben. Deine Naivität schockiert mich ebenso wie die Frechheit dieses Mannes, sich bei dir mit seinem Blag einzunisten, als wäre nichts gewesen. An der Gurgel könnte ich den packen und seinen Schädel an der Wand zerschmettern. Gut, ich kann dir's ja nicht mal verdenken, dass es dir Anfangs um das Wohl des einsamen Bengels ging. Es kann dir aber doch nicht gleichgültig sein, was andere dir nachsagen.«

Seine Worte trafen sie erneut wie ein Schlag, doch mit einer erhabenen Gleichgültigkeit zuckte Klara mit den Schultern, bevor sie erwiderte: »Es ist mir gleich, ob sie Verständnis für meine Entscheidungen haben, und dass die Ansichten über das, was recht ist, soweit hier im Dorf auseinandergehen. Der Mann ist vom Frankfurter Oberrichter freigelassen worden, weil man ihm nichts nachweisen konnte. Dieses Urteil in der Sache zählt für mich! Dass ich sie bei mir aufnahm, ist meine Sache – nichts für ungut, es geht dich nicht das Geringste an!«

»Ich musste alles aufbieten, dass du mich überhaupt wahrnimmst, als ich im Forsthaus in Dienst trat. Da taucht dieser Nichtsnutz auf, nimmt meinen Platz ein in deinem

Leben, der mir zustehen würde, ohne nur einen Finger zu rühren«, herrschte er sie an, während er sich mit gespreizten Fingern fahrig durch die Haare fuhr.

Klara sah ihn mit einem kühlen Blick an. »Den Platz, der dir zustehen würde?«, wiederholte sie seine Worte fragend. »Meine Freundschaft zu dir ist durch dein jüngstes Verhalten kühler geworden. Dies hat nicht im Geringsten etwas mit Herrn Wilfred zu tun, sondern allein mit dir.«

»Es geht mir nicht um Freundschaft! Verdammt hör auf, so zu tun, als wüsstest du nicht, wovon ich rede!« Er bedachte sie mit einem vorwurfsvollen Blick. »Klara, begreif es endlich, ich liebe dich!«

»Liebe?« Ihre Stimme war leise: »Ich habe dir gegenüber nie von Liebe gesprochen.«

»Du bist nicht gerecht zu mir!« Er versuchte weiter, auf sie einzureden, doch sie verschloss sich seinen Worten und wandte sich mit einer entschiedenen Geste ab: »Lass mich in Ruhe, hörst du, ich habe genug von deinen Flegeleien!« Mit einer abwehrenden Bewegung ließ sie ihn stehen, kehrte ihm den Rücken zu und verschwand durch die Haustür, die hinter ihr mit einem lauten Knall ins Schloss fiel.

Wilfred, der bisher still im Flur verweilt hatte, entschloss sich, sein Schweigen zu brechen. Mit einer Stimme der Besorgnis, sprach er Klara an: »Klara, Ihr versteht Euch darauf, Euch Eurer Haut zu erwehren, wenn ein Verehrer aufdringlich wird. Aber ich befürchte und denke es ist nicht gut, wenn ihr Eure Freunde wegen uns verprellt.«

Sie sah ihn mit schiefgelegtem Kopf an.

»Die Unterhaltung wurde laut geführt«, sagte er entschuldigend. »Ich mache kein Hehl daraus, dass ich zu Eurem Schutz schon dazwischen gehen wollte, denn der Bursche nahm sich meiner Meinung nach, doch etwas viel heraus.«

Klara, deren Augenbrauen sich bei seinen Worten leicht zusammenzogen, erwiderte achselzuckend: »Unsere Auseinandersetzung war in der Tat lautstark, das gebe ich zu. Wir waren einmal Freunde, doch seine respektlose Art hat alles zerstört. Es war nicht das erste Mal, dass er sich so etwas herausnimmt.«

Wilfred, dessen Miene sich bei Klaras Worten verdüsterte, nickte langsam. »Das ist übel! Das alles nur wegen Hans und mir!«

Klara schüttelte verneinend den Kopf. Sie beeilte sich zu versichern, dass sie sein Benehmen als ehemalige Freundin abscheulich fände. »Er selbst hat dieses für mich unheilbar gewordene Zerwürfnis herbeigeführt. Es ist wichtig, dass wir uns nicht von solchen Ereignissen vereinnahmen lassen. Ich gehe jetzt hinauf, um mich umzukleiden, dann gibt es Mittagessen.«

Als Klara begann, die Treppe hinaufzusteigen, um ihr Sonntagsgewand abzulegen, konnte Wilfred nicht umhin, einen Blick nach draußen zu werfen. Dort sah er Fritz, der mit einem Ausdruck tiefer Verachtung das Pferd bestieg, mit dem er ins Dorf gekommen war. Ein Blitz zorniger Verachtung traf ihn, dann gab Fritz dem Tier die Sporen, das es sich heftig aufbäumte und zwei Frauen, die vom Friedhof her auf die Straße traten, in Schrecken versetzte. Er sagte etwas zu den Frauen, was wohl einer Entschuldigung gleich kam und ritt dann davon.

Tiefes Schweigen herrschte zwischen Fritz und Klara seit jenem Vorfall, der wie ein unsichtbarer Graben ihre Wege trennte. Trotz gelegentlicher Begegnungen in den folgenden Tagen, hatte Klara es vermieden, Fritz nur eines Blickes zu würdigen, geschweige denn ein Wort mit ihm zu wechseln.

Wilfred hingegen war ein unerwarteter Anker in Klaras Leben. Er war ihr eine große Hilfe im Haus und im Garten, wo durch ihn alles sauber, gehackt und gejätet war. Wenn er in ihrer Nähe war, ging mit ihrem Herzen eine Veränderung vor, denn es begann, um einiges lauter zu klopfen. Klara konnte wieder Lachen, während sie gemeinsam mit Wilfred die täglichen Herausforderungen meisterte. Selbst die anstrengendsten Aufgaben wie das Waschen der schweren Leinen und das Auswringen der nassen Tücher wurden zu Momenten des Vergnügens, wenn sie sie zusammen bewältigten. Fritz, der möglicherweise annahm, sein Verhalten und Klaras daraus resultierende Entscheidung würden sie in ein Meer von Kummer stürzen, lag weit daneben.

Wilfred war hilfsbereit und galant. Wenn er sie nach dem Waschen dabei erwischte, wie sie einen großen Korb mit feuchter Wäsche zu den vorbereiteten Stricken zum Trocknen schleppte, war er sofort an ihrer Seite. Er nahm ihr, ohne zu zögern, den Korb ab und half ihr beim Aufhängen. In diesen Momenten, umgeben vom sanften Flattern der Wäsche, wurde Klara bewusst, wie sich ihr Leben wieder zum Positiven gewandelt hatte. Wilfreds Gegenwart, ebenso wie die von Hans, war zu einem Symbol in ihrem Leben geworden, das nach jedem verheerenden Unwetter die Sonne wieder scheinen konnte.

# Frankfurt zu dritt

Eine weitere Woche neigte sich ihrem Ende zu. Schon am Tag zuvor hatte Klara einen Kuchenteig angerührt, sorgfältig Kirschen entkernt und alles für das Backvorhaben vorbereitet. Als der Freitagmorgen anbrach, kurz nach sechs, verließ sie das Bett, und bereitete das Morgenmal vor.

Nach einem gemeinsamen Frühstück machte sie sich daran, den Teig gleichmäßig auf dem Backblech zu verteilen. Sie legte die Kirschen darauf und krönte das Werk mit Butterstreuseln, die sanft auf dem Teig landeten.

Hans, leckte genüsslich die Schüssel aus, während Klara den Kuchen mit einer geübten Bewegung in den Ofen schob.

Wilfred, der am Küchentisch saß, schob seine Tasse zurück und erhob sich in heiterer Stimmung. »Wenn der Kuchen fertig ist, sollten wir uns in Schale werfen und einen Ausflug nach Frankfurt unternehmen.«

»Wir?«, erwiderte Klara mit einem leichten Kopfschütteln. »Es gibt so viel im Haus zu tun. Ich wollte Großmutters alten Wäscheschrank ausräumen, damit ihr...« Weiter kam sie nicht.

»Nicht an diesem herrlichen Tag!«, unterbrach Wilfred sie, seine Augen leuchteten vor Überzeugung. »Das können wir genauso gut morgen erledigen – gemeinsam. Ganz zu schweigen davon, dass es Hans und mir eine große Freude bereiten würde, Klara«, fügte er hinzu. Seine Worte wurden von einem Blick begleitet, der ihre Einwände sanft, aber bestimmt beiseite schob.

Klara, obwohl zunächst zögerlich willigte ein.

❖

An diesem Tag wählten sie den Leinpfad entlang der Mainwiesen als Weg. Die Sonne strahlte am Himmel, und Vögel zogen über den Fluss hinweg. Auf der gegenüberliegenden Seite des Mains, glitten Holzkähne, schwer beladen mit ihrer kostbaren Fracht, gemächlich und mit bedächtiger Anmut flussabwärts. Mit geschickten Bewegungen wurden sie von den Ruderern gesteuert oder glitten unter ausgebreiteten Segeln dahin, deren Besatzungen ihre Boote mit erfahrener Hand und Entschlossenheit durch die sanft kräuselnden Wellen navigierten.

Auf ihrer Seite des Flusses, nahe dem Ufer, waren die Leinreiter* mit ihren stämmigen, kräftigen Pferden eifrig damit beschäftigt, die schwerfälligen Schiffe mühsam gegen die zähe Strömung hinauf nach Sachsenhausen zu ziehen. Die Pferde, deren Muskeln unter dem glänzenden Fell bei jedem Schritt angespannt waren, zogen mit beeindruckender Ausdauer und Kraft. Ihre Hufe gruben sich fest in den Uferboden, während die Leinreiter geschickt die langen Leinen manövrierten, die an den Schiffen befestigt waren. Trotz der Anstrengung und der Herausforderung, die die Strömung darstellte, arbeiteten Mensch und Tier in perfekter Abstimmung, ein Bild der Entschlossenheit und des unermüdlichen Strebens.

Nahe am Ufer, unter dem kühlen Schatten alter Weiden, saßen die Fischer, vertieft in die altehrwürdige Kunst des Netzeflickens. Ihre geschickten Hände bewegten sich mit geübter Präzision, während sie geduldig die zerrissenen Maschen ihrer Netze reparierten. Das rhythmische Plätschern der Wellen verband sich mit dem sanften

Klappern ihrer Werkzeuge, während sie sich auf den nächsten Fang vorbereiteten.

Enten schaukelten sanft auf den Wellen hin und her, sorglos und unbeeindruckt von der regen Tätigkeit, die den Fluss belebte.

Weiter auf ihrem Weg passierten sie die Schiffsbauplätze. Die Luft war erfüllt von den Geräuschen schlagender Hämmer, dem Sägen von Holz und den Rufen der Vorarbeiter, die Anweisungen über das geschäftige Treiben hinweg riefen. Überall auf den Bauplätzen waren Handwerker zu sehen, die mit geübter Hand und scharfem Blick die Skelette zukünftiger Schiffe zusammenfügten. Das Knarren des Holzes, das Biegen der Planken und das Zischen des Teeres, der zum Abdichten der Schiffsplanken verwendet wurde, vermischten sich zu einem Konzert der Schiffsbaumeisterkunst. Zwischen den neu entstehenden Schiffen, die stolz ihre Formen annahmen, flanierten die Meister ihres Fachs, überwachten die Fortschritte und teilten ihr Wissen mit den jüngeren Lehrlingen.

Ein Stück weiter oberhalb des Mains erreichten sie das Schaumaintor. Sie durchquerten es und setzten ihren Weg fort, entlang der Färbergasse und weiter durch die Löhergasse. Von dort gelangten sie zur Brückenstraße, die von imposanten Bauten gesäumt war. Die Straße führte sie über die alte Mainbrücke.

Auf der Brücke bot sich ihnen ein atemberaubender Blick über den Fluss und die Stadt, ein Moment blieben sie stehen.

Nachdem sie die Brücke hinter sich gelassen hatten, führte ihr Spaziergang sie durch die schmale Fischergasse, die zum Weckmarkt am Fuße des Kaiserdoms St. Bartholomäus führte – von den Frankfurtern 'Dom' genannt. Dieser Ort war erfüllt von lebendiger Energie. Ein leuchtendes Glück malte sich auf Hans' Gesicht, während er Hand in Hand mit Klara durch das Treiben schritt.

Als sie sich auf dem Alten Markt befanden, dem Weg, den schon Kaiser beschritten hatten, befürchtete Wilfred, die beiden zu verlieren. Deshalb schlug er Klara vor: »Harke deinen Arm bei mir unter. Es spricht sich so in diesem Getümmel besser.«

Die Glocken des Doms läuteten die 11. Stunde ein und füllten die Luft mit ihrem tiefen, resonanten Klang.

In den engen Straßen gab es einen Kaufmannsladen neben dem anderen, deren Erdgeschosse keine Fenster, sondern offene Bogentüren besaßen. Es herrschte ein wirres Durcheinander. Hier schoben sich Menschen an den Gebäuden in aller Eile vorbei. Daneben gab es Buden mit niedrigen Tischen, auf denen Schnittwaren und Kinderspielzeug angeboten wurden. Sie betrachteten einen Tisch mit ausgestelltem Spielzeug, während Hans leise sagte: »Das Holzspielzeug, das Papa macht, ist schöner!«

Klara konnte dies nur bestätigen, denn Wilfred hatte vor zwei Tagen für Hans ein Pferd und einen Wagen geschnitzt, und diese Holzschnitzerei war wunderschön. Auch ihr hatte er am gestrigen Abend ein geschnitztes Geschenk überreicht – eines das sie an einem Band um den Hals trug. Es handelte sich um einen Holzanhänger mit einem kunstvoll geschnitzten Vogel. »Magst du es?«, hatte er sie gefragt. Sein Geschenk hatte ihr Herz höherschlagen lassen, und es bereitete ihr Freude.

Sie schritten weiter durch das lebhafte Treiben des Marktes, das von einer reichen Palette an Gerüchen und Farben geprägt war. Die Stände boten eine Vielfalt von Gemüse und Früchte an. Menschen aller Art, mit leeren oder überquellenden Körben, schlängelten sich durch die engen Gassen zwischen den Ständen, während sorgfältig beladene Karren sich mühsam ihren Weg bahnten. Überall waren Gespräche zu hören; Männer und Frauen tauschten Neuigkeiten aus, während Kinder in ausgelassener Freude herumtollten, ihre Rufe und ihr Lachen mischten sich in das allgemeine Stimmengewirr. Trotz des Lärms empfand Klara den Besuch an der Seite von Wilfred und Hans als äußerst erfreulich, während die drei sich langsam durch die Menge bewegten.

Ein unerwarteter Stoß von einer vorbeieilenden Frau mit dem Ellbogen riss Klara aus ihren Gedanken. Wilfred warf der Frau einen bösen Blick zu und schimpfte: »Frauenzimmer, kannst du nicht aufpassen!« Dadurch murmelte die Frau eine Entschuldigung.

Wilfred strahlte etwas Ritterliches und Beschützendes aus, und Klara fühlte sich sehr wohl in seiner Nähe. In ihr Leben war etwas Seltsames eingedrungen, das einerseits völlig fremd, andererseits aber auch vertraut und richtig erschien – gerade diese beiden Menschen, um sich zu haben.

Sie erreichten den östlichen Teil des Römerbergs, einen von Giebelhäusern umgebenen Platz. Auf dem Samstagsmarkt oberhalb des Römerbergareals befanden sich viele Marktstände. Auch hier feilschten Händler miteinander, während Markthelfer und Dienstboten Einkäufe schleppten. In der Mitte des Platzes stand der Gerechtigkeitsbrunnen, links davon befanden sich die Nikolaikirche und das Fahrtor. Vom Rathaus, dem Römer, erklang die Musik eines Leierkastenmannes mit seiner Drehorgel. Einige Müßiggänger standen um ihn herum, um seiner Musik zu lauschen, während ein Rhesusäffchen im roten Mäntelchen auf dem Leierkasten herumhüpfte und ein Hütchen schwang. Für Hans war dies ein willkommenes Vergnügen. Auf dem Weg zum Leierkastenmann kamen sie an einem bettelnden Jungen vorbei. »Geben Sie mir etwas, ich habe Hunger«, sagte er mit jammernder Stimme und bittenden Augen. Hans blieb stehen und gab dem kleinen Bettler die Hälfte seiner Brezel, die Klara ihm zuvor gekauft hatte. Der Junge bedankte sich demütig, fiel sofort über die Backware her und hatte sie im Nu verschlungen.

Klaras Gedanken schweiften ab. ›Wie wäre es Hans ergangen, wenn sie ihn nicht aufgenommen hätte, als man seinen Vater ins Gefängnis gesperrt hatte?‹ Sie blickte zu Wilfred, der offensichtlich ähnliche Gedanken hegte. Er drückte sanft ihre Hand und lächelte sie an, während Zuneigung und Dank aus seinen Augen sprachen. Leise und unbemerkt spann sich zwischen ihren Herzen ein immer festeres Band.

Wilfreds Augen funkelten vor Begeisterung, als er die Schnitzfassade mit den Relieftafeln des Salzhauses* erblickte. »Welch ein Meisterwerk, diese wunderschönen Schnitzereien und unter den Fenstern im ersten Geschoss das Fries aus Holztafeln«, sagte er leise und bewunderte jedes Detail. Die fein ausgearbeiteten Muster und Figuren schienen fast lebendig zu sein, als würden sie Geschichten und Legenden erzählen.

»Ja, wunderschön«, erwiderte Klara, »auch wenn alle anderen Häuser hier ebenfalls schöne Fassaden haben.«

Doch das Salzhaus stand für Wilfred außer Konkurrenz zu den anderen danebenstehenden Häusern, sogar im Vergleich zum Römer. Es war nicht nur die Schönheit der Schnitzereien, die ihn in den Bann zog, sondern die Handwerkskunst und die Liebe zum Detail, die in jedem Stück Holz steckte. Es war, als hätte der Schnitzer seine ganze Leidenschaft und sein ganzes Können in die Fassade eingebracht, um etwas wahrhaft Einzigartiges zu schaffen. Er verbrachte einige Zeit damit, jedes Detail zu studieren.

Als sie weitergingen, machte Wilfred Klara ein Angebot, er lud sie zum Mittagsmahl in den Schwarzen Stern* ein. Zunächst wollte Klara ablehnen, doch Wilfred beharrte darauf, indem er betonte, dass er durchaus einige Münzen für ein Mahl übrig habe. Nachdem sie sich am Tisch niedergelassen hatten, begann Wilfred und Klara, das herzhafte Aroma des Zwiwwelkuche*, der frisch aus der Küche kam, in die Nase zu steigen. Die Zwiebelkuchen-Spezialität war bekannt für ihre saftige Füllung und die knusprige Kruste. Wilfred bestellte für jeden ein Glas Wein dazu und für Hans einen Saft. Die Stimmung war fröhlich, und sie genossen die Mahlzeit im angenehmen Austausch. Während sie speisten, lächelte Klara Wilfred dankbar an und drückte ihre Freude über die Einladung aus.

Mit vollen Bäuchen verließen sie den Schwarzen Stern und machten sich auf den Heimweg, diesmal in Sachsenhausen über den Mittelweg.

Am Nachmittag waren sie im Dorf zurück und saßen hinter dem Häuschen im Gärtchen, zwischen Lavendel und Thymian die eine Wolke von Wohlgeruch verbreiteten und blühenden Schoten, die an Stangen hochgezogen waren. Sie aßen Kirschkuchen und unterhielten sich.

Wilfred lobte ihre Backkunst, als Hans ins Haus gegangen war, um dort im Kühlen zu spielen. Zu Klaras größten Verwunderung gab er ihr einen Kuss auf die Wange.

Ein tiefer Blickwechsel folgte. Zwischen ihnen entfachte

eine bisher unerkannte Zuneigung. Liebe war bis dahin ein unausgesprochenes, vielleicht sogar unbekanntes Gefühl für sie. Wilfreds Augen funkelten eigentümlich, als er mit einer Stimme voller Innigkeit gestand: »Ich liebe dich, Klara!« Mit einem liebevollen Schwung umfasste er sie, zog sie nah an sich heran und besiegelte seine Worte mit einem Kuss auf ihre Lippen.

Als Klara Wilfreds Blick erwiderte, glänzten ihre Augen voller Liebe, und ein leuchtendes Lächeln zierte ihr Gesicht. »Und ich dich!«, hauchte sie zärtlich, während sie ihm in einer spontanen Regung fest um den Hals fiel und sich vertraut an ihn schmiegte.

»Wir müssen es Hans sagen«, flüsterte Wilfred, seine Stimme erfüllt von Entschlossenheit und Liebe.

Hans empfing die Neuigkeit mit strahlender Freude. Sein junges Herz hüpfte vor Glück, als er sah, wie glücklich sie zusammen waren. Klara, die nicht nur liebevoll und verständnisvoll, sondern voller Güte war, kniete sich vor Hans nieder, sah ihm tief in die Augen und versprach, eine fürsorgliche Stiefmutter für ihn zu sein. »Wir werden eine richtige Familie sein, Hans«, sagte sie mit einer Stimme, die Wärme und Sicherheit ausstrahlte.

Hans, dessen Augen vor Aufregung und Glück leuchteten, konnte seine Begeisterung kaum zurückhalten. »Wirklich? Eine richtige Familie?« Seine Stimme vibrierte vor Freude. Klara nickte lächelnd, während Wilfred seine Arme um beide legte.

»Ja mein Sohn, ich werde mich mit Klara verloben und wenn wir genügend Geld zusammen haben, dann werden Klara und ich heiraten. Dazu benötige ich erst eine Arbeit. Bitte tue du uns einen Gefallen und behalte das vorerst für dich«, fügte Wilfred hinzu, seine Stimme trug einen ernsten

Unterton. »Es ist wichtig, dass wir dies in Ruhe planen können.«

Hans nickte, seine Augen funkelten immer noch vor Freude, doch er erkannte die Bedeutung der Worte. Er versprach, das Geheimnis für sich zu behalten und das tat er auch.

# Ermittlungen

Da er in der Ermittlung nicht weitergekommen war und Wilfred Brook von der Liste der Verdächtigen gestrichen hatte, entschied sich Hilfskommissar Hochwald, seiner Untersuchung mehr Tiefe zu verleihen, indem er sich für einige Tage im Niederräder Gasthaus "Zum Schwan" einquartierte. Dieser Schritt ermöglichte es ihm, näher am Schauplatz des Verbrechens zu sein und das tägliche Leben sowie das Miteinander der Dorfbewohner besser zu beobachten und zu verstehen.

Der Schwan und die Wachstube am Kirchpfad wurden zu seiner Operationsbasis, von der aus er seine Suche nach dem Mörder vertiefte, eine Suche, die sowohl Feingefühl als unbeugsamen Willen von ihm erforderte.

Die Bewohner waren angesichts der Anwesenheit des entlassenen und einst verdächtigen Brook voller Sorge und Misstrauen. Es war einfach, einen Menschen zum Sündenbock zu machen, besonders wenn man sonst keine Antworten fand. Während einige Bewohner zögerten, sich zu öffnen, aus Misstrauen gegenüber der Autorität aus Frankfurt, zeigten sich andere erpicht darauf, ihre angeblichen Beobachtungen zu teilen, getrieben von der Hoffnung, zur Aufklärung des Verbrechens beitragen zu können. Seltsamerweise brachten einige Bewohner immer wieder Verdächtigungen gegen Wilfred Brook vor, der nun mit seinem Sohn bei Klara Ruhland lebte. Klara, die junge und gutherzige Wäscherin, hatte den Jungen nach der Verhaftung seines Vaters aufgenommen. Trotz dieser anhaltenden Verdächtigungen hielt Hilfskommissar Hochwald an seiner Überzeugung fest, dass Wilfred unschuldig sei – eine Einschätzung, die auch der Richter geteilt hatte.

Bei ihrer Begegnung zeigte sich Wilfred von einer offenen, höflichen und freundlichen Seite. Der Hilfskommissar interpretierte dieses Verhalten als Indiz dafür, dass ein Mann mit Schuld auf dem Gewissen, sich kaum so verhalten würde. Diese Einschätzung verstärkte seine Überzeugung, dass die Lösung des Falls in einer anderen Richtung zu suchen sei, und dies spornte ihn an, seine Ermittlungen mit noch größerem Eifer fortzusetzen.

Trotz zahlreicher Gespräche und gesammelter Aussagen fand er jedoch keinen entscheidenden Hinweis, der ein neues Licht auf die Ereignisse werfen konnte. Die bekannten Fakten fügten sich nicht zu einem stimmigen Bild zusammen. Dennoch zeichnete er gewissenhaft jedes Detail, jede noch so kleine Information auf, in der Hoffnung, dass sie ihm später von Nutzen sein könnte.

Seine Ermittlungen führten ihn auch zu den lokalen Geschäften und Betrieben, wo er die Atmosphäre auf sich wirken ließ und aufmerksam den Unterhaltungen lauschte, wenn es um Wilfred und Klara ging. Die Dynamik der Gespräche änderte sich spürbar, je nachdem, mit wem er sprach – ein Zeichen für die tief verwurzelten Emotionen und Spannungen innerhalb der Gemeinschaft des Dorfes.

Ein besonderer Fokus lag auf den Abendstunden in den Lokalen, wo sich die Dorfgemeinschaft aber auch Fremde oft versammelten. Im halbdunklen Schein von Öllampen, umringt von den rauchigen Stimmen, lauschte er den Erzählungen, die zwischen den Bieren oder dem Apfelwein und dem Klirren der Gläser geteilt wurden. Zwischen den Zeilen dieser Gespräche suchte er nach versteckten möglichen Verbindungen zum Mord.

Trotz der herausfordernden Aufgabe, die Wahrheit in einem Meer von Gerüchten und Vorurteilen zu finden, blieb der Hilfskommissar unerschütterlich. Mit jedem Gespräch, das er führte, wuchs seine Entschlossenheit, den wahren Täter zu finden und Gerechtigkeit für das Opfer zu erlangen. Seine Entschlossenheit war nicht nur ein Zeichen seines professionellen Eifers, sondern ein Versprechen an Frau Klara, dass er keine Ruhe geben würde, bis der Schuldige zur Rechenschaft gezogen wäre. Er bewunderte die junge Frau zutiefst dafür, dass sie sich trotz aller üblen Reden und der schweren Last des Misstrauens nicht aus der Bahn werfen ließ.

Wilfred Brook, der mit den unangenehmen Gerüchten und dem täglichen Gerede konfrontiert wurde, hätte leicht mit seinem Sohn Hans verschwinden können, um den Unannehmlichkeiten zu entfliehen. Doch er wählte einen anderen Weg; er stand Frau Klara bei, wo immer er konnte. Man sah ihn im Garten des Hauses arbeiten, dabei, wie er sorgfältig ein Loch auf dem Dach von Frau Klaras Haus flickte, oder wie er ihr bei der Wäsche half. Der Mann war sich nicht einmal zu schade, um sogenannte Frauenarbeit zu verrichten. Seine Taten zeugten von einem Mann, der nicht nur fleißig, sondern von tiefer Dankbarkeit geleitet wurde. Diese Beobachtung teilte der Hilfskommissar nicht nur auf der Wachstube, sondern auch mit dem Schuldheiß und dem Pfarrer. Berichte und Einschätzungen, die auch anderen in Ort zu Ohren kamen, um deren Wahrnehmung langsam zu ändern.

# Gute Aussichten

Die Tage vergingen, und mit jedem Sonnenaufgang und -untergang vertiefte sich die Verbindung zwischen Klara und Wilfred, tief und unerschütterlich. Keine Herausforderung, keine Ächtung, nichts konnte ihre Gefühle füreinander erschüttern. In ihrer Verbindung fanden sie gegenseitig Trost und Kraft. Sie teilten ihre Hoffnungen und selbst ihre tiefsten Ängste. Diese Offenheit schuf ein Band des Vertrauens und der Zuneigung, das stärker war als alles, was sie je gekannt hatten. Es war, als ob ihre Seelen sich in einer Harmonie befanden, die so selten gefunden wird, dass sie fast magisch erschien. Sie waren füreinander bestimmt, und nichts konnte das ändern.

Montags trug Klara ihre Wäsche nach Frankfurt. Waren es größere Wäschestücke, so begleitete sie Wilfred gelegentlich mit dem Handkarren, damit sie keinen Auslieferer entlohnen musste.

In Frankfurt hatte sich die Qualität ihrer Arbeit, was gerade die Feinwäsche betraf, weiter herumgesprochen und so wuchs ihr kleines Unternehmen unerwartet. Mittlerweile betreute sie zwei weitere Kunden, eine Entwicklung, die sie mit einem Gefühl von Stolz erfüllte.

Ihr erster neuer Kunde, war ein pensionierter Geheimrat von erlesener Manier, dessen Herrenhemden eine besondere Pflege erforderte, die er bei Klara durch die Empfehlung der Hahns gefunden hatte. Er schätzte nicht nur ihre akribische Aufmerksamkeit, sondern die kurzen Gespräche, die sie bei der Übergabe der schmutzigen und der frisch gewaschenen Wäsche führten. Diese Momente waren für ihn ein Lichtblick, wie der Geheimrat immer wieder betonte, in seinem sonst doch so einsamen Alltag.

Die zweite Kundschaft war ein Ehepaar, das durch die Geschäftsgründung des Hausherrn neu in der Stadt war und sich überwältigt fühlte von dem schnellen und hektischen Leben in Frankfurt. Klaras Zuverlässigkeit und die Wärme, mit der sie ihre Dienste anbot, war zu einer willkommenen Erleichterung für die Dame des Hauses geworden. Die Dame suchte bei ihr Rat, wo sie am besten jene Waren erwerben konnte, die sie für den Haushalt benötigte. Dies war besonders wichtig, da auch ihre mitgebrachte Dienstmagd sich in Frankfurt noch nicht ausreichend orientieren konnte.

Es war wieder Dienstag. Klara war in ihrer Waschküche, um die schmutzige Wäsche zu sortieren und vorzubereiten, als die aufgehende Sonne begann, ihre Strahlen über die Häuser des Dorfes zu senden. Mit geschickten Händen tauchte sie die Wäschestücke in die Seifenlauge und schrubbte sie danach auf dem Waschbrett, um hartnäckige Flecken zu lösen.

Nachdem die ersten Ladungen mit feiner Wäsche in den Kesseln bearbeitet waren, kümmerte sie sich um das Frühstück für Wilfred, Hans und sich. Sie nahmen die Mahlzeit gemeinsam ein, bevor der Tag in seinem vollen Umfang begann.

Nach dem Frühstück widmete sich Wilfred Handwerkstätigkeiten im Haus, während Hans Klara begleitete und ihr, so gut er konnte, helfend zur Seite stand. Gemeinsam machten sie sich mit dem Handkarren auf den Weg zum kleinen Waschbach, wo Klara mit Sorgfalt die gewaschene Wäsche ausspülte. Die Bleiche war ihr nächstes Ziel, wo sie die Leintücher ausbreitete, die gebleicht werden sollten, bevor der Weg sie wieder nach Hause führte. Der gesamte Tag verging wie im Fluge. Als die Sonne ihren tiefsten Stand erreichte und die Welt in ein sanftes Abendrot tauchte, blickte Klara mit einem tiefen Gefühl der Erfüllung auf ihre vollbrachte Arbeit zurück. Der erste Schwung sauberer Wäsche lag da, bereit, um am folgenden Tag mit Sorgfalt gebügelt zu werden. Mit voller Zufriedenheit und einem leisen Seufzer der Erleichterung widmete sich Klara den Vorbereitungen des Abendessens, während sie den Plan schmiedete, später am Abend für eine gemütliche Stunde zu Trude und Ida hinüberzugehen.

Wilfred nutzte jede freie Minute, um mit Hingabe und großer Leidenschaft weitere Holzschnitzereien für seinen Sohn anzufertigen. Die Kinder im Dorf, bewunderten Hans' Pferd und den Wagen so, dass sie nun gelegentlich mit ihm spielten.

Während Hans bereits tief und fest schlief und Klara sich bei den Nachbarinnen befand, fand Wilfred sich allein in der Küche wieder, vertieft in die feinen Arbeiten an einer neuen Holzfigur. Das gleichmäßige Geräusch des Messers, das über das Holz strich, bildete eine beruhigende Kulisse für seine Gedanken – bis die Stille plötzlich durch eine unerwartete Stimme unterbrochen wurde. Verwundert blickte Wilfred auf und sah den Schmied, einen stattlichen Mann mit breiten Schultern, vor dem Küchenfenster stehen. »Guten Abend«, grüßte er, durch das Fenster in die Küche des Hauses blickend. »Wäre es möglich, ein paar

Worte mit Ihnen zu sprechen?«

Wilfred, mit einem mulmigen Gefühl im Bauch, antwortete: »Wartet einen Augenblick!« Er trat vors Haus. »Was wollt ihr von mir?«, fragte Wilfred vorsichtig.

Der Schmied erklärte: »Es geht um meinen Sohn und sein bevorstehendes Geburtstagsfest. Ich habe gehört, dass Ihr solch wundervolle Holzarbeiten herstellt, insbesondere Gespanne wie das, welches euer Sohn von euch erhalten hat. Ein ebensolches Gespann für meinen Sohn würde mich interessieren. Wäre es möglich, dass Ihr so eine Holzarbeit für mich fertigen könntet, wobei für Euch ein gutes Stück Geld zu verdienen wäre«, fragte der Schmied mit Hoffnung in den Augen.

Wilfred, erfreut über die Anerkennung seiner Kunst, antwortete: »Ja, das wäre möglich! Wann braucht ihr das Geschenk?«

»Dienstag in zwei Wochen«, erwiderte der Schmied.

»Ist mir recht!«, stimmte Wilfred zu.

Der Schmied lächelte zufrieden und sagte: »Vortrefflich! Ich bin sicher, mein Sohn wird sich über ein solch einzigartiges Geschenk freuen.«

Die beiden Männer besprachen die Details des Auftrags, und Wilfred versprach, das Gespann rechtzeitig fertigzustellen. Mit einem Händedruck besiegelten sie die Vereinbarung, und Wilfred machte sich sogleich an die Arbeit, um sicherzustellen, dass das besondere Geschenk rechtzeitig zum Geburtstag des Schmiedesohns geliefert wurde.

Als Klara in der Dämmerung nach Hause kam, empfing Wilfred sie mit einem breiten Lächeln im Gesicht. »Klara, du wirst es kaum glauben, aber heute hat mir der Schmied einen besonderen Auftrag erteilt«, begann er, und konnte die Freude in seiner Stimme kaum verbergen. »Er möchte, dass ich ein Gespann, ähnlich dem, dass ich Hans gemacht habe, für seinen Jungen anfertige.«

Klaras Augen leuchteten auf, als sie die Neuigkeit hörte. »Das ist wunderbar, Wilfred!«

Mit Entschlossenheit machte sich Wilfred in den nächsten Tagen daran, das Gespann zu entwerfen und zu fertigen. Jeder Schnitt, jeder Schliff und jede Verzierung, wurde mit größter Sorgfalt ausgeführt.

Am Tag der Übergabe war Wilfred früh auf den Beinen. Er packte das Gespann sorgfältig ein, um es dem Schmied in seine Werkstadt zu bringen. Aufregung, ob sein Werk Gefallen finden würde, begleitete ihn.

Als er das Geschenk überreichte, war die Freude im Gesicht des Schmieds unbeschreiblich.

Zwei Tage nach der Auslieferung des Gespanns bot der Schreinermeister, der zugleich der Pate des Schmiedesohns war, Wilfred an, aus seiner handwerklichen Leidenschaft einen Broterwerb zu machen. »Ich bin Euch für Euer Wohlwollen dankbar und würde mich freuen, für euch arbeiten zu können«, sagte Wilfred zum Schreinermeister.

Mit Eifer begann er seine Arbeit, indem er Pfosten-Knöpfe für ein Treppengeländer anfertigte. Seine Fertigkeit und Geschicklichkeit beeindruckten den Meister so sehr, dass er nicht nur diesen Auftrag erhielt, sondern auch weitere Aufträge, da der Schreiner Holzrosetten mit Blumen in verschiedenen Größen aus Eiche und Buche für Kunden in Frankfurt benötigte, die ihre Sommerresidenz in Niederrad hatten. Diese sollten als Verzierung für Möbelfronten oder als Türschmuck dienen.

Nach dem erfolgreichen Abschluss dieser Aufträge konnte Wilfred größere Arbeiten in der Werkstatt des Schreiners durchführen. Parallel unterstützte er Klara im Haus und im kleinen Gemüsegarten, indem er die Wege zwischen den Beeten mit Kies belegte. Klara hatte vorgeschlagen, dass er am Haus hinten zum Garten sich einen Anbau als Werkstatt bauen solle, um dort kleinere Aufträge zu fertigen, so hatte er damit begonnen. Die Fugen zwischen den Brettern hatte er gut verstopft, damit im Winter keine Kälte hereinkam. Eine Werkbank stand mittlerweile darin, und von der Decke hing eine Stalllaterne.

Wilfred hatte den ganzen Tag in der Schreinerei zugebracht, umgeben von dem vertrauten Duft frisch gesägten Holzes. Jede Faser seines Körpers war von der Anstrengung des Tages durchdrungen, doch es war eine angenehme Erschöpfung, eine, die von dem Gefühl begleitet wurde, etwas mit den eigenen Händen erschaffen zu haben. Die tiefe Befriedigung, die er beim Betrachten seiner fertigen Werke empfand, war unvergleichlich. Es war der Beweis seiner Fähigkeit, aus einem einfachen Stück Holz etwas Schönes und Nützliches zu formen.

Als die Schatten in der Werkstatt länger wurden und das warme Abendlicht durch die Fenster strömte, war ihm klar, dass es Zeit war, die Arbeit für heute zu beenden und sich auf den Heimweg zu machen.

Mit einem letzten zufriedenen Seufzer wandte er sich zum Gehen, doch bevor er die Werkstatt verließ, kam der Meister zu ihm, der ihn mittlerweile duzte. »Wilfred, bevor du gehst, wollte ich dir sagen, wie sehr ich deine Arbeit schätze. Die Stücke, die du fertiggestellt hast, sind ausgezeichnet.«

Wilfred lächelte, ein Gefühl der Freude durchströmte ihn über die Anerkennung. »Danke, Meister. Es bedeutet mir viel, das von Ihnen zu hören und es ist schön, zu wissen, dass meine Arbeit geschätzt wird. Das Handwerk ist meine Freude und ich bin dankbar für die Gelegenheit, hier an meinen Fähigkeiten arbeiten und wachsen zu können.«

»Deshalb erhältst du heute dafür deine gerechte Entlohnung von mir«, erklärte der Schreiner, seine Worte von einem aufrichtigen Lächeln begleitet. Der Meister legte Wilfred mehr Münzen in die Hand, als dieser erwartet hatte. Währenddessen schlug er vor: »Morgen findet im Grünen Baum* ein Tanzabend statt. Es wäre doch eine schöne Gelegenheit, Klara auszuführen.«

Wilfreds Augen leuchteten auf bei dem Gedanken. Er sah darin die perfekte Chance – die Verlobung mit ihr zu begehen. Beseelt von der Idee, verließ Wilfred die Schreinerei mit einem Gefühl der Entschlossenheit. Einen schönen Abend Ihnen, Meister!«, verabschiedete er sich, während er die Tür hinter sich schloss.

Der Weg nach Hause lag vor ihm, beleuchtet vom sanften Schimmer des Abends. Wilfred schritt mit einem Gefühl der Zufriedenheit und der Vorfreude auf den nächsten Tag heim.

Als Wilfred sein Zuhause erreichte, vernahm er in der Diele den Geruch des bereiteten Abendessens, der aus der Küche strömte. Doch was seine Aufmerksamkeit am meisten fesselte, war das Gespräch zwischen Klara und seinem Sohn Hans. Mit einem Lächeln auf den Lippen, das die tiefe Zufriedenheit in seinem Herzen widerspiegelte, entschied Wilfred, diesen Moment der Harmonie nicht zu stören. Stattdessen lehnte er sich an den Türrahmen und lauschte. Die Gelegenheit, den bevorstehenden Tanzabend mit Klara zu besprechen, würde später kommen.

Klara, mit ihrer sanften und beruhigenden Stimme, erzählte eine Sage aus einer längst vergangenen Zeit, einer Zeit, bevor das Dorf Niederrad überhaupt existierte. Die Geschichte handelte von der Legende des Rundhütchens*. Wilfred konnte nicht anders, als innezuhalten und zu lauschen, wie Hans Klara mit aufrichtiger Bewunderung dankte: »Ich kenne einen solchen Menschen, der zu einem helfenden Engel wurde. Das bist du, Klara, für Papa und mich. Ich habe dich unendlich lieb!«

Klara, tief berührt von Hans' Worten, fuhr ihm liebevoll über das Haar und drückte ihm einen sanften Kuss auf die Wange. Als Hans dann seinen Vater bemerkte, der leise in der Tür stand, kratzte er sich verlegen am Ohr.

Wilfred trat mit einem warmen Lächeln in die Wohnstube ein und begrüßte die beiden mit einem herzlichen: »Guten Abend, meine Lieben«. Dabei fügte er scherzhaft hinzu: »Klara ist eindeutig ein Engel.«

Klara erhob sich und lächelte sanft. »Das Abendessen ist bereit. Kommt, lasst uns in die Küche gehen.«

Sie setzten sich an den Tisch und genossen das einfache Mahl aus Brot, einer Suppe und sie tranken dazu Buttermilch.

Klara beobachtete zufrieden, wie Hans und Wilfred das einfache Mahl schmeckte. Ihre Blicke trafen sich, und ohne Worte teilten sie einen Moment der stillen Anerkennung und des tiefen Verständnisses füreinander.

»Wisst ihr«, begann Klara nach einer Weile des Schweigens, »es sind diese Momente, die ich am meisten schätze.«

Wilfred nickte zustimmend und fügte hinzu: »Ja, in der Einfachheit findet sich oft das größte Glück. Und Klara, du bringst uns dieses Glück jeden Tag.«

Nachdem das Essen beendet war, half Hans beim Abräumen des Tisches.

»Es ist Zeit, ins Bett zu gehen, Hans«, sagte sein Vater mit sanfter, aber bestimmter Stimme, nachdem der letzte Teller abgetrocknet und weggestellt war.

»Verstehst du etwas vom Tanzen, Klara?«, erkundigte sich Wilfred mit einem unerwartet sanften Ton, als sie nach dem Abendessen am Tisch in der Wohnstube saßen. Die Kerzen warfen ein warmes Licht auf sein Gesicht und ließen seine Augen in einem sanften Glanz erscheinen.

Klara, überrascht von der Frage, zögerte einen Moment, bevor sie antwortete. »Ich mag das Tanzen«, gestand sie mit einem Lächeln, das von einem Hauch von Wehmut überschattet war. »Nur mangelt es leider an Gelegenheiten dazu.«

Wilfred beobachtete sie nachdenklich. Vom Schreinermeister hatte er erfahren, dass am folgenden Abend ein Tanzabend im Grünen Baum, einer bekannten Gaststätte des Dorfes, stattfinden sollte. Er spürte, wie in ihm der Wunsch wuchs, Klara diese Freude zu bereiten. »Hättest du Lust, mit mir auszugehen?«, fragte er, seine Stimme von einer Mischung aus Hoffnung und

Unsicherheit geprägt.

Klaras Augen weiteten sich vor Überraschung, und für einen Moment schien eine freudige Erregung in ihr aufzukeimen. Doch dann trübte sich ihr Blick. »Ich würde gerne«, sagte sie leise. »Aber was ist mit den missbilligenden Blicken, die man dir immer noch zuwirft?« Ihre Stimme wurde traurig. »Ich fürchte, der Abend könnte für dich unangenehm werden. In einem Saal voller Leute kann man sich vor den spöttischen Worten und Blicken doch nicht abschotten.«

Wilfred nahm ihre Hand. »Ach, mein Mädchen, lass das meine Sorge sein«, sagte er mit Bestimmtheit. »Du weißt, mittlerweile sind nicht mehr alle im Dorf gegen mich. Es gibt auch diejenigen, die erkannt haben, dass ich kein schlechter Umgang bin.« Seine Augen funkelten entschlossen. »Für einen Abend, nur für dich, möchte ich all das beiseiteschieben. Lass uns morgen tanzen gehen.«

# Tanzabend im Grünen Baum

Der Abend senkte sich über das Dorf, und Klara hatte sich für den Tanz herausgeputzt.

Ihre Gesichtszüge erzählten von einer inneren Zerrissenheit, als sie, am Arm von Wilfred, die Sandsteintreppe des Grünen Baums hinaufschritt.

Oben angekommen, öffnete sich vor ihnen der Tanzsaal, mit dem Weinausschank des Grünen Baums.

In einer abgeschiedenen Ecke des Saals fanden Klara und Winfried einen Tisch für sich. Obwohl einige neugierige Blicke auf ihnen lasteten, zeigte Winfried eine bemerkenswerte Gleichgültigkeit gegenüber dem Flüstern und Tuscheln, das ihr Erscheinen hervorrief. Ohne eine Straftat begangen zu haben, konnte er mit gutem Gewissen an Klaras Seite im Tanzsaal verweilen, sagte er sich.

Klara genoss einen Schluck des Riesling Weins und wiegte sich leicht im Takt der Musik auf ihrem Stuhl.

Die Musiker begannen einen Walzer zu spielen. Wilfred erhob sich galant, verneigte sich und lächelte: »Darf ich die Ehre haben, dich zu unserem Verlobungstanz zu führen?«

Klara nickte lächelnd, er reichte ihr höflich die Hand und führte sie auf die Tanzfläche. Die beiden schmiegten sich aneinander, bewegten sich in anmutiger Eintracht, bis sie erschöpft waren. Nach dem Tanz küsste er sie sanft.

»Wilfred, das wird für Gesprächsstoff sorgen«, flüsterte Klara.

»Mag sein, aber was kümmert uns das Gerede der anderen? Ich sehe keinen Grund, warum wir uns von ihrem Misstrauen die Freude am Leben nehmen lassen sollten«, entgegnete er lächelnd.

Fritz starrte in den Tanzsaal. Seine Augen funkelten vor Wut, während seine Nasenflügel sich vor Hass aufblähten. Mit geballten Fäusten brach es aus ihm heraus: »Du wirst dein blaues Wunder erleben! Warte nur ab.«

Unbemerkt verließ er den Grünen Baum und verschwand im Dunkel der Nacht. Seine Worte hallten nach: »Du gehörst mir, Klara!« Es war ihm unfassbar, dass er von ihr abgewiesen worden war. Aber er war nicht der Mann, der sich in solcher Weise behandeln ließ. Es kam ihm nicht in den Sinn, Klara aufzugeben. Er musste nur einen geeigneten Weg finden, um seinen Widersacher loszuwerden.

Die Besucher der Tanzveranstaltung forderten die Musiker auf, noch einen Walzer zu spielen, bevor sie aufhörten. Mit einer letzten Verbeugung begannen die Musiker, nach diesem letzten Musikstück, ihre Instrumente einzupacken, das Zeichen, dass die Zeit des Tanzes vorüber war.

»Es war wunderschön, aber der Tanz ist vorbei! Lass uns nach Hause gehen«, schlug Klara vor, ihre Augen funkelten im schummrigen Licht des Saales.

Hand in Hand schlenderten sie die nächtliche Dorfstraße entlang, ihre Schritte leise auf dem gepflasterten Weg. Gelegentlich erhellte ein Lichtschein im Fenster eines Hauses die Dunkelheit der Nacht.

Wilfred pfiff leise eine Melodie vor sich hin, die Erinnerung an den letzten Tanz noch frisch in seinem Gedächtnis. Ihre Schritte wiegten sich im Takt der Melodie, ein stummes Echo der Harmonie, die sie auf der Tanzfläche gefunden hatten. Über ihnen beleuchteten die Sterne und der Mond ihren Heimweg. Die kühle Nachtluft umspielte ihre Gesichter mit einem sanften Lüftchen.

»Diese Nacht ist es, die ich für immer bewahren möchte«, murmelte Klara, während sie sich enger an Wilfred schmiegte.

Wilfred lächelte. »Sie wird mir unvergesslich bleiben. Doch es wird nicht die letzte schöne Nacht in unserem Leben bleiben«, erwiderte er leise, seine Worte ein Versprechen.

In diesem Augenblick, eng umschlungen unter dem Sternenzelt, schien die Welt, um sie herum stillzustehen. Klara hob ihren Blick, ihre Augen suchten die seinen. »Ich glaube dir«, flüsterte sie, ein Lächeln umspielte ihre Lippen.

# Das skandalöse Verhältnis

Das Morgengrauen brachte im kleinen Dorf mehr als nur das Licht des neuen Tages; es offenbarte für einige Bewohner einen weiteren Skandal, in der Sache Klara Ruhland.

»Die Ruhland und verlobt mit dem, und nicht mit dem patenten Fritz?«, hallte es in einem Gemisch aus Verachtung und Neugier in den Stimmen durch die Metzgerei.

»Freilich, mit dem Kerl, den sie bei sich aufgenommen hat!«, sagte der Metzger, dessen Brustschürze nicht unblutig blieb, als er ein Stück Fleisch auf die Theke knallte. »Auf ihr Geld und das Haus allein wird der es abgesehen haben, sagte mir der Fritz heute in der Früh, als ich Fleisch und Wurst zum Oberforsthaus brachte. Dazu ist solchem Gesindel kein Mittel zu schlecht, sagt der Fritz.«

In jenem Augenblick betrat Ursula, die Schwester des ermordeten Bleichwächters, den Laden, ihr Antlitz geprägt von tiefer Trauer und Verlust. »Ach, mein Heiland, wann wird der Herrgott diesem Mörder endlich heimzahlen, was er meinem seligen Bruder angetan hat?« Ihre Stimme erstickte unter dem Gewicht ihres Kummers. Tränen fanden ihren Weg über ihre abgezehrten Wangen, als Ursula von der Ungerechtigkeit sprach, die ihrem Bruder - und somit ihr - widerfahren war. »Mein Bruder ist tot, und ich lebe in Armut, während der Pfarrer sich auf die Seite dieser Ruhland und dieses Lumpen stellt. Man könnte fast den Glauben verlieren!«, gab Ursula in unaussprechlicher Bitterkeit von sich.

Doch die Frau des Schmieds, die sich ebenfalls im Laden befand, widersprach: »Die Gerechtigkeit des Herrn Jesus lässt sich nicht mit der der Menschen vergleichen. Zudem hat der Richter geurteilt und der Hilfskommissar Hochwald erklärt, dass er unschuldig sei. Er wurde fälschlicherweise beschuldigt und angeklagt. Die Untersuchungen sind weiter im Gange, wie er gesagt hat. Du solltest daran glauben, dass man den wahren Täter findet. Und hier sollten doch mittlerweile alle wissen, dass der Mann einer ehrlichen Arbeit als Tischler nachgeht.« Sie bemühte sich, mit ihren Worten Vernunft in die aufgebrachten Gespräche zu bringen.

»Legt's mir nicht übel aus Grete, dass ich so red. Aber Beweise müssen her, bevor ich glaube, dass der unschuldig ist.«

Keiner hatte bemerkt, dass Wilfred und der Schreinermeister die Metzgerei betreten hatten, um sich eine Brotzeit zu holen. In all diesem Trubel stand Wilfrid, das Ziel aller Verdächtigungen, regungslos und sprachlos da. Die neuen Vorwürfe gegen ihn waren so überwältigend, dass er keinen Laut von sich gab.

»Was für ein Weibergetratsch! Habt ihr dem Mann nicht schon genug Unrecht getan!«, brauste der Schreiner auf. Seine Empörung war deutlich zu spüren, ein leidenschaftlicher Verteidiger der Gerechtigkeit inmitten der Anschuldigungen.

Jetzt drehten sich alle zu ihm um.

»Komm Wilfred, lass uns gehen!«, sagte der Schreinermeister betroffen zu Wilfred.

Sie verließen die Metzgerei wieder.

Hartwig, der Schreinermeister, bewunderte Wilfreds Ruhe und seine Fähigkeit, trotz der Anfeindungen die Fassung zu bewahren. »Ich hätte dir diese unglückliche Szene gerne erspart.«

Wilfred fand sich in einem Sturm der Gefühle wieder, umtost von Zweifeln und Misstrauen, doch seine innere Stärke und das Versprechen, das er Klara gegeben hatte, ließen ihn nicht wanken. Dort, wo ein schwächerer Geist gänzlich die Flucht ergriffen und Schutz in der Ferne gesucht hätte, stand er fest. Mit einer bestimmten Stimme erklärte er: »Man gewöhnt sich daran. Ich denke an Klara und Hans. Warum sollte ich vor Anschuldigungen fliehen, für die ich keine Schuld trage?« Mit diesen Worten kehrte er in den Metzgerladen zurück, entschlossen, sich den Verdächtigungen zu stellen und nicht vor ihnen davonzulaufen. »Wir sind alle Opfer in diesem Geschehen, ich eingeschlossen. Bis meine Unschuld klar bewiesen ist, steht es euch frei, über mich zu urteilen, wie ihr wollt. Ich werde nicht davonlaufen, wenn dem Großteil von euch dies wohl in den Kram passen würde«, erklärte er, während sein Blick entschlossen den Raum durchmaß. Sein Augenmerk richtete sich auf den Metzger, der zusammen mit den anderen Anwesenden ihn stumm betrachtete. »Zwei Bratwürste mit Brot, bitte. Der Schreinermeister Hartwig lässt grüßen; sein Magen knurrt.«

Der Metzger, zunächst überrascht von Wilfreds unerwartetem Standpunkt, erholte sich rasch von seiner anfänglichen Verblüffung. Trotz des leisen, unzufriedenen Murrens, das sich wie ein dunkler Unterton durch den Raum zog, und der spürbaren Anspannung, die in der Luft vibrierte, konnte er nicht anders, als Wilfreds Entschlossenheit zu bewundern. »Vorausgesetzt, die anderen Kunden haben nichts dagegen einzuwenden«, erwiderte der Metzger mit einer Stimme, die von einem tiefen Respekt zeugte.

»Ich nehme an, sie sind eher erleichtert, wenn ich ihren

Blicken entkomme und diesen Laden wieder verlasse«, gab Wilfred zurück, ein Hauch von Bitterkeit in seiner Stimme.

Als der Metzger sich abwandte, um die Bratwürste und das Brot zu holen, flüsterte er leise, doch so, dass nur Wilfred es vernehmen konnte: »Nichts ist jemals so eindeutig, wie es erscheint. Oftmals benötigt die Wahrheit Zeit, um sich ihren Weg zu bahnen.« Mit diesen Worten legte er die Ware auf den Ladentisch.

Die Atmosphäre im Raum wandelte sich. Einige Anwesende, die bisher von Misstrauen und Skepsis geleitet wurden, begannen, ihre Ansichten zu überdenken, insbesondere hinsichtlich Klara. Vereinzelt hörte man Kommentare, die eine vorsichtige Offenheit gegenüber Wilfreds Worten erkennen ließen. »Vielleicht hat er recht ...«, murmelte eine Kundin.

Doch unter den Kunden gab es solche, die hartnäckig an ihrer skeptischen Haltung festhielten. Darunter die Schwester des Bleichwächters, die ihre unverfrorene Verachtung gegen Wilfred nicht verbergen konnte.

Zur gleichen Zeit klopfte Trude an Klaras Tür.

Als Klara die Tür öffnete, strahlten ihre Augen vor Freude.

Trude, mit einem Lächeln, das sowohl Wärme als eine Spur von Sorge barg, trat ein und begann ohne Umschweife: »Du bist verlobt?«

»Ja!«, erwiderte Klara, ihr Lächeln spiegelte die innere Aufregung und Freude wider, die diese Bestätigung mit sich brachte.

»Wann wird er dich ehelichen?«, fragte Trude, ihre

Stimme trug eine Mischung aus Neugier und Besorgnis.

»Sobald der Mord geklärt ist und wir genügend Geld für die Hochzeit zusammenhaben«, antwortete Klara.

»Und das glaubst du?« Trudes Skepsis war unüberhörbar.

»Tante Trude, ich habe sein Wort. Das genügt mir vollkommen«, entgegnete Klara, ihre Stimme fest und überzeugt.

»Dir, aber mir nicht. Morgen kommt ihr zu uns zum Essen.« Ihre Einladung ließ keinen Widerspruch zu.

Als Wilfred später von der Einladung erfuhr, lehnte er sie nicht ab. Er kannte die Bedeutung, die Klara Trude und deren Familie beimaß, und schien sogar dankbar für diese Fürsorge zu sein, die sie ihr gegenüber zeigten.

Trude, die mit der Weisheit und dem Feingefühl, das die Jahre ihr verliehen hatten, agierte, empfing Wilfred mit einer herzlichen Geste. Sie wies Klara und Hans an, sich schon einmal in die gute Stube zu begeben, die für diesen Anlass hergerichtet worden war. Doch ehe sie sich dem bevorstehenden Beisammensein hingeben konnten, hielt Trude Wilfred im Flur zurück. In leisen, ernsten Tönen sprach sie mit ihm. Mit der Autorität und der Fürsorge, die sie als mütterliche Freundin innehatte, ergriff Trude das Wort. Sie betrachtete Wilfred mit einem Blick, der durchdrungen war von Ernst und Anteilnahme. »Herr Wilfred«, begann sie, »es liegt mir am Herzen, dass ihr die Tragweite der Verbindung mit Klara versteht. Es geht hier nicht nur um Liebe und Zuneigung, sondern um Treue und Verantwortung. Die Bande, die ihr zu knüpfen im Begriff seid, sind heilig und sollten mit größtem Respekt behandelt werden.« Trude machte eine kurze Pause, gab Wilfred die Gelegenheit, die Tiefe ihrer Worte zu erfassen. »Klara ist ein kostbarer Mensch, dessen Herz reich an Güte ist. Ich möchte, dass Ihr versprecht, es zu schützen, es zu ehren und niemals leichtfertig damit umzugehen. Kann ich darauf vertrauen, dass Ihre Absichten ehrenhaft sind und Ihr Klaras Herz und ihr Wohlergehen über alles stellt?«

Wilfred, der Trudes Worte aufmerksam und mit einer Spur von Dankbarkeit aufnahm, nickte ernst. »Ich verstehe und schätze Ihre Sorge, Frau Trude. Ich verspreche, Klara all die Liebe, Treue und den Schutz zu geben, den sie verdient. Ihr Glück ist mein höchstes Anliegen.«

»Mit einem entschlossenen Nicken und einem zufriedenen Lächeln auf den Lippen signalisierte Trude das Ende ihres ernsten Austausches. »Gut«, sagte sie, »dann lasst uns zum Essen gehen. Trude reicht, lass das förmliche 'Sie' weg, Junge.« Mit diesen Worten ließ sie die Schwere des Gesprächs hinter sich und führte ihn in die Stube, wo eine Atmosphäre der Wärme und der Einladung herrschte.

Klara und Hans hatten sich mit Trudes Kindern, um den liebevoll gedeckten Tisch versammelt, während der Duft von gebratenem Fleisch und frisch gebackenem Brot die Luft erfüllte.

Als Trude und Wilfred den Raum betraten, schenkte ihm Klara einen Blick voller Zuneigung.

Josef, der neben Hans saß, nickte Wilfred zu, Ida begrüßte ihn und bot ihm den Platz zwischen ihr und Klara an.

»Setz dich, Wilfred«, sagte Trude.

Die ersten Minuten am Tisch waren von einem leichten, ungezwungenen Gespräch geprägt. Trude, die an der Kopfseite des Tisches saß, sorgte dafür, dass sich jeder wohl fühlte und begann, die Speisen zu verteilen. »Ich hoffe, es schmeckt euch. Ich habe versucht, etwas Besonderes zu zaubern«, sagte sie mit einem Lächeln.

Während des Essens wandte sich das Gespräch tieferen Themen zu. Trude, die eine natürliche Fähigkeit besaß, die Menschen um sie herum zu öffnen, leitete geschickt auf das Thema Treue und Verantwortung in Beziehungen über. »In einer Partnerschaft zu stehen bedeutet, füreinander da zu sein, in guten wie in schlechten Zeiten«, begann sie. »Es ist eine Reise, die sowohl Freude als Herausforderungen mit sich bringt.«

Wilfred nickte zustimmend. »Ich verstehe und schätze die Bedeutung von Treue und Verantwortung. Ich sehe meine Verbindung mit Klara nicht als eine Verpflichtung, sondern als ein Privileg, für Hans und mich. Es ist mein aufrichtiger Wunsch, sie zu unterstützen, wo immer ich kann.« Er wandte sich Klara zu, ein liebevolles Lächeln umspielte seine Lippen. »Herausforderungen hatten wir bereits genug. Doch bis jetzt haben wir sie gut gemeistert, denke ich!«

Ida, die bis dahin aufmerksam zugehört hatte, konnte sich ein Lächeln nicht verkneifen. »Wie die gestern in der Metzgerei?«, erinnerte sie die Anwesenden an eine jüngste Bewährungsprobe Wilfreds. »Eure Worte haben so einigen zu denken gegeben«, sagte sie und blickte dabei abwechselnd Wilfred und Klara an.

Als Klara Wilfreds Hand unter dem Tisch sanft drückte, ein stilles Bekenntnis ihrer tiefen Verbundenheit, hob Wilfred sanft ihre Hand und hielt sie einen Moment in der seinen, bevor er sich Ida zuwandte. Sein Tonfall war herzlich und offen, als er antwortete: »Fräulein Ida, seid nicht so förmlich. Eure Mutter bot mir das 'Du' an, und Ihr seid Klaras Freundin. Wir sollten uns doch alle duzen, findet Ihr nicht?«

Ida, zunächst überrascht von Wilfreds direktem Ansatz, ließ sich schnell von seiner aufrichtigen und freundlichen Art anstecken. Ein breites Lächeln umspielte ihre Lippen, als sie nickte. »Natürlich, Wilfred.«

Nachdem das Essen genossen und die Teller abgeräumt worden waren, beschloss Josef, auf seine Stube zu gehen. Er nahm Hans bei der Hand und führte ihn auf seine Stube unter dem Dach, wo sie sich ein Stapel alter Bücher ansahen. Während Hans und Josef ihre Zeit zusammen verbrachten, vertiefte sich die Konversation der Erwachsenen weiter. Trude sah sich in der Runde um und fühlte eine tiefe Zufriedenheit, denn diese Einladung hatte sie einander nähergebracht.

# Wäschelieferung ins Oberforsthaus

Klara hatte die Tischwäsche für das Oberforsthaus fertiggestellt. Alles war feinsäuberlich gebügelt und zur Auslieferung bereit. Sie hatte Hans, der sich am Vortag den Fuß verstaucht hatte, bei Trude untergebracht, da Wilfred in der Schreinerei mit Arbeit eingedeckt war. Mit einem Handkarren, beladen mit der frischen Wäsche, trat sie den kurzen Weg durch den Wald bei Niederrad an, der entlang des Grünbach* zum Oberforsthaus führte. Die Sonne kämpfte sich durch das dichte Blätterdach und malte ein Mosaik aus Licht und Schatten auf den Waldboden, ein Anblick, der normalerweise Klaras Herz mit Freude erfüllte.

Heute war es anders. Eine unerklärliche Unruhe hatte sich in ihrem Inneren festgesetzt. Die Unstimmigkeiten mit Fritz, und die beunruhigenden Neuigkeiten, die Wilfred von einem Vorfall beim Metzger berichtet hatte, wühlten sie auf. Die Erinnerungen und Sorgen vermischten sich mit dem gelegentlichen Zwitschern der Vögel. Der Wald, der sonst eine Quelle der Ruhe für sie war, schien heute voller verborgener Botschaften und unerklärlicher Geräusche. Der Gedanke, Fritz möglicherweise im Oberforsthaus zu begegnen, ließ ihr Herz beunruhigt schlagen. Doch sie richtete ihren Blick fest nach vorne und konzentrierte sich auf den Weg.

Als sie dem Forsthaus näher kam, hörte sie die Geräusche des Waldes hinter sich verblassen und die Stimmen wurden lauter: das Klirren von Geschirr, das Lachen und Reden der Gäste, die sich dort verweilten. Mit einem tiefen Atemzug schob sie den Handkarren die letzte Strecke zum Haus. Der Kellner, der an diesem Tag Dienst hatte, empfing sie mit einem warmen Lächeln. Seine freundliche Art war wie ein Lichtstrahl, der die letzten Schatten ihrer Unruhe zu vertreiben schien.

Der Oberförster, ein Mann im besten Alter und stattlicher Statur mit einer tiefen Stimme, kam kurz darauf zu ihr. »Wie immer überpünktlich und fleißig«, lobte er Klara, während er einen anerkennenden Blick auf den Handkarren warf. »Kunert soll euch das Geld geben. Ich muss fort. Habt einen angenehmen Nachmittag. Ach, und falls ihr den Fritz suchen solltet, der ist meines Wissens in der Stallung.«

Klara nickte höflich, obwohl bei der Erwähnung von Fritz ein leichtes Zögern in ihr aufkeimte. Sie hatte gehofft, einer Begegnung mit ihm aus dem Weg gehen zu können. Doch es war nicht der Moment, ihre Gedanken dazu mit dem Oberförster zu teilen. Ihre Gefühle bezüglich Fritz waren kompliziert, denn die alte Verbundenheit bestand nur noch aus Enttäuschung.

Nachdem der Oberförster sich verabschiedet hatte, machte Klara sich daran, die Wäsche abzuliefern. Sie folgte dem Kellner ins Innere des Hauses, wo sie die frische Tischwäsche an der üblichen Stelle ablegte.

Kunert, der Verwaltungsangestellte des Oberforsthauses, war schnell zur Stelle, um die Lieferung zu überprüfen und Klara für ihre Arbeit zu bezahlen. Er war ein gewissenhafter Mann, der seine Aufgaben stets mit einer beeindruckenden Akribie erfüllte.

Nachdem die Formalitäten erledigt waren, begab sich Klara auf den Weg, die an der Stallung vorbeiführte. Die Möglichkeit, Fritz doch noch zu begegnen, lag wie ein schwerer Stein in ihrem Magen. Sie hatte keine Lust auf Konfrontationen oder unangenehme Gespräche.

# Gefährliche Wahrheit

Die Identität eines Menschen war nicht immer leicht zu durchschauen oder festzustellen, und Fritz hatte seine auf beeindruckende Weise verschleiern können, als er im Winter 1821 einen erfrorenen Landstreicher entdeckte. In diesem Moment entschied er sich dazu, sich die Papiere des Toten anzueignen und für sich zu nutzen. Mit dieser Identität hatte er erfolgreich im Oberforsthaus vorgesprochen, wo er die Stelle des Stallknechts erlangt hatte. Er hatte nie daran gedacht, dass seine düstere Vergangenheit ans Licht kommen könnte. Eine Zeit, in der er drei Jahre im Zuchthaus verbracht hatte, wegen eines Einbruchs und einer gewalttätigen Auseinandersetzung, bei der er einem anderen Mann mit einem Kohleeisen eine schwere Kopfwunde zugefügt hatte.

Das Schicksal spielte ihm jedoch einen Streich. Justus, ein dunkelhaariger Mann von sechsunddreißig Jahren, mit wilder Mine, einem vernarbten Gesicht und einem Schnurrbart, hinkte leicht auf dem rechten Bein. In abgetragener Kleidung, einem ausgewaschenen Hemd und einem alten Überrock, sprach er mit einem oberfränkischen Dialekt, da er aus einem Dorf bei Thüringen stammte. Er erkannte Fritz sofort wieder und sprach ihn mit einem alten Namen an, ein Name, der wie ein Echo seiner vergessenen Sünden klang. »Hubert«, rief er aus, ein Grinsen auf den Lippen, das mehr verbarg, als es offenbarte. »Das nenne ich aber ein unverhofftes Wiedersehen, Hubert«, flötete er und verzog seinen Mund zu einem Grinsen.

Fritz, beunruhigt durch diese unerwartete Begegnung mit dem Mann, der ihm in diesem Moment wie ein Geist aus einem vergangenen Leben erschien, packte Justus am Ärmel und zog ihn hastig in den Stall, weit weg von möglichen lauschenden Ohren. »Halt unverzüglich die Klappe, Justus!«, zischte er, eine Drohung in seiner Stimme, die keinen Widerspruch duldete. »Ich bin hier nicht Hubert, sondern Fritz Binder, einer der Stallknechte, der sich um die Pferde im Forsthausstall kümmert. Verstehst du, Trottel? Ich habe in den letzten Monaten anständige Arbeit verrichtet.«

Justus hatte sich gefangen und entgegnete listig: »Pah! Erlaube mir, dass ich daran zweifle, Fritz«, wobei er ihm mit dem rechten Auge zuzwinkerte. Anschließend versuchte er, eine Verabredung vorzuschlagen, bei der sie gemeinsam den ein oder anderen Gast des Oberforsthauses, um dessen Barschaft erleichtern könnten.

»Im Moment nicht«, erklärte der vermeintliche Fritz. »Ich habe andere Pläne. Ich strebe danach, sesshaft zu werden, und habe dafür eine Wäscherin aus dem Dorf Niederrad im Auge. Sie besitzt ein kleines Häuschen. Ist eine Frau, welche Geld verdient.«

»Über das du nach Gutdünken verfügen kannst, wenn sie erst deine Gemahlin ist – dies verstehst du doch darunter?«

Hubert nickte, bevor er sprach: »Vor einiger Zeit habe ich einem Mann die Kehle durchgeschnitten, um an seine Börse zu gelangen, damit ich ihr einen Ring kaufen und um ihre Gunst werben kann. Ein anderer wurde ob der Tat festgenommen. Aber aufgrund fehlender Beweise vom Gericht in Frankfurt wieder freigesprochen. Dieser Kerl hat sich bei meiner Auserwählten eingenistet, da sie sein Balg aufgenommen hat, während er im Loch saß. Dieser Kerl scharwenzelt beharrlich um sie herum. Ich beabsichtige, ihn loszuwerden, denn ich will sie für mich. Keine Frau, mit der ich flirte, wendet so einfach den Blick von mir ab. Und Undank gegenüber meiner Person bleibt nicht ungestraft! Daher werde ich hier bleiben, weiterhin den braven Stallburschen spielen und auf den richtigen Moment warten, um den Kerl loszuwerden.« Ein ironisches Lächeln spielte dabei um seine Lippen.

Justus verzog höhnisch die Lippen. »Ich könnte dir dabei helfen, ihn verschwinden zu lassen.«

Klara dabei, an der Stallung vorbeizugehen, vernahm durch das geöffnete Fenster ein Gespräch, das sich im Inneren abspielte. Sie blieb stehen, als sie eine der Stimmen, als die von Fritz identifizierte. Ein Schreck fuhr ihr in die Glieder, als sie die Worte hörte, die durch das Fenster drangen, und sie realisierte, dass Fritz den Bleichwächter ermordet hatte. Die Worte - vor einiger Zeit habe ich einem Mann die Kehle durchgeschnitten, um an seine Börse zu gelangen, damit ich ihr einen Ring kaufen und um ihre Gunst werben kann. Ein anderer wurde ob der Tat festgenommen – ließen keinen Zweifel an seiner Schuld. Von ihrem ersten Impuls, auf Fritz loszustürmen, zurückgehalten, erfasste sie ein Schaudern, als sie begriff, dass sie Wilfred töten wollten. Das Entsetzen wich der Fassungslosigkeit.

Fritz, der einen Schatten vor dem Fenster vorbeihuschen bemerkte, hielt mitten im Gespräch inne.

Klara nutzte die Gelegenheit, um sich zu entfernen, unbemerkt, wie sie glaubte.

Fritz eilte zur Stalltür und sah sie davoneilen. »Himmelsakra!«, rief er aus, ein Ausdruck tiefster Überraschung und Sorge, die sich in seinen Zügen abzeichnete. Die Dringlichkeit der Situation ließ keinen Raum für Zögern. »Das war Klara. Ich muss wissen, was sie gehört hat!«, sagte er, mehr zu sich selbst als zu seinem Begleiter. Gedanken rasten durch seinen Kopf, Möglichkeiten abwägend. »Ich kann mir denken, welchen Weg sie nimmt, da sie nicht ins Forsthaus gelaufen ist«, murmelte er nach einer kurzen, aber intensiven Überlegung. Sein Geist arbeitete auf Hochtouren, versuchte, jeden möglichen Ort zu durchdenken, an den er sie abfangen konnte. Und dann, fast so leise, dass es ein Hauch war, fügte er hinzu: »Ich werde die Sache in eine ganz andere Richtung lenken.« Entschlossenheit schwang in seinen Worten mit, eine Kaltblütigkeit, die nicht jeder besaß. Es war eine Warnung an sich selbst, dass er alles tun würde, was nötig ist, um nicht entlarvt zu werden.

Justus sah in fragend an. »Ich dachte du willst das Täubchen für dich?«

»Ich bin kaltblütig, wenn es um meine eigene Sicherheit geht, dass solltest du wissen«, flüsterte er. Die Worte hingen in der Luft, schwer in ihrer Bedeutung und ungesagten Drohungen. Er war bereit, das zu schützen, was ihm am wichtigsten war, und zwar sich selbst. Mit einem letzten, entschlossenen Blick auf Julius, machte er sich auf den Weg.

Wilfred warf in Niederrad einen besorgten Blick auf die Uhr. »Wie lange sie heute ausbleibt«, murmelte er, seine Stimme getragen von einer tiefen Besorgnis, während er auf dem abgenutzten Holzboden der Küche hin und her ging. Nach der Arbeit in der Werkstatt hatte er Hans bei Trude abgeholt und den Tisch für das Abendbrot gedeckt, nachdem er erfahren hatte, dass Klara mit Wäsche zum Oberforsthaus aufgebrochen war. Mit jedem verstrichenen

Moment wurde er nervöser. Er ging zum Fenster, dessen Rahmen die Spuren vieler Jahre trug, und blickte in den immer dunkler werdenden Himmel. Gewaltige Wolken hatten sich in kurzer Zeit zu wild zerzausten Knäueln zusammengeballt und begannen rasch über den Himmel zu ziehen. Er trommelte mit den Fingern auf dem Fensterbrett. Sein Kopf aus dem Fenster streckend schweifte sein Blick die Straße hinab, in Richtung Schlösschen, auf der Suche nach einem Zeichen von Klara. Doch außer dem zunehmend finsteren Himmel, der sich wie eine drohende Vorahnung über dem Dorf zusammenzog, und den ersten Regentropfen, bot sich ihm nichts. Der Wind hatte zugenommen, pfiff um die Ecken des Hauses. Je länger sie ausblieb, desto mehr steigerte sich seine Unruhe.

»Papa, wann kommt Klara?«, fragte Hans mit leiser, zögerlicher Stimme, als er in die Küche trat. Sein kleines Gesicht spiegelte die Sorge seines Vaters wider.

Wilfred drehte sich um, beugte sich zu seinem Sohn hinunter. Mit einem Lächeln, das mehr Mut machen sollte, als er selbst in diesem Moment zu fühlen vermochte, sagte er. »Bald, mein Junge. Klara ist wahrscheinlich etwas länger im Oberforsthaus aufgehalten worden.«

Eine weitere Viertelstunde verstrich, eine Zeitspanne, die Wilfreds Geduldsfaden bis zum Zerreißen spannte. Er hielt es nicht mehr aus, von Sorge getrieben brachte er Hans zurück zu Trude und machte sich eilig, fast schon verzweifelt, auf den Weg in Richtung Oberforsthaus.

# Gefahr aus dem Dunkeln

Klara schritt rasch aus und eilte aufgewühlt entlang des Grünbachs in Richtung des Dorfes. Ihre Gedanken überschlugen sich in wilden Strudeln über das Gehörte. Über dem Wald spannte sich mittlerweile ein Himmel, der von dichten Wolken verhangen war, und der Wind blies teilweise kräftig und stieß gegen ihren Rücken. Die uralten Eichen und Buchen neigten sich mit einem dumpfen Rauschen und prallten mit ihren Ästen gegeneinander, während das Tageslicht schwand. Mit schnellen Schritten setzte sie ihren Weg fort, als plötzlich die Böen nachließen und nur noch das sanfte Plätschern von Tropfen auf das Blätterdach über ihr zu hören war. Die Natur schien in diesem Moment einen Atemzug innezuhalten, und die Stille wurde lediglich vom leisen Rauschen des Bachs begleitet. Klara nahm mit einer gewissen Beruhigung die Veränderung in der Atmosphäre wahr. Doch dann, ein plötzliches Knacken ließ Klara erschauern. Sie blickte sich besorgt um und lauschte gespannt – es war kein Ast, der über ihr brach. Sie setzte ihren Weg fort, als erneut ein Ast knackte. Das Geräusch kam von der Seite her. Ein ungutes Gefühl breitete sich in ihr aus. ›War da ein Tier oder jemand, der sich ihr näherte?‹

Vorsichtig im Schatten der Bäume und der Sträucher, pirschte sich Hubert an den Weg heran. Er musste wissen, was sie gehört hatte. Darüber hinaus hatten ihre Ablehnung und ihr Hochmut ihn in seiner Ehre getroffen – er wollte dies nun klären. Fritz tauchte aus dem Schatten eines Strauchs auf und verstellte ihr den Weg. »Wir haben uns lange nicht gesehen, Klara.«

203

Klara stand da, aschfahl im Gesicht und sah ihn an.

»Was ist das mit dem Heiraten wollen?«, fragte er, während er einen weiteren Schritt auf sie zumachte.

»Was geht es dich an, wen und wann ich heirate? Dir bin ich keine Rechenschaft schuldig!« Ihre Augen ließen ein Zeichen eines außerordentlichen Missmutes erkennen.

»Du willst mich nicht, aber du willst diesen Dahergelaufenen als Bräutigam haben – weshalb?«, spottete er voller Verachtung.

»Er ist ein Ehrenmann, frei von Hinterlist und Arglist – nicht wie du, ein schurkischer Bösewicht und Teufel, Hubert.« In dem Moment, als ihr sein Name entwich, erstarrte sie, ihr Herzschlag setzte aus, und sie sah zu ihm auf, von der plötzlichen Erkenntnis erfüllt, einen Fehler begangen zu haben.

Es zuckte höhnisch um seine Lippen. »Hat das Vögelchen mit seiner Gedankenschärfe meine Tat ausfindig machen können und sich beim Beelzebub selbst verplappert?« Er lachte hart auf, trat auf sie zu. Blut klebte an seinen Händen und sie hatte es herausbekommen. Jetzt war die Gelegenheit gekommen, sich an ihr zu rächen. Was wäre es für eine Freude, ihr die Kehle zuzudrücken und sie dadurch ins Jenseits zu befördern!

Klara wich zurück, von Furcht ergriffen, doch mit einer Stimme, die von verzweifeltem Mut zeugte, forderte sie: »Geh mir aus dem Weg.«

»Wo willst du denn hin?«, spottete er, als wäre ihre Flucht zwecklos.

»Nach Hause!«

Er lachte laut und höhnisch auf, seine Stimme ein Echo des Unheils im dichten Wald: »Soso, nach Hause!« Mit einem Schritt, der an Bedrohlichkeit nichts übrig ließ, näherte er sich ihr.

Klara, getrieben von einem tiefen Überlebenswillen, wich zurück, ihr Herz schlug wild vor Angst. »Bleib von mir fern!«, rief sie, doch ihre Worte schienen ihn nur weiter anzuspornen. Mit einer schnellen Bewegung, die seine dunkle Absicht verriet, griff er nach ihr, eine Hand hinter ihr, die andere an ihrer Hüfte, und zog sie unerbittlich in das dichte Gestrüpp.

Klara wehrte sich mit aller Kraft, als er versuchte, sie weiter in das Dickicht zu ziehen. Ihr Instinkt schrie ihr zu, um Hilfe zu rufen, doch er, vorausdenkend und entschlossen, sie zum Schweigen zu bringen, stopfte ihr gewaltsam sein Halstuch in den Mund. So tief, dass Klara gerade genug Luft zum Atmen bekam.

»So?«, zischte er mit einem Ton, der Kälte und Grausamkeit in sich trug. »Du weißt, dass ich das getan habe und warum – wegen dir, und hast herausbekommen, das Fritz nicht mein wahrer Name ist.« Sein Kichern war düster, als er die Einsamkeit ihrer Lage betonte: »Oh, wie ich es liebe, mit meinen Opfern zu spielen. Hier, allein, wo niemand dich hören oder mir Einhalt gebieten kann.« Er hob die Stimme etwas an, als er sagte: »Du wirst mir einen hohen Preis für deine Ablehnung gegenüber mir zahlen müssen. Einen sehr hohen! Du hättest es anders haben können, wenn du nur gekuscht hättest. Vielleicht hätten wir sogar eine Ehe führen und gemeinsam Kinder bekommen können.«

Seine Worte waren wie Gift, das er genüsslich versprühte, während er drohte, sie für ihre Ablehnung zu bestrafen. »Jetzt werden wir erst einmal Spaß haben, damit du begreifst, was du dir verscherzt hast. Ich werde deinen Leib genießen, denn kein anderer wird bekommen, was so gut wie mein war.« Er drückte sie mit seinen Händen fest an den Baumstamm, der sich hinter ihr befand.

In diesem Moment der Angst und Verzweiflung, als er sie gegen den Baum drückte, sah Klara in sein Gesicht – ein Spiegelbild der Entschlossenheit und des Wahnsinns. Sie erkannte den Punkt, an dem keine Rückkehr mehr möglich war. Doch in ihren Augen lag nicht nur Furcht, sondern ein Funke von Entschlossenheit. Klara wusste, dass sie, in dieser schrecklichen Lage, nicht aufgeben durfte. Es war ein Kampf um ihr Leben.

Ihr Körper bebte. Er dachte vor Angst und es bereitete ihm Vergnügen. Seine Hand bewegte sich geschickt unter ihren Rock, ein unmissverständliches Vorzeichen dessen, was kommen sollte. Es war die Vorbereitung auf eine ruchlose Tat, um sie an den Baumstamm gepresst, in schier genüsslicher Rache, das erste Mal zu nehmen. Vielleicht konnte er ihr später den Knebel aus dem Mund nehmen, um ihr seinen Schwengel, als Beweis, wie sehr er sie verachtete, in den Mund zu schieben, mit etwas Glück seine Handlungen, bis zum Sonnenaufgang fortbetreiben, ohne dass jemand es bemerkte. Dann würde er sie töten. Seine Augen glitzerten voller Vorfreude. »Ich werde nicht nur dich vernichten, sondern auch ihn! Er wird für diese Tat verantwortlich gemacht werden. Das verspreche ich dir und an meiner Stelle am Ende noch hängen!«

In Klaras Geist rasten die Gedanken. Sie kannte seine Absichten, doch weigerte sie sich, ihm als Opfer zu dienen. ›*Du wirst mich nie wieder berühren!*‹, entgegnete sie mutig in ihren Gedanken, während ihre Hand sich heimlich nach einem dicken Astholz ausstreckte, das neben ihnen am Baum lag – eine Waffe für sie, die ihr wie ein Geschenk des Himmels vorkam und die er übersehen hatte. Das Einzige, was zählte, war ihm zu entkommen, ohne ihm davor schon zum Opfer zu fallen. Ihre Brust hob und senkte sich heftig unter dem Druck seiner Nähe. Doch als er sich vorbeugte, um ihr eine letzte Drohung ins Ohr zu flüstern, ergriff sie ihre Chance. Mit einer Kraft, die sie selbst überraschte, schwang sie den Ast und traf ihn mit voller Wucht am Kopf und Rücken. Er taumelte und fiel zu Boden, reglos, sein Blut färbte das Laub des Busches rot, auf dem er niedersank.

Klara spuckte den Knebel aus, und starte zu ihm hinab. Die Frage hing schwer in der Luft: ›War er tot oder nur bewusstlos?‹, doch in diesem Augenblick war dies von keiner Bedeutung. Entscheidend war vielmehr ihre feste Entschlossenheit, sich nicht als Opfer zu begreifen, sondern als jemanden, der entschlossen gegen das Böse stand und sich zur Wehr setzte. Trotz ihrer Entschlossenheit blieb die Angst bestehen. Es war die Furcht vor den Konsequenzen, die Angst, dass die Frankfurter Richterschaft ihr, einer einfachen Wäscherin, keinen Glauben schenken würde. In diesem Moment der Unsicherheit hörte sie jemanden ihren Namen rufen. Sofort erkannte sie die Stimme. Mit einem Gefühl der ersten Erleichterung, antwortete sie: »Ich bin hier!«

Wilfreds Aufmerksamkeit wurde schlagartig geweckt, als er sie erreichte.

Langsam drehte sie ihren Kopf in seine Richtung, blickte ihn mit einem Ausdruck tiefster Verzweiflung an und flüsterte mit belegter Stimme: »Ich fürchte, ich habe ihn getötet!«

Am Kopf des vermeintlichen Fritz wuchs eine große Beule, aus einer anderen Platzwunde rann Blut, das bleiche Gesicht war ebenfalls mit Blut verschmiert, ebenso wie seine Kleidung.

Doch nun übermannte sie eine unbändige Angst. »Ich bitte dich, geh mit Hans weg! Wir haben keinen Beweis, dass er der Täter war. Man wird dir die Schuld geben!« Ihre Stimme zitterte, während sie ihr Gesicht in den Händen verbarg.

Wilfred, zunächst verwirrt, verstand erst nicht, was sie meinte. »Wovon sprichst du?«

Sie richtete ihren Blick, fahl und jeglicher Farbe aus dem Gesicht gewichen, auf ihn. »Er hat dem Bleichwächter die Kehle durchgeschnitten und er heißt nicht Fritz! Ich habe es gehört. Er muss mich entdeckt haben, wollte mir Gewalt antun und mich dann töten.«

Mit einem festen Griff zog er sie an sich, ihr Ausbruch der Verzweiflung durchbrach die Stille: »Ich ertrage den Gedanken nicht, dich ermordet zu sehen. Er und sein Komplize planten deinen Tod. Ich habe es mit eigenen Ohren gehört. Kannst du nicht begreifen, wie abscheulich diese Vorstellung für mich ist, dass dir oder Hans etwas passiert?«

Er rang sich zu einer Frage durch: »Was hat er dir getan?«

Sie verstand sofort und antwortete: »Nicht das, was du denkst, obwohl er es vorhatte.«

»Es wird alles gut«, versicherte er ihr, bot ihr Trost und Beruhigung.

Nach einer Weile ließ er von ihr ab und wandte sich dem am Boden Liegenden zu. »Der Kerl ist nur ohnmächtig«, stellte er fest.

»Er wird dich beschuldigen, dass du ihn niedergeschlagen hast.«

»Das soll er erst einmal versuchen. Ich bleib hier und du, laufe ins Dorf. Hole die Wachmänner her.«

Während Klara eilends davonrannte, beugte sich Wilfred

hinunter, um das Halstuch aufzunehmen. Geschickt band er damit Ungers Hände auf dem Rücken zusammen. Der Impuls, ihm einen weiteren Schlag zu versetzen, blitzte in Wilfred auf, doch er war ein Mann, der die Werte von Gesetz und Ordnung hochhielt. Er erkannte, dass das weitere Schicksal des Mannes in den Händen der Justiz lag. Mit etwas Glück würde derselbe Richter, der ihn freigesprochen hatte, bei ihm für eine höchst strenge Gerechtigkeit sorgen.

Klara rannte durch die Waldlichtung über die Königslacher Wiese, entlang der Forsthausstraße*, vorbei an den Überresten der im Frühling bis auf die Grundmauern niedergebrannten Zuckersiederei*, die Frankfurter Straße bis zum Kirchpfad hinauf und stürzte, außer Atem und völlig aufgelöst, in die Wachstube hinein.

Die dortigen Wachmänner blickten überrascht auf, als sie Klara so aufgeregt und zitternd vor ihnen sahen. »Was ist geschehen, dass du so außer Atem bist?«, fragten sie.

Klara, kaum Zeit verschwendend, berichtete hastig von ihrem Erlebnis. Sie offenbarte, dass sie zufällig ein Gespräch zwischen Fritz Binder und einem zweiten Mann bei der Stallung des Oberforsthauses mitbekommen hatte, in dem diese planten, Wilfred bei nächster Gelegenheit aufzulauern und ihm das Leben zu nehmen. »Fritz Binder, ist nicht Fritz, er heißt Hubert Unger und er hat unseren Bleichwächter getötet.«

Die Schutzmänner waren zunächst sprachlos, einer von ihnen fasste sich jedoch schnell: »Ach, du lieber Himmel«, er rief seinem Kameraden zu, sie zu begleiten.

Zu dritt eilten sie aus dem Dorf, am Galgenplatz vorbei in Richtung des düsteren Waldes.

»Wo ist der Schuft?«, hallte eine Stimme durch die Abenddämmerung.

»Hier!«, antwortete Wilfred mit fester Stimme.

Die Dorfschutzmänner fixierten erst ihn, dann den am Boden liegenden Schurken, der auf dem Bauch lag, die Hände auf den Rücken gefesselt. Ihr strenger Blick richtete sich erneut auf Wilfred, der trotz der aufgeheizten Atmosphäre die Ruhe bewahrte, während er den stummen Vorwürfen standhielt. Wilfred ergriff das Wort: »Als Klara nicht nach Hause kam, spürte ich, dass etwas nicht stimmte. Mein Instinkt führte mich zu ihr. Als ich sie fand, war sie außer sich, denn er hatte sie angegriffen. Ich wage mir kaum vorzustellen, was passiert wäre, wenn Klara ihn nicht rechtzeitig gestoppt hätte, indem es ihr gelang, ihn niederzustrecken, bevor er seine dunklen Absichten an ihr hat ausführen können.«

Mit einem stummen Einverständnis, das nur durch einen kurzen Blickaustausch kommuniziert wurde, manifestierten die Schutzleute eine eindrucksvolle Entschlossenheit. Sie ergriffen geschickt den bewusstlosen Körper des Schurken, hoben ihn mit geübten Bewegungen an den Schultern hoch. Sein Körper hing daraufhin schlaff zwischen ihnen, wie ein lebloser Sack. Ohne Zeit zu verlieren, machten sie sich auf den Weg, ihn durch den Wald zu schleifen. Trotz der Widrigkeiten kämpften sie sich mit einer bemerkenswerten Entschlossenheit voran.

Klara, von der Sorge um die Ereignisse gezeichnet, warf dem Bewusstlosen immer wieder flüchtige Blicke zu. Wilfred, der mit ernstem Gesichtsausdruck neben ihr herging, versuchte, ihre Sorgen mit aufmunternden Worten zu lindern. »Wir werden auch diese Prüfung überstehen«, flüsterte er.

Als Hubert kurz vor dem Dorf zu Bewusstsein kam, spürte er den festen Griff der Wachmänner aus Niederrad. Wachtmeister Fabian von ihnen sprach mit entschiedenem Ton: »Der Bleichwächter Julius Baumbach, ein Mann von Ehre und ein treuer Freund vieler hier, liegt durch deine Hand im Jenseits. Du dachtest, du könntest ungestraft einen unschuldigen Mann für deine Tat an den Galgen bringen. Nun, ich fürchte, das Rad des Schicksals hat sich gedreht, und es wird dich an den Galgen führen, du elender Mörder.«

Hubert, erkannte, dass sein Schicksal besiegelt war. Er machte einen verzweifelten Versuch, sich zu befreien, doch die eisernen Hände der Wachmänner ließen keinen Spielraum für Flucht.

Als sie das Dorf erreichten, wurden sie von einer Menge Dorfbewohner empfangen, deren Gesichter im fahlen Licht der Laternen gespenstisch wirkten. Die Menschen starrten ihn mit einer Mischung aus Abscheu an. Einige flüsterten untereinander, während andere nicht einmal ihre Blicke von ihm abwenden konnten, so als ob sie das personifizierte Böse vor sich sahen.

Nachdem man ihn in die Wachstube gebracht hatte, folgte ein kurzes Verhör, währenddessen er nichts zugab. Er murmelte lediglich: »Man hat keinen Beweis gegen mich.« Anschließend wurde er in die Zelle gesperrt.

Die Anwesenden berieten sich, und der mittlerweile ebenfalls eingetroffene Schultheiß Deeg[2] sagte: »Wenn das alles stimmt, was Sie, Klara, hier erzählt haben, dann hat dieser verdammte Kerl die Sache gut eingefädelt.« Danach wandte er sich an die Wachleute. »Lasst ihn morgen nach

Frankfurt schaffen!« Dann verließ er den Raum.

»Ihr könnt jetzt gehen, die Aussage von euch Brook, die nehmen wir dann morgen auf. Ich würde vorschlagen, kommt so um elf«, sagte der leitende Beamte mit einer gewissen Schwere in der Stimme.

»Einen Augenblick, was ist mit seinem Komplizen?«, fragte Wilfrid.

»Um den anderen kümmern wir uns ebenfalls«, versicherte einer der Wachmänner.

Doch Klara, deren Gesicht von der Sorge, um die Sicherheit von Wilfred gezeichnet war, fiel rasch ein: »Es kommt in einem solchen Fall doch darauf an, dass der Komplize von der Festnahme seines Kumpanen nicht Kenntnis erlangt. Wer weiß, was für Pläne so einer schmiedet! Sie haben abgesprochen, Wilfred – ach Gott!«, ihre Lippen bebten, als sie die schreckliche Möglichkeit aussprach, dass der Komplize aus Bosheit, genau wie besprochen, versuchen könnte, einen Mord an ihm zu begehen. »Ich kann den Mann beschreiben«, fügte sie hastig hinzu, getrieben von der dringenden Notwendigkeit, zu handeln.

Die Antwort der Wachmänner ließ wenig Hoffnung aufkommen. »Wir sind hier nur zu zweit, wie euch bekannt sein sollte. Einer allein von uns kann da nichts ausrichten. Wir brauchen erst Verstärkung.«

Wilfred, der wegen der Ereignisse, die Klara widerfahren waren, in düsterer Stimmung war, fühlte, wie seine Sorge und Wut mit den Worten des Wachmanns zunahmen. »Solange dieser Mann in Freiheit ist, mangelt es Klara und meinem Sohn ebenfalls an Sicherheit!«, sprach er aus, was er dachte, denn er sah in dem Kumpan von Unger gleichfalls eine Bedrohung.

In diesem Moment der scheinbaren Ausweglosigkeit erklang eine Stimme, die einen Funken Hoffnung entzündete: »Ihr könnt im Rahmen einer Amtshilfe euch freiwillige Helfer zur Verstärkung suchen, um keine Nachlässigkeit zu begehen, einen Verdächtigen laufen zu lassen«, schlug der Schreinermeister vor, dessen ruhige und bestimmte Art zeigte, dass er es gewohnt war, Lösungen zu finden. Er war nicht nur ein angesehenes Mitglied der Gemeinde, sondern gehörte zum Dorfrat.

Alle drehten sich nach ihm um.

»Hm«, machte der Wachtmeister zögernd. »So könnte ich es verantworten«, sagte er, und sah seinen Kollegen an. »Du bleibst hier, und pass gut auf den Lumpen in der Zelle auf.«

»Ich könnte Euch begleiten«, meldete sich Wilfred zu Wort.

Aber der Wachtmeister schüttelte unmutig sein Haupt. »Wie die Dinge liegen, könnte ich dies in einer so diffizilen Sache nicht verantworten, Herr Brook.« Er reichte Wilfred die Hand zum Abschied. »Bringen sie ihre Verlobte nach Hause.«

Gestärkt durch den Vorschlag des Schreinermeister und getrieben von der Notwendigkeit, schnell zu handeln, organisierten sich die Beamten. Eine Stunde nach der Festnahme Ungers, machte einer der Wachmänner sich, begleitet von zwei kräftigen Helfern, auf den Weg zum Forsthaus. Ihre Schritte waren entschlossen, jeder von ihnen getragen von dem unerschütterlichen Willen, die Sicherheit ihrer Gemeinde zu gewährleisten und jedes dunkle Vorhaben zu durchkreuzen.

❖

Nachdem Klara und Wilfred die Wache verlassen hatten, begegneten sie auf der Frankfurter Straße Trude, die mit einem Ausdruck tiefer Sorge auf ihrem Gesicht hastig auf sie zueilte.

»Ich möchte jetzt nicht darüber reden, ich brauche die vertraute Umgebung unseres Heims«, flüsterte Klara mit einer Zerbrechlichkeit in der Stimme, die Wilfred bis ins Mark erschütterte. Die Wucht der Ereignisse, die sie durchlebt hatte, schien erst in diesem Moment ihre volle Wirkung zu entfalten.

Die tiefe Sorgenfalte, die sich wie ein Mahnmal zwischen Trudes Augenbrauen eingegraben hatte, spiegelte ihre innere Unruhe und ihre Furcht wider. Mit einem Blick, der gleichzeitig liebevoll und prüfend war, musterte sie Klara von Kopf bis Fuß, in der Befürchtung, Anzeichen physischer oder seelischer Verletzungen zu entdecken. »Bist du unversehrt? Muss ich einen Arzt holen?«, fragte sie mit einer Dringlichkeit, die ihre tiefe Verbundenheit und Sorge um Klara unterstrich.

Klara, deren Geist von den Schatten der jüngsten Ereignisse umnebelt war, antwortete mit einer Mischung aus Trotz und einem leisen Anflug von Humor: »Einen Arzt bräuchte nur der elende Kerl, der mich überfallen hat – jener Fritz, den hier alle so hochhalten. Ich habe ihm eine Lektion erteilt, als er mich im Wald angegriffen hat.« Ihre Worte waren von Heftigkeit geprägt, doch ein kurzes Zucken in ihrem Gesicht verriet ihre innere Aufruhr, die sie zu verbergen suchte.

Wilfred, der Klara in diesem Moment besser verstand, nahm sie liebevoll in seine Arme.

»Gott sei Dank, dass dir keine Schande widerfahren ist. Aber erzähl, was ist sonst geschehen, Kind?«, drängte Trude.

Klara ließ ein tiefes Seufzen hören. Offenbar gab es keinen Weg daran vorbei, sie musste etwas sagen. »Es ist noch nicht vorbei. Fritz... er hat einen Verbündeten gefunden«, fuhr sie fort, bevor sie mit bedeutsamer Betonung hinzufügte: »einen, der es auf Wilfred abgesehen hat.«

Die Nachricht traf Trude wie ein Schlag, ihre Augen weiteten sich vor Entsetzen und Unverständnis. »Mein Gott! Wie konnten wir nur so blind sein?«, hauchte sie, während die Erkenntnis der Gefahr, die immer noch über ihnen schwebte, langsam in ihr Bewusstsein sickerte. »Das ist entsetzlich!«

»Wir werden erst ruhig schlafen können, wenn sie ihn erwischt haben!«

Wilfred versuchte die wachsende Panik mit Zuversicht zu dämpfen: »Beruhige dich Klara, sie werden ihn erwischen, da er bereits verfolgt wird. Und was mit Unger geschieht, ist die gerechte Vergeltung für jene Verbrechen, die er am Bleichwächter und an uns begangen hat.« Er wandte sich Trude zu. »Entschuldige uns, Trude. Klara benötigt nun etwas Ruhe. Gute Nacht, meine Liebe.« Mit diesen Worten machten sie sich auf den Weg nach Hause, der Ort, der ihnen mehr als je zuvor als Zuflucht diente.

»Du siehst bleich aus, Liebes«, bemerkte Wilfred besorgt, als die Tür sich hinter ihnen schloss.

»Ich bin müde, mehr nicht«, erwiderte Klara und ließ sich erschöpft auf einem Hocker in der Küche nieder. Ihre Worte waren leise.

»Dann ruh dich aus, und versuche zu schlafen. Ich kümmere mich um Hans und bringe ihn zu Bett«, sagte Wilfred sanft, bereit, für sie beide die Stärke zu sein, die Klara in diesem Moment benötigte.

## Festnahme im Oberforsthaus

Als die Schatten der heraufziehenden Nacht sich längst auf dem Waldboden ausgebreitet hatten, erreichten der Beamte und seine Begleiter das Forsthaus. Mit einem Gefühl der Dringlichkeit, aber auch einer gewissen Beklommenheit im Herzen, suchten sie nach dem Oberförster Vogel in seinen Diensträumen, einem Mann, der für sie mehr als nur eine Amtsperson war; er war der Wirt des Hauses.

Als sie ihm den Namen Fritz Binder und die Umstände seiner Taten mitteilten, durchfuhr den Oberförster ein Schauer der Bestürzung. Es war ein Moment, in dem die Schwere der Realität mit eiserner Faust zupackte, ein Moment, in dem die Erkenntnis, einen Mörder in seinen Reihen gehabt zu haben, ihm die Sprache zu verschlagen drohte. Mit Entsetzen und Fassungslosigkeit in der Stimme, sagte er: »Das ist eine schreckliche Geschichte. Glücklicherweise ist Frau Klara eine mutige Frau, die sich, Gott sei Dank, gegen Hubert Unger verteidigen konnte. Eine anderer wäre wohl genauso gestorben, wie der Bleichwächter.«

Die Erwähnung von Justus Bruns, einem weiteren gefährlichen Komplizen, ließ die Anspannung erneut steigen. Es war ein Name, der als drohendes Unheil über ihnen schwebte. Die Bestätigung des Kellners, einen Mann gesehen zu haben, auf den ihre Beschreibung passte, verstärkte ihren Verdacht und ihre Entschlossenheit diesen schnellstmöglich habhaft zu werden.

»Es wäre nicht ausgeschlossen, dass er der Gesuchte ist«, sagte der Beamte zum Oberförster Philipp[3], während er sich darauf vorbereitete, die Wirtsstube des Forsthauses durch den Kücheneingang zu verlassen.

Justus Bruns, völlig ahnungslos und vertieft in seine Tätigkeit, zählte mit einem zufriedenen Lächeln die glänzenden Geldstücke. Seine Konzentration auf die erbeuteten Stücke vor ihm, war so intensiv, dass er die herannahenden Schritte der Beamten und deren Begleitung nicht wahrnahm. In der Stille des späten Abends näherten sie sich leise dem Stall, in dem Bruns seiner Beschäftigung nachging. Ein kurzer Blick genügte den Beamten, um in ihm den Mann zu erkennen, den Klara so detailliert beschrieben hatte. Mit entschlossenen Schritten gingen sie auf ihn zu, um ihn der Verhaftung zuzuführen.

»Der Herr scheint ja eine reiche Ernte eingefahren zu haben!«, erklang plötzlich eine Stimme hinter ihm.

Bruns fuhr herum. Ein Bild des Schreckens zeigte sich auf seinem Gesicht, als er den Beamten und den Förster sah. Doch dann, getrieben von einer wilden Panik, sprang er auf und ergriff die Flucht, als wäre er von den Furien selbst verfolgt.

Seine Flucht währte jedoch nicht lange. »Es ist sinnlos, zu fliehen! Gib auf, oder ich schieße dich nieder, Kerl!«, rief Johannes Vogel[4], der als Hilfsförster bei seinem Vater tätig war, mit einer Stimme, die so scharf und drohend war, wie seine angelegte Flinte. Der finstere Blick und die entschlossene Haltung ließen keinen Zweifel an seiner Bereitschaft, die Drohung wahrzumachen.

In diesem Moment der höchsten Verzweiflung blieb Justus Bruns stehen, als wären seine Füße im Boden verwurzelt. Auf seinem Gesicht spiegelte sich ein heftiger innerer Kampf wider. Doch schien er sich der Ausweglosigkeit seiner Lage bewusst zu werden und er ergab sich dem Unvermeidlichen. Kaum hatte er diesen Entschluss gefasst, wurde er schon gepackt, und während ihm die Hände auf den Rücken gefesselt wurden, erreichten ihn die Worte des Wachtmeisters: »Deinen Kumpanen Hubert Unger, haben wir erwischt.«

Diese Nachricht versetzte Bruns in einen Zustand der raschen Überlegung seiner prekären Situation. Von einem Moment des Schocks getrieben, rief er aus: »Himmel und Hölle! Der Kerl ist schuld an allem! Soll ihn doch der Blitz beim Scheißen treffen!«

»Sperr diesen Lumpenhund in den Keller, Johannes«, befahl sein Vater Philipp mit einer Stimme, die keinen Widerspruch duldete. »Morgen bei Sonnenaufgang bringen wir ihn nach Frankfurt. Es ist gewiss besser, wenn sich diese beiden Gauner nicht in eurer kleinen Wache in Niederrad begegnen und womöglich noch Lügengeschichten aufeinander abstimmen«, verkündete er, während er dem Wachtmeister von Niederrad einen bedächtigen Blick zuwarf.

Der Wachtmeister nickte und reichte Philipp zum Abschied die Hand. »Wir sind euch für eure Unterstützung zu Dank verpflichtet. Kommt, wir sollten uns auf den Rückweg ins Dorf machen.« Mit diesen Worten machten sie sich auf den Weg, Justus Bruns und sein Schicksal in den Händen der Förster zurücklassend.

Als der nächste Morgen anbrach und der Himmel sich in ein tiefes Rot der aufgehenden Sonne tauchte, begab sich

Johannes daran, den Gefangenen Bruns aus dem düsteren Raum im Keller zu holen, in dem sie ihn festgesetzt hatten. Mit einer ernsten, aber festen Stimme warnte er: »Lass dir gesagt sein, jeglicher Widerstand deinerseits ist zwecklos. Es würde uns veranlassen, unsere Maßnahmen, gegen dich, zu verschärfen.«

Bruns folgte dem jungen Forstmann ohne Widerstand, geleitet von dessen festem Griff am Arm. Die kalte Morgenluft schlug ihm entgegen, als sie das Freie erreichten, ein scharfer Kontrast zu der muffigen Dunkelheit des Kellers.

Mit routinierter Geschicklichkeit banden sie Bruns auf einem der Pferde fest, ein Vorgehen, das seine Bewegungsfreiheit erheblich einschränkte. Unter der wachsamen Aufsicht des Oberförsters und seines resoluten Sohnes Johannes setzte die Gruppe ihren Weg in Richtung Frankfurt fort, das Ziel vor Augen: die Hauptwache. Die Anspannung und Entschlossenheit, mit der sie ihre Mission verfolgten, ließen keinen Raum für Gespräche. Ein stiller Ritt war vorprogrammiert, gezeichnet von dem Bewusstsein der Schwere ihres Vorhabens und dem Einverständnis der drastischen Maßnahmen, die ergriffen werden sollten, würde Bruns einen Fluchtversuch wagen. Johannes hielt sein Gewehr griffbereit, eine stumme, aber unmissverständliche Warnung.

Die Morgenstille wurde lediglich durch das gelegentliche Schnauben der Pferde und das Knirschen ihrer Hufe auf dem Waldweg durchbrochen. Als die Sonne ihren Weg höher am Himmel fand, durchbrach ihr Licht allmählich das dichte Blätterdach, welches den Pfad säumte. Vögel zwitscherten unbeeindruckt von der Anspannung, die in der Luft lag, und in der Ferne antwortete ein Specht mit seinem rhythmischen Klopfen. Für Bruns, festgebunden und überwacht, bot die Idylle und Schönheit des Morgens keinen Trost. Die Entschlossenheit in den Augen seiner Bewacher, besonders die von Johannes, ließ keinen Zweifel an ihrem festen Vorhaben, ihn der Gerechtigkeit und einer ungewissen Zukunft entgegenzuführen.

# Letzte Beweise einer Schuld

Klara ließ sich in einem Zustand tiefer Erschöpfung zum Morgenessen nieder. Die jüngsten Ereignisse hatten eine schwere Müdigkeit in ihren Gliedern zurückgelassen, doch das warme Morgenlicht des neuen Tages bot ihr Hoffnung. Erst in der Einsamkeit ihres Zimmers, umgeben von der vertrauten Stille, war ihr am gestrigen Abend die ganze Bedeutung der Geschehnisse bewusst geworden. Die Gedanken an die Leiden, die sie hätte ertragen müssen, hätte sie in jenem kritischen Moment ihre Stärke verlassen, ließen sie innerlich erzittern. Die Vorstellung, geschändet und leblos im Wald zu liegen, riefen Tränen des Entsetzens bei ihr hervor, während ihr Blick geistesabwesend durch das Fenster auf die Straße schweifte.

»Fühlst du dich schon etwas besser?« Die sanfte und zugleich besorgte Stimme von Wilfred, holte Klara aus dem Strudel ihrer düsteren Gedanken. Die zärtliche Berührung seiner Hand auf ihrer Wange wirkte wohltuend und brachte einen Hauch von Wärme in ihr Inneres. In diesem Augenblick war seine fürsorgliche Gegenwart, ein unschätzbarer Trost für sie. Doch Worte, um das Wirrwarr ihrer Gefühle zu beschreiben, fand Klara nicht. Als seine Augen, die ihren suchten und er so intensiv, so tief in sie blickte, sah sie sich gezwungen, ihren Blick abzuwenden, überwältigt von seiner Anteilnahme. Die Umarmung, die folgte, war mehr als nur ein körperlicher Trost; sie war ein Versprechen von Sicherheit und Geborgenheit.

Wilfreds Versicherung, dass alles gut sei, ließ sie zaghaft nach Hoffnung tasten, doch die Unsicherheit in ihrer Stimme verriet ihre tief sitzenden Ängste. Seine feste

Umarmung und die Wiederholung seiner beruhigenden Worte sollten ihr Kraft geben, doch die Schatten der vergangenen Ereignisse lagen schwer auf ihrem Herzen.

Sie schloss die Augen. »Wirklich?«, fragte sie mit leiser, zögerlicher Stimme.

»Ja!«, bekräftigte er und zog sie erneut an sich. »Sie haben den anderen gefasst!«

Ihr Blick traf den seinen.

»Der Herr Pfarrer, hat es mir mitgeteilt, als ich kurz vor der Tür stand.«

Sie seufzte tief und erleichtert, ein Gewicht schien von ihren Schultern zu fallen. »Das ist gut!«

»Man wird für sie in Frankfurt gerechte Strafen finden. Du ruhst dich heute aus, mein Schatz. Ich kümmere mich um alles. Allerdings muss ich am späten Vormittag kurz fort, zur Wachstube. Ich muss meine Aussage machen, damit man sie schriftlich festhält. Hans werde ich bei dir lassen.« Er schaute sie an, als wolle er sicherstellen, dass dies für sie in Ordnung war. »Oder soll ich Trude bitten, dass sie für diese Zeit zu uns kommt?«

Klara lächelte, eine Spur von Wärme und Amüsement in ihrem Blick. »Wie ich Trude kenne, wird sie bald hier erscheinen.« Ihr Lächeln wurde breiter, als sie an die vielen Male dachte, in denen Trudes unerschütterliche Fröhlichkeit und ihre unkonventionellen Lösungen, ihr durch schwere Zeiten geholfen hatten.

In jenem Moment in Frankfurt, als Hilfskommissar Hochwald die bahnbrechende Nachricht im Fall des ermordeten Bleichwächters in Niederrad erhielt, trat Meier, ein junger Mann mit Sommersprossen und rotem Haar, bekannt für seine rasche Auffassungsgabe, in die Amtsstube der Hauptwache.

Hochwald rief: »Meier! Mach den Wagen bereit. Wir müssen wegen einer Untersuchung nach Niederrad!«

Der Bursche nickte eifrig. »Ohne Verzögerung, Herr Hilfskommissar!«, entgegnete er, seine Stimme durchzogen von einer spürbaren Begeisterung für die unerwartete Aufgabe. Doch bevor er sich abwandte, um seiner Aufgabe nachzugehen, hielt ihn die brennende Frage in seinen Gedanken fest. »Glauben Sie, dem Mörder dieses Mal auf die Spur zu kommen?«

Hochwald entgegnete in ruhigem Ton: »Sie haben ihn bereits gestern am Abend dort festgenommen. Ein Gefängniswagen ist unterwegs, um den Schuft hierher zu bringen. Unsere Aufgabe liegt jetzt darin, weitere Beweise zu sammeln, die in der Verhandlung gegen diesen Verbrecher entscheidend sein könnten.«

Mit einem letzten bestätigenden Nicken machte sich Meier daran, den Wagen für die Fahrt nach Niederrad vorzubereiten, während Hochwald, die nächsten Schritte plante. Er wusste, dass die Durchsuchung der Unterkunft des Verdächtigen von entscheidender Bedeutung sein konnte. Neben der Suche nach Beweisen war das Gespräch mit Klara Ruhland ein wesentlicher Bestandteil seiner Ermittlungen, da die junge Wäscherin beinahe das nächste Opfer des gefassten Täters geworden wäre.

Die Fahrt nach Niederrad bot Hilfskommissar Hochwald Zeit zum Nachdenken und zur Vorbereitung auf das, was vor ihnen lag. Während Meier konzentriert das Pferdegespann durch die Straßen Frankfurts lenkte, grübelte Hochwald über die Bedeutung seiner nächsten Schritte nach. Insbesondere die bevorstehende Begegnung mit Klara Ruland nahm in seinen Überlegungen einen zentralen Platz ein. Hochwald war sich bewusst, dass Klara Ruhland eine wichtige Zeugin war, deren Aussage von unschätzbarem Wert sein konnte, zumal sie hinter die wahre Identität des Täters gekommen war. Wer hätte gedacht, dass ausgerechnet diese junge Frau, deren Herz so voller Mitgefühl eines Kindes gegenüber war, eine zentrale Rolle am Ende eines so düsteren Kapitels spielen würde.

Die aus Frankfurt entsandten Beamten hatten das Dorf Niederrad erreicht, um Fritz Binder, der in Wahrheit Hubert hieß, zur weiteren Befragung und Verhandlung in die Stadt zu bringen. Die sorgsam errichtete Tarnung des unscheinbaren Stallburschen lag in Trümmern und legte die Identität eines Mannes offen, der es meisterhaft verstanden hatte, seine wahre Persönlichkeit vor jenen zu verbergen, die ihm tagtäglich begegneten. Nun sahen sich die Beamten seiner ungebändigten Aggressivität ausgesetzt. Sein Verhalten löste einen Aufruhr aus, der die sonst so ruhige Gemeinde Niederrad in Atem hielt.

Mit einer Mischung aus Autorität und Missbilligung rief einer der Beamten aus: »Halt dein Maul, Unger, sonst setzt es was!«, doch seine Worte trafen auf taube Ohren, das Ungers feuriges Temperament weiter entfachte; er fuhr fort, zu drohen und zu schreien.

»Genug jetzt!«, schrie ein anderer Wachtmeister, während er zuschlug. Da traf Unger ein Schlag mitten ins Gesicht. Jeder weitere Ausruf, jeder Protest wurde mit weiteren Schlägen quittiert, als wollten sie mit Gewalt das Feuer in ihm ersticken. Das Ende dieses tumultartigen Geschehens war ein Bild des Elends: Unger, blutüberströmt und in Fesseln gelegt, wurde zum Gefängniswagen geschleift.

Die Anwohner von Niederrad, die dieses Schauspiel beobachteten, waren gleichermaßen entsetzt und fassungslos. Dieser Moment hinterließ einen bleibenden Eindruck, eine Erinnerung an die dunklen Abgründe, die in scheinbar bekannten Personen verborgen liegen konnten.

»Kann das der Fritz sein, den wir zu kennen glaubten?«, fragte eine alte Frau leise, während sie das Geschehen aus der Ferne betrachtete. Ihr Nachbar, ebenso erschüttert von der Szene, konnte nur den Kopf schütteln. »Man denkt, man kennt einen Menschen«, erwiderte der Nachbar. »Und dann erlebt man solche Abgründe.«

Ein kollektives Aufatmen durchzog die versammelte Menge, als der Gefangenentransport, gezogen von einem Zweigespann, sich langsam in Bewegung setzte und davonfuhr.

Wilfred verließ am späten Vormittag das Haus, um sich zur Wachstube zu begeben. Dort warteten die Beamten auf ihn, bereit, seine Aussage schriftlich niederzulegen. Zu seiner Überraschung war Hilfskommissar Hochwald aus Frankfurt anwesend, der sich in den vergangenen Wochen intensiv mit dem Fall beschäftigt hatte. Der Kommissar war fest entschlossen, weitere Beweise zu finden, die die Anklage gegen Unger stärken könnten.

Vollständig der Bedeutung seiner bevorstehenden Aussage bewusst, erzählte Wilfred detailliert die Ereignisse des vorherigen Abends und gab alle Informationen preis, die

Klara ihm mitgeteilt hatte. Er war entschlossen, alles in seiner Macht Stehende zu tun, um zur Klärung des Falles beizutragen, besonders da man ihn fälschlicherweise einer Tat beschuldigt hatte, die in Wirklichkeit Unger begangen hatte.

Hilfskommissar Hochwald äußerte, sowohl den Ort des Überfalls auf Klara, als auch das Oberforsthaus aufzusuchen, um Ungers Unterkunft zu durchsuchen, in der Hoffnung, dort bisher übersehene Beweise zu finden.

Gemeinsam verließen sie die Wachstube. Wilfred hatte vor, schnell nach Hause zu gehen, doch ein Zufall ersparte ihm den Weg: Gerade in diesem Moment erspähte er Josef, wie dieser die Straße entlangschlenderte. Wilfred nutzte die Gelegenheit und bat Josef darum, Klara zu informieren, dass er heute später als geplant nach Hause kommen würde. Sie und Hans sollten nicht mit der Mittagsmahlzeit auf ihn warten. So machte er sich mit dem Hilfskommissar auf den Weg zum Oberforsthaus. Auf dem Weg dorthin zeigte er Hochwald die Stelle, an dem Unger Klara überfallen hatte. Die Stelle, umgeben von alten Bäumen, schien bei Tageslicht friedlich, doch die Ereignisse, die sich dort zugetragen hatten, verliehen ihr heute noch eine düstere Aura. Wilfreds Stimme war ernst, als er die Geschehnisse schilderte, und man konnte spüren, wie tief ihn der Vorfall betroffen machte. Hochwald hörte aufmerksam zu.

Im Oberforsthaus angekommen, wurden sie vom Oberförster empfangen. Er schien sie zu erwarten und gewährte ihnen, ohne zu zögern, Zugang zu Ungers Unterkunft, die sich über der Stallung befand. Der kleine Raum, in den sie traten, war spartanisch eingerichtet. Ohne Zeit zu verlieren, machten sich die beiden daran, jeden Winkel zu durchsuchen, getrieben von der Hoffnung, den

226

kleinsten Anhaltspunkt zu finden, wobei sie jedes Detail sorgfältig unter die Lupe nahmen.

Nach einer Weile des erfolglosen Suchens fiel Wilfreds Blick auf eine unscheinbare Lücke in der Mauer. Es war nicht sofort ersichtlich, dass sich dort etwas verstecken würde. Ihre Hartnäckigkeit zahlte sich aus: Tief in der Mauer verborgen, entdeckten sie eine Börse, die genau auf die Beschreibung derer des Bleichwächters passte, zumal das Innere des Leders, dessen Initialen trug. Ein stummer Austausch schwerwiegender Blicke folgte zwischen Wilfred und Hochwald. »Ein mehr als eindeutiger Beweis«, bemerkte Hochwald, während er die Geldbörse eingehend betrachtete. »Lassen Sie uns ins Dorf zurückkehren. Ich möchte ein Gespräch mit Frau Ruhland führen.«

Mit diesem Beweis in der Tasche machten sie sich auf den Weg zurück ins Dorf.

Klara, die seit Stunden ungeduldig auf Wilfreds Heimkehr wartete, hatte es sich im heimischen Garten auf der Bank bequem gemacht. Diese war umgeben von einem Meer aus blühenden Blumen und aromatischen Kräutern, die eine beruhigende Atmosphäre schufen.

»Da bin ich wieder, Klara!« Mit diesen Worten betrat Wilfred den Garten.

Bei Wilfreds Stimme hob sie den Blick und ihre Augen suchten die seinen, voller Fragen. »Wilfred, wo warst du so lange. Du wolltest doch nur deine Aussage machen?«

»Hat Josef dir nicht Bescheid gegeben? Ich hatte ihn extra darum gebeten, damit du dir keine Sorgen machst.«

»Josef hat mir Bescheid gegeben, dass du später kommst

und wir mit dem Essen nicht auf dich warten sollten.« Ein leichter Seufzer entwich ihr, bevor sie fortfuhr. »Aber er erwähnte, dass du mit dem Hilfskommissar das Dorf verlassen hast. Er konnte mir aber nicht sagen, wohin ihr wolltet.«

Wilfried trat näher, sein Gesichtsausdruck eine Mischung aus Ernsthaftigkeit und Entschuldigung. »Ich bin Hilfskommissar Hochwald auf der Wachstube begegnet. Zusammen sind wir zum Oberforsthaus. Dort haben wir Ungers Kammer durchsucht und dabei die gestohlene Börse des Bleichwächters gefunden«, erklärte er.

Bevor Klara die Chance hatte, darauf zu reagieren, trat Hochwald in den Garten. Mit einem aufrichtigen Lächeln begrüßte er sie. »Gestatten Sie mir, mich für einen Augenblick zu Ihnen zu gesellen und Platz zu nehmen?« fragte er höflich.

Klara nickte zustimmend. »Bitte, nehmen Sie Platz. Möchten Sie etwas trinken?«

»Ein Glas Wasser wäre wunderbar, danke!«, erwiderte Hochwald.

Wilfried machte sich unverzüglich auf den Weg, um das Erbetene zu besorgen.

Nachdem sich Hilfskommissar Hochwald gesetzt hatte, begann er in ernstem, höflichen Ton: »Frau Klara, Ihre Zeugenaussage ist von entscheidender Bedeutung für die Anklage, insbesondere bezüglich des Überfalls auf Sie. Der Täter hat seine Gefährlichkeit unmissverständlich bewiesen. Der Angriff auf Sie sollte seine letzte Untat gewesen sein.« Er unterbrach sich, um Willfried zu danken, der ihm das Glas Wasser reichte, und sich ebenfalls an den Tisch setzte. Mit einem tiefen Seufzer fuhr Hochwald fort: »Allerdings ist es notwendig, dass Sie persönlich in Frankfurt vor dem

Stadtgericht erscheinen, um dort bei der Verhandlung gegen Unger auszusagen.« Sein Blick ruhte forschend auf Klara, als wolle er ihre Reaktion auf diese Nachricht abschätzen.

Klara, die einen Moment lang nachdenklich wirkte, antwortete entschlossen: »Ich werde aussagen. Es ist wichtig, dass vor allem dem Ermordeten Gerechtigkeit geschieht!«

# Veränderung

Am folgenden Morgen, als die ersten zarten Sonnenstrahlen die Dachgiebel Niederrads zärtlich berührten und die Straße vor ihrem Haus langsam zum Leben erwachte, zeichneten sich vom Horizont, der sich von Schwanheim bis zum Rothehamm erstreckte, erste dunkle Wolkenfelder ab. Die Luft war erfüllt von einer frischen Brise – ein untrügliches Anzeichen dafür, dass sich das Wetter bald wandeln könnte.

Klara, die ihre Wäsche mit sorgfältiger Hingabe auf der Bleiche zum Trocknen ausgebreitet hatte, hegte die Befürchtung, dass ein nahender Regenschauer ihre mühsame Arbeit zunichte machen könnte. In einem Moment der Entschlossenheit beschloss sie, die Wäsche so schnell wie möglich zu bergen. Eilig holte Wilfred den Handkarren aus dem Schuppen, um ihr zu helfen, bevor sein Tag in der Schreinerei begann.

Begleitet von Hans machten sich Wilfred und Klara mit dem Handkarren auf den Weg. Als sie um die Ecke zum Speckweg bogen, stießen sie unerwartet auf eine Versammlung von Dorfbewohnern, deren lebhafte Diskussion die morgendliche Stille durchbrach.

»Was, um Himmels willen, hat Fritz – oder sollte ich besser sagen, diesen Unger – dazu gebracht, einen so tiefen Fall zu erleiden, dass er zum Mörder wurde«, fragte der Apotheker lautstark in die Runde. Sein Kommentar hing kurz in der Luft, bevor seine Aufmerksamkeit von der Ankunft von Klara, Wilfred und Hans eingefangen wurde. Überrascht von ihrer plötzlichen Präsenz, trat er aus der Gruppe heraus und näherte sich Wilfred mit einer

Mischung aus Respekt und einer Spur von Scham. Er nickte grüßend und legte zögerlich seine Hand auf Wilfreds Schulter, ein stummer Ausdruck der Reue. »Verzeiht uns, Herr Brook, wir haben Euch Unrecht getan.«

Wilfred nickte knapp, die Miene ernst, doch verständnisvoll.

Klara, deren Augen in einem stürmischen Glanz erstrahlten, schöpfte aus ihrer inneren Stärke und artikulierte mit einer Stimme, die sowohl von Bitterkeit als auch von unbeugsamer Entschlossenheit zitterte: »Es ist weit entfernt von gut. Die vorschnellen Anschuldigungen und die voreiligen Urteile haben nicht nur Hans und Wilfred tief verletzt, sondern auch mich.« Sie ließ ihren Blick über die Versammelten schweifen, traf jeden einzelnen mit einem Blick, der sowohl Vorwurf als auch die Bitte um Verständnis in sich trug. »Ihr habt ohne Beweise geurteilt, beschuldigt, er hätte Blut an seinen Händen – damit habt ihr ihnen ein Leid angetan, das in den Himmel schreit. Habt ihr euch denn nie gefragt, was das für uns bedeutet?«

Eine bedrückende Stille legte sich über die Gruppe, unterbrochen nur von einem kollektiven Seufzen, das wie ein Windhauch der Reue durch die Reihe der dort stehenden ging.

»Hat unser Herr Pfarrer nicht gelehrt: 'Gott sei dem Sünder gnädig', liebe Klara?«, erklang plötzlich eine tiefe, nachdenkliche Stimme. Es war der Metzger, der mit gesenktem Haupt sprach. »Wir möchten uns bei Herrn Wilfred, Hans und dir – demütig entschuldigen und dieses traurige Kapitel hinter uns lassen.«

Wieder senkte sich Schweigen über die Versammelten, ein Schweigen, das nach und nach von zögerlichen, aber aufrichtigen Entschuldigungen durchbrochen wurde.

Wilfred blickte Klara tief in die Augen, suchte nach den richtigen Worten und fand sie in einer Geste der Zärtlichkeit. Sanft legte er seinen Arm um ihre Schulter und zog sie zu sich. »Du solltest ihnen verzeihen«, sagte er leise, als er den Kuss beendet hatte, den er ihr liebevoll auf die Lippen gedrückt hatte.

Mit einem Lächeln, das trotz ihrer Schwermut von innerer Stärke und Vergebung zeugte, erwiderte Klara: »Ich verzeihe denen, die sich im Irrtum befanden.«

Letztendlich mussten sie sich von der Versammlung verabschieden, denn die Zeit drängte, um ihre Aufgabe zu erfüllen. Mit einem Gefühl von neuer gefundener Zugehörigkeit setzten sie ihren Weg fort. Ihre Schritte führten sie zur Bleiche, wo sie die Wäsche auf dem Handkarren sicherten. Während sie den Rückweg antraten, begann die Natur, ihre eigene Dramatik zu entfalten: das Donnergrollen, das erschallte, war wie das Pauken einer entfernten Trommel, ein Vorbote der sich zusammenbrauenden Naturgewalten. Die Luft wurde schwer mit der Spannung, die dem Unwetter vorausgeht, während die ersten Windböen durch die Bäume fegten und die Blätter in einem wilden Tanz aufwirbelten.

Klara, Wilfred und Hans, vereint im Angesicht der herannahenden Sturmfront, beschleunigten ihre Schritte. Der Weg nach Hause erschien ihnen länger als gewöhnlich.

Sie erreichten ihr Zuhause gerade, als die ersten schweren Regentropfen zu fallen begannen. Der Wind zerrte an ihren Kleidern, als wolle er sie zurück in das aufziehende Unwetter ziehen. Doch mit vereinten Kräften brachten sie die Wäsche ins Haus, rechtzeitig, bevor der Regen in einem prasselnden Sturz seine volle Kraft entfesselte.

»Das war knapp!«, sagte Klara.

Wilfred lachte, schaute jedoch besorgt aus dem Fenster. »So sehr ich auch froh bin, dass wir die Wäsche trocken reingekriegt haben, ich muss jetzt los zur Schreinerei. Die Arbeit wartet nicht, selbst wenn der Himmel einbricht.«

Klaras Augen spiegelten ihre Besorgnis wider, als sie ihm antwortete: »Bist du sicher, dass das nicht warten kann? Sieh dir dieses Unwetter an. Es ist nicht sicher, jetzt rauszugehen.«

Doch er schüttelte nur den Kopf, während er nach seinem schweren Mantel griff. »Die Arbeit muss heute fertig werden. Der Schreiner hat sie für diesen Samstag versprochen. Du weißt, wie wichtig solche Aufträge für ein Geschäft sind.«

Sie nickte, wohl wissend, wie viel Wilfred an seiner Arbeit lag und wie sehr er sich verpflichtet fühlte, seine Versprechen zu halten. Sie war froh, dass sich die Anfeindungen gegen ihn im Dorf anscheinend endgültig gelegt hatten. Jetzt galt es für sie, nur die Gerichtsverhandlung in Frankfurt zu überstehen - eine Herausforderung, vor der sie sich fürchtete, doch sie wusste, Wilfred würde ihr, wie immer, fest zur Seite stehen.

»Komm bitte sicher zurück«, sagte sie leise.

Mit einem letzten liebevollen Blick auf Klara und seinen Sohn und einem kurzen, kraftvollen Nicken, verließ Wilfred das Haus.

»Papa wird auf sich aufpassen«, versicherte Hans mit einer festen Stimme. Er blickte zu Klara auf, seine Augen suchten die ihren. In diesem Moment erschien er älter, fast wie ein Abbild seines Vaters, mit derselben Entschlossenheit in den Augen.

Klara nickte ihm zu, ein Lächeln umspielte ihre Lippen, auch wenn es ihr schwerfiel, die eigenen Sorgen zu verbergen. »Ja, das wird er«, antwortet sie, ihre Hand strich sanft über Hans' Kopf, eine Geste voller Zuneigung und Trost. »Dein Vater ist stark und klug. Er weiß, wie man in solchen Situationen handelt.«

Ein schiefes Lächeln zeichnete sich auf Hans Lippen ab. »Du aber auch, zum Glück«, erwiderte er.

Klara fühlte, wie ihre Augen feucht wurden, tief berührt von der Reife, die Hans in seinen jungen Jahren zeigte. Ihre Stimme zitterte leicht vor Emotion, als sie sagte: »Und zusammen kommen wir durch alles. Wir sind schon jetzt eine richtige Familie!«

Hans' Augen leuchteten bei diesen Worten auf, und ein entschlossenes Nicken war seine Antwort. Er griff nach Klaras Hand, seine kleinen Finger umschlossen ihre, mit einer Kraft, die man dem kleinen Kerl nicht zutrauen vermochte. Mit einem Blick, der sowohl Ernst als eine kindliche Entschlossenheit widerspiegelte, sagte er: »Komm, Klara, wir müssen arbeiten, damit wir fertig sind, wenn Papa später heimkommt.«

Klara lächelte, berührt von Hans' Vorwärtsgedanken und seiner Bereitschaft, Verantwortung zu übernehmen. »Du hast recht«, stimmte sie zu, ihre Stimme voller Zuneigung und Bewunderung für seinen jugendlichen Eifer. Sie zog Hans sanft mit sich. »Es gibt zu tun.«

Gemeinsam begaben sie sich an die Arbeit. Sie räumten auf, putzten, und jedes Staubkorn, das sie wegwischten, jeder Gegenstand, den sie an seinen Platz rückten, schien ein kleiner Akt der Rebellion gegen die Unsicherheit und Angst zu sein, die draußen in der Welt lauern konnten. Sie lachten zusammen, und gelegentlich teilten sie sich die stillen Momente, in denen ihre Blicke alles sagen. Hans half ihr auch dabei, ein einfaches Abendessen vorzubereiten, stets bemüht, Klara zu imitieren. Klara beobachtete ihn mit einem Lächeln, ihre Sorgen für einen Moment vergessend, erfüllt von Stolz auf Hans Willen zu helfen.

Als die Dämmerung hereinbrach und das Haus in ein sanftes, einladendes Licht getaucht wurde, lehnte Klara sich einen Moment zurück und betrachtete ihr Werk. Hans, der das Besteck für das Abendessen richtete, warf ihr einen fragenden Blick zu. »Glaubst du, Papa wird stolz sein?«, fragte er, seine Stimme voller Hoffnung.

Klara ging zu ihm, legte eine Hand auf seine Schulter. »Ich weiß es genau, dass er stolz sein wird, vor allem auf dich, mein Schatz«, sagte sie mit fester Überzeugung.

# Gerichtsverhandlung

Vier Tage vor dem entscheidenden Termin, einem Tag, der das weitere Schicksal von Hubert Unger maßgeblich beeinflussen sollte, erreichte sie ein Besucher aus Frankfurt. Ein Amtsdiener, ernst und förmlich in seiner Erscheinung, überbrachte eine Nachricht von größter Wichtigkeit. Mit einer Stimme, die keine Widersprüche duldete, verkündete er: »Vom Gericht die Vorladung, Frau Ruhland.« Die Worte, so trocken und bürokratisch, ließen in Klaras Herz erneut Unruhe aufkommen. Eine Verhandlung, die nicht nur eine juristische, sondern eine persönliche Bewährungsprobe für sie darstellte.

In den Tagen, die folgten, fand Klara sich in einem Wirbel aus Emotionen wieder. Eine nervöse Anspannung hielt sie gefangen, auf das, was kommen würde.

Dann, endlich, war Dienstag. Wilfred und Klara, bereit für die bevorstehenden Ereignisse, wurden von Hilfskommissar Hochwald in einem Wagen abgeholt.

Klara, sonst so gefasst, konnte nicht leugnen, dass sie von einer tiefen Nervosität ergriffen war. Die Aussicht, vor Gericht zu stehen, war ihr völlig fremd und löste eine beinahe lähmende Angst in ihr aus. Doch es waren nicht allein die unbekannten Gepflogenheiten mit dem Gerichtswesen, die sie beunruhigten. Schwerer wog die Gewissheit, Hubert Unger wieder gegenüberzustehen – einem Menschen, dessen Rolle in den Ereignissen, die zu dieser Verhandlung geführt hatten, tief in ihrem Gedächtnis verankert war. Die Begegnung mit ihm belastete sie im Vorfeld mit großer Sorge. So war die Fahrt geprägt von stiller Anspannung. Wilfred, der Klara in dieser schweren

Stunde beistand, versuchte, ihr mit aufmunternden Worten und Gesten der Zuversicht Kraft zu geben. Er wusste, dass sie vor einer Herausforderung stand, die weit über die bloße Auseinandersetzung mit dem juristischen System hinausging. Es war eine Prüfung ihres Mutes, ihrer inneren Stärke und ihrer Fähigkeit, sich den Schatten der Vergangenheit zu stellen.

Als sie das Gebäude des Stadtgerichts Frankfurt in der Barfüsser Gasse[*] erreichten - ein Bauwerk, das mit seiner Architektur Respekt und Ehrfurcht einflößte, spürte Klara, wie die Realität des Augenblicks sie mit voller Wucht erfasste. Der Gedanke, dass in diesen Mauern durch ihre Aussage, über das Schicksal des einstigen Fritz entschieden werden würde, machte ihr bewusst, wie viel auf dem Spiel stand. Doch trotz der Angst und der Unsicherheit, die sie umklammerten, war da auch ein Funken Hoffnung. Eine Hoffnung darauf, dass Gerechtigkeit walten würde. Sie sah zu den bereits fertiggestellten Bauteilen der inzwischen völlig verwahrlosten Barfüßerkirche[*] hin, durch die aus den zertrümmerten Fenstern und den unverglasten Fensterschächten des Turmes und der Treppenhäuser Bäume und Sträucher wuchsen. Sie fühlte sich so, wie dieses christliche Gebäude: verlassen, doch standhaft, bereit, neues Leben zu begrüßen, das in den Ruinen Fuß fasste. Einmal tief Luft holend und mit jedem Schritt, den sie in das Stadtgericht machte, sammelte sie ihren Mut, bereit, sich den Herausforderungen zu stellen, die in den kommenden Stunden auf sie warten würden. »Angst mag mein Herz umklammern, doch ich werde heute sprechen, für die Wahrheit und für diejenigen, denen durch Fritz Unrecht zugefügt wurde, und vor allem, für den Mann, der ihn nicht mehr anklagen kann«, flüsterte sie sich Mut zu, eine stille

Beschwörung an ihre innere Stärke.

Die Unterstützung des Hilfskommissars, doch vor allem die von Wilfred gab ihr zusätzliche Kraft. Ihr gemeinsamer Weg bis zu diesem Punkt war ein Beweis für die Unerschütterlichkeit des menschlichen Geistes und der Fähigkeit, selbst in den dunkelsten Momenten Hoffnung zu finden. Mit einem tiefen Atemzug betrat sie den Gerichtssaal, bereit, für das zu kämpfen, was richtig war.

Der Hilfskommissar führte Klara behutsam zu ihrem Platz im Gerichtssaal. Mit einem aufmunternden Nicken gab er ihr zu verstehen, dass sie nicht allein war in diesem entscheidenden Moment. »Ich fahre Euch später wieder nach Hause«, erklärte er sanft. Seine Worte waren nicht nur ein Angebot der Rückfahrt, sondern ein Zeichen seiner anhaltenden Unterstützung. In diesem Moment, kurz vor Beginn der Verhandlung, bot diese Zusage Klara und Wilfred einen weiteren Anker der Sicherheit.

Als Klara sich setzte, ließ sie ihren Blick kurz durch den Saal schweifen, nahm die Würde des symbolträchtigen Interieurs des Raumes und die ernsten Gesichter der Anwesenden, umgeben von den Mauern der Gerechtigkeit, in sich auf.

Als sich die Seitentür des Saales öffnete, erfüllte eine spürbare Spannung den Raum. Hubert Unger, der Mann, dessen Taten sie alle hier versammelt hatten, wurde unter den wachsamen Augen eines Wachtmeisters und eines Schließers, den Klara aus früheren Begegnungen kannte, zur Anklagebank geführt. Der Wachtmeister positionierte sich strategisch, während der Schließer einen Platz neben Unger einnahm, eine stille Wachsamkeit ausstrahlend.

Die formalen Abläufe des Gerichtsverfahrens begannen. Der Gerichtsschreiber stellte sich an einer Ecke des

Richterpults. Gegenüber, bereit seine gewichtige Rolle im kommenden Verfahren zu spielen, nahm der Staatsanwalt in seiner schwarzen Robe Platz. Die Geschworenen, deren Entscheidungen das Schicksal Ungers beeinflussen würden, saßen gegenüber, ihre Gesichter ein Mosaik aus Ernsthaftigkeit und Verantwortungsbewusstsein.

Der Verteidiger betrat mit souveränen Gelassenheit den Saal, seine Aktenmappe als sichtbares Zeichen seiner Vorbereitung unter dem Arm. Nachdem er seine Unterlagen auf den Tisch gelegt hatte, beugte er sich zu Unger, um ein kurzes Gespräch zu führen. Ungers Kopfschütteln darauf war ein stummes, aber ausdrucksstarkes Zeichen seiner Reaktion auf das Gesagte – ein Moment, der Klara nicht entging.

Mit dem Eintritt des Richters in den Saal, der eine schwarze Robe mit breitem Samtbesatz trug, erhoben sich alle Anwesenden, als ein Ritual des Respekts und der Anerkennung der Autorität des Gerichts. Der Richter sah Hubert Unger mit durchdringendem Blick an, ein stummer Austausch, der die Schwere des Moments unterstrich.

Der Schließer griff energisch ein, als er Unger dazu aufforderte, sich wieder zu setzen. Es herrschte Disziplin und Ordnung in diesem Raum.

Als der Vorsitzende die Anklage verlas, stand Unger erneut auf, diesmal, um auf die Fragen, die ihm gestellt wurden zu antworten. Seine Worte, ein Geständnis bezüglich der gestohlenen Papiere und der Identität eines Verstorbenen, waren ein entscheidender Moment für den weiteren Verlauf des Verfahrens. Seine Behauptung, alles andere sei Unsinn und er habe nichts weiter zu gestehen, setzte den Ton für das, was folgen sollte.

Klara durch Hochwald im Vorfeld aufgeklärt, wusste, dass

der Zeugenaufruf folgen würde. Die direkte Ansprache durch den Richter, »Seid Ihr die Klara Ruhland?«, ließ sie schnell aufstehen, ein Ausdruck ihrer Bereitschaft, zur Wahrheitsfindung beizutragen. »Ich bin es, Herr Richter ...«, antwortete sie, ihre Stimme eine Mischung aus Respekt und Entschlossenheit.

»Dann nehmt auf dem Zeugenstuhl Platz und berichtet uns, was sich zugetragen hat.« Sie berichtete detailgetreu, was geschehen war, ohne etwas wegzulassen oder hinzuzufügen.

Der Richter und die Geschworenen lauschten aufmerksam.

Der Verteidiger erhob sich und stellte ihr einige Fragen. »Ist es nicht so, dass Sie sich zu meinem Klienten freundlich hingezogen fühlten, ihn dann abstoßend behandelten, wegen eines anderen, und Sie ihn dadurch gekränkt haben, was auf das stolze Gemüt des jungen Mannes schlimm wirkte?«

Seine Fragen zielten eindeutig darauf ab, Zweifel an ihrer Glaubwürdigkeit zu säen. ›Herrgott!‹, die Sache wurde Klara zu dumm. »Bei allem Respekt, ich weiß, sie müssen ihn verteidigen, Herr Verteidiger. Denken sie, an der Sache ist nichts Besonderes, wenn ein Mann eine Frau überfällt?« Ihre Stimme trug mehr als nur einen Hauch von Frustration und Unglauben mit sich. »Sie tun ja so, als ob nichts geschehen wäre.« Es war ihr ein Rätsel, wie manche so gefühllos gegenüber der Schwere eines solchen Vorfalls sein konnten.

»Frau Ruhland«, erwiderte der Verteidiger mit spöttischer Ruhe, »zuerst einmal bin ich es, der Ihnen Fragen stellt und nicht umgekehrt. Darüber hinaus verfügen Sie offenbar über ein beachtliches schauspielerisches Talent. Die

Angelegenheit kann unmöglich so gravierend gewesen sein, wie Sie es hier darstellen. Sie waren es, die meinen Mandanten angegriffen hat, nicht umgekehrt. Sie werfen ihm etwas vor, um sich selbst als Märtyrerin zu inszenieren und einer gerechten Bestrafung für Ihr eigenes Verhalten zu entgehen.« Seine Worte waren scharf und zielten darauf ab, Klaras Glaubwürdigkeit in Frage zu stellen, eine Taktik, die in hitzigen juristischen Auseinandersetzungen allzu häufig zum Einsatz kommt, wie ihr der Hilfskommissar erklärt hatte.

Klara bemühte sich, so ruhig wie möglich auf die Unterstellung, sie würde lügen, zu reagieren. »Dass ich ihn niedergeschlagen habe, habe ich von Anfang an nicht bestritten!«, bekräftigte sie mit fester Stimme. Ihre Worte waren klar und direkt, sie ließ keinen Raum für Missverständnisse. Klara stand zu ihrem Handeln, doch ihre Erklärung ließ durchblicken, dass die Situation komplexer war, als es auf den ersten Blick scheinen mochte. Ihre Entschlossenheit, die Wahrheit zu verteidigen, spiegelte sich in ihrer Haltung und ihrer Stimme wider. »Aber ich frage mich ernsthaft, wen Sie meinen, wen ich da angeblich geschlagen habe. Den 'toten' Fritz Binder, als der er sich mir gegenüber ausgab? Kann man einem Toten überhaupt eine Kopfwunde zufügen? Oder sprechen wir über den Mann, der jetzt auf der Anklagebank sitzt, Hubert Unger, der weder in unserem Dorf bekannt ist, noch unter diesem Namen im Oberforsthaus angestellt war – also über den Betrüger, der Ihr Mandant ist?« Sie hob hervor, wie absurd es war, von Gewalt gegen eine Person zu sprechen, die ihre Identität gefälscht und sie angegriffen hatte.

Zunächst stand der Verteidiger da, sichtlich sprachlos. Klaras Worte hatten ihn unvorbereitet getroffen, und für einen Moment schien es, als wäre er um eine Erwiderung verlegen. Die Stille im Saal war fast greifbar, während alle Anwesenden gespannt auf seine Reaktion warteten.

Am Ende der Befragung, nachdem er sich scheinbar gefasst hatte, äußerte der Verteidiger: »Es gibt zwei Möglichkeiten: Entweder Ihr lügt, Frau Ruhland oder...« Ein Murren durchzog die Reihen der Zuschauer, unter denen Klara einige Gesichter aus ihrem Dorf erkennen konnte, ein deutliches Zeichen aufkommenden Unmuts.

Der Vorsitzende, bemüht, die Ordnung im Gerichtssaal zu wahren, forderte mit einer bestimmten Geste Ruhe ein.

»oder aber er hat es getan!«, beendete der Verteidiger seinen Satz, was die Zuhörer erneut in eine Mischung aus Überraschung und Spekulation stürzte.

Der Staatsanwalt stand auf, bereit, seine Sicht der Dinge darzulegen: »Frau Ruhland genießt in der Gemeinschaft den Ruf einer ehrlichen, fleißigen und tugendhaften Frau des Volkes. Gegenüber steht uns ein Schurke, der unter falschem Namen eine Stellung im Oberforsthaus erschlichen hat. Ein Betrüger, der sich der Identität eines Verstorbenen bemächtigte – eines Mannes, der unter seinem eigenen Namen zur letzten Ruhe gebettet wurde, während er, der Angeklagte, dessen Papiere für seine Zwecke missbrauchte. Wen, meine Herren, würden der Herr Richter und die Geschworenen für glaubwürdiger halten? Auf der Anklagebank sitzt ein Krimineller, ein Mann, der sich durch Lügen, Betrug und sogar Mord schuldig gemacht hat. Frau Ruhland hingegen hat offen eingestanden, ihn niedergeschlagen zu haben – aber in Nothandlung. Die Fakten sprechen für sich.«

Letztendlich gelangte der Richter zur Auffassung, dass der Schlag, den Klara dem Angeklagten zugefügt hatte, als rechtmäßige Notwehr zu bewerten sei. Er erkannte darin kein strafbares Vergehen gegenüber dem geschädigten Angeklagten. Die Handlung Klaras wurde als eine reine Verteidigungsmaßnahme angesehen, die notwendig war, um sich gegen einen unmittelbaren Angriff zu schützen.

Nachdem Klara ihre Rolle als Zeugin erfüllt hatte, wurde sie aus der direkten Verantwortung entlassen und nahm neben Wilfred Platz, um den weiteren Verlauf des Prozesses und dessen Ausgang mitzuverfolgen.

Wilfred ergriff behutsam Klaras Hand und drückte sie fürsorglich.

Justus Bruns, der ebenfalls festgenommen worden war, stand wieder als mutmaßlicher Mittäter im Zentrum der gerichtlichen Ermittlungen und wurde befragt.

Bruns war sich bewusst, dass man über ihn Bescheid wusste. Von dem Augenblick an, da er in Frankfurt in der Zelle saß, hatte er sich ausschließlich damit beschäftigt, was für Auskunft er von sich geben sollte, wenn er befragt wurde? Man hatte ihn befragt und er hatte die beiden Diebstähle im Oberforsthaus gestanden.

In einer erstaunlichen Offenheit erklärte er, in der Vergangenheit einen Straßenraub und andere Verbrechen begangen zu haben. Er sei bereits in die Hände der Justiz gefallen und hatte seine verdiente Strafe von 7 Jahren Haft im Zuchthaus abgesessen. Auch das zufällige Treffen mit dem ehemaligen Gefängnisinsassen Unger beim Forsthaus gab er zu Protokoll. Bruns versicherte standhaft, dass er zwar mit Hubert Unger gesprochen habe, dieser ihm erzählt habe, er habe sich in eine reizende Frau namens Klara verliebt und versuche, die junge Erbin eines Hauses in Niederrad zu umwerben. Unger habe sich ihm gegenüber gebrüstet, einen Mann ausgeraubt und dabei getötet zu haben, da er dieser Angebeteten einen Ring habe kaufen wollen. Doch er habe ihr Herz nicht gewinnen können, da ein anderer mit seinem Sohn bei ihr lebte. Bruns betonte, dass er keinerlei Absicht gehabt habe, im Auftrag von Unger einen Mord an diesem Mann zu begehen. Sein Warten auf Unger, diente dazu, ihm dies mitzuteilen. So erklärte er, um sich in ein besseres Licht zu rücken, warum er sich bei seiner Festnahme an der Stallung des Oberforsthauses befand. »Ich kann Ihnen nur sagen, was er an Straftaten begangen hat; die haben nicht das Geringste mit meinen kleinen Diebstählen zu tun«, fügte er hinzu.

Der Richter reagierte etwas ironisch: »Du scheinst dich als ein richtiges Unschuldslamm verkaufen zu wollen, Bruns.«

Bruns erwiderte darauf: »Sie wissen doch genau, dass ich mit dem Mord nichts zu tun habe. Warum sie und die Beamten auf den Gedanken gekommen sind, kann ich überhaupt nicht verstehen.«

»Trotzdem wirst du nicht freigelassen, denn du bist des Diebstahls von zwei Geldbörsen schuldig, die Gästen des Forsthauses entwendet wurden.«

»Im Falle der zwei Geldbörsen bin ich schuldig, das gestand ich schon ein, Herr Richter. Es ist schwer, seine Lebensbedürfnisse zu stillen, und man gerät in Versuchung, wenn man vor Hunger aufgerieben mit einem leeren Geldbeutel geplagt ist. Die Herrschaften haben die Börsen samt Inhalt wieder zurück. Somit ist doch alles ins Reine gebracht!«

»Du wirst dich in einem separaten Gerichtsverfahren für diese Tat verantworten müssen und weitere Jahre im Gefängnis verbringen. Führt ihn ab.«

Die Verhandlung nahm ihren Lauf, und der Staatsanwalt, dessen Miene ernst und Entschlossenheit ausstrahlte, ergriff das Wort: »Unger ist eine moralisch tief gefallene Person, die bereits einmal wegen eines Verbrechens mit tragischem Ausgang für den damals Überfallenen, zu einer Haftstrafe verurteilt worden ist.« Anschließend fügte er die verschiedenen Elemente zu einer schwerwiegenden Anklage zusammen.

Es bedurfte keiner langen Diskussion, um die Beweislage gegen den Angeklagten zu verdichten und zu verdeutlichen, dass er hinter abscheulichen Verbrechen stand. Die Zuverlässigkeit der Zeugenaussagen wurde in jedem einzelnen Punkt klar, vor allem als die beim Opfer gefundene Geldbörse die Schuld des Angeklagten im Fall des Raubmordes vollumfänglich bestätigte.

Nachdem das Plädoyer vorgetragen worden war, zogen sich die Geschworenen zur Beratung zurück und berieten sich.

Zwei Stunden später trat Stille im Gerichtssaal ein, als der Moment gekommen war, das Urteil gegen Hubert Unger zu verkünden. Der Richterspruch fiel schwer und unmissverständlich aus: Erhängen wegen Mordes, falscher Beschuldigung, tätlichen Angriff mit Mordabsicht und Verschwörung zum Mord.

Die Stimme des Hilfskommissars durchbrach bedacht, die Stille auf der Heimfahrt: »Ihr habt euch gut geschlagen«, und seine Worte waren voller Anerkennung.

Klara sah ihn von der Seite her an, ihre Augen spiegelten Nachdenklichkeit. »Auch wenn die Gerechtigkeit heute einen Sieg errungen hat«, begann sie leise, ihre Stimme trug eine gewisse Schwere, die die Tiefe ihres inneren Konflikts offenbarte. »Ist es dennoch kein erhebendes Gefühl, an der Entscheidung über das Leben eines Menschen teilgehabt zu haben.« Ihre Worte hingen einen Moment lang in der Luft.

Zurück in seiner Zelle, erlebte Hubert Unger eine Selbsterkenntnis, wie er sie nie zuvor gespürt hatte. Nachdem das Todesurteil über ihn verhängt worden war, fühlte er sich von Furcht und einer tiefen, überwältigenden Traurigkeit ergriffen. Er grübelte über die schrecklichen Taten nach, die er begangen hatte, und fragte sich verzweifelt nach dem Warum. Eine düstere Stimmung legte sich über ihn, ähnlich dem Entsetzen eines Mannes, der unmittelbar vor dem Abgrund steht. Allmählich wurde ihm schmerzlich bewusst, dass sein Lebensweg ein verfehlter gewesen war – eine Erkenntnis, die, da das Urteil gefällt war, zu spät kam.

Mit einer Handbewegung strich er sich über das Gesicht und stellte überrascht fest, dass seine Wangen feucht waren. Tränen hatten sich ihren Weg gebahnt, eine Seltenheit für einen Mann, der so viel Leid verursacht hatte. In diesem Moment der Schwäche wurde ihm schmerzhaft klar, dass nach seinem Tod niemand einen Gedanken an ihn verschwenden würde. Die Last seiner Taten und die Einsamkeit seines Schicksals drückten schwer auf ihn, als er die verbleibende Zeit in seiner Zelle ausharrte, umgeben von den Schatten seiner Entscheidungen.

Drei Tage vor seiner geplanten Hinrichtung erlebte Hubert Unger eine unerwartete Regung des Gewissens: Er entwickelte den tiefen Wunsch, Klara um Verzeihung zu bitten. Dieser außergewöhnliche Wunsch eines zum Tode

Verurteilten fand Gehör, und so entschied der Richter, einen Boten nach Niederrad zu entsenden. Da der Hilfskommissar Hochwald eine Person war, der Klara vertraute, wurde ihm die Aufgabe übertragen, diese ungewöhnliche Bitte zu übermitteln. So fand er sich als Bote dieser schwerwiegenden Nachricht bald in Niederrad vor Klaras Haustür wieder.

»Das Gewissen lässt den Verbrecher anscheinend nicht ruhen«, merkte er an, als er Klara die Situation erklärte.

Die Nachricht von Hubert Unger stürzte Klara zunächst in Verwirrung. Der Gedanke, dass der Mann, der so viel Leid über sie gebracht hatte, nach Vergebung suchte, war für sie schwer zu fassen. Doch nach reiflicher Überlegung und innerem Ringen entschied sie sich, seinem Wunsch nachzukommen. Es war eine Entscheidung, die nicht leichtfertig getroffen war, sondern das Resultat einer tiefen Auseinandersetzung mit ihren eigenen Gefühlen und dem Wunsch nach einem Abschluss dieses dunklen Kapitels ihres Lebens.

Das Gespräch fand einen Tag vor der Hinrichtung, unter strenger Aufsicht eines Gefängnisbeamten statt.

Sie saßen einander gegenüber, und Huberts Kopf zierte immer noch eine Binde von Klaras Hieb. Die Atmosphäre während des Gesprächs blieb ruhig, obwohl die Worte, die zwischen ihnen ausgetauscht wurden, schwer lasteten.

Klara konfrontierte Hubert unmissverständlich mit seinen Taten: »Du hast einen rechtschaffenen Mann ermordet, beinahe einen redlichen Mann an den Galgen gebracht und dessen Sohn fast um seinen Vater gebracht. Darüber hinaus hattest du geplant, ihn mit Hilfe deines Komplizen zu töten, und du wolltest dich an mir vergehen und mich danach umbringen.«

»Ich erkenne deine Anklage gegen mich an; ich weiß, wodurch ich sie verdient habe«, sagte Hubert und bat dennoch um Vergebung.

Klara sah ihm ins Gesicht. »Gott möge dir all deine Taten verzeihen, aber ich vermag es nicht«, erklärte sie mit Entschlossenheit, denn sie konnte nicht über ihren Schmerz und ihre Verletzungen hinwegsehen.

Er sah sie mit aufeinandergepressten Lippen an und nickte zu ihren Worten. Mit einem schwermütigen Lächeln erwiderte er: »Danke, dass du gekommen bist. Gehe und werde glücklich.«

Voll blickte sie ihm in die Augen, und sie beide wussten: es war ein Abschied fürs Leben. »Leb wohl, Fritz«, sagte sie, ihn das letzte Mal bei dem Namen nennend, unter den sie ihn gekannt hatte, und ging.

Hubert saß in den frühen Morgenstunden seiner Hinrichtung regungslos auf einem niedrigen Schemel in seiner Zelle. Äußerlich wirkte er gleichgültig, fast als könne ihn das bevorstehende Ende nicht berühren. Seine Augen starrten ins Leere, sein Gesichtsausdruck war unbewegt, doch innerlich war es, als würde ein Orkan durch seine Seele fegen. Ein Sturm der Gefühle, angefüllt mit Angst, Wut, Verzweiflung und einem tiefen Gefühl der Ungerechtigkeit, tobte in ihm. Hubert konnte nicht fassen, dass dies das Ende sein sollte – ein grausames, bitteres Ende eines ohnehin schon unglücklichen Weges, den das

Schicksal für ihn vorgezeichnet zu haben schien.

Er hatte den Rücken zur Tür gewandt und verharrte in absoluter Stille, ohne auch nur mit der Wimper zu zucken, als sie sich öffnete und die tiefe, emotionslose Stimme des Gefängniswärters den Raum durchschnitt: »Es ist Zeit, aufstehen.«

Zwei Gehilfen, breitschultrig und mit ausdruckslosen Gesichtern, traten ein und forderten ihn ungeduldig auf, sich zu erheben. »Mach keine Geschichten!«, mahnte einer von ihnen drohend. Sie griffen seine Arme, legten ihm die Fesseln an und führten ihn mit auf dem Rücken gefesselten Händen hinaus. Jeder Schritt hallte schwer in Huberts Ohren, während er sich zwischen den beiden Männern bewegte, ein Spielball in den Händen des Schicksals.

Auf der anderen Seite der Hauptwache befand sich ein mit Steinen gepflasterter Platz. Der Galgen, der sich bedrohlich gegen den schwer bewölkten Himmel abzeichnete, schien wie das finstere Symbol eines unerbittlichen Schicksals.

Beamte und der Richter, die seine Verurteilung besiegelt hatten, warteten bereits. Der Morgen hing schwer über der Szenerie, als wäre selbst die Natur in Trauer über das, was geschehen sollte.

Eine kleine Menschenmenge hatte sich versammelt, neugierige Blicke wurden getauscht, gedämpftes Flüstern durchbrachen hin und wieder die ansonsten grabesähnliche Stille.

Ein Geistlicher trat vor, seine Stimme brach die Stille mit den Worten eines Gebets, doch für Hubert klangen die Worte fern, fast unwirklich.

Als der Vollstreckungsbeamte sich ihm näherte, schien die Zeit für einen Moment stillzustehen. Er legte ihm die Schlinge um den Hals. Die Augen der Umstehenden, erfüllt von einer atemlosen Spannung, verfolgten jede Bewegung. Hubert stand dort, gefangen in einem Moment ewiger Wahrheit, sein Herz schlug heftig gegen die Brustwand, als wollte es sich gegen das unausweichliche Ende aufbäumen.

Keine Viertelstunde später war es geschehen. Hubert Unger, ein Mann, dessen Leben von tragischen Verstrickungen gezeichnet war, wurde hingerichtet. Doch in jenen letzten Momenten seines Lebens, als die Welt um ihn herum zu einem dunklen Schleier wurde, fand er in der tiefsten Tiefe seines Herzens ein seltsames Gefühl des Friedens. Es war vorbei, und mit seinem letzten Atemzug entließ er alle Furcht, allen Schmerz, und ließ sich in die Arme des Todes fallen.

Im Gegensatz zu einigen Bewohnern des Ortes, die entweder aus einem Gefühl der Faszination oder aus Pflichtbewusstsein gegenüber dem Bleichwächter der Vollstreckung des Urteils gegen Hubert Unger in Frankfurt beiwohnten, hatte Klara bewusst entschieden, sich von diesem Ereignis fernzuhalten. Klara und Wilfred bemühten sich, trotz der bedrückenden Atmosphäre, die das tragische Geschehen hinterlassen hatte, ihren Alltag fortzuführen. Doch das Echo der vergangenen Ereignisse hallte nachhaltig in ihren Gedanken wider. Was für Klara einst als eine Freundschaft mit Fritz begonnen hatte, war zu einem wahren Albtraum eskaliert. Ironischerweise für Fritz, hatte sie durch die turbulenten und schmerzhaften Geschehnisse, die er verursacht hatte, in Wilfred den Mann gefunden, der fest an ihrer Seite stand.

Wenige Tage nach der Hinrichtung von Hubert Unger

erreichte Klara und Wilfred die Nachricht von der Verurteilung Justus Bruns'. Justus, dem Diebstahl vorgeworfen wurde – ein Vergehen, das in den wirren Zeiten, die sie durchlebten, leider allzu häufig vorkam, sollte ein anderes Strafmaß ereilen. Justus wurde in seine Heimatstadt abgeschoben, wo ihm eine neunmonatige Haftstrafe im Arbeitshaus bevorstand.

# Wiedergutmachung und Hans erster Schultag

Der Pfarrer, mit einem feinsinnigen Gespür für die verborgenen Talente seiner Gemeindemitglieder, ließ sich von konventionellen Regeln nicht einschränken. Obwohl es üblich war, Kinder erst mit dem sechsten Lebensjahr in die Schule einzuschulen, erkannte er Hans' außergewöhnliches Potential. Nach einer intensiven Beratung mit dem Dorfrat kam es zu einem bemerkenswerten Entschluss. In Würdigung von Hans' besonderer Auffassungsgabe und als Akt der Wiedergutmachung für die Herausforderungen, denen Klara, ihr Verlobter Wilfred und Hans ausgesetzt waren, entschied der Rat, Hans für ein Jahr von den Schulgebühren zu befreien. Diese noble Geste sollte nicht nur Hans unterstützen, sondern ein deutliches Signal senden, dass es Zeit war, mit der Vergangenheit abzuschließen und jedem neuen Gemeindemitglied neue Möglichkeiten zu eröffnen.

Als Klara sich vor ihrem Haus mit einigen Dorfbewohnerinnen unterhielt, wurde sie vom Pfarrer angesprochen. »Klara, darf ich kurz stören?« Seine Stimme klang warm und einladend.

Nachdem die Frauen sich verabschiedet hatten, schaute der Pfarrer sich um, als wollte er für ein vertrauliches Gespräch sorgen. Mit einem leichten Zögern wandte Klara sich ihm zu. »Herr Pfarrer. Was führt Sie zu mir?«

»Es betrifft Hans«, begann er, seine Stimme ernst und voller Nachdruck.

Klara sah ihn besorgt an, da sie sich fragte: Hatte Hans beim Spiel mit den Kindern etwas ausgefressen? Doch der Pfarrer lächelte. »Nach Rücksprache mit dem Dorfrat haben wir eine Entscheidung getroffen. Hans hat ein außergewöhnliches Talent, das uns allen aufgefallen ist.«

Mit einem beruhigten Lächeln nickte Klara. »Ja, er ist wissbegierig und klug für sein Alter«, antwortete sie. Liebe schwang in ihrer Stimme mit.

»Wie wäre es, dass er früher in die Schule kommt? Ein Platz ist frei und er wird zum Nikolaustag doch schon sechs.« Der Pfarrer hielt inne, um seine Worte wirken zu lassen. »Darüber hinaus hat der Dorfrat beschlossen, ihm für ein Jahr die Schulgebühren zu erlassen. Eine Geste, die nicht nur die vergangenen Schwierigkeiten wiedergutmachen, sondern unsere gemeinschaftliche Verbundenheit und die Bereitschaft, vorwärtszuschauen, symbolisieren soll.«

Klaras Augen wurden feucht der Rührung. »Das ist mehr, als wir je erhofft hatten. Wie können wir nur unsere Dankbarkeit ausdrücken? Ich würde zusagen, muss darüber aber erst einmal mit Wilfred sprechen. Er ist der Vater.«

»Mache dies! Klara, es ist wichtig, zu zeigen, dass wir bereit sind, die Vergangenheit hinter uns zu lassen«, erwiderte der Pfarrer mit sanfter Stimme.

Später, als Klara Wilfred von diesem Gespräch berichtete, spürte sie seine aufrichtige Freude.

»Das ist eine großzügige Geste! Hans könnte so viel daraus gewinnen – nicht nur Bildung. Es ist eine Chance, sich zu beweisen und ein anerkanntes Mitglied in der hiesigen Dorfgemeinschaft zu werden. Aber er ist noch sehr jung.«

Klara lächelte beruhigend. »Es eröffnet ihm die Möglichkeit, Freundschaften zu schließen, unbelastet von der Vergangenheit.«

Doch Wilfred sagte nachdenklich: »Wir sollten uns der noch bestehenden Vorurteile bewusst sein, Klara. Einige

Kinder sind von ihren Familien gegen uns beeinflusst worden. Es wird Zeit brauchen, bis sie Hans vollständig akzeptieren. Wir dürfen nicht vergessen, dass Vorurteile tief verwurzelt sein können und es mehr als nur unsere Unterstützung braucht, um diese Barrieren zu überwinden.«

»Wir sollten ihn fragen. Wenn er dieses Jahr in die Schule möchte, dann lass ihn gehen. Wir sind da, stehen ihm bei, und mit der Zeit werden sie erkennen, was für ein bemerkenswertes Kind er ist«, entgegnete Klara optimistisch.

Hans wollte in die Schule. Seine Augen leuchteten auf, als das Gespräch auf dieses Thema kam. »Ich möchte lernen«, sagte er mit einer Mischung aus Aufregung und einem Hauch von Nervosität in seiner Stimme. Hans war sich bewusst, dass nicht alle Kinder ihn akzeptieren würden, aber sein Wunsch nach Wissen überwog seine kindlichen Ängste.

Wilfred und Klara tauschten einen Blick des stillen Einverständnisses aus. Mit neugewonnener Entschlossenheit nickte Wilfred und sagte: »Gut, wir sagen dem Pfarrer, dass wir das großzügige Angebot annehmen und dass wir dankbar sind für die Unterstützung, die uns die Gemeinde bietet. Ich werde heute Nachmittag zum Pfarrhaus gehen und ihm unsere Entscheidung mitteilen.«

Es war ein Montag Ende September - für Hans ein besonderer Tag. Sein erster Schultag. Sein Vater hatte den Ranzen ausgesucht und mit Freude bezahlt. Hans hatte die Nacht zuvor vor Aufregung kaum geschlafen, aus Ungewissheit, wie die anderen Kinder ihn in ihrer Klasse empfangen würden. Die Schüler aller Klassen saßen gemeinsam in einem Raum, unabhängig von ihrem Alter oder ihrem Lernstand. Es gab keine Klasseneinteilung nach Jahrgängen, was ihn schon ängstigte, denn vor allem einige der älteren Burschen, konnten so richtig gemein zu den Jüngeren sein. Klara und sein Vater hatten ihm beim Frühstück Mut zugesprochen und gesagt, dass schon alles gut werden würde.

Nachdem die Schulglocke den Schultag eingeläutet hatte, trat Hans den kurzen Weg zur Dorfschule an, die neben der Kirche lag, den Lederranzen fest in der Hand. Er hatte seine Schulsachen sorgfältig vorbereitet. Die Schiefertafel und der neue Griffelkasten befanden sich darin und der Lederriemen war fest verschlossen, um einen guten Eindruck zu machen.

Als er die Schule erreichte, spürte er seine Nervosität so im Bauch, dass ihm übel wurde. Doch er wollte lernen und er war gespannt darauf, was ihm in der Schule beigebracht werden würde. Vor dem Haus hatten sich die Kinder in Zweierreihen aufgestellt. Dann setzten sie sich in Bewegung: Zuerst die Erstklässler, gefolgt von den anderen Klassen, eine nach der anderen. Sie betrat mucksmäuschenstill das Schulhaus. Hier roch es nach Holz und Tafelkreide. Zwei weitere Kinder wurden mit Hans eingeschult. Das Klassenzimmer im Erdgeschoss war ein schlichter Raum mit Reihen aus Holzbänken, die in Richtung des Lehrerpults ausgerichtet waren.

Lehrer Noll[5] nahm sie in Empfang. Es handelte sich um einen schlanken etwas älteren Mann, mit glatt rasiertem Gesicht und sorgfältig nach hinten gekämmten Haaren. Mit einem Stock in der Hand wies er die Kinder auf ihre Plätze: Die Mädchen auf die rechte Seite und die Jungen auf die linke. Die kleineren Kinder nach vorne, während die größeren nach hinten gingen. Alle Schüler stellten sich rechts oder links neben die Bank und warteten, dass der Lehrer zum Podest ging und hinter den Stehpult trat, da erklang wie aus der Pistole geschossen: »Guten Morgen Herr Lehrer Noll!«

»Setzen!«

Hans setzte sich auf seinen Platz, den Blick gesenkt und die Hände nervös auf dem Tisch liegend. Sein Vater und auch Klara hatten Hans erklärt, wie er in der Schule sitzen sollte: kerzengerade, ohne sich mit dem Rücken anzulehnen. Die Oberschenkel sollten waagerecht, die Unterschenkel senkrecht sein, und die Füße nebeneinander stehen. Die Hände mussten flach auf den Tisch liegen, ohne dass die Ellenbogen die Tischkante berührten. Der Kopf sollte leicht gesenkt sein, sodass man sowohl den Tisch als auch den Lehrer ansehen konnte.

»Kinder«, begann der Lehrer mit ernster Stimme, »neben mir wird der hochgeschätzte Herr Pfarrer und mein Sohn euch in verschiedenen Fächern unterrichten.« Dann wandte er seinen Blick den Schülern zu, um die Aufmerksamkeit auf die Neuankömmlinge zu lenken. »Ab heute begrüßen wir drei neue Schüler in unserer Klasse: Anna, Johannes und Hans.«

Hans blickte scheu in die Runde. Die anderen Kinder sahen ihn an, einige lächelten freundlich. Doch da waren auch jene, die sich weiterhin abwandten.

»So, Kinder, beginnen wir den heutigen Tag«, sagte der Lehrer. »Für die neuen Schüler unter euch: Wir starten mit einem Gebet.«

Nach dem Gebet fuhr er fort: »Nun werde ich die Reinlichkeit überprüfen. Ich möchte sehen, ob eure Hände und Fingernägel sauber sind, ob eure Gesichter und Ohren gewaschen wurden und ob sich in euren Haaren keine

kleinen Tiere versteckt haben, die wir alle nicht mögen.«
Wer keine sauberen Hände hatte, musste hinausgehen und
sich waschen. »Außerdem erwarte ich, dass jeder ein
sauberes, frisch gewaschenes und gebügeltes Taschentuch
vorweisen kann.«

Hans spürte, wie sein Herz schneller schlug, als der Lehrer
auf ihn zukam. Lehrer Noll richtete seinen Blick auf die
neuen Schüler und verkündete: »Die Neuen merken sich
den Spruch: 'Frisch gewaschen, frisch gekämmt, Ohren,
Hals, Gesicht und Hände, und ein sauberes Taschentuch,
das gehört zum Schulbesuch.« Doch nachdem er diese
Worte gesprochen hatte, lächelte Lehrer Noll nur und setzte
seinen Rundgang fort, ohne irgendetwas zu bemängeln.

Der Lehrer fuhr nach beendeter Prüfung mit dem
Unterricht fort, und Hans versuchte, sich auf das zu
konzentrieren, was er sagte. Bei der ersten einfachen
Rechenaufgabe, die der Lehrer den Zweitklässlern stellte,
zeigte Hans auf.

Der Lehrer war verwundert, gab Hans jedoch die
Gelegenheit zu antworten. »Also, Hans, wie lautet deiner
Meinung nach die Antwort?«

Nach der Frage des Lehrers stand Hans auf, stellte sich
neben seine Bank, genau wie er es bei den anderen Kindern
gesehen hatte, und beantwortete die Rechenaufgabe richtig.

»Korrekt«, sagte Lehrer Noll, »das hast du gut gemacht,
Hans. Setz dich wieder hin.«

Die anderen Kinder schauten überrascht und beeindruckt
zu ihm hin.

»Nun holt eure Schiefertafeln und die Griffel heraus.«

Die älteren Schüler, mussten Aufgaben auf die Tafel
schreiben. Die drei neuen Schüler und somit Hans, lernten,
den Buchstaben A zu schreiben.

Schon am ersten Schultag begannen einige der bisher Hans ablehnenden Jungen, sich ihm anzunähern. Sie halfen ihm, sich zurechtzufinden. Hans war erleichtert und fühlte sich allmählich wohler. Die restlichen Vorurteile gegen ihn begannen zu verschwinden, und er merkte, dass die Kinder im Dorf erkannten, dass er ein freundlicher und kluger Junge war.

Der Schultag verging wie im Flug, und bevor er es sich versah, war die Schule vorbei. Hans machte sich auf den Weg nach Hause. Sein Herz war voller Freude, und er konnte es kaum erwarten, Klara und seinem Vater von seinem ersten Schultag zu erzählen.

Als er die Tür des kleinen Hauses an der Dorfstraße öffnete, konnte er seine Begeisterung kaum zurückhalten. Mit leuchtenden Augen und einem breiten Lächeln im Gesicht eilte er auf Klara zu und umarmte sie zur Begrüßung stürmisch. Zwischen aufgeregten Atemzügen erzählte Hans von der Rechenaufgabe, für die der Lehrer ihn gelobt hatte, und nicht ohne Stolz berichtete er vom ersten Buchstaben, den er gelernt hatte. Klara hörte ihm mit einem liebevollen Lächeln zu, erfreut über seine Fortschritte und die offensichtliche Freude, die das Lernen in ihm weckte.

Mit glücklichem Herzen und einem Gefühl der Begeisterung setzte er sich nach dem Mittagessen mit seiner Kreidetafel hin, um sich auf den nächsten Schultag vorzubereiten.

Auch Wilfred blieb am Abend nicht von der Freude verschont. Als er nach Hause kam, wurde er sogleich von Hans' ansteckender Begeisterung erfasst. Hans wiederholte seine Erzählungen vom Tag mit derselben Lebendigkeit und Aufregung, und Wilfred hörte ihm genauso aufmerksam zu, wie Klara es am Mittag getan hatte. Wilfred lächelte breit, als Hans mit glänzenden Augen von seinen Errungenschaften berichtete. In diesem Moment fühlte sich das kleine Haus mit einem tiefen Gefühl der Zufriedenheit.

# Ein Angebot

Als die Tage merklich kürzer wurden und der Herbst mit seinen sanften, kühlen Fingern die Landschaft berührte, legte sich ein feiner Regen über das Dorf. Die Blätter begannen, ihre Farben zu wechseln, und die letzten Sommergäste aus Frankfurt machten sich, begleitet von einem melancholischen Abschied der Natur, mit vollgepackten Wagen, Kisten und Koffern auf den Weg zurück in ihre Stadtwohnungen. Die Besucher in den Gasthäusern des Ortes wurden spürbar weniger, ein Zeichen dafür, dass die ruhigere, aber schwierigere Zeit des Jahres begann.

In dieser Zeit der Veränderung hatte Wilfred, der einst ein Fremder inmitten der Dorfgemeinschaft war, seinen Platz gefunden und wurde als geschätztes Mitglied anerkannt. Sein Ruf als tüchtiger Mann, dessen handwerkliche Fertigkeiten und unermüdlicher Fleiß unbestritten waren, hatte sich fest etabliert. Dies wurde deutlich, als es einige Tage zuvor um die neue Schule ging. Der Herr Pfarrer und der Schreiner hatten in der Sitzung dem Schultheiß gegenüber geäußert: »Der Brook ist ein tüchtiger Mann und versteht seine Sache; aber erst muss er freilich den Auftrag wollen.« Der Vorschlag wurde nahezu einstimmig angenommen und Wilfred zur nächsten Gemeindesitzung eingeladen.

So fand sich Wilfred, der Verlobte von Klara Ruhland, nur drei Tage später an der Seite des Pfarrers wieder, um an der bedeutsamen Gemeindesitzung teilzunehmen. Es ging um den Innenausbau der neuen Schule, ein Projekt von großer Wichtigkeit für das Dorf, da das alte Schulgebäude neben der Kirche längst zu klein geworden war. Mit einem Brunnen in der Schwanheimer Straße hatte man am 27. Juli einen wichtigen Schritt zur Fertigstellung des neuen Schulgebäudes* begonnen, um pünktlich zum Beginn des neuen Schuljahres bereit zu sein. Wilfreds Zusage bei der Mitwirkung als Tischler war ein entscheidender Gewinn.

Jeden Gulden, den Wilfred seit seinem ersten Auftrag verdient hatte und den sie entbehren konnten, legte er für die bevorstehende Hochzeit zur Seite. Die Freude, die ihn erfüllte, als er den Zuschlag für die Arbeit an der Schule erhielt, war überwältigend. Mit einem strahlenden Lächeln voller Dankbarkeit trat er hinter seinen Stuhl und sagte: »Ich danke Ihnen«, und schob diesen unter den Tisch. »Entschuldigen Sie mich, es ist recht spät geworden, und ich möchte morgen bei frischen Kräften an die Arbeit gehen. Daher wünsche ich eine gute Nacht.«

Als er durch das nächtlich dunkle Dorf nach Hause ging, nur hier und da erhellt durch das sanfte Leuchten einer Talg- oder Öllampe hinter den Fenstern, spürte er eine tiefe Zufriedenheit.

Kaum hatte er die Schwelle ihres gemeinsamen Heims übertreten, wurde er von Klaras neugierigen Blicken empfangen. »Wie war es?«, fragte sie, ihre Augen funkelnd vor Neugier.

Wilfred konnte sich ein Schmunzeln nicht verkneifen, als er seinen Mantel ablegte und ordentlich an den Garderobenhaken im Flur hing. »Viel Gerede, wie immer«, entgegnete er spielerisch und gab ihr einen liebevollen Kuss.

»Lass mich nicht länger warten«, drängte Klara.

Wilfreds Lachen erfüllte den Raum, als er die erlösenden Worte sprach: »Der Auftrag ist mein. Nächsten Monat gehen wir nach Frankfurt, um bei einem Goldhändler unsere Eheringe auszuwählen.«

Klaras Antwort kam prompt, und doch voller Liebe: »Wilfred, wir brauchen kein Gold, um unsere Liebe zu besiegeln.«

Doch Wilfred, in seiner tiefen Liebe und seinem Wunsch, Klara jeden Wunsch zu erfüllen, beharrte lächelnd: »Ich weiß, mein Liebling. Doch es werden goldene Ringe sein. Am Sonntag werde ich beim Pfarrer unser Aufgebot bestellen.«

Mit diesen Worten erfüllt von Liebe und gegenseitigem Verständnis, löschten sie das Licht und begaben sich zur Ruhe. Oben im ersten Stock, wo ihre Wege sich trennten – sittsam und voller Respekt füreinander, da sie noch nicht verheiratet waren –, ging Wilfred zu seinem Sohn in die Kammer, während Klara, nach einem innigen Gutenachtkuss, sich in ihr eigenes Zimmer zurückzog. In dieser Nacht träumten beide von ihrer bevorstehenden Vereinigung, einem Leben voller Liebe und der gemeinsamen Zukunft als Eheleute, die vor ihnen lag.

# Bestellung des Aufgebots

Die Glocken des Kirchturms verkündeten mit ihrem harmonischen Bim-bam - bim-bam den Beginn eines weiteren Sonntags und luden die Gläubigen zum Gottesdienst ein. Unter den herbeiströmenden Gemeindemitgliedern befand sich Klara, die ein sorgfältig ausgewähltes, braunes Kleid trug, dessen Stoff am Oberkörper besonders eng anlag und ihre Gestalt elegant zur Geltung brachte. Neben ihr schritten Wilfred und Hans im guten Sonntagsstaat.

Sie erreichten das Kirchenportal. Wilfred gestattete Klara als Erste den Eintritt in das heilige Gebäude, ergriff dann behutsam ihren Arm und geleitete sie zu ihrem angestammten Platz. Mit einer höflichen Geste ließ er zuerst Hans und Klara in die Bankreihe eintreten, bevor er sich selbst mit Bedacht neben Klara niederließ.

Kaum hatten sie Platz genommen, eröffnete der Pfarrer mit seiner Predigt den Gottesdienst und lud anschließend die versammelte Gemeinde zum gemeinsamen Gesang ein. Wie ein Körper erhoben sich die Gläubigen, griffen nach ihren Gesangbüchern und stimmten in den Choral ein. Doch dieses Mal erfüllte Wilfreds Stimme, klar und kraftvoll, in einer beeindruckenden hohen Tenorlage den Kirchenraum und ließ jeden Ton prächtig widerhallen.

Ein zartes Lächeln zeichnete sich in Klaras Augen ab, verborgen hinter ihrem Gesangbuch, als sie die überraschten Blicke der Anwesenden und das erstaunte Antlitz des Pfarrers wahrnahm.

❖

Nach dem Gottesdienst suchte Wilfred das Gespräch mit dem Pfarrer. »Herr Pfarrer, dürfte ich Sie um ein Wort bitten?«, begann er.

Der Pfarrer, noch tief beeindruckt von Wilfreds gesanglicher Darbietung, erwiderte schmunzelnd: »Liegt etwa etwas Besonderes in der Luft? Eure Stimme klang heute wie der Lobgesang eines Tenors.«

»In der Tat«, antwortete Wilfred mit fester Stimme. »Klara und ich haben beschlossen, noch in diesem Jahr den Bund fürs Leben zu schließen. Wir möchten bei Euch das Aufgebot bestellen.«

Der Pfarrer erkannte die Entschlossenheit in Wilfreds Augen und das tiefe Gefühl, das er für Klara hegte. Mit einem warmen Lächeln nickte er. »Das sind wahrlich ehrbare Absichten. Habt Ihr ein Datum für die Hochzeit im Sinn?«

»Den zweiten Sonntag im Dezember, wenn es genehm ist«, erklärte Wilfred hoffnungsvoll.

Mit einem zustimmenden Nicken segnete der Pfarrer ihr Vorhaben. »So soll es geschehen, doch denkt daran, ihr müsst das Schreiben für die Senatsbehörde zur Erlaubnis der Eheschließung* verfassen. Ist diese erteilt, kann ich das Aufgebot erst offiziell aushängen.«

Zwei Wochen später, war das genehmigte Gesuch des Rates zugestellt. So wurde, nachdem das Aufgebot gestellt war und der Aushängung, der 12. Dezember 1824 als Tag ihrer Vereinigung angezeigt, im Sinne des Wunsches der beiden Liebenden.

# Ruhige Zeiten

Am Nachmittag des darauffolgenden Samstags, nachdem die letzte Aufgabe des Tages abgeschlossen war, entschieden sich Klara, Wilfred und Hans für einen entspannenden Spaziergang zum Ufer des Mains. Die sanfte Brise trug das leise Rauschen des Flusses zu ihnen, während sie ihren Weg zum Mainufer fanden.

Klara und Wilfred machten es sich am Ufer bequem, ihre Blicke verloren sich in der Betrachtung des gegenüberliegenden Gutleuthof * mit seinen vielen Apfelbäumen, dessen Konturen im warmen Licht des späten Nachmittags hervortraten.

Klara lächelte Wilfred warm an und begann, ihm von der Vergangenheit ihres Dorfes zu erzählen, die sie selbst nicht erlebt hatte, aber aus den Erzählungen ihrer Großmutter kannte. »In alten Zeiten, als unser Dorf noch keine eigene Kirche besaß, war es für die Bewohner üblich, die Kapelle des Gutleuthofs dort drüben für den Gottesdienst zu nutzen, denn unser Dorf war nach dort eingepfarrt«, erklärte sie. Um diese zu erreichen, nahmen die Dorfbewohner den Kirchweg am Rössel entlang, hinunter bis zum Mainufer. Von dort wurden sie in kleinen Gruppen vom Fährmann, an Sonntagen ein wohl geplagter Mann, über den Fluss gebracht. In den Wintermonaten oder bei Hochwasser musste man den längeren Weg zur Mainbrücke in Kauf nehmen, was die Teilnahme am Gottesdienst beschwerlich machte. Erst im Jahre 1726 wurde der Grundstein für unsere eigene Kirche gelegt. Trotz des Datums auf dem Türsturz wird besagt, dass der Bau erst zwei Jahre später abgeschlossen war und unser Gotteshaus am 19. Juni 1729 feierlich eingeweiht wurde. »Stell dir nur vor«, fuhr Klara fort, »wenn wir noch diesen weiten Weg für unsere Trauung auf uns nehmen müssten. Wie hat sich das Leben in unserem Dorf doch im Laufe der Jahre vereinfacht und verbessert.«

Hans war damit beschäftigt, sein kleines Boot, das Wilfred für ihn angefertigt hatte, ins Wasser zu lassen. Er hielt die Leine fest, ließ das Boot behutsam ins kühle Nass gleiten. Das Wasser umspielte sanft den Rumpf des Bootes, das leicht im Rhythmus der kleinen Wellen zu tanzen begann.

Nicht weit von ihnen entfernt saß ein älterer Fischer in seinem eigenen Boot, vertieft in die kunstvolle Arbeit, sein Netz zu flicken. Die wiederkehrenden Bewegungen seiner Hände, das gelegentliche Zupfen am Netz, all das unterstrich die Stille, die nur vom gelegentlichen Plätschern des Wassers und dem Zwitschern der Vögel unterbrochen wurde. Ein Wasserhuhn nur wenige Meter entfernt von ihnen, glitt sanft in das dichte Grün der Wasserpflanzen, hinterließ dort eine deutliche Spur am Ufer: eine Sammlung aufgebrochener Muschelschalen, stummer Zeuge seiner jüngsten Mahlzeit.

Als der Fischer Hans bemerkte, hob er den Blick und ein warmes Lächeln umspielte seine Lippen. »Das ist aber ein schönes Boot, dass du da hast, Junge«, rief er mit einer Stimme, die so rau wie freundlich war. »Du willst wohl eines Tages Fischer werden, oder zieht es dich gar auf die weite See hinaus?«

Überrascht und erfreut über die direkte Ansprache, näherte sich Hans dem Fischer. »Ich weiß es nicht«, antwortete er nachdenklich, während er über die ruhige Wasserfläche blickte. »Aber das Meer fasziniert mich. Es scheint so viel Unentdecktes dort zu geben, wie ich aus einem Buch in unserer Schule weiß.«

Klara, die das Gespräch mit Interesse verfolgte, gesellte sich mit einem Lächeln dazu. »Hans träumt schon lange davon, die Welt zu erkunden und Abenteuer zu erleben«, erzählte sie dem Fischer. »Vielleicht wird er eines Tages ein berühmter Entdecker.«

Wilfred, bisher ein stiller Beobachter, nickte zustimmend. »Wer weiß, oder er tritt in die Fußstapfen seines Vaters, denn er liebt Dinge aus Holz, oder er wird ein Meister im Bootsbau«, fügte er schmunzelnd hinzu.

Der Fischer lachte herzlich und nickte. »Die Zeit wird es zeigen. Jeder hat seinen Platz in dieser Welt, so unergründlich und weit wie das Meer selbst. Wenn uns das Leben eine Aufgabe stellt, sollten wir ihr folgen. Aber vergesst nie, wo euer Zuhause ist.«

Mit diesen weisen Worten wandte sich der Fischer wieder seiner Arbeit zu, während die drei noch eine Weile am Ufer standen, den Gedanken nachhängend. Der Main plätscherte leise vor sich hin, als wäre er der stille Zeuge ihrer Hoffnungen für die Zukunft.

Wilfreds Worte hallten sanft in der ruhigen Atmosphäre des späten Nachmittags wider, als er, mit einer tiefen Gewissheit in seiner Stimme, leise sprach: »Ich habe meine Bestimmung und mein Zuhause längst gefunden, denn ich kann mir kein schöneres Zuhause vorstellen als dieses hier, an deiner Seite«, während er dies aussprach, neigte er sich vorsichtig zu Klara, die neben ihm stand, und hauchte einen zarten Kuss auf ihren Nacken.

Dieser Moment, klein und intim, war ein stilles Bekenntnis seiner Liebe zu Klara. Sie lehnte sich leicht in seine Berührung, ein stummes Zeichen ihres gemeinsamen Verständnisses und der tiefen Bindung, die zwischen ihnen gewachsen war.

Der Fischer, damit beschäftigt, sein Boot behutsam ins Wasser gleiten zu lassen, warf einen flüchtigen Blick auf das Paar. Ein warmes, zufriedenes Lächeln zeichnete sich auf seinem wettergegerbten Gesicht ab, als er die Szene beobachtete. »Liebe und Zugehörigkeit«, murmelte er leise vor sich hin, »sind die wahren Schätze im Leben.« Seine Stimme ein sanftes Echo seiner Gedanken, als er sacht in den Kahn hinein sprang, ihn abstieß und die Ruder in die Hände nahm. Diese Worte, gesprochen mit der Weisheit jahrelanger Erfahrung, fingen ein, was er in diesem Moment zwischen Klara und Wilfred gesehen hatte. Eine Erinnerung daran, dass die einfachsten Freuden oft die tiefsten Wahrheiten bergen.

Während sie gemeinsam in die sanften Wellen des Mains blickten, die im letzten Licht des Tages glitzerten, brach Wilfred die Stille mit einer Ankündigung, die ihre gemeinsame Zukunft betraf. »Nächste Woche«, begann er, seine Stimme voller Vorfreude und Entschlossenheit, »gehen wir gemeinsam nach Frankfurt, um uns nach Ringen umzusehen. Es wird Zeit, dass wir mit den Hochzeitsvorbereitungen beginnen.«

Seine Worte, so einfach und doch so bedeutungsvoll, ließen Klara aufhorchen. Ein Lächeln breitete sich auf ihrem Gesicht aus. Die Vorstellung, gemeinsam durch die Straßen Frankfurts zu schlendern, auf der Suche nach den perfekten Ringen, die ihre Liebe und ihr Engagement füreinander symbolisieren würden, erfüllte sie mit Wärme und Aufregung.

»Das klingt wunderbar«, antwortete Klara, ihre Hand fand die seine, ihre Finger verflochten sich miteinander.

# Vorbereitung

Nur wenige Tage nach diesem Gespräch machten sich Klara und Wilfred zusammen mit Hans auf den Weg von ihrem Dorf nach Frankfurt. Hans war voller Vorfreude und Aufregung, denn Klara hatte ihm einiges über die Zeil erzählt, die er bei ihrem letzten Besuch in Frankfurt nicht gesehen hatte. Die Vorstellung, eine der berühmtesten Einkaufsstraßen des Landes zu besuchen, die für ihr lebhaftes Treiben bekannt war, ließ sein Herz höher schlagen.

An der Konstablerwache angekommen, betraten sie von der Fahrgasse aus die hier mit der Südseite beginnende Zeil. Der Duft von frischem Brot aus der nahegelegenen Bäckerei mischte sich mit dem Geruch von Pferden und dem leisen Murmeln der Menge.

Hans, als wissbegieriger Junge, fragte Klara, warum das Revier der Stadtwache - Konstablerwache hieß. Neben ihnen kreischten die Räder einer vorbeifahrenden Kutsche, als Klara zu erklären begann: »Der Name Konstablerwache kommt daher, dass es die Wache des Frankfurter Konstablers ist. Das ist ein Schutzmann mit gehobenem Dienstrang«, erklärte sie ihm. »Das Gebäude war früher ein reines Zeughaus mit Kanonen zum Schutz Frankfurts bei einem Angriff und sollte 1822 niedergelegt werden, was am Ende nicht geschah. In den Kammern befinden sich immer noch Kanonen und Feuerwehrspritzen. Im östlichen Erdgeschoss, dort, wo die großen Bogenöffnungen sind, sind jetzt Kaufläden untergebracht. Die Gefängnisse, die sich zuvor im unteren Stockwerk befanden, wurden ins obere Stockwerk verlegt.«

»Hatten sie Papa da eingesperrt?«

»Nein, in der Hauptwache, am anderen Ende der Zeil.«

Während Wilfred die Augen rollte, und dabei knurrte: »Manchmal schwirrt einem der Kopf, bei dem, was du so alles wissen möchtest, Hans«, machte es Klara großen Spaß, dem Jungen geduldig Wissen zu vermitteln.

»Siehst du die Wetterfahne auf dem Treppenturm? Sie stellt einen Konstabler da. Und auf dem Dachreiter dort, auf der goldenen Kugel sitzt ein Adler mit ausgestreckten Flügeln.«

Die Gebäude und was die prächtigen Einzelhandelsgeschäfte an Waren anboten, darunter Textilien, Lebensmittel, Haushaltswaren und andere Güter des täglichen Bedarfs, zogen nicht allein Frankfurter Bürger, sondern viele fremde Besucher an. So flutete ein Menschengewimmel auf der gesamten Breite der Frankfurter Prachtstraße hin und her. An den Hotels war einiges los. Kutschen warteten auf Reisende mit ihrem Gepäck, die Frankfurt verlassen wollten, während neue Gäste ankamen. Die Schritte der Vorbeigehenden hallten auf dem Kopfsteinpflaster wider, und das gelegentliche Wiehern eines Pferdes durchbrach die Luft. Nicht weit von der Konstablerwache entfernt, befand sich das Ladengeschäft eines Goldschmiedes. Auf dem Schild im Schaufenster stand: 'Gold- und Silberarbeiten' mit dem Zusatz 'Juwelier'. Wilfred hatte herausgefunden, dass der Mann für seine solide Handarbeit in der Stadt bekannt war. So betraten sie das Ladengeschäft, wo die Glocke über der Tür mit einem sanften Bimmeln ihren Eintritt ankündigte.

Der Innenraum des Geschäfts war erfüllt vom Geruch des Polierwachses und dem feinen Klang der Werkzeuge, die auf Metall trafen. Der Juwelier, ein Herr von würdigem Alter, streckte mit einem freundlichen »Guten Tag« seinen Kopf durch einen schweren Samtvorhang, während sein Blick sie abschätzend überflog. »Kann ich behilflich sein«, fragte er, während er an seine Verkaufstheke trat.

Guten Tag, das können sie, wir suchen ein Paar goldene Trauringe für unsere Vermählung, sagte Wilfred mit einem freundlichen Lächeln.

Der Ladenbesitzer zog etwas skeptisch die Augenbrauen hoch. »Der Preis für Trauringe in Gold, variiert abhängig von der Materialstärke, Ringgröße und den Wünschen bei der Gravur. Soll es ein schlichtes Paar sein?«

»Sie müssen nicht allzu schlicht ausfallen«, sagte Wilfred. »Im Leben hat man nicht oft das unvorstellbare Glück, einen Engel zur Frau nehmen zu können – so wie ich mit dieser jungen Dame«, fuhr Wilfred mit fester Stimme fort und warf Klara einen tiefen Blick zu.

Sein plötzlicher Elan ließ Klara erstaunen. Bevor sie begriff, was geschah, zog er sie in seine Arme und küsste sie leidenschaftlich.

Am Mundwinkel des Juweliers zeigte sich ein amüsiertes Schmunzeln. »Ich werde Ihnen eine kleine Auswahl vorlegen.« Mit diesen Worten holte er ein mit dunklem Samt belegtes Tablet hervor, auf dem mehrere Ringpaare glänzten. »Wie wäre es mit diesen Ringen?«

»Diese sind zu wuchtig«, entschied Klara rasch, als ihre Finger zögernd über die Auswahl glitten.

Wilfred reichte ihr mit einem verschwörerischen Lächeln einen mäßig breiten Goldring, der mit kunstvollen Ziselierungen verziert war.

Ihre Zögerlichkeit spiegelte sich in ihren Augen, und in diesem Moment tauschten Wilfred und der Händler einen bedeutungsvollen Blick. »Diese gefallen mir auch am besten«, verkündete Wilfred entschlossen.

»Die sind bestimmt teuer«, murmelte Klara, ihre Stimme von scheuer Zurückhaltung geprägt.

»Die nehmen wir!« Wilfreds Stimme ließ keinen Widerspruch zu.

»Meinst du?« Klara blickte ihn unsicher an, doch in ihren Augen lag ein Funkeln der Vorfreude.

Obwohl der Preis etwas höher lag, als Wilfred erwartet hatte, war er bereit, für diesen besonderen Moment keine Kosten zu scheuen. Er legte die Summe in Gulden und Hellern auf den Verkaufstresen und bestellte die gewünschte Gravur. »Können sie in einer Woche fertig sein?« Wilfreds Stimme war voller Hoffnung.

Mit einem bestätigenden Nicken des Juweliers, der ein Lächeln verbarg, das Geschichten von unzähligen verliebten Paaren erzählte, bejahte dieser. Nachdem sie sich verabschiedet hatten, verließen die beiden das Geschäft, ihre Herzen voller Vorfreude und ihre Schritte unbeschwert, während sie weiter über die belebte Zeil schlenderten.

Hans blieb, den Atem anhaltend, vor dem majestätischen Darmstädter Hof stehen. Seine Augen wanderten über die kunstvoll gestaltete Straßenfassade des Gebäudes bis zum Spitzgiebel hinauf, mit den beiden Löwen, links und rechts vom Wappen des Hauses. »Oh', seht doch, ist das nicht eine wunderschöne Fassade? Und diese Löwen! Und da, Musikinstrumente, kleine Löwen und Figurenköpfe. Wie schön!«

»Das Wappen zwischen den Löwen, ist das des Landgrafen von Hessen. Der Frauenkopf stellt die römische Göttin Minerva dar. Sie gilt als kriegerische Göttin, aber auch als Göttin der Weisheit.«

»Du weißt viel!« Hans' Bewunderung schwang in seiner

Stimme mit, während um sie herum das alltägliche Treiben der Stadt einen lebhaften Hintergrund bildete.

»Das alles hat mir meine Großmutter gelehrt.« Ein Schatten von Trauer legte sich für einen Moment über Klaras Gesicht, als wären die Erinnerungen an ihre Großmutter so greifbar wie die kühle Luft, die ihre Wangen streichelte.

Hans griff sofort nach ihrer Hand und streichelte sanft mit dem Daumen darüber. »Ich wollte dich nicht traurig machen«, sagte er leise, sein Blick suchte den seines Vaters, der voller Verständnis nickte.

»Mach dir keine Sorgen, Hans. Es ist alles in Ordnung. Ich habe eben an die Gänge gedacht, die ich mit ihr gemacht habe. An all das, was sie mir erklärte, so wie ich jetzt dir. Auch wenn ich traurig schaue, weil ich sie vermisse, dennoch sind es schöne Erinnerungen, verstehst du?«

Sie gingen weiter am Palais Schweizer*, dem Weinhaus Drexler* und am Roten Haus* entlang. Am Ende der Zeil angekommen, sah Hans zu dem Gebäude der Hauptwache hin. »Ist das diese Hauptwache?«

Wilfred ergriff das Wort, bevor Klara antworten konnte, seine Stimme durchzogen von einer Dunkelheit, die sich von dem lebhaften Treiben um sie herum abhob: »Ja, das ist das Hauptwachen-Gebäude, das Quartier der Stadtwache, das auch als Gefängnis dient. Dort hatten sie mich im Keller in einer Zelle eingesperrt.«

# Überraschung und der Nikolaus

Die Vorbereitungen für die Hochzeit waren in vollem Gange, und trotz der Unterstützung durch Trude und Ida fand Klara kaum einen Moment zum Durchatmen. Mitten in diesem Trubel rückte das Sankt-Nikolausfest näher, ein Tag, der Hans' Geburtstag mit sich brachte. Am Morgen dieses Tages, wandte sich Wilfred der Werkbank zu und ergriff das Stecheisen, bereit, sich voll und ganz in die Arbeit zu stürzen. Doch der ungewöhnlich ernste Blick des Meisters, als dieser seine Werkstatt betrat, ließ ihn zweifeln.

»Was hast du vor, Wilfred? Was wird das?«, fragte der Meister.

»Die Arbeit, Meister, was sonst? Danach mach ich mich auf zum Schulbau«, antwortete Wilfred, leicht verwirrt über diese unerwartete Frage.

Der Schreiner schüttelte den Kopf, seine Miene zeigte Unverständnis. »Heute feiert dein Hans seinen Geburtstag, Wilfred. Hast du das etwa vergessen?«, fuhr der Schreiner fort.

»Nein! Wir haben das Morgenmahl zusammen eingenommen. Hans wird jetzt in der Schule sein.«

»Ein solcher Tag kommt nur einmal im Jahr. Ich bin mir sicher, dass dein Junge, nach all dem, was er in diesem Jahr erleben musste, sich nichts mehr wünschen würde, als wenn er von der Schule kommt, mit Klara und dir, diesen Tag verbringen zu können. Es ist wichtig, dass wir unsere Arbeit wertschätzen und mit Hingabe ausführen, aber es ist ebenso wichtig, die Momente mit unseren Liebsten nicht aus den Augen zu verlieren. Diese Zeit kommt nicht zurück. Heute ist ein Tag für die Familie, ein Tag, um Freude und Liebe

274

zu teilen und gemeinsam gute Erinnerungen zu schaffen, die ein Leben lang halten, und nicht um zu arbeiten.«

Wilfreds Blick senkte sich auf das Werkzeug in seiner Hand, und langsam legte er das Stecheisen wieder ab. »Du hast recht. Heute ist Hans Tag, und ich werde ihn mit ihm verbringen!« Mit einem Lächeln im Gesicht verabschiedete sich Wilfred und machte sich auf den Weg nach Hause, entschlossen, seinem Sohn einen unvergesslichen Geburtstag zu schenken.

Doch bevor Wilfred den direkten Weg nach Hause einschlug, beschloss er, einen kleinen Umweg durch die Schwanheimer Straße zu machen, um Frauke und ihrer Tochter Greta einen Besuch abzustatten. »Ich wollte euch bitten, heute Nachmittag zu uns zu kommen, um Hans' sechsten Geburtstag mit uns zu feiern«, sagte Wilfred.

Gretas Augen leuchteten vor Vorfreude, als ihre Mutter zusagte.

Anschließend machte sich Wilfred auf den Weg zu Trude und Ida. Er nahm dazu das Gängelche*, einen kleinen Weg, der die Schwanheimer Straße nahe dem Haus, in dem Frida lebte, mit der Frankfurter Straße verband. Auch hier wurde die Einladung mit offenen Armen und herzlichen Umarmungen entgegengenommen.

Als Hans nach Hause kam, war seine Freude unermesslich. Nicht nur, dass er seine Schreib- und Rechenfertigkeiten meisterhaft unter Beweis gestellt hatte, sondern heute war sein Geburtstag. Im kleinen Flur umfing ihn der Duft von einer Suppe, die auf dem Herd köchelte. Er sah kurz in die gute Stube, dort war der Tisch sorgfältig mit einem handgewebten Tuch bedeckt. Eine kleine, aber fein geschnitzte Holzfigur – ein Geschenk seines Vaters, die er am Morgen von ihm bekommen hatte – stand stolz in der

Mitte des Tisches.

Hans legte den Ranzen ab, hing seine Jacke, Schal und Mütze auf und zog die Stiefel aus, die er gegen die Pantoffeln eintauschte. Er trat über die Schwelle der Küchentür, machte große Augen. Sein Vater, drehte sich zu ihm um und breitete die Arme aus. »Alles Gute, Hans.« In den Augen seines Vaters lag ein Funkeln, das Hans' Neugierde weckte. »Komm setze dich Hans«, sagte Klara mit einem warmen Lächeln, »lasst uns essen.«

Am Nachmittag kamen Gäste. Es war ein schöner Nachmittag und Hans war sehr glücklich. Der Besuch ging vor dem Abendessen.

Der 5. Dezember, wurde in der Umgangssprache oft liebevoll als Nikeloseabend bezeichnet. Greta erinnerte Hans beim Abschied daran, am Abend vor dem Zubettgehen, nicht zu vergessen, einen seiner Stiefel aufzustellen.

Wilfred, Klara und Hans saßen gerade beim Abendbrot, da unterbrach plötzlich ein energisches Klopfen an der Haustür die häusliche Ruhe.

»Wer mag das sein?«, sagte Klara.

Wilfred zuckte unmerklich mit der Schulter, stand auf, nahm ein Licht und ging zur Haustür. Als er sie öffnete, erblickte er einen als Nikolaus verkleideten, rundbauchigen Mann mit leicht gerötetem Gesicht. Er trug einen Sack über der Schulter und einen Krummstab in der Hand, während er ihn mit freundlichen blauen Augen anlächelte. Auf seinem Kopf thronte eine rote Mitra, und ein weißer Bart reichte bis zu seinem Gürtel hinab.

»Ho, ho, ho! Fröhliche Nikolausnacht! Ich will zu Hans dem Geburtstagskind!«, grüßte der Besucher mit tiefer Stimme.

Klara und Hans schauten mit einem Ausdruck der Überraschung auf, als Sankt Nikolaus die Küche betrat und sich einfach auf Wilfreds Stuhl niederließ, der in der Tür stehen geblieben war.

Wilfred schmunzelte, als er in dem unerwarteten Besucher den Schreiner erkannte, und fragte: »Nikolaus, wie hast du uns gefunden?«

Der Nikolaus zwinkerte ihm zu und antwortete geheimnisvoll: »Ich weiß immer, wo brave Kinder wohnen. Euer Hans war besonders brav und er hat noch Geburtstag, da musste ich ihn heute doch einmal persönlich besuchen.«

Hans erhielt ein Geschenk aus dem Sack des Nikolaus: Schokolade, einen Apfel und Handschuhe. Er bedankte sich herzlich und trug ein kleines Gedicht vor.

Der Nikolaus drückte ihm eine Münze in die Hand. »Zum Geburtstag für dich«, dann erhob er sich, wünschte den Dreien einen besinnlichen Abend und wandte sich rasch zur Küchentür und ging schnellen Schrittes an Wilfred vorbei.

Eben wollte Wilfred nach dem Lichte greifen, das er abgestellt hatte, um dem Fortgehenden zu leuchten, da vernahm er das leise Aufklinken, das Knarren der Haustür; sie fiel ins Schloss, und der Schreinermeister verschwand genauso plötzlich, wie er gekommen war.

Hans war begeistert und strahlte vor Glück, während Wilfred sich kopfschüttelnd wieder an den Tisch setzte und sein restliches Abendbrot genoss, während er zu Hans sagte: »Heute brauchst du wohl keinen Stiefel mehr vor die Tür zu stellen, Hans.«

Am nächsten Morgen, dem 6. Dezember, betrat Wilfred

mit einem Gefühl der Dankbarkeit früh die Schreinerei. Ohne zu zögern, ging er auf den Schreinermeister zu, um seinen Dank auszusprechen.

»Ich verstehe,« sagte er und ein Strahl der Freude zuckte über dessen Gesicht, »mein Überraschungsangriff auf euch war erfolgreich, und dein Hans hat sich riesig gefreut.«

»Du hättest es mir sagen können, Meister«, ein Anflug von Tadel in seiner Stimme.

»Ei was«, rief er lachend aus, »es muss kleine Geheimnisse geben, die man für sich behält – sie bereiten einem selbst die größte Freude. Kindern sagt man ja auch nicht, was das heilige Christkind bringen wird. Ihr habt es verdient, vor allem du Wilfred für deine helfende und unterstützende Hand, hier in meiner Werkstatt. Umso größer ist die Freude auf allen Seiten.«

# Freundinnen

Am Freitag vor der Trauung nahmen sich Ida und Klara etwas Zeit.

In Klaras gemütlicher Wohnstube, wo das leise Prasseln des Feuers im Kamin eine heimelige Atmosphäre schuf, wollten sie gemeinsam eine Tasse Schokolade trinken und über Klaras Brautstaat sprechen.

»Etwas Altes für die Beständigkeit habe ich: Die geerbte Kette meiner seligen Mutter«, begann Klara, ihre Stimme brach einen Moment. Das sanfte Klicken des Schmuckkästchens, gefolgt von einem leisen Schluchzen, unterstrich die emotionale Schwere des Moments. Ihre Augen füllten sich mit Tränen, als sie das kostbare Erbstück berührte, ein stummes Zeugnis vergangener Zeiten und der Liebe ihres Vaters zu ihrer Mutter. Ida, die Klaras Gefühle spürte, griff sanft nach ihrer Hand, ein leises Versprechen unausgesprochener Unterstützung und Zuneigung zwischen ihnen.

Nach einem tiefen Seufzen, das wie der Wind durch die Ritzen eines alten Hauses wehte und die Schwere des Moments zu lichten schien, lächelte Klara durch ihre Tränen hindurch und fuhr fort: »Etwas Neues für eine glückliche Zukunft: Mein Brautkleid.« Ihre Stimme gewann an Stärke, wie das zunehmende Knistern des Feuers im Hintergrund: »Und etwas Geliehenes als Symbol von Freundschaft und Verlässlichkeit: Die Tasche von deiner lieben Mutter, die sie mir geliehen hat.«

»Jetzt fehlt nur noch etwas Blaues, das als Symbol für Liebe, Reinheit und Treue steht«, sagte Ida mit einem leisen Lächeln im Gesicht und griff in die Tiefe ihrer Tasche. Das sanfte Rascheln des Stoffes, als sie das zarte, mit floraler Spitze verzierte Strumpfband hervorholte, fügte der Szene eine Note von Vorfreude und Geheimnis hinzu. »Wie wäre es hiermit, Klara?«

Ein Ausdruck des Wohlgefallens erhellte Klaras Gesicht. »Das ist wunderschön!«, rief sie aus und nahm das Band in die Hände. Das leise Wispern der Spitze gegen ihre Haut weckte eine Flut warmer Gefühle in ihr.

»Mit einem Segenswunsch schenke ich es dir, meine liebe Freundin. Möge es dir ein Talisman für ein großes und langes glückliches Eheleben mit deinem Wilfred sein.« Idas Worte waren mehr als nur eine formelle Geste; sie waren ein Bekenntnis tiefer aufrichtiger Wünsche für Klaras Glück, unterstrichen durch die Wärme ihrer Stimme.

Überwältigt von der Tiefe Idas Freundschaft und der Bedeutung des Geschenks, sprang Klara auf, das leichte Scharren ihres Stuhls auf dem Holzboden mischte sich mit ihrem Atem. Sie umfing Ida in einer festen Umarmung, ein Moment, festgehalten in der Stille des Raumes, unterbrochen nur durch das leise Schlagen ihrer Herzen. In diesem Augenblick versprachen sie sich, dass ihre Freundschaft die Zeiten überdauern würde, ein unzerbrechliches Band, das selbst die größten Herausforderungen überstehen könnte. Das es gelingen würde, hatte sich in diesem Jahr schon mehrfach herausgestellt.

# Hochzeitsglocken

Der gesamte Samstag war im Hause von hektischem Treiben geprägt gewesen, aber am Sonntag um zehn Uhr vormittags herrschte eine gespannte Ruhe.

Ida, als Brautjungfer gekleidet, reichte Klara behutsam das blaue Strumpfband. Die Zeit drängte, in einer halben Stunde würden die Glocken zur Trauung läuten. Klara trug ihr Hochzeitskleid, ein Hauch von Eleganz aus cremefarbener Seide, hochgeschlossen, mit einem Kragen aus Klöppelspitze, verziert mit Rosenmuster. Die Ärmel, ebenfalls aus Spitze, schmiegten sich eng an ihre Arme, der Rock betonte die Hüfte, die untere Rockhälfte war etwas weiter geschnitten und so lang, dass er auf den Boden auflag und hinten in einer kleinen Schleppe endete.

Wilfred war zur Kirche vorausgegangen, in dunkler Hose und einem vornehmen schwarzen Gehrock, dazu einem Hemd mit ausknöpfbarem Klappenkragen und Krawatte. Den Kopf bedeckt von einer Dohle aus Hasenhaarfilz. Er würde sie vor dem Altar erwarten.

In der Kirche hatten sich viele aus der Dorfgemeinschaft versammelt. Die flüsternden Gespräche verstummten abrupt, als der Küster die Orgel zum Leben erweckte. Der Klang erfüllte den Raum, ein Crescendo der Vorfreude.

Als Klara eintrat, stockte Wilfred der Atem. Ihr Anblick, wie sie langsam, den Blick gesenkt, auf ihn zutrat, ließ sein Herz bis zum Hals schlagen. Ein flüchtiges Lächeln, ein kurzer Blick, der mehr sagte als tausend Worte.

Nebeneinander kniend, spürten sie die segnenden Hände des Pfarrers über sich. Die Zeremonie, unterlegt von dem sanften Klang der Orgel, schuf ein Gefühl der Ehrfurcht. Plötzlich fühlten sie ihre Häupter leise angerührt und sahen empor. Der Pfarrer hielt seine Hände segnend über sie.

Hans trat mit einem purpurnen Samtkissen vor, darauf zwei glänzende Goldringe. Klara und Wilfred erhoben sich und stellten sich gegenüber. Wilfred nahm einen tiefen Atemzug, als er den Ring entgegennahm. Seine Hand zitterte leicht, als er Klara den Ring langsam über ihren Ringfinger schob. Seine Stimme war fest, doch von einer tiefen Emotion durchdrungen, als er das feierliche Gelübde sprach: »Mit diesem Ring, nehme ich dich zu meinem Weibe.«

Des Pfarrers Stimme, warm und einfühlend, führte sie durch ihre Gelübde, jedes Wort hallte durch die Kirche. Klara, ihre Augen glänzten. Sie ergriff den zweiten Ring und mit einer Stimme, die vor Stärke und Zärtlichkeit bebte, sprach sie: »Mit diesem Ring, nehme ich dich zu meinem Manne.«

Während sie Hand in Hand den Gang hinunter und in ihr neues Leben schritten, schwoll die Orgel zu einem triumphalen Crescendo an, ihre Melodie ein kraftvolles Zeugnis der Liebe und des gemeinsamen Lebens, das vor ihnen lag.

Das kleine Häuschen der frisch Vermählten war erfüllt von der lebhaften Stimmung dutzender Gäste, deren Gelächter und Gespräche sich mit dem zarten Duft von Stechpalmen und Mistelzweigen vermischten, die über Türstürzen und

Fensterrahmen drapiert waren. Von draußen, durch die Fenster, klang das Läuten der Kirchenglocken nach.

»Als alte Freundin der lieben Braut, erhebe ich dieses Glas. Ein Wohl auf euren Ehestand«, erklang die herzliche Stimme von Trude. »Nun lasst uns das Hochzeitsmahl genießen.« Ihre Worte, getragen von der Wärme des Raumes, läuteten den Beginn des festlichen Mahls ein.

Der Pfarrer, ein geschätzter Gast, gesellte sich mit einem zufriedenen Lächeln zur Festgesellschaft.

Als die ersten Speisen auf den festlich gedeckten Tisch in dieser Stube gebracht wurden, verbreitete sich der köstliche Duft von Hühnersuppe durch den Raum, gefolgt vom herzhaften Aroma grüner Bohnen, Schweinsbraten mit Pflaumen und gedämpften Kartoffeln. Alle nahmen Platz, die Kinder an einem extra Tisch. Nachdem der Pfarrer ein Tischgebet gesprochen hatte, wurde er als Erster bedient.

Nachdem das Mahl zu Ende gegangen war und der Pfarrer sich mit einem Segenswunsch und einem herzlichen Handdruck verabschiedet hatte, dankten Klara und Wilfred ihm ehrerbietig für die bewegende Trauzeremonie. Als kleine Geste der Wertschätzung erhielt er einige Stücke des frisch gebackenen Apfelkuchens.

Nachdem der letzte Gast die Schwelle überschritten hatte, banden Trude und Ida sich ihre Schürzen um und machten sich auf den Weg in die Küche, bereit, den Abend mit den letzten Aufgaben ausklingen zu lassen. Klara und Wilfred hingegen nahmen die Treppe nach oben, um sich umzuziehen. Danach wollten sie sich voller Tatendrang der bevorstehenden Ordnungsarbeit widmen.

Unten wieder angekommen griff Wilfred im Wohnbereich beherzt zum Kehrbesen und begann, den Boden mit geübten, sorgfältigen Bewegungen zu säubern. Ein selbstloser Einsatz, um den Frauen bei den anstehenden Aufgaben zur Seite zu stehen, denn in der Küche stand das Geschirr aufgetürmt. Trude hatte bereits genügend warmes Wasser auf dem Herd gemacht. Als Klara in ihrem Hauskleid die Küche betrat, schlug Ida vor, sie solle doch die Stube fegen, um die Aufgaben zu teilen.

Klara, mit einem warmen Lächeln und einer Geste der Ablehnung, entgegnete, dass Wilfred diese Aufgabe übernommen habe.

»Du hast ein Glück mit diesem Mann«, bemerkte Ida. »Ich hoffe, mir kommt auch einmal so ein Exemplar unter!«

Die drei Frauen begannen begleitet von leisem Kichern mit dem Spülen. Als das letzte Stück Geschirr getrocknet und weggeräumt wurde, herrschte gegen neun Uhr abends wieder die gewohnte Ordnung im Haus.

»Danke für eure Unterstützung und das schöne Fest«, sagte Klara und umarmte Trude und Ida.

Trude und Ida verabschiedeten sich und gingen nach Hause.

Es dauerte nicht lange, da fanden sich Klara und Wilfred zum ersten Mal, in ihrer gemeinsamen Schlafkammer wieder. Die Wände des Raumes, spärlich beleuchtet durch das sanfte Leuchten einer einzelnen Kerze auf dem Nachttisch, waren Zeugen der stillen Intimität, die zwischen ihnen herrschte. Außerhalb dieser vier Wände existierte eine Welt, die für einen Moment weit weg und unbedeutend schien.

Klara, in ihrem Nachtgewand, saß auf der Kante des Bettes, ihre Hände nervös ineinander verschränkt. Ihr Gesicht war von einem zarten Lächeln geziert, das ihre innere Aufregung und gleichzeitig ihre tiefe Zuneigung zu Wilfred widerspiegelte.

Wilfred, ebenso in Nachtgewand, trat zu ihr, seine Augen voller Liebe und Bewunderung für die Frau, die seine Ehefrau war. Gemeinsam ließen sie sich auf den weißen Laken nieder, eng umschlungen. Als die Nacht fortschritt, vertiefte sich ihre Verbindung, geprägt von einer tiefen emotionalen Intimität, die die Grundlage für die vielen gemeinsamen Jahre legen sollte, die vor ihnen lagen.

# Der Winter ist da

Als Hans am nächsten Morgen die Augen öffnete und seinen Blick zum Fenster der Kammer schweifen ließ, stellte er fest, dass die äußere Fensterbank von einer dichten, flauschigen Schneedecke überzogen war. Mit einem Sprung entstieg er seinem Bett und eilte zum Fenster. Über Nacht hatte der Schnee die Landschaft in ein zauberhaftes Winterland verwandelt, die Dächer der Häuser mit weißen Kappen versehen und die Straße vor dem Haus in einen glitzernden Weg verwandelt, der unter dem ersten Licht des Morgens funkelte.

In diesem Moment erwachten Wilfred und Klara allmählich, noch verfangen in den Träumen ihrer gestrigen Hochzeit. Ihre Verschlafenheit mischte sich mit einem Glücksgefühl, das einzig frisch Vermählten vorbehalten ist. Obwohl es ein Montagmorgen war, drängte nichts zur Eile. Die Welt außerhalb ihres warmen Bettes schien weit entfernt, als sie sich in die Augen blickten und die vertraute Wärme des anderen spürten.

»Schnell, steht auf!«, drang Hans Stimme, durchdrungen von einer kindlichen Begeisterung, in ihr Bewusstsein. Er stand in nächsten Augenblick bei ihnen in der Schlafstube, die Augen leuchtend vor Aufregung, während er nach draußen deutete. »Es hat geschneit.«

Wilfred und Klara tauschten ein Lächeln aus, das mehr sagte als Worte, und entstiegen dem warmen Bett. Die Kälte, die sie empfing, war ein prickelnder Kontrast zu ihrer vorherigen Geborgenheit. »Brr, ist das kalt«, sagte Wilfred, während er instinktiv nach einer wärmenden Decke griff. Klara nickte zustimmend, ein Schaudern durchfuhr sie, während sie sich enger an Wilfred schmiegte, um ein wenig von seiner Wärme zu erhaschen.

Gemeinsam machten sie sich fertig für den Tag und stiegen hinab in die Küche, wo sie das Frühstück zubereiteten. Das Aroma frisch gebratenen Specks und Eiern vermengte sich mit der süßen Note des Tees sowie dem herzhaften Duft von warmer Milch, die mit einem Schuss Honig für Hans verfeinert wurde. Während sie das köstliche Mahl genossen, das sie gemeinsam zubereitet hatten, sprachen sie über ihre Hochzeit und wie feierlich sie gewesen war.

Nach dem Frühstück, gewappnet mit dicken Jacken, Schals, Mützen und Stiefeln, machten sie sich auf, die frisch verschneite Welt zu erkunden. Eine Schneeballschlacht und der Bau eines Schneemanns standen auf dem Programm, eine Gelegenheit, die Freuden des Winters voll auszukosten.

Als sie die Haustür öffneten, wurden sie von einem atemberaubenden Anblick empfangen. Der frische Schnee knirschte unter ihren Füßen, als sie den ersten Schritt hinaus auf die Straße machten. Die kalte Luft war erfüllt vom rauchigen Duft der Kaminfeuer, der aus den Schornsteinen der umliegenden Häuser aufstieg.

Auf der Straße entdeckte Hans seine kleine Freundin Greta mit ihrer Mutter Frauke. Gretas schelmisches Grinsen, bevor sie Hans mit einem Schneeball bewarf, war der Startschuss für eine ausgelassene Schneeballschlacht, die bald die ganze Dorfstraße erfasste. Kinder und Erwachsene lieferten sich einen fröhlichen Kampf, bei dem keiner verschont blieb. Lachen und Jubel erfüllten die Luft.

Nachdem die Energie der Schneeballschlacht nachgelassen hatte, einigte man sich darauf, vor der Kirche gemeinsam einen großen Schneemann zu errichten. Die Kinder gingen mit Eifer daran, große Schneebälle zu formen, die als Basis für den Schneemann dienen sollten. Die Erwachsenen unterstützten sie dabei, die Schneebälle sorgfältig zu stapeln.

Äste für die Arme, Steine für die Augen und den Mund wurden herbei gebracht. Hans lief ins Haus und holte eine Karotte für die Nase, nachdem er Klara um Erlaubnis gefragt hatte. Trude, die ebenfalls dazu gekommen war, spendete einen alten Hut für den Kopf des Schneemanns. Der Pfarrer, brachte einen warmen Schal mit, und die Metzgersfrau steuerte einen alten Reisigbesen bei, den der Schneemann halten sollte. Bald stand ein imposanter Schneemann vor der Kirche, und alle bewunderten ihr Werk. Die Sonne brach durch die Wolken, als die Kirchturmuhr zur zwölften Stunde schlug und den Schnee um den Schneemann herum zum Glitzern brachte.

Greta, Hans und die anderen Kinder fühlten sich glücklich und zufrieden. Sie hatten gemeinsam etwas Schönes geschaffen, das am heutigen Tag die Bedeutung von Freundschaft und Zusammenhalt im Dorf symbolisierte.

Nachdem der Schneemann gebaut war, wurde es Zeit für alle, nach Hause zu kehren und sich an die tägliche Arbeit zu machen, denn die Mittagszeit hatte begonnen.

Klara lächelte und lud Frauke und ihre kleine Tochter ein, sich ihnen anzuschließen, denn von der Hochzeit gestern war eine beträchtliche Menge Braten und Klöße übrig geblieben. Die Vorstellung von einem gemütlichen Mittagessen in Gesellschaft war für alle verlockend.

Mit glühenden Wangen und leuchtenden Augen kehrten sie ins Haus zurück. In der Küche begannen Klara und

Frauke mit dem Zubereiten des Mittagessens, während Hans und Greta in der Wohnstube spielten. Das Haus war erfüllt von Kinderlachen. Die Frauen plauderten angeregt. Ihre Gespräche drehten sich um alltägliche Freuden und Sorgen, doch vor allem sprachen sie über die tiefe Verbundenheit, die sie zueinander entwickelt hatten. Klara bedankte sich bei Frauke für ihre Hilfsbereitschaft, als viele im Dorf sie wegen ihrer Entscheidung zu Wilfred und Hans zu stehen, geächtet hatten.

Wilfred, zog sich in seine Werkstatt zurück, die sich in einem von ihm errichteten kleinen Anbau am Haus befand. Hier konnte er seiner Leidenschaft nachgehen und wunderbare Holzfiguren schaffen. An diesem Tag hatte er eine Idee im Kopf und begann, das Holz vorsichtig zu formen.

Nachdem das Mittagessen bereit und der Tisch gedeckt war, rief Klara Wilfred. Sie setzten sich gemeinsam an den Esstisch in der Stube. Auf den Tellern dampften Braten und Klöße, begleitet von einer köstlichen Soße. So verbrachten sie noch Stunden zusammen, lachend und Geschichten erzählend, bevor Frauke und Greta wieder nach Hause in die Schwanheimer Straße gingen und Klara und Wilfred sich an ihre täglichen Aufgaben machten.

Am Abend saßen sie erschöpft, aber glücklich, in der Wohnstube vor dem Ofen. Das warme Licht der Kerzen verlieh dem Raum eine heimelige Atmosphäre. Wilfred räusperte sich und wandte sich Hans zu: »Sohn, geh dich bettfertig machen, für dich wird es Zeit schlafen zu gehen.«

Als sie alleine in der Wohnstube saßen, begann Wilfred zögerlich: »Klara, ich möchte dir von der bevorstehenden Arbeit beim Bau der Schule erzählen.« Sein Gesicht zeigte seine Unsicherheit, während er von den Plänen berichtete, die er kurz vor der Hochzeit erfahren hatte. »Der Schreiner und ich werden gemeinsam die Holzbänke, Tische und die Treppe bauen. Das bedeutet, dass ich im Frühjahr nicht viel im Haus und Garten helfen kann.«

Klara lächelte beruhigend. »Mach dir darüber doch bitte keine Sorgen.«

Wilfred rieb sich nachdenklich das Kinn. »Ich habe zugesagt, bei den großen Holzarbeiten und nicht nur bei den Schnitzereien zu helfen. Ich habe keine Erfahrung in solch großen Projekten.«

»Seit wann scheust du Herausforderungen? Ich, bin sicher, du wirst das gut machen.«

»Weißt du, wie schön und beruhigend es für einen Mann ist, sich mit seiner Frau auf Augenhöhe unterhalten zu können? Wir können über alles sprechen, von unseren Träumen bis hin zu unseren Ängsten.«

Die beiden saßen schweigend da und genossen den Moment.

# Weihnachtsmarkt

Wilfreds Gedanke, den Weihnachtsmarkt in Frankfurt zu besuchen, hatte in der Woche nach ihrer Hochzeit stetig zugenommen. Die Tatsache, dass ausschließlich lokale Frankfurter Händler zugelassen waren, schmälerte seine Vorfreude in keiner Weise. Als der Schreinermeister, der über die Zeit nicht nur zum Auftraggeber, sondern zum Freund geworden war, am Freitag für den Morgen des 20. Dezember - einem Montag - seine Fahrt zwecks Auslieferung einer Truhe, nach Frankfurt ankündigte und Klara zudem ein paar Leibchen bei einer Kundin abliefern musste, ergab sich die perfekte Gelegenheit für eine gemeinsame Fahrt in die Stadt. Der Schreiner bot an, sie alle in seinem Wagen mitzunehmen, sodass sie die anstehenden Erledigungen zusammen bewältigen konnten, bevor sie sich dem Besuch des Marktes widmen würden.

Sie fuhren, eingehüllt in Decken, durch die bitterkalte Morgenluft. Die Felder und Wälder waren von einer weißen Pracht überzogen, und es begann eine Unterhaltung. Hans, dessen Augen vor Aufregung glänzten, brach das Schweigen mit seiner kindlichen Begeisterung: »Ich kann es kaum erwarten, all die Leckereien und Spielsachen auf dem Weihnachtsmarkt zu sehen!«

Wilfred, der neben ihm saß, lächelte über Hans' kindliche Freude, nickte dabei zustimmend und fügte dann hinzu: »Ich auch, mein Sohn, aber vermutlich aus einem etwas anderen Grund als du. Mich faszinieren nicht so die Leckereien auf dem Markt, sondern die kunstvollen Werke der lokalen Handwerker und Künstler.« Seine Augen leuchteten vor Begeisterung, als er über seine Leidenschaft sprach. »Es ist erstaunlich, mit wie viel Geschick, Geduld und Liebe zum Detail jedes einzelne Stück hergestellt wird. Holzschnitzereien, sind nicht nur einfache Gegenstände, sondern Zeugnisse der handwerklichen Tradition und Kreativität der Region.«

Klara, die diese Unterhaltung amüsiert verfolgte, stimmte ein: »Und ich freue mich darauf, die Atmosphäre mit euch dort zu genießen.«

Nachdem Klara die Wäsche bei ihrer Kundin abgeliefert und ihren Lohn erhalten hatte, war es für den Schreiner und Wilfred an der Zeit, sich dem nächsten Punkt ihrer Aufgabe zu widmen: der Auslieferung einer Truhe, die der Meister in Zusammenarbeit mit Wilfred, liebevoll und sorgfältig angefertigt hatte. Wilfred half dem Schreiner in der Nähe des Römerbergs beim Ausladen. Diese Geste erlaubte es dem Schreinerlehrling, in der Werkstatt in Niederrad zu verbleiben und die dort anstehenden Aufgaben zu übernehmen.

Als ihre Aufgaben erfüllt waren und der Wagen leer war, verabschiedete sich der Schreiner und wünschte ihnen einen fröhlichen Besuch auf dem Markt.

Klara, Hans und Wilfred machten sich zu Fuß auf den Weg zum Christkindlmarkt. Ihre Schritte beschleunigten sich vor Aufregung, als sie die schmalen Gassen durchquerten und sich dem pulsierendem Herzen des Marktes näherten.

Auf dem östlichen Teil des nahegelegenen Römerberges, dem Samstagsberg, erstreckte sich der Weihnachtsmarkt. Hier präsentierten Frankfurter Händler ihre Waren. Spielzeugmacher boten an kleinen hölzernen Verkaufsbuden Holzwägelchen, Spielzeugfiguren und Stoffpuppen an. Handwerker wie Korbflechter und Schuster präsentierten ihre Produkte, während Kuchenbäcker mit Leckereien wie Lebkuchenspezialitäten und anderen Konditorwaren, die in Winterkleidung verhüllten Besucher anlockten, um für das leibliche Wohl der Umherwandernden zu sorgen. Einzig die Händler aus Sachsenhausen hatten das Privileg, Christbäume in der Römerhalle anzubieten.

Auf dem Samstagsberg herrschte reges Treiben, denn das Weihnachtsfest stand unmittelbar bevor. Selbst jene, die normalerweise die Wärme ihres Heims bevorzugten, drängten sich heute in eiliger Geschäftigkeit an den Ständen vorbei. Überall wogte ein lebhaftes Kommen und Gehen. Dienstmädchen, deren Körbe schwer beladen waren, folgten ihren Damen, die immer wieder bei dem einen oder anderen Stand innehielten, um letzte Einkäufe zu tätigen.

Als Hans die Bethmännchen* und Brenten* erblickte – jene traditionellen Frankfurter Teegebäck-Spezialitäten – wandte er sich neugierig an Klara, um zu erfahren, um was für eine Art Gebäck es sich handelte. Klara erläuterte ihm, dass beide Gebäcke im Prinzip aus dem gleichen Teig hergestellt würden, die Brenten jedoch in hölzernen Modeln* zu kleinen, kunstvollen Plätzchen geformt würden. Sie berichtete ihm auch von der Herkunft des Namens des Marzipangebäcks Bethmännchen, mit den drei halben Mandeln. »Angeblich soll Kaiser Napoleon bei einem Aufenthalt im Hause der Bankiersfamilie Bethmann die kleinen Gebäckstücke gesehen und ausgerufen haben:

*'Geben Sie mir doch einmal die kleinen Bethmännchen her!'*«

Die rotbäckige Frau an dem Stand lächelte, sah dann Hans an und reichte ihm ein Bethmännchen, mit den Worten: »Hier nimm und lass es dir schmecken.«

In tiefster Verlegenheit bedankte sich Hans, mit den Worten: »Recht herzlichen Dank, werte Dame, für Ihre liebenswürdige Freundlichkeit«, und er machte einen Diener.

»Einen artigen, wohlerzogenen Sohn haben die Herrschaften«, lobte die Frau.

Klara und Wilfred bedankten sich, dann gingen sie weiter.

Hans streckte den Hals. »Was sind das denn für lustige Schornsteinfegermännchen aus Nüssen, Backpflaumen und Rosinen?«, fragte er, am nächsten Stand.

»Das sind Quetschemännchen. Verehrer pflegten, diese ihren Angebeteten ins Haus zu schicken. Behält sie es, darf er hoffen, dass sie die seine wird. Sendet die Angebetete das Männchen zurück, wurde er von ihr nicht erhört!«

Hans betrachtete die Figuren erneut und dachte laut nach: »Vielleicht sollte ich Greta eins davon mitbringen.«

Klara schmunzelte, bevor sie antwortete: »Du solltest noch ein paar Jahre damit warten. Ich denke, über die Puppe, die Ida für sie anfertigt, nachdem dein Papa einen so schönen Kopf geschnitzt hat, wird sich Greta mehr freuen.«

Hans nickte nachdenklich und stellte sich vor, wie Greta die handgefertigte Puppe in den Händen halten würde. »Du hast recht, Klara. Ida macht wunderbare Sachen. Das wird ein einzigartiges Geschenk für Greta.«

Gemeinsam schlenderten sie weiter an den mit Tannenzweigen, Zapfen und Strohsternen geschmückten Ständen vorbei, die handgefertigte Waren anboten. Dort arbeiteten Handwerker an kunstvoll verzierten Holzarbeiten. Hans, dessen Augen vor Vergnügen leuchteten, konnte vor Aufregung kaum stillstehen.

Mittlerweile war es Mittag, und es wurde Zeit, um etwas Herzhaftes zu essen. Wilfred führte sie zu einem Stand mit urigen Holztischen, die um eine offene Feuerstelle gruppiert waren. Dort wärmten sie sich die Hände, und er bestellte heißen Apfelwein für sich und Klara sowie einen heißen Apfelsaft für Hans. Dazu gab es für jeden Brot, und Linseneintopf.

Von ihrem Platz aus beobachteten sie Packträger, mit Weihnachtsbäumen beladen und ein paar Jungen, die sich unter fröhlichem Gejohle mit Schneebällen bewarfen. Als sie einen Mann trafen, rief dieser ärgerlich: »Donnerwetter! Man sollte euch den Hintern verbläuen! Ich werde euch Beine machen, verdammte Lauser.« Die kleine wilde Jungenschar flüchtete. Sie rannten an ihnen vorbei und schnell das Flösser Gässchen hinauf, das seitlich in vier engen Gässchen: Rapunzel-, Schwertfeger-, Drachengässchen und dem Goldner Hutgässchen, führte.

Nachdem sie gegessen und getrunken hatten, sah Hans Klara und den Vater fragend an. »Gehen wir jetzt heim? Dann kann ich vielleicht noch ein wenig mit Greta spielen.«

Eine Stunde später, hatten sie das Waldstück, zwischen dem Sandhof und Niederrad erreicht. Hans, dessen Wangen von der Kälte gerötet waren, hüpfte im Schnee vor ihnen her. Die Wolken am Himmel zogen leicht dahin, und hin und wieder zeigte sich ein lichtblaues Fleckchen, bis die Sonne durch das Gezweig der Bäume brach. Sie überflutete den Schnee, um sie herum mit ihren Strahlen und ließ ihn in kristallenem Schimmer erstrahlen.

Klara, die den Moment in vollen Zügen genoss, atmete die frische, klare Luft tief ein und aus.

Wilfred, der sich Sorgen machte, brachte seine Bedenken zum Ausdruck: »Wir hätten doch lieber einen Wagen oder Schlitten für den Heimweg von Sachsenhausen aus nehmen sollen.«

Doch Klara widersprach ihm lächelnd: »Nein, es ist viel schöner zu gehen.«

Ihre Entscheidung, zu Fuß zu gehen, wurde kurz darauf durch die Anmut eines vorbeilaufenden Rehs bestätigt, und auch die Spuren von Hasen im Schnee erfreuten ihr Herz.

Nach mehr als einer Stunde Fußmarsch kehrten sie, glückstrahlend, aber durchgefroren, nach Hause zurück. Wilfred entfachte sogleich ein Feuer im Kamin, das rasch eine behagliche Wärme in der guten Stube verbreitete. Klara begann in der Küche, Tee für alle zuzubereiten, während Hans sich auf den Weg zu Gretas Zuhause machte, um sie und ihre Mutter zu einem gemütlichen Beisammensein einzuladen. Sie kehrten bald gemeinsam zurück, und ihre Freude über die Einladung war unverkennbar.

Während sich die Erwachsenen angeregt unterhielten und die Wärme des Kamins genossen, vergnügten sich die Kinder mit verschiedenen Spielen.

Als die Kirchturmuhr spät zur siebten Abendstunde schlug, verabschiedeten sich Greta und ihre Mutter mit einem herzlichen Dankeschön und verließen sie.

# Ein frohes Fest

Die Vorfreude auf das bevorstehende Fest lag in der Luft, während im Haus der Duft von Tanne, Zimt und Vanille des Weihnachtsgebäcks schwebte. Der festlich mit Strohsternen geschmückte Weihnachtsbaum in der Ecke der Wohnstube glänzte mit aufgesteckten Stearinkerzen, die zum Heiligenabend angezündet werden würden. Wilfred hatte die Geschenke für Klara und Hans unter den Baum gelegt und betrachtete ihn erneut mit einem Lächeln, bevor er das Zimmer verließ. Er schloss die Tür hinter sich ab und steckte den Schlüssel in die Tasche seiner Weste, bevor er sich auf den Weg in die Küche machte.

Dort fand er Klara dabei, den Ofen für das Festessen vorzubereiten, um den Braten gleich hineinzuschieben. »Alles sieht wunderbar aus, meine Liebe«, sagte Wilfred und nahm Klara in den Arm. »Das wird ein zauberhaftes Weihnachtsfest.«

Hans war aufgeregt. Er und seine Klassenkameraden würden heute nach der Lesung der Weihnachtsgeschichte, vor der Gemeinde die sechs Strophen des Liedes: *Stille Nacht, heilige Nacht*˙ vortragen. Die Kinder hatten Stroh für die Krippe gesammelt. Die Kinder hatten Stroh für die Krippe gesammelt. Die Krippe selbst war am ersten Adventssonntag ohne Figuren aufgestellt worden. Bis zum Heiligen Abend hatten sie diese mit Stroh gefüllt, und sie war nun vollständig, wobei jeder Strohhalm nur bei einer guten Tat in die Krippe gelegt werden durfte.

Gegen vier Uhr, als es dunkelte, gingen sie zur Kirche.

Nach der Messe begaben sie sich nach Hause.

Den Festtisch für eine weitere Person zu decken – war eine

Tradition, die dem Gedenken an ein verstorbenes Familienmitglied oder einem möglichen, unerwarteten Gast gewidmet war. »Es ist wichtig, dass wir immer einen Platz für diejenigen bereithalten, die nicht bei uns sein können, oder für jemanden, der unsere Hilfe benötigt«, erklärte Klara. Es wurde geglaubt, dass das Versäumnis, ein zusätzliches Gedeck bereitzustellen, einen Geist verärgern und Unglück herbeiführen könnte.

Nach dem Essen begaben sie sich in die gute Stube. Als Hans bemerkte, dass das Christkind Geschenke unter den Baum gelegt hatte, leuchteten seine Augen vor Freude. »Schaut, das Christkind war da!«, rief er aus, und seine Stimme war erfüllt von kindlichem Staunen. Zwei Geschenke für Hans und jeweils eines für Klara und seinen Papa lagen dort. Sie versammelten sich um den Baum, und die Wärme des Moments umhüllte sie, als sie die Geschenke auspackten.

Während die Kerzen sanft flackerten und die Stille der Heiligen Nacht den Raum erfüllte, setzten sie sich zusammen und sprachen über die Bedeutung dieses besonderen Abends. »Weihnachten ist eine Zeit, in der wir dankbar für das sein sollten, was wir haben, und uns an die erinnern, die weniger Glück haben«, sagte Wilfred nachdenklich. »Es ist eine Zeit, in der kleine Gesten eine große Bedeutung haben können.«

Hans, noch immer beseelt von der Freude des Tages, nickte ernst. »Und es ist eine Zeit, in der Wunder geschehen können«, fügte er hinzu. »Morgen kommt Greta, na die wird sich wundern, wenn sie sieht, was das Christkind für sie bei uns abgegeben hat.«

❖

Der erste Weihnachtsfeiertag brachte eine herzliche Versammlung im Hause von ihnen mit sich. Ida, Trude und Josef waren die ersten Gäste, bald gefolgt von Frauke und Greta. Ein warmes "Fröhliche Weihnacht, meine Lieben!", hallte es durch die festlich geschmückte Stube, während man um den leuchtenden Weihnachtsbaum kleine Geschenke austauschte. Ein besonderer Moment entstand, als Hans Greta ein sorgfältig verpacktes Geschenk überreichte, das angeblich das Christkind speziell für sie hinterlassen hatte.

Mit zarten Händen öffnete Greta das Päckchen und ihre Augen weiteten sich vor Staunen. Die Pracht der Puppe, die sie in Händen hielt, fesselte ihre gesamte Aufmerksamkeit. Sie war so wunderschön, wie Greta noch keine gesehen hatte. Mit liebevoll bemalten blauen Augen blickte die Puppe sie aus ihrem geschnitzten Holzkopf an, als wollte sie zum Leben erweckt werden. Ihre Lippen waren zu einem zarten Lächeln geformt, enthüllten winzige weiße Zähnchen. Das rosaseidene Kleid, ergänzt durch ein weißes Strickmäntelchen und eine passende Mütze, rundeten das bezaubernde Erscheinungsbild ab. Greta war überwältigt von einem Gefühl der Glückseligkeit, das sie tief in ihrem Herzen trug.

Die feierliche Stimmung wurde durch gemeinsamen Kaffeegenuss weiter genährt. Die Kinder erfreuten sich an heißer Schokolade, während Lebkuchen die Runde machte. Stimmen vereinten sich in: 'Vom Himmel hoch, da komm' ich her' und weiteren Weihnachtsliedern, und füllten den Raum mit Wärme und Freude.

Frauke war tief berührt von der Güte und Herzlichkeit, die ihr und ihrer Tochter durch die beiden Familien entgegengebracht wurden. Ein Moment der Stille entstand, als sie Klara und Wilfred dankbar die Hände drückte, ein Zeichen tiefer Verbundenheit und Dankbarkeit.

Heute beginnen die Raunächte*, die sind mir nicht so geheuer«, sagte Hans, als alle Gäste gegangen waren.

Am ersten Weihnachtstag, dem 25. Dezember, begannen zum Abend hin, die zwölf Raunächte. In dieser Zeit glaubte man, dass es ein gefährliches Unterfangen sei, Wäsche zu waschen und aufzuhängen. Dies war ein tief verwurzelter Aberglaube, der die Köpfe der Menschen beherrschte, mit der düsteren Vorstellung, dass besonders weiße Gewänder, die an diesen Tagen an der Leine flatterten, angeblich von wilden Reitern gestohlen werden könnten, um im kommenden Jahr als Totenhemd für ein Familienmitglied zu dienen. Daher war auch bei den Wäscherinnen in dieser düsteren Zeit Vorsicht geboten, um kein Unheil herauszufordern und den Geistern der Raunächte nicht in die Hände zu spielen, so hatte es Klara Hans erklärt.

Wilfred legte seine Hand väterlich auf Hans' Schulter und nickte verständnisvoll. »Es sind Nächte voller alter Geschichten und Bräuche, in denen die Grenzen zwischen unserer Welt und dem Unbekannten dünner werden. Aber auch eine Zeit der Besinnung und Reinigung, um das alte Jahr zu verabschieden und das Neue willkommen zu heißen.«

Klara, die die leichte Besorgnis in Hans Augen bemerkte, fügte mit einem lächelnden Blick hinzu: »Und es ist eine Zeit, in der wir zusammen sind, als Familie. Wir beschützen einander und teilen unsere Wärme und Liebe, Hans.«

Hans schaute von einem zum anderen. »Können wir uns

in diesen Nächten Geschichten erzählen und zusammen bleiben?«, fragte er, von der Vorstellung angezogen, diese Zeit in ihrem Bett verbringen zu dürfen.

Klara lächelte, während Wilfred, zunächst zögerte.

»Du kannst die nächsten Tage bei uns in der Stube schlafen«, stimmte Klara zu, ihre Stimme weich und einladend.

Hans' Gesicht erhellte sich bei dieser Zusage, und die Anspannung wich vollständig einem Gefühl der Vorfreude. Die Aussicht, die Raunächte umgeben von der Liebe und Geborgenheit zu verbringen, verlieh ihm ein tiefes Gefühl der Sicherheit. Hans' Augen strahlten vor Dankbarkeit. Mit der aufrichtigen Unbefangenheit eines Kindes, das seine Gefühle ohne Zurückhaltung ausdrückt, sagte er: »Du bist die Beste«, seine Stimme erfüllt von tiefer Bewunderung und Liebe. Dann umarmte er sie fest, eine Geste, die all sein Vertrauen in sie zum Ausdruck brachte. Sanft gab er ihr einen Kuss auf die Wange, ein Zeichen seiner kindlichen Zuneigung.

Klara, überwältigt von Hans liebevoller Geste, umarmte ihn ebenfalls und hielt ihn einen Moment lang fest. Sie spürte, wie ihr Herz bei dieser einfachen, aber bedeutungsvollen Handlung vor Liebe überquoll. »Du machst es mir leicht, die Beste zu sein, Hans«, erwiderte sie mit einem Lächeln.

Wilfred, der die herzliche Szene zwischen Klara und Hans mit einem Lächeln betrachtet hatte, konnte sich ein schelmisches Grinsen nicht verkneifen, als er gespielt beleidigt, sagte: »Ach, und ich werde nicht umarmt?« Sein Tonfall schwankte zwischen Vorwurf und Humor, während er die Arme weit öffnete, als warte er darauf, in die familiäre Umarmung einbezogen zu werden.

Hans' Augen leuchteten auf, als er Wilfreds Worte hörte. Er ließ Klara los und stürzte sich in die Arme seines Vaters. »Natürlich wirst du auch umarmt, Papa!«, rief er aus, während er Wilfred fest umschlang.

Klara trat hinzu und vervollständigte die familiäre Gruppenumarmung. Wilfred, inmitten dieser Umarmung, sagte in echte Rührung: »Das ist das schönste Geschenk, das ich mir wünschen könnte«, sagte er, seine Stimme warm und voller Emotion. »Zusammen zu sein, als Familie, das ist das wahre Wunder in einer Zeit, in der wir wenig Hoffnung auf ein solches Glück hatten.«

# Raunächte

Die Zeit der Raunächte erstreckte sich bis zum Tag der Heiligen Drei Könige am 6. Januar. So fand Klara, die während des Jahres hart gearbeitet hatte, in dieser Zeit Ruhe und besinnliche Momente der Erholung.

Stille erfüllte das Haus. Wilfred war abwesend, bei einem Treffen im Bamberger Hof * mit dem Schreinermeister und den Herren des Gemeinderats, um die weiteren Pläne für die Arbeiten an der neuen Schule zu besprechen. In der Stube brannte ein Feuer im Ofen, dessen Leuchten und Knistern durch die Ritzen der Ofentür drang. Die kleinen Fensterscheiben des Hauses waren dick gefroren. Hans saß am Fenster, hauchte an die Scheibe und schmolz ein rundes Loch zum Ausschauen. Er beobachtete eine Weile, wie einzelne Schneeflocken sanft auf die Straße niederglitten. Da ihm langweilig wurde, holte er ein Buch und setzte sich an den Tisch. Er betrachtete die Seiten und begann, für sich selbst zu lesen. Hans hatte das Privileg, sich dieses Buch von seinem Lehrer ausleihen zu dürfen. In dem Naturkundebuch waren alle möglichen Landtiere abgebildet, darunter der majestätische Löwe, der kraftvolle Tiger, der imposante Elefant, diverse Affen sowie faszinierende Meeresbewohner wie Haie, Hammerfische, ein Sägefisch, Wale und Delfine – jene faszinierenden Meeressäugetiere, die während ihres Entwicklungsprozesses den Schritt zurück ins Meer gemacht haben. Eine der Seiten zeigte, wie Menschen in einem winzigen Boot auf das gewaltige Tier zusteuerten, um ihm eine Harpune entgegenzuwerfen. Der Kontrast zwischen dem winzigen Boot und dem riesigen Wal erschien beängstigend. Bücher, hatte er erkannt, eröffneten ihm eine Welt, die weit über die Grenzen ihres kleinen Dorfes hinausging.

Klara ließ die Stickerei, an der sie eifrig gearbeitet hatte, in ihren Schoß sinken und warf einen Blick zu Hans hinüber. Draußen auf der Straße, hörte man seit kurzem, Kinder toben – sie kreischten vor Spaß und Vergnügen. Klara packte das bestickte Tuch samt den Garnen in den Korb, stand auf und ging zum Fenster. Sie beobachtete kurz das lebhafte Treiben auf der Straße, trat dann zu Hans und legte sanft ihre Hand auf seine Schulter. Mit einem Lächeln sah sie ihn an und sagte: »Du solltest nach draußen gehen.«

»Ich?«, fragte er, während er mit den Kopf verneinte. Er zögerte, ihr die wahre Ursache seiner Sorgen zu enthüllen - die Unruhe, die die Raunächte in ihm weckten. Stattdessen wählte er einen harmloseren Vorwand. »Das Buch ist so interessant. Schau mal, hier ist ein Elefant. Hast du jemals eines dieser Wildtiere gesehen, Klara?«

Klara, die ahnte, dass hinter seiner Verneinung und der Frage mehr steckte, ließ sich darauf ein. »Ja! Zur Messe in Frankfurt wurde traditionell viel geboten. Es war im April 1817, da präsentierten sie einen afrikanischen Elefanten. Alle, die konnten, schauten ihn an. Mir tat das Tier leid, gefangen und allein, von seinen Artgenossen getrennt«, erwiderte sie.

Hans konnte sich lebhaft vorstellen, wie die Menschen damals staunend, um das majestätische Tier herum standen. Nachdenklich nickte er. »Aber warum war der Elefant allein? Warum haben die Menschen das getan?«

»Manchmal verstehen die Menschen nicht, wie wichtig Freiheit und Zusammenhalt für Menschen und Tiere sind. Sie dachten nur an sich und daran, Geld mit dem Tier verdienen zu können. Aber wir können aus solchen

Geschichten lernen und versuchen, es besser zu machen«, erklärte Klara ihm. »So, und nun schlage das Buch zu. Du vergräbst deine Nase viel zu oft in Büchern. Es ist heller Tag. Geh hinaus und spielen, denn Kinder gehören unter Kinder!«, ermahnte sie ihn mit einem Lächeln.

Mit einem zögerlichen Seufzer, aber auch wachsenden Neugierde auf das, was der Tag ihm draußen vor der Haustür bringen könnte, legte Hans das Buch beiseite. Er stand auf, ging zum Garderobenhaken im Flur. Er zog die Stiefel an und seine Jacke über, wickelte den Schal sorgfältig um seinen Hals, setzte seine Mütze auf und schlüpfte in seine Handschuhe. Mit einem letzten prüfenden Blick, ob er alles angezogen hatte, öffnete Hans die Tür und trat hinaus auf die Straße. Kalte Luft umfing ihn sofort und mit jedem Schritt fühlte er sich lebendiger. Die Stimmen anderer Kinder, die nicht weit entfernt spielten, erreichten sein Ohr. Ein Lächeln breitete sich auf seinem Gesicht aus, während er sich aufmachte, sich ihnen anzuschließen, bereit, die Freuden und Abenteuer zu erleben, die nur das Spielen im Freien bieten konnte.

Nach einem langen Nachmittag voller Spiele, Rennen und Erkundungen kehrte Hans gemeinsam mit seinem Vater nach Hause zurück. Er hatte seinen Vater zufällig auf der Straße getroffen, als dieser gerade aus dem Wirtshaus von seiner Besprechung kam. Ihre Wangen waren rot gefroren, und ihre Atemwolken bildeten kleine Nebelschwaden in der kalten Winterluft.

Beim Abendbrot, das sie am Küchentisch einnahmen, begann Wilfred von seiner Besprechung zu erzählen. Die

Kerzen flackerten sanft und warfen ein gemütliches Licht auf ihre Gesichter, während draußen die Dunkelheit hereinbrach.

»Es war eine lange Besprechung heute«, begann Wilfred, während er sich eine Scheibe Brot butterte. »Wir haben über die noch anstehenden Arbeiten gesprochen und wie wir sie am besten angehen können.«

Hans hörte aufmerksam zu, während er abwechselnd biss und kaute. Er freute sich auf das neue Schulgebäude, in der Hoffnung, das man dort in den Klassen dann im Winter nicht mehr so fror.

»Und, was denkst du, wann wird das Gebäude fertig sein?«, fragte Hans.

»Zum nächsten Schuljahr«, sagte Wilfred.

In der Tiefe der Nacht, umhüllt von der sanften Stille, die nur die Dunkelheit zu weben vermag, fand Klara sich in einem Traum wieder, der so lebhaft und ergreifend war, dass er die Grenzen der Realität zu verwischen schien. In diesem Traum sah sie sich selbst, nicht allein, sondern in der Gesellschaft von Wilfred und Hans. Doch es war nicht ihre Anwesenheit, die den Traum mit einer tiefen Bedeutung auflud; es war das kleine Bündel Leben, ein Baby, das sie selbst im Arm hielt.

Als der Morgen graute, erwachte Klara aus ihrem Traum, doch die Bilder und Gefühle, die er in ihr geweckt hatte, verweilten, lebendig und eindringlich. In diesem Moment dachte sie an ihre Großmutter, deren Worte oft mit einer tiefen Bedeutung durchtränkt waren. Sie erinnerte sich an eine besondere Lektion, die ihre Großmutter ihr einst mit auf den Weg gegeben hatte: »Was man in den Raunächten träumt, soll sich im nächsten Jahr erfüllen.« Diese Worte, hallten in Klaras Gedanken wider, als sie über die Bedeutung ihres Traums nachdachte.

Klara, tief bewegt von der Erinnerung an ihre Großmutter und die Bedeutung ihres Traums, fühlte sich erfüllt von einer neuen Hoffnung und einem sanften Optimismus. War der Traum ein Vorbote dessen, was das kommende Jahr für sie bereithielt? Ein Zeichen dafür, dass weitere Veränderungen in ihrem Leben und Glück an ihre Tür klopften?

# Auftakt zum neuen Jahr

Das Jahr neigte sich dem Ende zu, und die Luft war erfüllt von einer Mischung aus Aufregung und Reflexion, während sich alle bei Trude und ihren Kindern versammelten, um den Abend des 31. Dezembers zu feiern. Das Haus war ein Meer aus lebhaften Gesprächen, Lachen und dem Klingen von Gläsern. Der Duft von gebratenem Fleisch, frisch gebackenem Brot und würzigen Kuchen durchdrang die Räume, während draußen der kalte Winterwind pfiff. Die Wärme des Kamins und die Freude der Anwesenden bildeten einen Kontrast zur frostigen Außenwelt.

Mit dem Einbruch der Neujahrsnacht gegen Viertel vor zwölf zog es die Niederräder Bürger, eingehüllt in ihre dicken Mäntel, zum Kirchhof. Unter ihnen befand sich Ursula, die Schwester des Bleichwächters, dieses Mal war auch sie Teil dieser festlichen Gemeinschaft. Trotz der beißenden Kälte war die Stimmung ungetrübt; das gemeinsame Erlebnis, das flackernde Feuer, dessen Licht den winterlichen Himmel erhellte und die Aussicht auf ein neues Jahr schufen ein Gefühl der Einheit und Hoffnung.

Als die Mitternacht mit den zwölften Glockenschlag anbrach, wurden Glückwünsche ausgetauscht. »Gesegnetes neues Jahr«, hallte es von einer Ecke des Kirchhofs zur anderen, begleitet von festen Händedrücken. Die Atmosphäre war geladen mit Emotionen, eine spürbare Mischung aus Nostalgie für das vergangene Jahr und Optimismus für das kommende.

Inmitten dieser herzerwärmenden Szenen fanden Ursula und Wilfred zueinander. Ursulas Augen, gefüllt mit einer Mischung aus Reue und Hoffnung, trafen Wilfreds, als sie ihm ihre Wünsche für das neue Jahr aussprach: »Prosit Neujahr, Herr Wilfred, alles Gute.« Ihre Stimme zitterte leicht. »Alles, was ich in jenen Tagen über Sie, ihren Jungen und Klara gesagt habe, all das beklag ich und schäme mich dafür.«

Die Antwort, die Wilfred ihr gab, war von einer Sanftheit und Vergebung, die nur wahre Menschlichkeit offenbaren konnte: »Schon gut und beruhigen Sie sich nur, ich fühle keinen Unbill gegen Sie.« Seine Geste, eine Hand liebevoll auf ihrer Schulter, sprach Bände über die Kraft der Versöhnung.

Die alte Frau, von der emotionellen Tiefe des Augenblicks ergriffen, brachte ihre Anerkennung für Wilfred, zum Ausdruck: »Sie haben gut daran getan, dass Sie die Klara geehelicht haben.«

Als Klara diese Worte hörte, überwältigte sie eine Flut von Gefühlen.

Unterdessen wand sich Ursula, ihrem Herzen folgend, ebenfalls bei Klara nach Versöhnung suchend, ihr zu und sprach aus, was ihr auf der Seele lag: »Verzeih auch du mir, Klara.«

Ohne zu zögern, öffnete Klara ihre Arme und nahm die alte Frau in eine Umarmung, die mehr als nur körperliche Nähe war; es war eine Umarmung, die unausgesprochene Vergebung in sich barg.

# Kalte Zeiten

Der Januar zeichnete sich durch kaltes und nasses Wetter aus, welches das tägliche Leben aller im Dorf beeinflusste. Für die Frauen, die sich gerne mit Handarbeiten beschäftigten, bot die lange Verweildauer im Haus eine Gelegenheit, sich zu treffen und ihre Fertigkeiten zu verbessern. Sie verbrachten Stunden damit, Wolle zu spinnen, zu stricken und zu weben - die Ergebnisse ihrer Mühen – warme Pullover, Socken und Decken.

An diesem Mittag saß Klara in Trudes Haus. Idas Hände, geführt vom Weberkamm, bewegten sich im Gleichklang mit dem stets ausgetauschten Weberschiffchen. Sie webte mit verschiedenfarbigem Garn, das sich surrend durch das Gewirr des grauen Leinengarns zwängte, welches den Grundton bildete. Der Webstuhl klapperte hart und trocken in der Wohnstube; Ida war vollkommen in ihre Arbeit vertieft und hielt nur gelegentlich inne, um Klara anzusehen.

Nach dem Ida genug vom Weben hatte, zeigte sie Klara stolz einen fertiggestellten Strickpullover und sagte: »Sieh mal, wie gleichmäßig die Maschen dieses Mal geworden sind.«

Klara, beeindruckt von Idas Geschick, erwiderte: »Wunderbar! Du musst mir zeigen, wie du das machst.«

Ida gesellte sich zu Klara und erklärte ihr geduldig die Techniken, die sie verwendete. Klara, begierig diese zu lernen, folgte jeder Anweisung mit aufmerksamem Blick.

Während die Frauen sich meist im Inneren der Häuser aufhielten und sich dort versammelten, stellte sich Wilfred zusammen mit anderen Männern des Dorfes den launischen Bedingungen des Winters. Der Bau der neuen Schule war eine Herausforderung, ein Kampf gegen die Elemente in dieser Jahreszeit, die sie mit Entschlossenheit auf sich nahmen. Die Anpassung der Arbeitszeiten an das wenige Tageslicht und das ständige Suchen nach Lösungen, um trotz der Kälte voranzukommen, waren Zeugnisse ihres Einfallsreichtums und ihrer Hingabe.

Während einer Verschnaufpause, als die Kälte und Nässe kurzzeitig in den Hintergrund trat und die Männer sich um eine provisorische Feuerstelle versammelten, um sich aufzuwärmen, wandte sich Wilfred an Markus, einen der Männer, die beim Bau des Treppenhauses halfen. Der Geruch von frisch gesägtem Holz und nassem Mörtel mischte sich in der Luft mit dem Dampf, der von ihren heißen Getränken aufstieg. »Ich glaube, wir kommen gut voran, trotz des Wetters,« sagte Wilfred, seine Stimme von Stolz und einer Spur von Erschöpfung gezeichnet.

Markus, dessen Hände fest um seine dampfende Tasse Tee geschlossen waren, als würde er sich an dem letzten Rest von Wärme festklammern, blickte auf und nickte zustimmend. »Ja, ich denke, wir werden es schaffen, dass die Kinder nach den Sommerferien hier in die Schule können,« erwiderte er, seine Worte von einer Wolke warmen Atems begleitet. »Es ist noch ein hartes Stück Arbeit, aber es lohnt sich für die Zukunft unserer Kinder.«

Hans, als Schüler, erlebte den Januar auf eine andere

Weise. Die dunklen, kalten Tage machten den Aufenthalt in der Schule zu einer Herausforderung. Den Großteil des Tages verbrachte er zusammen mit seinen Klassenkameraden im Klassenzimmer. Trotz der Bemühungen, den Raum mit Holzscheiten, die jeder Schüler täglich mitbrachte, zu beheizen, war es eine ständige Herausforderung, warm zu bleiben. Eingehüllt in mehrere Schichten Kleidung, versuchten sie, den Lektionen des Lehrers zu folgen und gleichzeitig ihre Hände und Füße vor der Kälte zu schützen.

»Brrr, es ist so feucht und kalt, da friert einem ja das Hirn ein«, flüsterte Hans seinem Banknachbarn zu, der leise kicherte und antwortete: »Ich weiß, was du meinst. Aber du hast schon fast wieder alle Aufgaben gelöst. Die Älteren werden Augen machen, wenn sie es mitbekommen. Es ist erstaunlich, wie gut du im Rechnen bist.«

Doch trotz der Unbequemlichkeiten, musste Hans zugeben, fand er Freude am Lernen.

Hans schloss die Tür hinter sich leise, als er aus der Kälte in die Wärme der Küche trat. Hans hängte seinen Mantel auf und ließ seinen Schulranzen mit einem Seufzer zu Boden fallen. Die Stille, die ihn empfing, war fast greifbar, nur unterbrochen vom leisen Zischen und Blubbern, das vom Herd kam.

Klara drehte sich vom Herd zu ihm um und sah ihn, mit einem Lächeln an. »Da bist du ja, Hans. Wie war die Schule heute?«, fragte sie, während sie einen Topf dampfenden Eintopf vom Herd nahm und auf den Küchentisch stellte.

»Es war sehr kalt im Klassenzimmer. Der Ofen heizt nicht gut«, antwortete Hans, während er sich an den Tisch setzte. »Aber ich habe heute wieder etwas Neues im Rechnen gelernt.«

Klara nahm ihm gegenüber Platz und füllte ihre Teller mit dem Bohneneintopf. »Das mit dem Rechnen klingt gut. Es war früher eines meiner schwächsten Fächer«, gestand sie und lächelte ihn an. Sie reichte ihm das Brot; er brach ein Stück ab und tunkte es in den Eintopf. »Dafür beherrschst du es heute.«

»Als Wäscherin muss man das können, besonders wenn man den Kunden die Rechnungen präsentiert. Sie könnten sonst denken, man wollte sie übers Ohr hauen, und am Ende verliert man dadurch seine Kundschaft.«

Sonntags, nach dem Gottesdienst, versammelten sie sich bei Trude in deren Haus. Das gemeinsame Essen war stets ein Höhepunkt, gefolgt von Stunden, in denen sie bei Tee und selbstgebackenem Gebäck zusammen saßen. In diesen Momenten teilte Trude ihre Geschichten aus vergangenen Zeiten, während alle gespannt zuhörten. An einem solchen Sonntag begann sie: »Wisst ihr, ihr findet diesen Winter kalt, ich erinnere mich an den Dezember 1783, da war ich 12 Jahre alt. Damals setzte eine Kälte ein, die fast alle Gewässer in unserem Land zum Gefrieren brachten.« Sie sah Klara an. »Mit deiner Mutter, Gott hab sie selig, bin ich über den zugefrorenen Main spaziert.« Nach einem leisen Seufzer setzte sie fort: »In Frankfurt mussten im Januar Brot- und Holzsammlungen organisiert werden, um den Armen durch die strenge Kälte zu helfen. Auch uns hier im Dorf haben sie geholfen, dennoch sind Menschen erfroren.« Sie machte eine kurze Pause, um einen Schluck Tee zu nehmen, und fuhr dann fort: »Und dann, gegen Mitte Februar, kam unerwartet warmer Wind und brachte die

313

enormen Schneemassen, die sich angesammelt hatten, zum Schmelzen. Der Main führte extremes Hochwasser, und die Alte Brücke wurde am 27. Februar beschädigt. Man sagte, es war nach dem Magdalenen Hochwasser im Jahr 1342 das zweithöchste Hochwasser, das Frankfurt und die umliegenden Gebiete je erlebt hatten.« Ihre Geschichten waren nicht nur Unterhaltung, auch eine Lektion, die lehrte, wie vergangene Generationen Herausforderungen und Naturgewalten begegnet waren.

Wilfred ergriff das Wort. Erinnerte an die tragische Flutkatastrophe im Frühjahr, bekannt als die große Hallig Flut, die vom 3. bis zum 5. Februar wütete. Sie war eine verheerende Naturkatastrophe, die entlang der gesamten deutschen, dänischen und niederländischen Nordseeküste sowie in den unteren Regionen der Weser- und Elbegebiete und deren Nebenflüssen immensen Schaden anrichtete. »Etwa 800 Menschen verloren bei dieser Katastrophe ihr Leben, auch einer meiner Onkel, seine Frau und deren Kinder. Mein Vater, hat sehr um seinen Bruder und dessen Familie getrauert. Solche Katastrophen passieren immer wieder«, sagte er nachdenklich. »Doch lasst uns von guten Ereignissen sprechen«, wechselte er das Gespräch, um eine positivere Atmosphäre zu schaffen. »Es gibt so viele, um uns herum, wie Fortschritten beim Schulbau!«

Bei dem Wort Schule fing Hans an zu berichten, was er in der Schule gelernt hatte, und Josef erzählte von seinem Schulischen fortkommen. »Ich habe in Mathe eine eins bekommen!«, prahlte er, woraufhin alle lächelten und Tante Trude sagte: »Gut gemacht, Josef. Bildung ist ein Schlüssel zu einer besseren Zukunft.«

# In freudiger Hoffnung

Im beginnenden Frühling des Jahres 1825, als die Natur langsam aus ihrem Winterschlaf erwachte, machte Klara eine Entdeckung, die ihr Leben in eine neue Richtung lenken sollte. Ein unerklärlicher Widerwille gegen bestimmte Speisen ließ in ihr eine Ahnung keimen. Mit jedem Tag, der verging, verdichtete sich die Gewissheit, bis sie nicht länger an sich halten konnte. Getrieben von einer Mischung aus Hoffnung und Ungewissheit, hatte sie vor, am nächsten Morgen die Hebamme Margarete aufzusuchen – eine Frau, deren Urteil in solchen Angelegenheiten als unumstößlich galt.

Der neue Tag entfaltete sich in seiner ganzen Pracht; die Sonne schien hell und spendete eine wohlige Wärme, die die Menschen aus ihren Häusern lockte, um die ersten Strahlen zu genießen. Überall im Dorf hallten fröhliche Stimmen wider. Doch trotz der wärmenden Sonne zeugten die Straßen von der Kälte der vergangenen Wochen und von der letzten klaren Vollmondnacht, denn sie waren gesäumt von Pfützen, die unter einer Eisschicht gefangen waren. Einige Kinder des Dorfes auf dem Weg zur Schule nutzten diese Gelegenheit und schlitterten kichernd und wetteifernd auf dem Eis umher, als wäre es das größte Vergnügen der Welt.

Aus einem der Hinterhöfe drang rhythmisches Axtschlagen und das Knacken von Holz in der Luft, ein Zeichen dafür, dass sich dort jemand auf die noch kühlen Nächte vorbereitete. Hin und wieder durchbrach das Geräusch schwerer Wagenräder, die über den Boden rollten, die ländliche Idylle. In den Ställen ließen Kühe lautes Brüllen vernehmen, als würden sie die Veränderung in der Luft spüren. Ein Storchenpaar* klapperte fröhlich auf ihrem leeren Nest auf dem Schornstein der Lenzschen Wirtschaft, andere stelzten eifrig auf den tiefer gelegenen Feuchtwiesen am Main, zwischen den ersten aufgeblühten Butter- und Gänseblumen umher. Ihre langen Beine bewegten sich geschickt durch das frische Grün, während ihre Schnäbel leise aufeinanderschlugen, ein rhythmischer Klang, der den Beginn der Brutsaison ankündigte. Über ihnen spannte sich der klare Himmel, unterbrochen nur von gelegentlichen Wolken, die vorüberzogen. Die Störche, als Boten des Frühlings, schienen die Wärme und das neue Leben, das sich um sie herum ausbreitete, zu begrüßen. Mit ihren scharfen Augen suchten sie nach Nahrung, bereit, jedes sich bietende Insekt geschickt zu ergreifen. Die Wiesen, ein Teppich aus leuchtendem Gelb und Grün, boten ein malerisches Bild und waren ein perfekter Rückzugsort für diese eleganten Vögel. Es war ein Tag voller Leben und Vorfreude, ein Vorbote der Erneuerung und des Wachstums, einer der Klaras Herz mit Hoffnung erfüllte.

Die Bestätigung ihrer Vermutung durch die Hebamme ließ eine Welle der Freude durch Klara strömen, so mächtig und überwältigend, dass sie für einen Moment den Boden unter den Füßen zu verlieren schien. Es war ein Gefühl, das tiefer ging als bloße Glückseligkeit; es war die Erfüllung eines tiefen, inneren Wunsches. Klara liebte ihren

Adoptivsohn Hans mit der ganzen Tiefe ihres Herzens, als wäre er ihr leibliches Kind. Doch in ihr hatte seit ihrer Hochzeit der Wunsch gebrannt, selbst das Wunder der Geburt zu erleben und ein eigenes Kind in die Welt zu bringen.

Als sie den Weg nach Hause antrat, sprach sie zu dem ungeborenen Leben, versprach ihm all die Liebe und Geborgenheit, die eine Mutter geben konnte. Doch bevor sie diese Neuigkeit mit ihrer Familie teilen wollte, wollte sie sicherstellen, dass alles gut verlief und die ersten entscheidenden Wochen ohne Zwischenfälle überstanden waren. Dieser Entschluss ließ sie das Geheimnis mit einer besonderen Zärtlichkeit und einem Lächeln bewahren. Tief in ihrem Inneren sehnte sie sich dabei nach einer Tochter. Die Vorstellung, wie ein solch kleines Mädchen ihr Leben und das ihrer Liebsten bereichern würde, füllte sie mit einer tiefen Zufriedenheit und einem Gefühl der Vollständigkeit. Sie träumte davon, wie sie das kleine Mädchen in ihren Armen halten, es behüten und lehren würde, die Welt mit neugierigen Augen zu betrachten. Wie es neben Hans heranwachsen und ihre Familie auf seine Art bereichern würde. Im nächsten Augenblick schalt sie sich selbst, wegen des Gedankens der Sünde, sollte es ein Junge werden, würde sie ihn ebenso lieben. Denn das Wesentliche war doch, dass das heranwachsende Wesen gesund das Licht der Welt erblicken würde.

Die Tage vergingen, während die Frühlingsblumen in voller Pracht erblühten und die Welt sich in einem neuen, leuchtenden Licht zu präsentieren schien. Klara, die von

Tag zu Tag mehr mit ihrem ungeborenen Kind verbunden war, ließ ihre Gedanken kreisen und malte sich aus, wie ihr Leben zu viert, als eine erweiterte Familie, sein würde. Diese Gedanken füllten sie mit einer tiefen Vorfreude, die kaum zu bändigen war. Inzwischen waren die einst durch Schneeschmelze und Regen überschwemmten Wiesen wieder trocken. Es war erneut die Zeit gekommen, Wäsche auf der Bleiche auszulegen.

In der Woche vor Ostern, während Frauke Ida beim Wäscheauslegen beobachtete, lächelte sie und machte eine Bemerkung: »Die Ehe scheint dir wirklich gutzutun. Es ist so schön zu sehen, dass du nicht mehr so dünn bist.« In diesem Augenblick erkannte Klara, dass es an der Zeit war, ihre erfreuliche Nachricht Wilfred und Hans mitzuteilen.

Am Ostersamstag bereitete sie mit Hingabe eine festliche Mahlzeit vor und schmückte das Haus liebevoll mit frischen Zweigen und bemalten Ostereiern, ein Zeichen der Fruchtbarkeit und des neuen Lebens. Sie wollte, dass dieses Osterfest ein besonderer Anlass wird, ein Fest, das in Erinnerung bleiben würde.

Am Ostersonntag, dem 3. April 1825, fanden sie sich, nach dem Ostergottesdienst, am festlich gedeckten Tisch zusammen. Die Atmosphäre war erfüllt von der Wärme des Beisammenseins und der Freude. Nachdem das Essen genossen und bevor sie den Nachmittag bei Trude und deren Familie verbringen wollten, nahm Klara Wilfred und Hans bei der Hand, blickte sie mit einem strahlenden Lächeln an und teilte ihnen ihre freudige Nachricht mit. »Ich habe euch etwas zu erzählen. Ich erwarte ein Kind.« Ihre Augen leuchteten vor Glück und Vorfreude.

Wilfred und Hans, zunächst überrascht, sahen sich kurz an, dann brach ein freudiges Lächeln auf ihren Gesichtern aus. Mit einer spontanen Bewegung umarmten sie Klara, ihre Freude und ihr Glück über die Neuigkeit in einer liebevollen Geste ausdrückend. Die Nachricht von der bevorstehenden Geburt eines neuen Familienmitglieds ließ ein neues Glück in das kleine Haus einziehen.

Das Osterfest wurde so zu einer doppelten Feier: der Auferstehung und das des neuen Lebens, das in Klara heranwuchs. Gemeinsam sahen sie einer Zukunft entgegen, die reich an Möglichkeiten und voller Liebe war. Das kommende Kind, verhieß eine noch tiefere Verbindung und gemeinsame Freude für ihre Familie.

Nachdem die emotionale Enthüllung ihren Lauf genommen hatte, machten sie sich auf den Weg zu Trude, Ida und Josef, um den Nachmittag in geselliger Runde beim Osterkaffee zu verbringen.

Wilfred, erfüllt von Stolz und Freude, konnte es kaum erwarten, die Neuigkeit zu teilen. Kaum hatten sie das Haus betreten und im Wohnraum Platz genommen, war es Wilfred, der die freudige Botschaft mit einem Strahlen im Gesicht verkündete. »Klara erwartet unser erstes gemeinsames Kind!«

Freude durchzog den Raum – Ida lächelte Klara mit einem wissenden Blick zu, als hätte sie längst geahnt, was Klara noch nicht ausgesprochen hatte.

Trude, bekannt für ihren Scharfsinn und ihre Herzlichkeit, ließ ein liebevolles Schmunzeln erkennen und sagte: »Als hätte ich es nicht gewusst, du strahlst seit Tagen von innen heraus, wie es nur werdende Mütter können.« Ihre Worte waren voller Wärme und es war offensichtlich, dass sie aufrichtiges Glück für Klara empfand.

Der Nachmittag verlief in einer Atmosphäre voller Lachen, Liebe und Anteilnahme. Geschichten wurden erzählt, Ratschläge und Wünsche für die Zukunft ausgetauscht. Klara fühlte sich umgeben von Unterstützung und Zuneigung, eine Erinnerung daran, wie wertvoll die Bande der Familien und ihrer Freundschaft waren.

Der zweite Sonntag nach Ostern kam schnell. In der Morgenluft ließ sich der silberne Klang der Kirchenglocke vernehmen. Man sah die Niederräder aus den Häusern treten und zur Sonntagsmesse in die kleine Kirche streben.

Als Wilfred, Hans und Klara die Kirche betraten, diese war schon voller Menschen, begrüßte man sie ohne Ausnahme.

Nach dem Gottesdienst, als die letzten Töne des Orgelspiels verklungen waren und die Gemeinde sich langsam auflöste, führte Wilfred Klara auf den Gottesacker. Als sie vor dem Grab ihrer Großmutter standen, konnte Klara die Emotionen kaum zurückhalten. »Wilfred!«, murmelte sie, ihre Stimme ein Hauch, der in der Stille des Friedhofs fast verwehte. Ihre Augen, erfüllt von einer tiefen Liebe und Dankbarkeit, suchten die seinen.

Der Anblick des neuen Grabsteins, der in liebevoller Erinnerung an ihre Großmutter errichtet worden war, löste eine Flut von Gefühlen in ihr aus. Sanft strich sie mit den Fingern über die Inschrift, während Tränen der Freude und Rührung ihr Gesicht benetzten: »Wilfred, du Lieber!«, die Worte von einem tiefen Gefühl der Zuneigung und Dankbarkeit getragen. Mehr konnte sie nicht sagen, so überwältigt war sie von der Geste und der Liebe, die Wilfred damit zum Ausdruck gebracht hatte. Dann warf sie sich an seine Brust, schlang die Arme um ihn und beide versanken, in eine leidenschaftliche Umarmung. Am Ostermontag noch, hatte Klara erwähnt, dass der Grabstein aufgrund der bevorstehenden Ankunft ihres Kindes warten müsse. Doch Wilfred, getrieben von seiner Fürsorge und Liebe, hatte diesen nach einer Absprache mit dem Steinmetz am Freitag still und heimlich, ohne ihr Wissen, aufstellen lassen.

# Hochfest Pfingsten

Nach einem etwas trüben April, in dem es eine Woche, zum Ende hin, unaufhörlich geregnet hatte, brach der Sonntag im Mai an wie ein Versprechen auf bessere Zeiten. Am 50. Tag nach Ostern am 22.05.1825    feierten die Gläubigen die Aussendung des Heiligen Geistes. Schon in den frühen Morgenstunden durchbrach die Sonne die Wolkendecke und badete das Dorf in einem warmen Licht, das alles erstrahlen ließ. Es war, als würde die Natur das Pfingstfest feiern, mit dem hellen Gesang der Vögel als Melodie. Die Luft war durchzogen vom Duft der Obstbaumblüten, getragen von einem sanften Wind.

Klara hatte den Morgen genutzt, um sich in Ruhe auf den Tag vorzubereiten. Nach einem Bad wählte sie sorgfältig ihre Kleidung aus, wobei sie feststellen musste, dass ihre Garderobe zunehmend enger um ihren Leib saß. Die Anzeichen ihrer Schwangerschaft waren unübersehbar; der wachsende Bauch ließ keinen Raum für Zweifel. Dennoch, oder gerade deshalb, fühlte sie sich verbunden mit dem neuen Leben, das in ihr heranwuchs. Diese Verbindung manifestierte sich in einer stillen, zärtlichen Geste, als sie am Küchenfenster saß und sanft über die Rundung ihres Bauches strich, während ihr Blick aus dem Fenster schweifte. Draußen zeigte sich die Natur von ihrer lebendigsten Seite. Schwalben tanzten durch die Lüfte. Sie zogen in geschickten Manövern ihre Bahnen durch das blassblaue Himmelszelt, stürzten sich hinab in das Dorf, um neugierig in die obersten Fenster zu spähen, oder flogen unter die Dächer, um an ihren Nestern zu bauen. Dieses Schauspiel der Natur, so frei und unbeschwert, füllte Klaras

Herz mit einem Gefühl der Hoffnung und Vorfreude auf das, was kommen würde. Klara löste sich in diesem Moment von dem Anblick der Idylle. Ihre Stimme durchbrach die Stille des Hauses. »Hans, Wilfred, beeilt euch, sonst wird es zu spät für das Frühstück vor dem Kirchgang.« Ihre Worte waren eine Erinnerung daran, dass ihr Leben geprägt wurde, von den kleinen Ritualen und der Gemeinschaft, die sie als Familie verband. Es war ein Aufruf, den Moment zu teilen, die Freude den Tag gemeinsam zu beginnen und die Stimmung dieses Maiensonntags zu genießen.

Während Hans und Wilfred auf ihren Ruf reagierten und sich beeilten, an den Tisch für das gemeinsame Frühstück zu eilen, blieb Klara einen Moment länger am Fenster sitzen. Sie nahm sich die Zeit, tief durchzuatmen. »Es geht auf den Sommer zu, die Schwalben werden schon bald ihre Jungen in den Nestern haben.«, sagte sie, als Wilfred sich zu ihr gesellte.

Kurze Zeit verging, bis sich in der Morgenluft der silberne Klang der Glocke vernehmen ließ. In seiner Predigt erinnerte der Pfarrer die Gemeinde an die Geschichte von Pfingsten, wie sie in der Apostelgeschichte erzählt wird. Er betonte die Bedeutung des Heiligen Geistes für das Leben der Gläubigen: Der Geist als Tröster, Ratgeber und Kraftspender für das tägliche Leben und den Glaubensweg. Er zitierte den Vers: »Und sie wurden alle erfüllt vom Heiligen Geist und fingen an, zu predigen in anderen Sprachen«, als Kernbotschaft, die die transformative Kraft des Heiligen Geistes unterstrich und wie er die Jünger befähigte, die gute Nachricht von Jesus Christus über kulturelle und sprachliche Barrieren hinweg zu verbreiten.

❖

Am Pfingstmontag traf man sich bei Trude zum Mittagsmahl. Nachdem das Essen in fröhlicher Runde genossen worden war, lenkte sich das Gespräch auf das bevorstehende Ereignis am Dienstag. Als das Thema aufkam, was jeder zum Picknick beitragen könnte, zeigte sich Wilfred überrascht. Mit einem ehrlichen Ausdruck der Verwunderung teilte er der Runde mit: »Am Dienstag werde ich gewiss arbeiten und kein Picknick beim Oberforsthaus mit euch abhalten, so gerne ich dies tun würde.«

Seine Worte sorgten für einen Moment der Heiterkeit, als er mit einem Lachen konfrontiert wurde. Trude, mit einem schelmischen Lächeln, erwiderte: »Dann wirst du der Einzige sein, der arbeitet, denn alle gehen ins Wäldche am Oberforsthaus. Es ist ein Tag, der uns allen heilig ist.«

Wilfreds Überraschung offenbarte, dass niemand daran gedacht hatte, ihn über diese Tradition zu informieren.

Klara, mit ihrer lebendigen Art, beugte sich zu Wilfred hin, um ihm den Wäldchestag und die Ausdehnung des Pfingstfestes in ihrer Region zu erklären. »Während anderswo das Pfingstfest an zwei Tagen zelebriert wird, genießen wir in und um Frankfurt das Glück, drei Tage lang zu feiern«, begann Klara mit einem Lächeln. »So ist es eine Tradition, dass wir uns am Dienstag nach Pfingsten, zum Forsthaus aufmachen, um dort ein großes Fest mit Freunden und Familie zu feiern.«

Wilfred begleitet von Hans' aufmerksamer Zuhörerschaft, war ganz Ohr, als Klara ihre Erzählung vertiefte. »Stellt euch vor, schon in den frühen Morgenstunden ist ganz Frankfurt und Sachsenhausen auf den Beinen. Jeder ist voller

Vorfreude, öffnet die Fenster, um das Wetter zu prüfen, denn ein schöner Tag verspricht ein unvergessliches Fest.« Sie malte ein lebendiges Bild von Groß und Klein, Alt und Jung, Arm und Reich, die alle mit prall gefüllten Picknickkörben gen Süden in den Wald strömten. »Der Andrang zur Mainbrücke und zur Fähre nach unserem Dorf hin ist enorm. Manchmal kommt es vor, dass auf der Mainbrücke die Pferdewagen und Fußgängern so dicht verkehren, dass es zu richtigen Staus kommt. Frankfurt wirkt dann fast wie ausgestorben«, fügte sie mit einem Augenzwinkern hinzu.

Wilfred konnte sich lebhaft vorstellen, wie über dem Stadtwald und dem am Oberforsthaus eine riesige Staubwolke bildete, unter der sich die Feiernden versammelten. Klara erzählte von den Sachsenhäuser Wirten, die Apfelwein ausschenkten, von Brauereien mit Ausschänken, Würstchenverkäufern und Brezelbuben. »Es erklingt Musik von Drehorgeln und Tanzkapellen, und...«, sie lächelte Hans an, »Kasperltheater für die Kinder.«

Hans war begeistert. »Das klingt nach einem Fest, das Freude bereitet«, stieß er mit einem Lächeln hervor, da er seine Vorfreude kaum noch verbergen konnte.

Wilfred, ebenfalls interessiert an dieser neuen Erfahrung, fügte hinzu: »Ich kann es kaum erwarten, das selbst zu erleben. Es klingt, als wäre es eine perfekte Gelegenheit, das Leben zu feiern.«

Klara nickte zustimmend. »Genau das macht den Wäldchestag bei uns so besonders. Es ist eine Zeit, in der wir uns an die Freuden des Lebens erinnern.« Mit diesen Worten endete Klaras Erzählung.

❖

Dann brach der Dienstag an. Mit Handkarren und Körben machten sich die Bewohner von Niederrad auf den kurzen Weg. Ziel war das Forsthaus – ein Gasthaus, das in der gesamten Region für seine Beliebtheit bekannt war. An diesem Tag fand dort das fröhlichste aller Feste statt.

Als Oberförster Vogel Klara und Wilfred unter den Ankommenden entdeckte, eilte er auf sie zu. Mit einem herzlichen Lächeln begrüßte er sie: »Frau Klara, es ist immer eine Freude, Euch zu sehen. Vielen Dank für die schnelle Lieferung der Tischwäsche. Sie haben uns wirklich geholfen.« Dann wandte er sich an Wilfred, dessen handwerkliches Geschick bekannt war. »Herr Wilfred, dürfte ich in den kommenden Tagen ein wenig von eurer Zeit beanspruchen? Ich weiß, der Schulinnenausbau beansprucht Sie zurzeit stark, aber in meiner Försterei gibt es einen Schrank, bei dem leider etwas abgebrochen ist. Ich wäre Euch verbunden, wenn Ihr Euch das mal ansehen und das gute Stück für mich wieder instand setzen könntet.«

Wilfred nickte freundlich. »Kein Problem. Zeigt mir, was repariert werden muss, und wir finden sicher eine Lösung.«

Der Förster bedankte sich. »Das ist wunderbar! Ich wusste, ich kann auf Euch zählen. Ich zeige Euch den Schrank gerne, wenn Ihr nächste Woche etwas Zeit erübrigen könnt.

»Wäre Euch der Montagnachmittag recht?«

»Ist es! Nun wünsche ich einen schönen Wäldchestag, denn die Pflicht als Gastgeber ruft.«

Während immer größere Menschenmengen in den Wald strömten, fanden sie ihren Platz unter den hohen Buchen auf einer Bank, an einem der zusätzlich aufgestellten Tische. Inmitten von Lachen und lebhaften Gesprächen zwischen Wilfred, Klara und ihren Freunden entfaltete sich das Fest. Fast jeder hatte Speisen mit – Schinken, Wurst, kalte

Braten, Geflügel, Pasteten und Kuchen, die sorgfältig aus den mitgebrachten Körben auf die Tische drapiert wurden. Die Tische und Bänke, die das Gasthaus umgaben, reichten nicht aus, um die Flut der angereisten Gäste zu beherbergen. Diejenigen, die keinen Platz mehr ergattern konnten, ließen es sich nicht nehmen, es sich auf mitgebrachten Decken auf der Wiese gemütlich zu machen. Jeder leicht erhöhte Flecken Gras verwandelte sich in einen Tisch, über den sorgende Hausmütter ihr weißes Tischtuch ausbreiteten, bereit, ihre Liebsten und Gäste zu bewirten. So genossen unzählige Familienkreise das mitgebrachte Essen im Schatten der Bäume. Andere Besucher zog es zu den mobilen Biergärten, die zwischen den Bäumen eingerichtet waren, wo sie sich bei einem Glas Ebbelwoi oder Bier amüsierten. Alle häuslichen Sorgen blieben für diesen Tag vergessen. Musikanten mit Drehorgeln wanderten durch die Menge, spielten Melodien, die die Herzen erfreuten und verstärkten so die fröhliche Atmosphäre. Unter den fröhlichen Gästen entdeckte Klara einige ihrer Kundinnen und Kunden aus Frankfurt. Zu ihrer Freude war auch Kläre anwesend, die das Zusammentreffen sichtlich genoss. Gemeinsam feierten sie in ausgelassener Stimmung, umgeben von der Kulisse des Waldes. Die Luft war erfüllt von Gläserklang und Gesang, Scherz und Gelächter – überall herrschte Leben und Freude. Kinder jubelten, Vögel zwitscherten, und aus dem Gebüsch erklangen Trompeten, Geigen und alle erdenklichen Instrumente, bis jeder Fleck Rasen sich in einen Tanzplatz verwandelte, auf dem Jung und Alt in fröhlichen Walzern wirbelte. Das Fest wurde bis spät in den Abend hinein zelebriert, wobei Papierlaternen den Wald in ein magisches Licht tauchten und eine bezaubernde Atmosphäre schufen.

# Familienzuwachs

Die Wochen waren erst schleichend und dann doch wie im Flug vergangen, und jeder Tag hatte Klara dem ersehnten Ereignis nähergebracht, angekündigt durch die ersten zaghaften Senkwehen, ein leises Versprechen der bevorstehenden Veränderung. Wilfred, stets um ihre Sicherheit und ihr Wohl besorgt, hatte Klara die anstrengenden Wege mit der Wäschelieferung nach Frankfurt ab der letzten Augustwoche verboten. Nach einem Jahr Bauzeit war die Schule am 26. August fertiggestellt, so kehrte Wilfred daraufhin wieder in das ruhigere Arbeitsleben seiner Schreinerei zurück. Während die Geburt auf sich warten ließ, wuchs in der Stille ihres Heims eine Spannung, die fast greifbar war.

Klara saß da, die Hände sanft auf ihrem gewölbten Bauch ruhend, während ihre Gedanken liebevoll um die Zukunft tanzten. Sie stellte sich vor, wie es sein würde, ihr Kind endlich in den Armen zu halten, sein Gewicht zu spüren, sein Lachen zu hören. Ein zartes Lächeln umspielte ihre Lippen bei diesen Gedanken, doch in der Tiefe ihrer Augen verbarg sich eine stille Sorge. Es war nicht allein die Angst vor der Geburt, vor dem Unbekannten, das sie erwartete, sondern die Frage, wie ihr Leben als Wäscherin weitergehen würde und wann sie ihre Arbeit wieder aufnehmen konnte. Ihr Mann Wilfred saß ihr gegenüber, vertieft in ein Buch, doch sein Blick hob sich immer wieder, um Klara zu beobachten. Ein warmes Lächeln zierte sein Gesicht, ein Lächeln voller Vorfreude und Liebe.

Ihre Schlafkammer war liebevoll vorbereitet. In einer Truhe lagen Baumwollwindeln, sorgfältig gehäkelte

Jäckchen, weiche Mützchen und Strampler zeugten von der bevorstehenden Ankunft. Wilfred hatte sich mit Hingabe der Aufgabe gewidmet, alles Notwendige für das Baby zu besorgen. Er hatte nicht nur einen Kinderwagen gekauft, sondern eigenhändig eine Wiege gefertigt, ein Zeugnis seiner Vorfreude und seines Wunsches, für seine Familie da zu sein.

»Du grübelst wieder«, durchbrach Wilfred die umhüllende Stille, seine Stimme so sanft und beruhigend wie das zarte Licht, das sich seinen Weg durch die halbgeöffneten Vorhänge bahnte und den Raum in eine warme, behagliche Atmosphäre tauchte. Seine Worte flossen mit einer tiefen Einfühlsamkeit, begleitet von einem Blick, der von einem tiefen Verständnis für die komplexen Gewebe menschlicher Sorgen zeugte. Seine Augen, ein Spiegel seiner Seele, funkelten mit einer Klarheit, die Vertrauen und Geborgenheit ausstrahlte.

»Ich habe darüber nachgedacht, dass in nur drei Monaten die kalte Jahreszeit anbricht. Die Eröffnung der Schule nähert sich, und mit dem Abschluss der Arbeiten, ist die dortige Einnahmequelle, die du durch deine harte Arbeit erschlossen hast, versiegt.«

»Mach dir keine Sorgen, mein Herz«, sagte er, während er über den Tisch griff und ihr liebevoll über die Wange strich, seine Berührung so zart und sicher wie seine Worte. »Wir sind zusammen, und es gibt keine Herausforderung, keine Hürde, die zu groß für uns ist. Gemeinsam werden wir auch diese meistern, so wie wir es mit allem Bisherigen getan haben. Unsere Stärke liegt in unserer Einheit, in unserem unerschütterlichen Glauben aneinander und in unserer Fähigkeit, gemeinsam nach Lösungen zu suchen und neue Wege zu beschreiten. Du kannst auch für deine Kundschaft wieder waschen. Ich werde montags entweder einen freien Tag nehmen oder du einen Ausläufer* bestellen, der für dich die saubere Wäsche nach Frankfurt zur Kundschaft bringt und die schmutzige, zu dir schafft.«

Kurz nachdem die Hähne zum ersten Mal gekräht hatten und der östliche Himmel an einem frischen Septembermorgen des Jahres 1825 zu erstrahlen begann, wurde die Stille ihres bescheidenen Heims an der Frankfurter Straße durch aufkommende Hektik durchbrochen. Klaras Fruchtblase war geplatzt, und die Wehen setzten in immer kürzeren Abständen ein. Die herbeigerufene Hebamme, eine Frau mit jahrzehntelanger Erfahrung und beruhigender Ausstrahlung, trat ein. Trude, die treue Seele, war ebenfalls zugegen und wuselte geschäftig in der Küche herum, wo man das im Topf kochende Wasser laut brodeln hörte.

Während die Stunden langsam verstrichen, füllte sich das Haus mit einer Mischung aus Anspannung und Vorfreude. Am späten Mittag erreichte die Anstrengung ihren Höhepunkt. Ein leises Wimmern, kaum mehr als ein Hauch, erfüllte zunächst den Raum, wurde schnell von der kraftvollen Stimme des Neugeborenen übertönt, das lautstark seinen Eintritt in die Welt verkündete. Es war ein kleines, aber kräftiges Mädchen, dessen erste Schreie nicht nur ein Zeichen ihres Überlebenswillens waren, sondern eine kühne Begrüßung an das Leben selbst darstellten. In diesem Moment, als die Hebamme das Mädchen behutsam in Klaras Arme legte, wurde das bescheidene Heim an der Frankfurter Straße zum Schauplatz eines tiefgreifenden, unvergesslichen Lebensbeginns für Klara.

Wilfred, der bis dahin im Wohnraum auf und ab gegangen war, getrieben von einer Mischung aus Aufregung und Nervosität, horchte auf. Nun hielten ihn keine zehn Pferde mehr in der Stube. Seine Schritte führten ihn eilig die knarrende Treppe hinauf, bis er vor der Tür zum Schlafkammer stand. Beim Öffnen wurde er von einem zarten Rosenduft empfangen, der ihm entgegenschlug.

»Es ist ein Mädchen«, verkündete die Hebamme Margarete, mit einem Lächeln.

Wilfreds Blick wanderte von Klaras Gesicht, die erschöpft, aber überglücklich lächelte, zu dem kleinen Bündel in ihren Armen. Seine Tochter, eine kleine, rosige Rose, so zart und doch so stark. »Herrgott! Wie glücklich bin ich, wie unendlich glücklich!«, rief er aus, überwältigt von seinen Emotionen.

»Wirklich?«, fragte Klara, ihre Stimme leise und zögerlich.

»Ja«, antwortete Wilfred mit fester Stimme, trat näher und umarmte Klara und das Neugeborene vorsichtig. Seine Küsse landeten sanft auf Klaras Mund, ihrer Stirn und ihren Wangen, bevor er sich zurücklehnte und ihr einen zärtlichen Blick schenkte. »Rosi soll sie heißen«, sagte er.

Ein Name, der wie Musik in Klaras Ohren klang und das Glück dieses Moments besiegelte.

Hans, der von der Schule heimgekehrt war und seinen Kopf durch den Türspalt steckte, fragte leise: »Darf ich mein Schwesterchen begrüßen?«

Klara lächelte sanft und nickte, ihre Augen leuchteten vor Freude und Liebe. »Komm herein.«

Hans trat vorsichtig in die Schlafkammer.

Wilfred legte eine Hand auf Hans' Schulter und führte ihn näher heran, damit er Rosi besser sehen konnte. »Das ist deine Schwester, Rosi«, stellte Wilfred vor, seine Stimme erfüllt von Stolz.

Hans betrachtete das schlafende Baby fasziniert. »Sie ist so klein«, flüsterte er ehrfürchtig. Vorsichtig streckte er einen Finger aus, und als Rosi ihn mit ihrer winzigen Hand umklammerte, strahlte er. »Hallo Rosi, ich bin dein großer Bruder. Ich werde immer für dich da sein«, versprach er leise. Plötzlich öffnete Rosi ihre Augen – zwei klare, neugierige Blickfenster in eine neue Welt. Hans beugte sich näher heran. »Ich glaube, sie mag mich schon!«, rief er aus, ein breites Lächeln auf seinem Gesicht.

Klara, überwältigt, ließ eine Freudenträne über ihre Wange rollen. »Seht, wie sie auf Hans' Stimme reagiert«, flüsterte sie, als Rosi sich bewegte und dabei einen leise gurrenden Laut von sich gab.

Wilfred, der die zarte Interaktion zwischen seinen Kindern beobachtete, fühlte sein Herz vor Stolz anschwellen. Er legte seine Arme um Klara und Hans, umarmte seine Familie und flüsterte: »Rosi wird unter uns wachsen, umgeben von Liebe und Fürsorge. Jeder von uns hat eine besondere Rolle in ihrem Leben.« In diesem Augenblick entschied Wilfred, dass es an der Zeit war, ein neues Familienritual zu beginnen. »Lasst uns Rosi offiziell willkommen heißen. Hans, möchtest du ihr ein Wiegenlied singen? Etwas Sanftes, um ihr zu zeigen, dass sie geliebt und beschützt ist.«

Hans nickte eifrig und begann leise zu singen, eine abgeänderte Melodie, des Wiegenlied; Schlaf, mein Prinzchen, schlaf ein. »Schlafe, Rosi mein Schwesterlein, es ruhn Schäfchen und Vögelchen nun, Garten und Wiese verstummt, auch nicht ein Bienchen mehr summt.

Luna mit silbernem Schein, gucket bald zum Fenster herein. Schlafe beim silbernen Schein, schlafe, …«

Klara und Wilfred stimmten mit ein, und ihre Stimmen vermischten sich zu einem harmonischen Wiegenlied, das durch das Zimmer hallte. Rosi schloss ihre Augen und schlief friedlich ein, gewiegt von den liebevollen Klängen ihrer neuen Welt.

So endete der Tag, an dem Rosi in eine Welt voller Liebe und Zuneigung geboren wurde, ein Tag, der von den zarten Banden der Familie und der unendlichen Hoffnung auf die gemeinsame Zukunft geprägt war.

## Ende

# Nachwort

Es ist eine tiefe Tragödie, dass zahlreiche Aufzeichnungen und Dokumente, welche in den Stadtarchiven lagerten, durch die Bombenangriffe des Zweiten Weltkriegs zerstört wurden. Diese Verluste stellen nicht nur für Frankfurt und die betroffenen Stadtteile, wie Niederrad, einen unwiederbringlichen Schaden da. Die Vernichtung dieser historischen Dokumente hat erhebliche Lücken in der Stadtgeschichte hinterlassen, was die genaue Rekonstruktion und das Verständnis der Vergangenheit erschwert.

Seit diesen Ereignissen haben sich viele Menschen dafür eingesetzt, die verbliebenen Dokumente zu schützen und für künftige Generationen zu bewahren. Diese Bemühungen sind von unschätzbarem Wert, da sie nicht nur das Andenken an die Vergangenheit lebendig halten, sondern auch Forschung und Bildung unterstützen.

Mein Dank gilt hier an dieser Stelle noch einmal an den Historiker Werner Hardt und dem Bezirksverein Niederrad e.V., ebenso dem Autor: Mirco Becker, der bei Instagram mit seinem Account "Damals in Frankfurt" Beiträge über Frankfurts Stadtgeschichte postet, sowie allen Personen, Museen und Vereinen, die sich mit der Geschichte meiner Heimatstadt Frankfurt am Main auseinandergesetzt haben und dies weiterhin tun.

Eigene Protagonisten:

**Ruhland, Ernestine, Rufname: Erna** – Großmutter von Klara

**Klara Ruhland**

**Ida** – Klaras Freundin

**Trude** – Idas Mutter, die Klara 'Tante' nennt

**Josef** – Trudes Sohn und Bruder von Ida

**Hubert Unger** – alias Fritz Binder - Klaras Freund, Pferdeknecht

**Justus Bruns** – Gefängniskumpan von Hubert Unger

**Julius Baumbach** – Bleichwächter

**Nikolaus** – junger Bleichwächter

**Lore** – junge Frau aus Niederrad

**Ursula** – Schwester von Julius Baumbach.

**Wilfred Brook** – Vater von Hans, späterer Ehemann von Klara

**Hans Brook** – Sohn von Wilfred

**Albrecht** – Knecht von Landwirt Schulze

**Karl** – Landarbeiter von Landwirt Schulze

**Liselotte (Lotte)** – Niederräderin

**Frauke** – Wäscherin

**Greta** – Fraukes Tochter.

**Lambrecht** – Schließer auf der Hauptwache

**Heinrich** – Gerichtsdiener.

**Hochwald** – Hilfskommissar / Kriminalassistent

**Hartwig** – Schreinermeister

**Grete** – Frau des Schmieds

**Fabian** – Dorfwachtmeister

**Schneider** – Dorfwachtmeister

**Lambmann** – Dorfwachtmeister

**Frieda** – Schankmaid

**Margarete** – Hebamme

**Elias Hahn** – Fabrikbesitzer und Familie aus Frankfurt

**Meier** – Bursche von Hilfskommissar Hochwald

**Kunert** – Verwaltungsangestelter

**Markus** – Niederräder

Historische Personen aus Niederrad:

[1] **Pfarrer Johann Lorenz Fichtmüller** (*31.12.1756 - † 1831) - Pfarrer ab 1797 in Niederrad (erwähnt im Kalender der Freien Stadt Frankfurt 1823). Er verrichtete 34 Jahre sein Pfarramt in Niederrad

[2] **David Deeg** – Schultheiß von Niederrad, (erwähnt im Kalender der Freien Stadt Frankfurt 1823)

[3] **Philipp Friedrich Vogel** - Oberförster von **1797/98 bis 1828**

[4] **Johannes Friedrich Vogel** (*1795; † 1839) - Oberförster von 1829 bis 1839 im Frankfurter Stadtwald wie schon sein Vater und Großvater Johannes Vogel 1732–1797 aus Eppstein, eine ganze Försterdynastie mit direkten Nachfolgern im Oberforsthaus

[5] **Johann Peter Noll** (Schulmeister / Lehrer) – seit 1800 im Niederrad. Über mehrere Jahre hinweg prägten im 19. Jahrhundert sowohl der Vater als auch die Söhne der Familie Noll den Schulunterricht in Niederrad maßgeblich. 1830 trat Johann Friedrich Noll als Schulgehilfe an die Seite seines Vaters, mit der Perspektive, ihm in seiner Rolle nachzufolgen.

Historische Personen nun erwähnt:

[a] **Jean-Baptiste Kléber** (* 9. März 1753 in Straßburg; † 14. Juni 1800 in Kairo) - war ein General der französischen Revolutionsarmeen.

[b] **Louis Michel Antoine Sahuc** (* 7. Januar 1755 in Mello, Département Oise; † 24. Oktober 1813 in Frankfurt am Main) - französischer General der Kavallerie und Politiker. Ab 1812 war Sahuc im Rang eines Generalinspekteurs zuständig für

die militärische Versorgung der Grande Armée zwischen Rhein und Oder. Er erkrankte er in Frankfurt an Typhus und starb wenige Tage später. Seine letzte Ruhestätte fand er auf dem Friedhof der Frankfurter Garnison.

c Napoleon Bonaparte, bekannt als Kaiser Napoleon I., (* 15. August 1769 in Ajaccio auf Korsika: † 5. Mai 1821 in Longwood House auf St. Helena im Südatlantik) - französischer General und Kaiser, prägte mit seinen militärischen Erfolgen und dem "Code Napoléon" Europa. Seine Herrschaft hinterlässt bis heute spürbare Einflüsse. Trotz Niederlage und Verbannung gilt er als eine der prägendsten Figuren der Geschichte.

d Bethmann, Simon Moritz (* 31. Oktober 1768 in Frankfurt am Main; † 28. Dezember 1826 in Frankfurt am Main) – war eine bedeutende Persönlichkeit der Banken- und Geschäftswelt seiner Zeit. Er und seine Familie erwarben Immobilien in der Gemarkung südlich des Mains, darunter den Sandhof, der 1810 erworben wurde, und den Riedhof, der zwischen 1805 und 1815 auf dem Areal des ehemaligen Riedhofs errichtet wurde.

e Goethe, Johann Wolfgang (* 28. August 1749 in Frankfurt am Main; † 22. März 1832 in Weimar, Großherzogtum Sachsen-Weimar-Eisenach) - war eine prägende Figur der deutschen Literatur, Politik und Naturforschung. Er zählt zu den herausragendsten Dichtern der deutschsprachigen Literatur. Sein Einfluss auf Kunst und Naturforschung reicht weit über Deutschlands Grenzen hinaus.

## Schauplätze der Handlung:

### Niederrad
"Dribb de Bach" - Erste urkundliche Erwähnung von Niederrad = 1151

| Bezirkzughörigkeit - Verwaltung: | Einwohnerstatistik: | | |
|---|---|---|---|
| | Jahr | Häuser | Einwohner |
| 1810-1813: Großherzogtum Frankfurt, Departement Frankfurt, Landdistriktsmairie Frankfurt | 1812 | 98 | 1208 |
| | 1826 | 176 | 1630 |
| | 31.12.2022 | | 29 184 |
| 1815: Freie Stadt Frankfurt (bis 1842 im Kondominat (3:1) mit Österreich als Rechtsnachfolger des Deutschen Ordens) 1867: Königreich Preußen, Provinz Hessen-Nassau, Regierungsbezirk Wiesbaden, Stadtkreis Frankfurt am Main 1886: Landkreis Frankfurt a. M 1900: Stadtkreis Frankfurt a. M Main | | | |

### Alte Namen in Urkundenbüchern
- Rode (1151) [Mainzer Urkundenbuch]
- Rode (1225) [Reichsstadt Frankfurt]
- Rodin (1233) [Reichsstadt Frankfurt]
- Roda et Roda (1250-60) [Wagner, Die eppsteinschen Lehensverzeichnisse]
- Nidernrode (1275) [Herren von Hanau 1]
- inferior villa Roide (1279) [Reichsstadt Frankfurt 1]
- ville inferior Rode (1300) [Reichsstadt Frankfurt 1]

- villa Roden prope Frankenvort iuxta Moganum (1300) [Reichsstadt Frankfurt 1]
- Nydern Rodde (1333)
- Nyderrode (1339)
- Niederrod (1780)[Stammbuch Pfarrer Fichtmüller)

**Sachsenhausen -**
"Dribb de Bach" – Erste urkundliche Erwähnung von Sachsenhausen = 1193

**Frankfurt am Main**
"Hibb de Bach" - Erste urkundliche Erwähnung von Frankfurt = 894

# Begriffserklärung

## Kapitel: Trauer um Großmutter

\* **Frankfurter Straße** – von den alten Niederrädern auch Unnergass genannt, trug den Namen bis zur Eingemeindung im Jahr 1900 nach Frankfurt. Nach der Umbenennung wurde sie als Kelsterbacher Straße bekannt.

\* **Schulhaus** – 1812 wurde eine Schule mit einer Pfarrwohnung unter dem Dach erbaut (Heute Pfarrhaus Kelsterbacher Straße 39)

\* **Aussegnung** – in der evangelischen Tradition besteht die Aussegnung am Sterbebett aus einer kurzen Andacht, bei der der oder die Sterbende gesegnet wird. Im Unterschied zu den katholischen Sterbesakramenten kann dies nach dem Tod geschehen.

\* **Talar** – ist ein weitärmeliges, knöchellanges, schwarzes Obergewand, das unter anderem von evangelischen Geistlichen, Professoren, Juristen und sogar Rabbinern getragen wird. Diese Tradition geht auf eine Verfügung von Friedrich Wilhelm III., König von Preußen, aus dem Jahr 1811 zurück. Er ordnete an, dass „um der Gleichförmigkeit willen" alle evangelischen Pfarrer eine einheitliche Tracht bei öffentlichen Anlässen tragen sollten: den schwarzen Talar. Es ist zu bemerken, dass der Talar, obwohl er häufig in religiösen Kontexten gesehen wird, kein liturgisches Gewand im eigentlichen Sinne ist, sondern vielmehr eine Amtstracht darstellt.

\* **Pfingstweide** – ist ein Gebiet, deckungsgleich mit dem des heutigen Frankfurter Zoo, der nach seiner Gründung (1858 an der Bockenheimer Landstraße) 1874 auf die Pfingstweide verlegt wurde. Zu früheren Zeiten um Pfingsten wurde das Vieh dort hingetrieben. Zur Zeit des Befreiungskrieges 1813 hatte man dort außerhalb der Stadt Frankfurt, um Ansteckungen zu vermeiden, Baracken für 2000 Kranke und Verwundete eingerichtet, wo sie von Frankfurter Ärzten versorgt wurden.

\* **Kleine Kirche Niederrad** oder Niederräder Kirche - evangelische Paul-Gerhardt-Kirche in Niederrad, befindet sich in der Kelsterbacher Straße, ehemals Frankfurter Straße. Diese Kirche wurde im Jahr 1726 erbaut, um die Funktion der kleinen Fachwerkkirche von 1608 zu ersetzen, die ursprünglich ausschließlich als Sonntagsschule genutzt wurde. Aufgrund von Luftangriffen auf Frankfurt in den 1940er Jahren erlitt das barocke Gotteshaus erhebliche Schäden.
Zwischen 1951 und 1952 wurde unter der Leitung des Architekten Hans Bartolmes ein vereinfachter Wiederaufbau gemäß seinen Plänen durchgeführt. Dieser Wiederaufbau war notwendig, um die Kirche nach den Zerstörungen während des Zweiten Weltkriegs wiederherzustellen.

\* **Gottesacker** - bezeichnet einen historischen Friedhof, der als letzte Ruhestätte für die Gemeindemitglieder von 1791 bis 1831 an der Kleine Kirche (Kelsterbacher Straße 41) in Niederrad diente. Dort an der Kirchenmauer sind noch einige Grabsteine zu erkennen.
Im Laufe der Zeit wurde der Friedhof zu klein und verlegt. Er fand seine neue Heimat auf dem Gebiet des heutigen Bruchfeldplatzes. Dieser Platz, der in der Gegenwart als Spielplatz dient, war von 1832 bis 1886 Schauplatz für Beisetzungen. Auch hier zeugen erhaltene Grabsteine, die an der Mauer zur Trifelsstraße stehen, von der ursprünglichen Funktion des Areals.

### Kapitel: Es muss weitergehen

\* **Bleichen** - um die Wäsche zu bleichen, wurden die

Wäschestücke auf einer Wiese, als Bleichwiese bekannt, ausgelegt und direkter Sonneneinstrahlung ausgesetzt. Dies trug dazu bei, die Wäsche auf natürliche Weise aufzuhellen. Bis in die 1970er Jahre wurde die Haushaltswäsche in Deutschland auf dem sogenannten "Bleichanger" oder eben auf der "Bleiche" getrocknet und gebleicht.

## Kapitel: Ein Freund

* **Orgel** - Erwähnung der Orgel der Kleinen Kirche 1779 Kaufpreis 200 Gulden bis1925 im Gebrauch.

* **Oberforsthaus** – in Jahr 1729 als Sitz des Forstamtsleiters gebaut und als solcher bis 1839 genutzt, dann folgte der Umzug der Forstamtsleitung in die Sachsenhäuser Warte. Im Oberforsthaus befand sich bis zu dessen Abbruch im Jahr 1963 eine Gaststätte. Heute sind nur die verrotteten Überreste des denkmalgeschützte Pferdestalls* des Forsthauses vorhanden. Anfang Juli 2021 wurde der historische Dachstuhl des Oberforsthauses ein Opfer der Flammen.
Lage: südöstlich von Niederrad, an der Bundesstraße 43 (Mörfelder Landstraße).
* **Zusatzinformation (familiär):**
In einer der Wohnungen des Stallgebäudes lebten bis zum Jahr 1963 meine Schwiegereltern mit ihren Kindern (meinem Mann und dessen Schwester). Mein Schwiegervater, mit Ausbildung als Pferdezüchter in seiner Heimatgemeinde Woilowitz (der Ort gehörte ehemals zum Deutschen Reich), arbeitete dort als Pferdepfleger.

## Kapitel: Ein Mord

* **Schlösschen (Frauenhof)** - am Rande des Dorfes Niederrad

errichtete J. F. Müller von 1761 bis 1781 in mehreren Bauphasen im sogenannte Frauenhof eine Kattunfabrik für Baumwollwaren. Das Gebäude ist im Stil eines barocken Landschlosses erbaut.

Die erste Bauphase erfolgte, um 1760. Der nördliche Teil des Frauenhofs, damals "Schlösschen" genannt, wurde im Jahr 1761 fertiggestellt. Um die Fabrik zu erweitern, erwarb Müller im Jahr 1781 das gegenüberliegende Grundstück. Dabei wurde er verpflichtet, die neuen Gebäude so zu gestalten, dass beladene Wagen ungehinderte Zufahrt zum Dorf hatten. Als Teil dieser Erweiterung ließ Müller den Torbogen zwischen den beiden Gebäudeteilen errichten und mit einem Uhrtürmchen verzieren.

Johann Friedrich Müller verstarb im Jahr 1803. Nach seinem Tod gaben die Erben die Fabrik im Jahr 1806 auf und verkauften das Anwesen im Jahr 1817 an den Landwirt Karl Maximilian Schulze, der es als Gutshof nutzte.

Im Jahr 1841 erwarb das Katharinen- und Weißfrauenstift das gesamte Anwesen, wodurch in Anlehnung an den Frauenstift der "Frauenhof" erst seinen heutigen Namen erhielt. 1937 wurden große Teile des Anwesens abgebrochen, erhalten blieb der Torbogen mit den beiden Seitenflügeln. 1944 wurden das Türmchen und Torbogen durch einen Bombentreffer schwer beschädigt und nur provisorisch repariert.

\* **Galgenacker (Galgenfeld)** - das Hochgericht von Niederrad befand sich zwischen Frauenhofstraße am Frauenhof und Rennbahnstraße. Der Galgen auf dem Galgenfeld stand dort bis 1846 als letzter Stadtgalgen um Frankfurt.

Zusätzliche Erklärung zur Todesstrafe: Am 14. Oktober 1864 wurde in Marburg (Hessen) zum letzten Mal öffentlich die Todesstrafe vollstreckt. Obwohl diese Form der Bestrafung mit der Einführung des Grundgesetzes 1949 in Deutschland abgeschafft wurde, stand die Todesstrafe bis 2018 in der hessischen Verfassung. Dies lag daran, dass Hessen im Jahr 1946 als erstes Bundesland nach dem Krieg eine Landesverfassung verabschiedet hatte. Zuvor war die Todesstrafe in Deutschland üblich gewesen, und so wurde sie 1946 wieder in die neue Landesverfassung aufgenommen. Erst nach der Volksabstimmung am 28. Oktober 2018 wurde Artikel 21 vom Hessischen Landtag aus der Hessischen Landesverfassung gestrichen.

## Kapitel: Weg nach Frankfurt

* **Waschteich** - Waschteich, der auch als Weiher bezeichnet wurde, lag auf der linken Seite vor dem Schlösschen, dem heutigen Frauenhof, und erstreckte sich bis zur heutigen Frauenhofschule. Dieser Waschteich wurde vom Grünbach gespeist. Laut einer Zeichnung von Fritz Rupp aus seinem Buch von 1913 floss der Grünbach vom Forsthaus kommend über die Königslacher Wiese (entlang der ehemaligen Rennbahn – dem heutigen Bürgerpark) entlang dem Hochgericht und versorgte den Waschteich mit seinem Wasser. Das Wasser wurde über den Mühlbach abgeleitet, der in Richtung Uferstraße floss und in den Main mündete. Im Jahr 1887 initiierte man die Trockenlegung des Weihers, um Platz für einen Schienenstrang zu schaffen, der für die Waldbahn vorgesehen war, die ab der Mörfelder Landstraße verkehrte. Diese Bahnlinie nahm am 5. Februar 1889 ihren Betrieb auf und führte durch das Tor des Frauenhofes bis in die Frankfurter Straße (heute Kelsterbacher Straße).

* **Ringel (auch Kringel genannt)** - Der Ringel wurde auf den Kopf gesetzt, und darauf stand der Korb oder das Tragebrett fest. Der Kringel selbst bestand aus Stoff und wurde aus lauter kleinen Dreiecken zusammengenäht. Er war so groß wie ein Teller und mit feinen Hobelspänen gefüllt, um eine weiche Polsterung zu gewährleisten.

**Weingärten (Weinhandel)** - Im Mittelalter spielte der Weinbau in Frankfurt und dem Umland eine bedeutende Rolle, nicht zuletzt aufgrund der günstigen geographischen und klimatischen Bedingungen. Das milde Klima und die fruchtbaren Böden der

Region boten ideale Voraussetzungen für den Anbau von Weinreben. Diese natürlichen Gegebenheiten, gepaart mit der strategisch günstigen Lage Frankfurts am Main, trugen dazu bei, dass sich die Stadt zu einem zentralen Knotenpunkt des Weinhandels in Deutschland entwickelte. Das Weinhandelskartell, das aus etwa 30 Weinhändlern bestand, dominierte den Weinmarkt und den Handel in Frankfurt.

In alten Aufzeichnungen wimmelt es nur so von „Wingerten". Überall im Frankfurter Gebiet und darüber hinaus wuchs Wein, auch im Sachsenhäuser Gebiet, von der Sachsenhäuser Warte über das Hasenpfadviertel bis zum Schaumainkai. Das Sachsenhäuser Weinbaugebiet hatte eine Größe von mindestens 154 Hektar, was einem Flächenmaß von mehr als 215 Fußballfeldern entspricht.

Die verheerende Zerstörung der Weinberge und Weingärten durch die Reblaus markiert ein düsteres Kapitel in der Weingeschichte der Stadt und ebnete den Weg für die Entstehung der heutigen Apfelweinkultur. Obwohl es in Frankfurt mit dem Lohrberg noch einen städtischen Weinberg gibt, konnte sich der einstmals florierende Weinbau der Region nicht vollständig erholen.

Doch mit dem "Lohrberger Hang" verfügt Frankfurt über einen Weinberg, den wenige deutsche Großstädte ihre Eigen nennen können und integriert so einen Teil des Rheingaus in seine Stadtgrenzen. Ob "Hochheimer Stein", "Hochheimer Hölle" oder "Lohrberger Hang" – sie alle entstammen dem traditionsreichen, seit 1803 bestehenden Frankfurter Weingut. Lange Zeit in Eigenregie bewirtschaftet, wurde das Weingut 1994 an die Winzerfamilie Rupp verpachtet. Heute leitet Jürgen Rupp, ein Winzer der zehnten Generation, das Gut und produziert namhafte Weine für offizielle Stadtanlässe.

Wein war zentral in Goethes Leben und Werk; er sah darin positive Effekte für Körper und Geist. Bereits in seiner Kindheit genoss er den Weingeruch im elterlichen Keller und Süßwein bei seinem Großvater, eine Tradition, die er fortsetzte. Goethe experimentierte mit Weinsorten und verewigte die Kultur des Weintrinkens in "Faust" mit der Szene "Auerbachs Keller", die studentischen Überschwang darstellt. Seine Familie besaß einen Weingarten bei Frankfurt, wo sie sich der Weinlese und dem Keltern widmete.

* **Sandhof**, - auch als Schafhof bekannt, war ein seit dem Hochmittelalter beurkundeter Gutshof im Wildbann Dreieich, südwestlich von Frankfurt am Main gelegen. Um 1750 erfolgte der Bau der barocken Dreiflügelanlage des Sandhofes. 1884 wurde der Sandhof städtisch und als Siechenhaus genutzt. Das Gebiet wurde im Jahr 1891 nach Frankfurt am Main eingemeindet. Über einen Zeitraum von rund 600 Jahren befand sich der Hof im Besitz der Frankfurter Kommende des Deutschen Ordens. Im 18. Jahrhundert erfolgte eine Erweiterung des Sandhofs um ein schlossähnliches Herrenhaus, welches unter anderem als Vergnügungsetablissement genutzt wurde. Zu jener Zeit umfasste das Anwesen mehr als 300 Morgen Ackerland sowie bedeutende Wiesenstücke.
Nach der Auflösung des Deutschen Ordens im Jahr 1810 wurde der Hof an Simon Moritz von Bethmann verkauft. Im Jahr 1884 gelangte der Sandhof in den städtischen Besitz. Nach erheblichen Beschädigungen im Zweiten Weltkrieg 1944 wurden die Gebäude restauriert, in den Komplex des damaligen Städtischen Krankenhauses integriert und schließlich abgerissen.

* **Ruhestein** – einer dieser Ruhesteine befindet sich entlang des alten Weges von Niederrad nach Sachsenhausen, auf der Höhe der Kennedyallee Hausnummer 74 im dortigen Grünstreifen. Der vor Ort befindliche Ruhestein besteht aus Basalt und wurde laut der Denkmaltopografie der Stadt Frankfurt am Main um das Jahr 1800 errichtet.
Beschreibung: Ein Ruhestein ist in der Regel zweigeteilt (es gibt auch dreigeteilte Varianten), bestehend aus einer erhöhten Bank zum Abstellen von Lasten, die auf dem Rücken oder Kopf

getragen werden, sowie einer niedrigen Sitzbank rechts oder links davon (es gibt auch Modelle, die beidseitig bebankt sind). Insgesamt gibt es in Frankfurt am Main sieben solcher einseitig bebankter Ruhesteine.

\* **Königsbach** (unter den Namen "Ludersbach" und "Frauenbach" bekannt) - Der Bach wurde erstmals im Jahr 1128 als "Kunigsbach" urkundlich erwähnt. Der Luderbach mündet am Fuße der südlichen Seite der Main-Neckar-Brücke, einer Eisenbahnbrücke mit Fußgängersteg, die auf das späte 19. Jahrhundert zurückgeht. Durch die Aufstauung des Königsbachs im Frankfurter Stadtwald entstand in den 1930er Jahren der Jacobiweiher, das flächenmäßig größte Stillgewässer Frankfurts.

\* **Niederräder Fussweg** - im Sommer 1879 verschwand der Niederräder Fußweg aus dem Frankfurter Straßenverzeichnis, als er in die Gutzkowstraße umbenannt wurde. Dieser Weg hatte seit Jahrhunderten die bekannteste Verbindung zwischen Frankfurt-Sachsenhausen und dem Dorf Niederrad dargestellt. Entlang des ehemaligen Niederräder Fußwegs entstanden nach und nach die Gutzkow-, Schneckenhof- und Passavantstraße. Dabei verlief die Passavantstraße nur bis zur Rubensstraße ungefähr entlang des alten Fußwegs, welcher dann geradewegs weiter auf die Forsthausstraße führte und in Höhe der heutigen Schreyerstraße endete.

\* **Riedhof** – ursprünglich bekannt unter den historischen Namensformen: Rythobe, Rithobe (1337), Ryth-off (1366), Riethoiff (1451), Riedthoiff (1533) und Rithoff (1671).
Die Geschichte des Riedhofs reicht bis ins Jahr 1296 zurück. 1533 kauft die Stadt Frankfurt den Hof mit 300 Morgen Acker für 1550 Gulden von Jakob von Praunheim. Im frühen 19. Jahrhundert beauftragte Simon Moritz von Bethmann (1768-1826) den Bau eines neuen Riedhofs anstelle des alten Wasserhofs. Dieser historische Riedhof war als befestigter Hof

mit einem sechseckigen Grundriss konzipiert. Im Jahr 1971 wurde die gesamte Gebäudeanlage in der Mörfelderlandstraße abgerissen. Nur die Flurbezeichnung, eine Gaststätte gleichen Namens und eine alte Pferdetränke, die als Denkmal erhalten blieb, erinnern noch an die vergangene Pracht dieses Ortes.

* **Apothekerhof** - hatte seinen Ursprung als Gutshof im Südwesten von Sachsenhausen, nur wenige Meter östlich der heutigen Schweizer Straße und nördlich der Mörfelder Landstraße. Ursprünglich trug das Anwesen nicht den Namen "Apothekerhof", sondern war als "Brommenhof" bekannt. Im Jahr 1372 erhielt der langjährige Bürgermeister Siegfried von Marburg zum Paradies diesen Hof vom Kaiser, doch erst als er im Besitz der Familie Bromm war, erhielt er seinen Namen. Im Jahr 1552 wurde der Hof durch einen Brand vollständig zerstört, anschließend wieder aufgebaut. Im Jahr 1768 erwarb Apotheker Johann Bernhard Henrici den "Brommenhof" und änderte seinen Namen in "Apothekerhof". Diese Umbenennung blieb weniger als hundert Jahre bestehen, da der "Apothekerhof" im Jahr 1866 durch Brandstiftung vollständig zerstört wurde.
Interessanterweise findet sich der Name "Apothekerhof" heute in einem Straßennamen im neuen Deutschherrenviertel, obwohl der Hof ursprünglich nicht an dem Ort lag, an dem die Straße heute verläuft. Zudem existiert die Straße "Zum Brommenhof" in Sachsenhausen, was auf die historische Bedeutung des ursprünglichen Namens hinweist.

* **Alte Brücke** - die Brücke hatte eine Breite von knapp 9 Metern, einschließlich der steinernen Brückengeländer, die jeweils etwa 30 Zentimeter breit waren. Der höchste Bogen lag bei normalem Wasserstand etwa 8,50 Meter über dem Wasserspiegel, während die anderen Bögen etwa 60 bis 90 Zentimeter niedriger waren. Die Durchfahrtsbreite der Bögen variierte zwischen 7,50 Metern und 9 Metern.
Die eigentliche Fahrbahn der Brücke maß etwa 4,70 Meter in der

Breite, genug für zwei Wagen, um einander zu passieren. Die Fußwege waren so schmal, dass im Jahr 1866, nach der Okkupation Frankfurts durch Preußen, der königliche Polizeipräsident eine Verordnung für Einbahnverkehr auf der Brücke erließ. Fußgänger wurden angewiesen, die rechte Seite der Brücke in Gehrichtung zu benutzen.

Diese Anweisung wurde durch vier schlichte Paragrafen unterstützt, die darauf abzielten, Unfälle zu verhindern, die sich in den Jahren zuvor gehäuft hatten.

§1 Beim Passieren der Alten Mainbrücke hat sich jedermann auf der rechten Seite zu halten.

§2 Niemand darf durch Stehen-bleiben den Verkehr auf der Brücke hemmen.

§3 Auf der Brücke darf nur im Schritt gefahren und geritten werden.

§4 Fuhrwerke dürfen auf der Brücke nicht vorfahren, nicht umkehren und nicht Stille halten.

Die heutige Alte Brücke ist korrekterweise als die "Neue Alte Brücke" bekannt. Sie wurde am 15. August 1926 von dem damaligen Oberbürgermeister Ludwig Landmann eingeweiht. Am 26. März 1945 wurden zwei der ursprünglich acht mit Mainstein verkleideten Gewölbebögen von deutschen Soldaten gesprengt. Das Mittelstück wurde durch eine Kastenbrücke aus Stahl ersetzt und am 15. September 1965 in Betrieb genommen.

Im Jahr 2006 erhielt die Brücke mit dem Neuen Portikus ein Gebäude, das an die frühere Brückenmühle erinnert. Ihr heutiges Erscheinungsbild, geprägt von vier Portalwänden zu beiden Seiten des Mittelteils, wurde während der Sanierung im Jahr 2014 gestaltet. Nach der Restauration befinden sich die Wahrzeichen der Brücke, der Brickegickel* und das Standbild des Karl des Großen, wieder auf der Brücke.

* **Der Brickegickel (Brückenhahn)** - Auf der Alten Mainbrücke, die vom Mainkai nach Sachsenhausen führt und erstmals im Jahr 1222 urkundlich erwähnt wurde, findet sich ein bedeutendes

Wahrzeichen für echte Frankfurter. Der Brückenhahn, ursprünglich im Jahr 1405 im "Bedeboch" dokumentiert, thront heute wieder in der Mitte der Brücke, obwohl es sich nicht um das Original handelt.

Der Goldene Hahn, der auf der Spitze eines Kreuzes sitzt, hatte ursprünglich eine praktische Funktion: Er diente den Schiffern als Anzeige für die tiefste Stelle des Mains. Darüber hinaus trägt der Hahn, der auf dem Kreuz in der Mitte der Brücke positioniert ist, auch religiöse Bedeutung. Er erinnert an Matthäus 26,34 in der Bibel, wo Jesus seinem Jünger Petrus ankündigt, dass dieser ihn dreimal verleugnen wird, bevor der Hahn kräht.

Die Bedeutung des Hahns spielte eine Rolle bei den Hinrichtungen durch Ertränken, die von 1366 bis 1613 in Frankfurt dokumentiert sind. Das Kruzifix mit dem Hahn sollte die Verurteilten kurz vor ihrer Hinrichtung zur Buße mahnen. Johann Georg Batton berichtete in der Örtlichen Beschreibung der Stadt Frankfurt, dass der Ort für die Vollstreckung von Todesurteilen der Kreuzbogen war, da der Wasserfluss an dieser Stelle am stärksten war und der Körper nicht leicht in die Stadt getrieben werden konnte. In der Antike pflegte man, Kreuze an Richtplätzen aufzurichten.

Es existieren verschiedene Sagen über den Hahn, darunter eine von den Gebrüder Grimm überlieferte: Beim Bau der Brücke versprach der Teufel Hilfe im Austausch gegen das erste Lebewesen, das die Brücke überquert. Der listige Baumeister täuschte den Teufel, indem er einen Hahn vor sich herschob, als er die Brücke betrat.

Eine weitere Sage aus dem Frankfurter Sagenbuch von Karl Enslin erzählt, dass der Teufel am Ende der Brücke auf der Sachsenhäuser Seite auf ein Seelchen lauerte. Der clevere Baumeister täuschte ihn erneut, indem er einen mageren Hahn verwendete. Zu Ehren dieses Ereignisses wurde der Hahn auf dem eisernen Brückenkreuz aufgestellt.

Der vergoldete Brückenhahn verschwand mehrmals von seinem Standort. Der vierte dieser Hähne fiel während der Sprengung der Brücke im Zweiten Weltkrieg in den Main, wurde gefunden und kann heute im Historischen Museum betrachtet werden. Der Bildhauer Edwin Hüller fertigte eine Kopie des Hahnes an, die in den 90er Jahren gestohlen wurde. In einem weiteren Vorfall im 21. Jahrhundert verschwand der Hahn erneut, jedoch nur für Renovierungsarbeiten.

\* **Fahrgasse** - ist eine historisch bedeutsame Straße in Frankfurt. Sie erstreckt sich von der Alten Brücke, von Süden nach Norden und endet bei der Konstablerwache. Diese Straße spielte vom Mittelalter bis ins 19. Jahrhundert eine zentrale Rolle in der Stadt: Hier konzentrierte sich der gesamte Verkehr, der die Mainbrücke überquerte. Heute präsentiert sich die Fahrgasse weit entfernt von ihrem einstigen Trubel als eine ruhige Nebenstraße.

\* **Dönges Gass** - die heutige Töngesgasse.
Die Töngesgasse, die heute als solche bekannt ist, trug einst den Namen Dönges Gass, wie auf dem historischen Stadtplan von Frankfurt aus dem Jahr 1840 ersichtlich ist. Im Jahr 1944 wurden nahezu alle Gebäude in der Töngesgasse durch Luftangriffe vollständig zerstört. Ein bemerkenswertes Überbleibsel dieser Zerstörung ist das Haus Töngesgasse 37, eines der wenigen Gebäude, das einigermaßen unversehrt blieb. Kurz nach Kriegsende wurde mit dem Wiederaufbau der Töngesgasse begonnen, wobei aufgrund städtebaulicher Veränderungen in den Verkehrswegen die neue Querstraße "Hasengasse" integriert wurde. Dies markierte einen Wendepunkt in der Entwicklung dieses Straßenzuges und prägte das heutige Erscheinungsbild der Töngesgasse maßgeblich.


## Kapitel: Grausamer Fund

\* **Speckweg** - eine der ältesten Straßen Niederrads (Heutige Mainfeldstraße) führte von der Frankfurter Straße (auch

Unnergass genannt) - heutige Kelsterbacher Straße, zum Mainufer.

*Dorfschutzmänner** (Plural) oder Schutzmänner oder die Schutzleute, die (Dorf)Wachtmeister, die (Dorf)Wachmänner Singular: (Dorf)Schutzmann, Der (Dorf)Wachtmeister Auch; Der /Die Ordnungshüter, veraltet: Konstabler; Gendarm


## Kapitel: Der Fremde

* **Rothehamm (Rothe Hamm, Roter Hamm)** - die erste Erwähnung des alten Flurnamens " Rothehamm", datiert aus dem Jahr 1550, ein niederdeutscher Ausdruck für "Rotes Ufer", rührt vom Sand des Mains her, denn hier war die Einmündung des Brachbaches, der von Sachsenhauser kommend das Bruchfeld durchfloss. Der Brachbach war die südliche des ältesten Niederrad. Im Jahr 1569 wurde auf diesem Gebiet ein städtischer Pachthof errichtet. Eine Besonderheit war eine Scheune mit einem Sandsteintorbogen, auf dem die Jahreszahl 1811 verzeichnet stand. Diese Scheune wurde in den 1980er Jahren abgerissen. 1832 folgte die Eröffnung der Gaststätte "Roter Hamm", die sich schnell zu einem beliebten Ausflugsziel für die Bevölkerung Frankfurts entwickelte.
Der historische Name "Roter Hamm" lebt heute fort: Er wird als Produktname von der Mosterei der Werkstatt des Reha-Zentrums Niederrad verwendet.

* **Wachstube – Niederräder Gefängnis** befand sich im Kirschpfad auf der linken Seite in Richtung Mainfeld. Gegen Ende seiner Nutzung diente das Gebäude als Lager für eine Malerfirma, bevor es in den 1970er Jahren, abgerissen wurde.

## Kapitel: Verhängnisvolle Beschuldigung

* **Rössi auch Weißes Ross – Wirtshaus.** Es wurde 1861 umgebaut und diente als Ort für Tanzveranstaltungen. Jahre später wurde das Gasthaus zum Union-Kino, dem ersten seiner Art in Niederrad. Das Kino, besteht nicht mehr. Es ist heute ein Wohnhaus (Kelsterbacher Straße 22).

Der Maler Johann Caspar Zehender, auch Johann Caspar Zehnter (* 5. Oktober 1742 in Schaffhausen; † 5. Februar 1805 ebenda), der in den Jahren von 1770 bis 1779 in Frankfurt tätig war, fertigte 1874 eine Zeichnung des Rössi an. Diese zeigt eine Ansicht vom "Zum Grünen Baum" aus, (ehemaligen Gaststätte), mit Blick auf das Mainfeld. Unmittelbar am ehemaligen Rössi vorbei führt heute noch der Kirchweg, der ebenfalls auf dem Bild zu sehen ist.

* **Kirchpfad (Kirchweg)** – ist nicht als offizieller Straßenname anerkannt, war unter den Bewohnern von Niederrad als "Stichel" bekannt. Dieser Name geht zurück auf die Zeit vor 1608, eine Ära, in der Niederrad selbst noch keine Kirche besaß. Die Gemeindemitglieder nutzten diesen Pfad, um zur Fähre zu gelangen, die sie über den Fluss zum Gutleuthof brachte, wo sie den Gottesdienst besuchten. Entlang des Kirchpfads floss der Mühlbach, der als kleiner Waschbach bekannt sein könnte. Dieser Bach betrieb noch im Jahr 1788 eine Mühle. Den Kirchpfad gibt es noch heute, er endet jedoch im Elli-Lucht-Park

## Kapitel: Uneinigkeit

* **Apfelwein in Frankfurt: Eine geschichtliche Betrachtung**
Apfelwein auf Hessisch "Ebbelwoi" oder "Ebbelwei".

Obwohl Frankfurt am Main traditionell eher für Wein und Bier bekannt war, spielte Apfelwein schon immer eine Rolle in der

Stadtgeschichte – eine Rolle, die historisch gesehen sogar älter ist, als viele annehmen. Der erste dokumentierte Hinweis auf Apfelwein datiert aus dem Jahr 1491, gefunden in den Bürgermeisterbüchern, die von einem "Winfurer", einem Fuhrmann, berichten, der nicht Traubenwein, sondern eine andere Last transportierte.

*Quellennachweis: Deutsches Apfelweinmuseum e.V.*

Mit dem Anstieg seiner Popularität im Laufe der Zeit erkannte der Frankfurter Rat die Bedeutung des Apfelweins und erließ 1638 eine Verordnung, die verbindliche Standards für dessen Herstellung festlegte. Ein offizielles Dekret aus dem Jahr 1750 zeigt die Ernsthaftigkeit, mit der diese Standards verfolgt wurden: "Wer Apfelwein mit Mineralien und Silberglatt verfälscht, soll ohne Gnade mit dem Strang zu Tode gebracht werden."

Ein entscheidender Wendepunkt für den Apfelwein kam Ende des 19. Jahrhunderts, als die Reblaus-Katastrophe die Weinberge Europas heimsuchte. Dieser aus Nordamerika stammende Schädling, der in den 1860er Jahren eingeschleppt wurde, vernichtete bis zu 80 Prozent der Weinanbauflächen, im Rhein-Main-Gebiet. Die massive Zerstörung der Weinreben machte den Weinanbau zunehmend unwirtschaftlich, und Wein musste verstärkt aus anderen Regionen oder dem Ausland importiert werden. Bis um 1900 gab es im Stadtgebiet und um Frankfurt herum praktisch keine Weinberge mehr. Die letzte öffentliche Weinlese fand 1905 auf dem Berger Hang statt.

In den freigewordenen Flächen sah man eine neue Möglichkeit: Apfelbäume wurden gepflanzt. So begann der Aufstieg des Apfelweins, der den Traubenwein als das populärste Volksgetränk in Frankfurt ablöste und eine tiefe kulturelle Verankerung in der Region fand.

Auf dem 185 Meter hohen Hausberg, dem Lohrberg im Stadtteil Seckbach, befindet sich heute der einzige verbliebene Weinberg der Stadt Frankfurt am Main. Dieser gehört zum berühmten Anbaugebiet Rheingau. Seit 1803 ist dieser Weinberg im Besitz der Stadt Frankfurt. Seit 1994 wird er von einem privaten Pächter, dem Winzer Armin Rupp, bewirtschaftet. Auf diesem Weinberg gedeihen die Trauben für den Riesling-Wein 'Frankfurter Lohrberger Hang', von dem jährlich rund 10.000 Flaschen abgefüllt werden. Der größte Teil des umfangreichen städtischen Weinguts befindet sich in Hochheim am Mainufer. Aus dessen Trauben entstehen weitere hochwertige Weine wie 'Weißer Burgunder', 'Spätburgunder', 'Chardonnay' und 'Cabernet Sauvignon'.

### Kapitel: Ungewissheit

\* **Mainfeld** – der Name kommt von der früheren Flurbezeichnung. Das Mainfeld Niederrad ist heute eine Hochhaussiedlung.

### Kapitel: Stadtgericht

\* **Hauptwache** - einstiges Wachgebäude, wurde in den Jahren 1729–30 vom Stadtbaumeister Johann Jakob Samhaimer errichtet. Ursprünglich diente die Hauptwache als Sitz der Stadtwehr und beherbergte zudem ein Gefängnis. Im Erdgeschoss befand sich eine offene Bogenhalle, gefolgt von drei Stuben. Die Zimmer und Kammern im Mansardengeschoss wurden sowohl als Verhörlokale als auch als Gefängnisräume genutzt, wobei letztere den besser gestellten Persönlichkeiten vorbehalten waren. Gefangene aus dem einfachen Volk wurden hingegen in die Verliese im Untergeschoss (Schanzenloch) gesperrt.
Die Funktion als Wache und Gefängnis behielt die Hauptwache bis zum Jahr 1903 bei. Nach einer umfassenden Sanierung und dem Umbau des Gebäudes, bei dem die Räume im Erdgeschoss zusammengelegt und nach Norden hin ein Anbau mit Terrasse errichtet wurde, eröffnete im Dezember 1905 das Café

Hauptwache, welches bis heute Bestand hat.

## Kapitel: Friedensversuch

* **Gäulsloch** (als "Weed" bekannt) - ein Ort, an dem die Pferde der Niederräder Fuhrunternehmen gewaschen wurden. Der Begriff "Weed", im Süddeutschen "Wette" genannt, bezeichnet eine Pferdeschwemme. Es handelte sich dabei um eine Stelle in einem Fluss, Bach oder Teich oder um eine große Quellfassung, an der Arbeitspferde und andere Zugtiere nach der Arbeit ins Wasser geführt, gereinigt und getränkt werden konnten. Vor allem im Sommer bot die Weed eine wichtige Möglichkeit, die durch die Arbeit erhitzten Pferde abzukühlen. Das als Niederräder Gäulsloch bekannte Gebiet befand sich am Ende des Speckwegs, wo sich in früheren Zeiten eine Furt im Main befand. Laut Überlieferung lernten auch viele alte Niederräder genau dort das Schwimmen.

## Kapitel: Zweifel eines Richters

* **Zum Schwan oder Zum weißen Schwan** – war eine Schenke, die um 1545 erbaut wurde. Dieses Wirtshaus befand sich in der Frankfurter Straße (heute Kelsterbacher Str.16), in der Nähe des Stichels / Kirchpfad. Hier soll der junge Goethe 1756 eingekehrt sein, und auch im hohen Alter besuchte er 1815 die Schwanenwirtschaft. Dies Belegt eine Schilderung der deutschen Schriftstellerin Rahel Varnhagen von Ense (* 19. Mai 1771 in Berlin; † 7. März 1833 ebenda) vom 20. August 1815.
Die Ställe der großen Scheune auf der Rückseite des Wirtshauses wurden genutzt, um die Pferde der Leinenreiter unterzubringen. Kaufläute die nach Mainz wollten, nahmen hier Quartier.
Letztendlich erlebte das Wirtshaus wirtschaftliche Schwierigkeiten

und schloss im Jahr 1887. Die beiden Gebäude, die sich heute in der Kelsterbacher Straße 16 und 18 befinden, erzählen noch die Geschichte dieses historischen Ortskern von Niederrad.

## Kapitel: Frankfurt zu dritt

\* **Leinpfad** (Treidelpfad) – dieser historischer Treidelpfad entlang des rechten Mainufers ist als Leinpfad bekannt. Vor der Ära motorisierter Schiffe war es üblich, dass Reiter mit Pferden mühsam Kähne gegen die Strömung des Mains hinaufzogen, ein Vorgang, der als "Treideln" bezeichnet wird. Die Schiffe wurden mit einer langen Leine, der Treidelleine, gezogen, die am Schiffsmast befestigt war.

Das Treideln war eine anspruchsvolle und gefährliche Arbeit. Bei Regen oder Hochwasser wurden die Leinpfade aufgeweicht, und bei schwierigen Strömungsverhältnissen trieben die Schiffe oft in die Flussmitte. In solchen Fällen rutschten die Pferde immer wieder in den Fluss. Die Lein- oder Treidelknechte saßen daher einseitig auf den Pferden, um im Notfall schnell abspringen zu können.

\* **Salzhaus** - die erste dokumentierte Erwähnung des Frankfurter Salzhauses stammt aus dem 16. Jahrhundert und bezieht sich auf das ursprüngliche Gebäude, datiert auf den 5. Mai 1324. Diese Geschichte unterstreicht nicht nur die historische Bedeutung des Salzhandels, sondern die vielfältige Nutzungsgeschichte des Gebäudes durch die Jahrhunderte. Ursprünglich Eigentum der Patrizierfamilie Wanebach, war das Salzhaus zentral für den Handel mit Salz, einem essenziellen Gut zur Lebensmittelkonservierung. Noch bis ins frühe 20. Jahrhundert befanden sich im Gewölbekeller große Becken zur Salzlagerung.

Über die Zeit änderte sich die Nutzung des Gebäudes signifikant. Mitte des 15. Jahrhunderts diente es unter Henne Brun zeitweise als Gefängnis. Eine markante Transformation erlebte es im 16. und 17. Jahrhundert, als der Weinhändler Christoph Andreas

Koler es in ein imposantes Spätrenaissancehaus umgestalten ließ. In den folgenden Jahrhunderten diente das Gebäude wieder dem Handel, 1637 beherbergte es den Seiden- und Tuchhändler Melchior Sultzer und 1718 die Strumpfhandlung von Friedrich Freyer. 1843 erwarb die Stadt Frankfurt das Gebäude, integrierte es in das Rathaus Römer und führte später notwendige Sanierungsarbeiten durch, bei denen unter anderem die Eichenholztafeln restauriert wurden. Die ursprünglichen, stark beschädigten Fresken an der Nordwand wurden ersetzt.

Im Zuge des Zweiten Weltkriegs wurden 1942 die Relieftafeln gesichert und eingelagert, wodurch sie den schweren Bombenangriff am 22. März 1944 unbeschadet überstanden, während das Salzhaus selbst in Trümmern lag.

Diese sechs Holzrelieftafeln, die 1595 von dem Bildhauer Johann Michael Hocheisen geschaffen wurden, befinden sich heute an der Fassade des im Herbst 1952 fertiggestellten, wiederaufgebauten Nachkriegs-Salzhaus. Dieses Gebäude steht auf dem erhaltenen Erdgeschoss des Vorgängerbaus und ist Teil des Rathauskomplexes am Römerberg. Die Reliefs sind paarweise unter den Fenstern des ersten bis dritten Stockwerks zum Neuen Haus Frauenstein hin, angeordnet.

Im Erdgeschoss befindet sich die Eingangstür zum Informationszentrum für Touristen.

* **Schwarze Stern** – Das Renaissancegebäude, entstand im Jahr 1610. Ursprünglich zeichnete sich durch seine beeindruckende Fassade aus, die im 18. und 19. Jahrhundert durch Verputz verborgen und erst im Jahr 1920 wieder in ihrer ursprünglichen Pracht freigelegt wurde. Das 20. Jahrhundert brachte nicht nur die Wiederentdeckung, sondern Verwüstung mit sich. Im Jahr 1944 wurde das Bauwerk durch bei den Luftangriffen auf Frankfurt bis auf das steinerne Erdgeschoss zerstört. Dank umfassender Dokumentationen konnte es originalgetreu wiederhergestellt werden.

Ein markantes Merkmal des Schwarzen Sterns ist die Anordnung seiner Fenster – in jedem Geschoss reihen sich zwölf Fenster nahtlos aneinander. Die Fassade des Gebäudes ist ein wahres Kunstwerk, bei dem sich der Fachwerkschmuck von Geschoss zu Geschoss unterscheidet. Ursprünglich vermutet man, waren die Fachwerkbalken mit kunstvollen Bossen und Diamantbuckeln verziert. Diese Elemente dienten nicht nur der Zierde, sondern hatten eine praktische Funktion: Sie hoben durch ihr Spiel mit Licht und Schatten die Struktur des Gebäudes hervor und sorgten für einen lebendigen Kontrast.

Heutzutage dient der Schwarze Stern nicht mehr nur als Bewunderungsobjekt historischer Baukunst auf den Römerberg, sondern erfüllt eine kulinarische Funktion. Im Inneren des liebevoll rekonstruierten Gebäudes befindet sich ein Restaurant.

### * Zwiwwelkuche – Zwiebelkuchen

Belag: 2 kg Zwiebeln, 500 g Speckwürfel, 2 TL Kümmel, Pr. Pfeffer, 6 Eier, 200 g Schmand.

Zwiebeln schälen und in gleichmäßig dünn Ringe schneiden, in Oel anbraten, bis sie eine leicht braune Farbe bekommen. Den Speck kross auslassen und mit den Zwiebeln, Salz Pfeffer und Kümmel gut würzig abschmecken. Über Nacht kaltstellen.

Teig: 500 g Mehl, 1 Würfel Hefe, je 1 TL Salz und Zucker, 250 ml Wasser (lauwarm),100 g Öl

Mehl, Hefe, Salz und Zucker vermischen, lauwarme Wasser und das Oel dazugeben, alles ca. 10 Minuten durchkneten. Wenn sich der Teig vom Boden löst, zugedeckt 15 Minuten an einem warmen Ort ruhen lassen. Nochmals durchkneten, ausrollen und auf ein Backblech geben. Zugedeckt nochmals 10 Minuten ruhen lassen.

Die Zwiebelmasse auf den Teig geben und glattstreichen. Im Backofen bei 200 Grad ca. 30 Minuten backen. Der Hefeteig sollte eine leicht bräunliche Farbe haben.

Die 6 Eier mit dem Schmand verrühren und auf den Zwiebelkuchen geben; alles nochmal ca. 15 Minuten backen.

## Kapitel: Gute Aussichten

\* **Grüner Baum (Zum Grünen Baum)** – Das historische Gebäude, gelegen an der Adresse, die heute als Kelsterbacher Straße 33 bekannt ist und einst als Frankfurter Straße geführt wurde. Mit einem Tanzsaal im Hochparterre und einem Weinausschank, zu dem man über eine steinerne Außentreppe gelangte. Ein Weinkeller befand sich direkt unter dem Gebäude. Eine Sandsteinplatte über der Toreinfahrt kündete mit der Jahreszahl 1764 von der langen Geschichte des Hauses, das unter Denkmalschutz stand.

Johannes Kaspar Zehender, ein Künstler, verewigte von diesem Standpunkt aus in einem seiner Werke das gegenüberliegende "Weiße Ross" mit einem Kerwebaum und gewährte zugleich einen Einblick in den Kirchpfad und einen Ausblick auf den Gutleuthof, wie er in seinen Aufzeichnungen vermerkte.

Leider wurde dieses geschichtsträchtige Gebäude, das im Zweiten Weltkrieg Schaden nahm, später zwar hierfür wieder aufgebaut, aber im Jahr 1959 abgerissen. Die Entscheidung fiel, da die Kosten für die Erhaltung des denkmalgeschützten Hauses unverhältnismäßig hoch ausfielen. So ging mit dem "Zum Grünen Baum" nicht nur ein architektonisches Denkmal, sondern auch ein weiteres Stück lebendiger Geschichte von Niederrad verloren.

\* **Rundhütchen** – Sage zu Niederrad - Textquelle: Karl Enslin - Frankfurter Sagenbuch. Sagen und sagenhafte Geschichten aus Frankfurt am Main.


## Kapitel: Gefahr aus dem Dunkeln

\* **Grünbach** – ein Bach, der aus Richtung Oberforsthaus über die Königslacherwiese kam, speiste einst den Niederräder Waschteich vor dem Schlösschen "Frauenhof" mit Wasser. Dieser Bach ist heute nicht mehr existent. Er floss im Maifeld zwischen der früheren "Lachwiese" und "Die hundert Morgen" in den Main. In den topografisch-historischen Karten des Hessischen Instituts für Landesgeschichte um 1900 sind der Kleine Waschbach und die Große Waschbach (Grünbach) zu sehen.

* **Forsthausstraße** – heißt seit dem 1.7.1900 Schwarzwaldstraße, hier befand sich die Zuckersiederei der Firma Schepeler

* **Zuckersiederei** – Im Jahr 1812 legte Georg Schepeler (*1777–†1848) den Grundstein für eine Zuckersiederei in Niederrad, angesiedelt auf einer Hofreite an der damaligen Forsthausstraße, der heutigen Schwarzwaldstraße 12. Schon ein Jahr nach ihrer Gründung, 1813, wurde Schepelers Betrieb durch ein Feuer vollständig zerstört, lediglich die Grundmauern blieben stehen. Trotz dieses Rückschlags erhielt Schepeler die Erlaubnis zum Wiederaufbau, woraufhin ein imposantes, zweistöckiges Gebäude mit Hof, Stall und Garten entstand, indem die Zuckersiederei neues Leben fand. Vermutlich nahm die Produktion um das Jahr 1817 wieder Fahrt auf. Im Frühjahr 1824 wurde der Betrieb von einem weiteren Brand heimgesucht, woraufhin in diesem Jahr die Siederei endgültig geschlossen. Er löste die Firma Hebenstreit auf und gründete unter eigenem Namen eine noch lange bestehende Handlung mit Lebens- und Genussmitteln. Im Zeitraum zwischen 1831 und 1835 trennte sich Schepeler schrittweise von seinem gesamten Besitz in Niederrad.

## Kapitel: Gerichtsverhandlung

* **Barfüßerkirche (warum sie heute Paulskirche heißt)** – Der Grundstein der Barfüßerkirche, im klassizistischen Stil, wurde 1789 an die Stelle ihrer Vorgängerin gelegt. Die Kirche bekam 1796 ein Dach und 1802 Fenster, um sie vor dem Wetter zu schützen. Turm und Treppenhäuser blieben unvollendet. Die

Bauarbeiten wurden durch die Koalitionskriege verzögert und mussten zeitweise eingestellt werden. Erst nach der Wiedererlangung Frankfurts als Freie Stadt 1813 und der Klärung kirchlicher und bauleitender Fragen konnte der Bau 1830 fortgesetzt werden. Vor der Einweihung am 9. Juni entschied das lutherische Konsistorium am 23. Mai 1833, die Kirche nach dem Apostel Paulus Paulskirche zu nennen, eine Anerkennung seines Prinzips des sola fide. Pfarrer Anton Kirchner hielt die Einweihungspredigt. Die Paulskirche war 1848/49 Sitz der Frankfurter Nationalversammlung und dient heute als Ort für Ausstellungen, Gedenkfeiern und Versammlungen.

Am 12. März 1944 fand der letzte Gottesdienst statt. Am 18. März beschädigte ein Luftangriff die östliche Altstadt schwer, und Brandbomben setzten später das Dach der Paulskirche in Brand. Ein weiterer Angriff zerstörte fast die gesamte Altstadt. Als Symbol nationaler Freiheit und Demokratie wurde die Paulskirche ab dem 17. März 1947 wieder aufgebaut und zum hundertjährigen Jubiläum der Nationalversammlung am 18. Mai 1948 wiedereröffnet.

**Info zu Hinrichtungen und Todesstrafe in Hessen.**

In Frankfurt am Main wurden bis zum Jahr 1799 öffentliche Hinrichtungen durchgeführt. *Dies steht im Kontrast zu der fiktiven Hinrichtung am Galgen in meiner Geschichte, die erst im Jahr 1824 stattfindet.* Die formelle Abschaffung der Todesstrafe in Deutschland erfolgte am 23. Mai 1949 mit der Verkündung des Grundgesetzes, in dem Artikel 102 die Todesstrafe ausdrücklich ausschließt.

Da die Verfassung des Landes Hessen älter war, als das Grundgesetz gab es zwar einige Verfassungsänderungen, aber bis 2018 keine große Verfassungsreform: So blieb Todesstrafe in der Hessischen Verfassung enthalten bis im Oktober 2018 zur 15. Änderung, die vom Landtag beschlossen wurde. Dabei stimmten 83 Prozent der etwa 4,4 Millionen Wahlberechtigten-Hessen für eine Abschaffung der Todesstrafe im Rahmen einer Reform der

Landesverfassung. In der Hessischen Verfassung sind die Regelungen zur Todesstrafe nun nicht mehr enthalten. Die entsprechenden Sätze wurden aus den Artikeln 21 und 109 gestrichen, und in Artikel 21 wurde der Satz eingefügt: "Die Todesstrafe ist abgeschafft".

## Kapitel: Ein Angebot

\* **Salzmannschule** - wurde im Jahr 1826 im historischen Ortskern von Niederrad als Volksschule gegründet. Das Gebäude in der Schwanheimer Straße Nr. 23 war nach einer einjährigen Bauzeit am 26. September 1826 fertiggestellt. Der Schulmeister bezog am 3. Oktober das Gebäude und begann am 9. Oktober mit dem Unterricht. Damals war eine Klasse 80 – 100 Kinder stark. Die Schule wurde erst im Jahr 1842 nach dem Pädagogen Christian Gotthilf Salzmann (1744-1811) benannt, der für seine fortschrittlichen Bildungsideen bekannt war. Aufgrund des gestiegenen Platzbedarfs von 250 Schülern war das ursprüngliche Gebäude bis 1846 zu klein geworden, woraufhin auf dem Gelände ein weiteres Schulgebäude errichtet wurde, das 1847 seine Pforten öffnete.

Die Schule blickt auf eine reiche Geschichte zurück. Als die letzte eigenständige Hauptschule in Frankfurt lag ihr Fokus zuletzt auf der Berufsorientierung. In einer langjährigen Partnerschaft mit der Gesellschaft für Jugendbeschäftigung führte sie das "Frankfurter Ausbildungsprojekt" durch, das Abschlussklassen bei der Berufsorientierung und Ausbildungsvermittlung unterstützte.

Das fast 200 Jahre alte Gebäude in der Schwanheimer Straße 23 mit seinem markanten Giebel war bereits dem Abriss gewidmet und schloss seine Türen zu den Sommerferien 2021. Im Jahr 2023 wurde die Schule während der Ferien renoviert und aus Platzmangel reaktiviert. Dennoch wird das Gebäude letztendlich abgerissen, da es nicht unter Denkmalschutz steht – der genaue Zeitpunkt ist derzeit unklar. Mit dem Abriss geht ein weiteres historisches Gebäude im alten Stadtkern von Niederrad verloren.

## Kapitel: Ruhige Zeiten

* **Gutleuthof** - 1210 als Sondersiechenhaus nahe dem Grindbrunnen (ein Schwefelbrunnen, mit Heilwirkung gegen Hautkrankheiten) am Main gegründet, wurde 1283 erstmals als Leprosenhof erwähnt. 1531 ging er in den Besitz des städtischen Almosenkastens über und diente 1614 zeitweise als Gefängnis für die Fettmilch-Aufstandsrevolutionäre. Goethe erwähnte den Hof in "Dichtung und Wahrheit" und beschrieb dortige Feste. Ein Brand zerstörte 1801 fast den gesamten Hof. Nach mehrfachem Besitzerwechsel, u.a. an die Hessische Ludwigsbahn 1873 und die Getränkefirma Jöst 1940, die 1952 einen "Frankfurter Weinberg" anlegte, wurde der Hof 1971 aufgegeben. Trotz Protesten wurde er 1978 abgerissen. 1979 kaufte die Stadt Frankfurt das Gelände für die Werner-von-Siemens-Berufsschule. Der Gutleuthof prägte den Namen des Gutleutviertels sowie die Straßennamen Gutleuthofweg und Gutleutstraße.

**Info zur Gutleutkapelle** – diese wurde 1329 erwähnt und war eng mit dem Lepraspital verbunden. Sie diente Protestanten aus Niederrad, Griesheim und umliegenden Höfen als Kirche, deren Kirchhof für Beerdigungen, Selbstmördern und Hingerichteten, genutzt wurde.

**Info zum Grindbrunnen** - Schwefelbrunnen, der seit dem 13. Jahrhundert für seine heilenden Wirkungen bei Hautkrankheiten geschätzt wurde. 1873 wurde eine Trinkhalle für Kurgäste errichtet. 1886 musste der Brunnen wegen des Ausbaus des Westhafens ins Nizza (Untermainanlage) verlegt werden, wo erfolgreich eine ähnliche Quelle erbohrt werden konnte. Doch ein Kurbetrieb kam aufgrund einer schwachen Quelle nicht zustande, und der Betrieb endete vor dem Ersten Weltkrieg. 1963 wurde der Grindbrunnen wegen Grundwasserverschmutzung geschlossen. Seine restaurierte Fassung wird bald in der Nähe des

Druckwasserwerks neu platziert.

## Kapitel: Bestellung des Aufgebots

\* **Heiratserlaubnis** – Im Jahr 1823 war die gesellschaftliche und rechtliche Ordnung in manchen Gebieten so gestaltet, dass Paare, die den Bund der Ehe eingehen wollten, eine offizielle Heiratserlaubnis benötigten. Diese Genehmigung musste beim Senat eingeholt werden, was das Prozedere einer Hochzeit mit bürokratischen Hürden versah. Dieses Vorgehen unterstrich die damalige Bedeutung der staatlichen oder städtischen Kontrolle über persönliche Lebensentscheidungen und spiegelte die sozialen Strukturen sowie die Wertvorstellungen der Gesellschaft wider. Die Ehe war somit auch eine Angelegenheit öffentlichen Interesses, die im Einklang mit den geltenden Normen und Gesetzen stehen musste.

Die Praxis, eine Heiratserlaubnis einzuholen, erlaubte den Behörden, Einfluss auf die Zusammensetzung der Familien und somit indirekt auf die soziale Struktur und das Erbe zu nehmen. Durch die Möglichkeit, eine Heiratserlaubnis abzulehnen, konnten die Behörden bestimmte Verbindungen verhindern, die sie aus sozialen, ökonomischen, politischen oder anderen Gründen für unpassend hielten.

## Kapitel: Vorbereitung

\* **Konstablerwache** – das Zeughaus entstand um 1580 als Unterkunft für die städtische Artillerie und wurde später durch den barocken Anbau 1753 ersetzt. Im Jahr 1822 erfolgte ein Umbau durch den Stadtbaumeister Heß. Das ursprüngliche Gebäude wurde 1886 abgerissen, und heute befindet sich an dieser Stelle das Bienenkorbhaus.

* **Darmstädter Hof** – Das Gebäude auf der Zeil war ein Stadtpalais und eine Poststation der Landgrafen von Hessen und galt als einer der bedeutendsten Barockbauten in Frankfurt. Er wurde zwischen 1753 und 1757 anstelle des Hauptbaus des Brommschen Hofs errichtet, einem mittelalterlichen Patrizierhaus, dessen Seitenflügel bis zum Abriss des gesamten Gebäudekomplexes im Jahr 1899 erhalten blieben.

Weitere Erklärung: Zu dieser Zeit erwarb die Stadt die Ziersteine der barocken Straßen- und Hoffassaden sowie der mittelalterlichen Seitenflügel, mit der Absicht, das Gebäude an anderer Stelle wieder aufzubauen. In den 1920er Jahren wurden die Steine an einen Steinmetz in Miltenberg verkauft, aber auf Drängen von Fried Lübbecke wurden sie später wieder zurückgekauft. Es wurde erneut darüber diskutiert, sie für einen Wiederaufbau zu verwenden. Über die nächsten Jahrzehnte hinweg wurden die Steine von einem städtischen Bauhof zum nächsten transportiert, wobei sie beschädigt und teilweise verloren gingen.

Nach dem Zweiten Weltkrieg wurde erneut die Möglichkeit eines Wiederaufbaus diskutiert. Im Jahr 1952 wurden die Steine in den Stadtwald gebracht, da ihr Lagerplatz für eine Erweiterung des Heizkraftwerks in der Gutleutstraße benötigt wurde. In den 1960er Jahren wurden sie zu Steinhaufen zusammengeführt, um eine künstliche Felsenlandschaft für das importierte Wild des damaligen Bürgermeisters Menzer, einem Mufflonjagd-Enthusiasten, zu schaffen.

Im Jahr 2002 rückte ihre "Wiederentdeckung" in die Schlagzeilen, ohne bisherige praktische Konsequenzen. Der Zustand der Steine wird unterschiedlich beschrieben, von sehr gut bis vollkommen unbrauchbar. Es ist anzunehmen, dass die dauerhafte Witterungseinwirkung ihrem Zustand nicht zuträglich ist.

* **Palais Schweitzer** - Das Haus auf der Zeil, wurde 15 Jahre nach dem Tod von Franz Maria Schweitzer am 15. März 1827 von

seinen Erben an den Metzgermeister Johannes Stier verkauft. Obwohl Bismarck sich einsetzte, das Haus für die preußische Gesandtschaft zu erwerben, erfolgte durch Metzgermeister Johannes Stier Schwiegersohn Sarg der Umbau zum Hotel Russischer Hof, der zu den berühmtesten Frankfurter Hotels seiner Zeit gehörte. Ab 1888 wurden das Gebäude abgerissen.

* **Rote Haus** – Das erste Rote Haus, etwa zwischen 1635 und 1640 gemäß dem Stadtchronisten Achilles Augustus von Lersner erbaut, wurde von einem Johann Porsch errichtet und verfügte über eine nach Norden ausgedehnte Gartenanlage. Nachdem sein letzter Wirt bankrottgegangen war und jahrzehntelangem Leerstand fand es im Jahr 1766 einen neuen Käufer. Dieser entschied sich dazu, das damals über 130 Jahre alte dreistöckige Renaissancegebäude mit einem weiteren dreigeschossigen, Gauben ähnlichen Dachbau komplett abzureißen. Bis Ende 1767 wurde es durch einen Neubau in klaren spätbarocken Formen ersetzt. Die Fassade des Roten Hauses wurde um 1790, knapp 20 Jahre nach dem Neubau im spätbarocken Stil, erneut umgestaltet. Gleichzeitig erwarb der damalige Besitzer Johann Adam Dick die östlich davon gelegenen vier Fachwerkhäuser, die das Gebäude vom Palais Schweitzer trennten. Er ließ an ihrer Stelle einen eigenständigen Anbau errichten. Ende 1831 wurde es von seinem letzten dem Wirt Herrmann Dick an das Fürstenhaus Hessen-Kassel verkauft, das es kurz nach dem März 1832 umbauen und mit einer spätklassizistischen Fassade versehen ließ. 1837 wechselte das Gebäude erneut den Besitzer und ging an die Fürsten von Thurn und Taxis, die es alsbald zum Frankfurter Zentrum der Brief- und Fahrpost ausbauen ließen. 1867 ging es nach der Annexion Frankfurts an Preußen und wurde zur Residenz der preußischen Oberpostdirektion. 1871 nach der Reichsgründung, wurde es Reichseigentum, unter dem das Gebäude 1879 als staatlich betriebene Post seine fünfte und letzte Fassade im Stil der italienischen Renaissance erhielt. 1887 bis 1892 wurde es mit den Nachbarhäusern Weinhaus Drexel und

Russischer Hof zu einem einzigen Postgebäude zusammengefasst. Der Hof des Roten Hauses war in der Biedermeierzeit das Zentrum des Frankfurter Reiseverkehrs: Von hier aus fuhren die Postkutschen in der ersten Hälfte des 19. Jahrhunderts hinaus in alle Richtungen. Für den Bau des neuen Postamtes wurden die Gebäude abgerissen.

### Kapitel: Überraschung und der Nikolaus

* **Gängelche** – bezeichnet im Frankfurter Dialekt einen schmalen Gang. Historisch verbanden zwei solcher Gänge die Schwanheimer Straße mit der Frankfurter Straße: Das heute nicht mehr existierende Merkels Gängelche, gelegen in Höhe der Odenwaldstraße, sowie ein Stück weiter unten in Richtung Frauenhof das noch bestehende Franze Gängelche. Letzteres befindet sich an der ehemaligen Schlosserei Franz, die heute als Marlis von Kessler Bauschlosserei bekannt ist, lokalisiert zwischen der Schwanheimer Straße 48 und Hausnummer 46, und wird auch heute noch gerne als Abkürzung genutzt.

### Kapitel: Weihnachtsmarkt

* **Bethmännchen** – bestehen aus Marzipan, welches aus Mandeln, Zucker und Rosenwasser hergestellt wird. Das Marzipangebäck aus Frankfurt, ist für seine Weihnachtszeit-Beliebtheit und drei halbierte Mandeln als Verzierung bekannt, die an die drei Söhne der Bankiersfamilie Bethmann-Hollweg erinnern. Ursprünglich vom französischen Konditor Jean Jacques Gautenier für die Familie Bethmann kreiert, symbolisierten vier Mandelhälften ursprünglich die vier Söhne, bis nach dem Tod eines Sohnes die Anzahl auf drei reduziert wurde.
Eine charmante Anekdote verbindet sie mit Napoleon, der bei einem Besuch um „die kleinen Bethmännchen" gebeten haben

soll, was zur Namensgebung beigetragen haben könnte, obwohl dies mehr Legende als belegte Geschichte ist.

* **Brenten** - eine traditionsreiche Teegebäckspezialität aus Frankfurt am Main, blicken auf eine lange Geschichte zurück, die bis ins Mittelalter reicht. Im Wesentlichen werden sie aus dem gleichen Marzipanteig gefertigt, der auch für die heute bekannteren und beliebteren Bethmännchen verwendet wird. Der Marzipanteig wird in sorgfältig geschnitzten Holzmodeln zu kleinen Plätzchen geformt und anschließend gebacken. Diese Model verleihen den Brenten verschiedenste Motive, ähnlich den Spekulatius, die ebenfalls mit Hilfe von Modeln hergestellt werden. Heute findet der Genuss von Brenten vornehmlich in der Advents- und Weihnachtszeit statt. In Frankfurt sind sie meist nur noch bei einigen wenigen, traditionellen Bäckereien und Konditoreien zu finden, und das in der Regel ab Ende Oktober.

* **Holzmodeln** - traditionell für die Prägung von Gebäck und Süßwaren genutzt, erzeugen mit feinen Schnitzereien detaillierte Muster auf Teig oder Marzipan. Diese Methode, tief verwurzelt in der Advents- und Weihnachtszeit, erstreckt sich über Jahrhunderte und war in Europa für Lebkuchen, Spekulatius und Springerle beliebt. Heute dienen diese Modeln nicht nur der Gebäckherstellung, sondern auch als Sammlerstücke, die die reiche Backkunstgeschichte zelebrieren.

**Kapitel: Ein frohes Fest**

* **Stille Nacht, heilige Nacht** – das Lied zählt zu den weltweit bekanntesten Weihnachtsliedern und gilt als Symbol für die festliche Tradition im deutschen Sprachraum. Dieses Lied wurde am 24. Dezember 1818 in der römisch-katholischen Kirche St. Nikola in Oberndorf bei Salzburg erstmals aufgeführt, wo heute

die Stille-Nacht-Kapelle steht. Die Melodie stammt von Franz Xaver Gruber, während der Text von Joseph Mohr verfasst wurde. Seit dieser ersten Aufführung wurde der deutsche Liedtext in 320 Sprachen und Dialekte übersetzt und weltweit gesungen. Joseph Mohr verfasste den Text 1816 als Gedicht.

* **Raunächte** (nach alter Rechtschreibung Rauhnächte) - die 12 Nächte, die zwischen Weihnachten und dem Dreikönigstag liegen, ergeben sich aus den letzten 6 Tagen (Nächten) des alten Jahres und den ersten 6 Tagen (Nächten) des neuen Jahres. Somit finden die Raunächte vom 25. Dezember bis zum 6. Jänner statt. Es gibt eine andere Variante, in der diese magischen Nächte bereits am Vorabend zum 21. Dezember beginnen – zur Wintersonnwende. Welche Variante richtig ist, darüber streiten sich die Geister.
Laut dem Glauben der Kelten stehen die Tore zur Anderswelt weit offen. Es ist eine Zeit, in der man mit den Ahnen Kontakt aufnimmt; eine Zeit für Rituale, aber auch für den Aberglauben.


## Kapitel: Raunächte

* **Elefant** - im April 1817 kam ein afrikanischer Elefant zur Messe und er wurde beworben als: Der einzige, welcher seit 50 Jahren aus Afrika nach Europa gebracht wurde.
Quellennachweise: Erwähnt in einem Artikel aus der Reihe: Frankfurter Zeitungs-Archäologie.
* **Bamberger Hof** - im 19. Jahrhundert war der Bamberger Hof eine gutbürgerliche Gaststätte mit schönem Biergarten. Es wird berichtet, dass selbst Napoleon nach seiner Niederlage in der Schlacht bei Hanau im Jahr 1813 dort für eine kurze Rast haltmachte. In Höchst bemerkte er, dass er seinen Hut vermisste, den er im Bamberger Hof liegen gelassen hatte. Dieser wurde ihm daraufhin durch einen Boten nachgesandt. Die Gaststätte wurde oft von Reichskanzler Bismarck besuchte. In den 20ern wurden

Maskenbälle im Tanzsaal gefeiert. 1944 wurde der Bamberger Hof völlig zerbombt und gleich nach dem Krieg wieder aufgebaut. Heute steht an seinem Platz das Hauptgebäude der Suchthilfe Fleckenbühl (Kelsterbacher Straße 14).

## Kapitel: In freudiger Hoffnung

* **Störche** - Bis zum Jahre 1865 befand sich in Niederrad ein Nest auf dem Schornstein der Kratz'schen, früher Lenz'schen Wirtschaft, Frankfurter-Straße 51. Seitdem sind die Störche nicht mehr dort gewesen. (Schultheiß May, Prof. Friedrich Carl Noll, Prof. Dr. phil. Naturforscher. Lehre 22.9.1832 Niederrad, † 14.1.1893)
So heißt es in einem der Berichte der Senckenberg Gesellschaft für Naturforschung von 1893 - Storchennester in Frankfurt am Main und dessen Umgegend. Von Dr. Julius Ziegler.

## Kapitel: Hochfest Pfingsten

* **Wäldchestag** - Schon spätestens seit dem 18. Jahrhundert ist es in Frankfurt Tradition, dass die Bürgerinnen und Bürger am Dienstag nach Pfingsten in den Stadtwald strömen, um ihren Nationalfeiertag, den "Wäldchestag", zu feiern. Dieses einzigartige Fest findet ausschließlich in Frankfurt statt und wurde bereits im Jahr 1792 erwähnt, wie ein Dokument aus dem Jahr 1831 belegt. Der genaue Ursprung des Wäldchestags ist bis heute nicht eindeutig geklärt. Möglich ist, dass der Anlass entweder der jährliche Pfingstaustrieb des Viehs mit anschließendem Waldpicknick der Knechte und Mägde oder die jährlichen Festumzüge der Handwerker waren, die in einem fröhlichen Beisammensein im Stadtwald endeten. Eine weitere Theorie besagt, dass der ursprüngliche Anlass des Volksfestes die im Jahr 1372 vom Kaiser an die Frankfurter Bürgerinnen und

Bürger erteilte Erlaubnis war, im Stadtwald Brennholz zu sammeln.

Seit dem Beginn des 19. Jahrhunderts zog es die Menschen alljährlich am Dienstag nach Pfingsten in großen Gruppen, ausgestattet mit Speis und Trank, in den Stadtwald. Dort ließen sie sich rund um das Forsthaus zu einem ausgedehnten Picknick nieder. Trditionell wurde er am Kaffeebrünchen (Mörfelder Landstraße, auf den Äbbelwei-Hiwwel (Apfelweinhügel) und dann am Kutschweg im Wäldche gefeiert. Wohlhabende Bürgerinnen und Bürger fuhren in ihren Kutschen vor und kehrten ins Wirtshaus des Oberforsthauses ein.

Das Gemälde Wäldchestag 1871 des deutschen Malers und Zeichners Johann Heinrich Hasselhorst (* 4. April 1825 in Frankfurt am Main; † 7. August 1904 ebenda) das im Historisches Museum Frankfurt am Main zu sehen ist, zeigt den damaligen Wäldchestag anschaulich.


## Kapitel: Familienzuwachs

\* Ausläufer" oder in der weiblichen Form "Ausläuferin", auch bekannt als Laufjunge oder Laufmädchen - Alte Berufsbezeichnung, bezeichnet Personen, die in einer Hauswirtschaft oder in einem Geschäftsbetrieb für den Laufdienst zuständig sind. Ihre Hauptaufgaben umfassen das Erledigen von Botengängen und das Besorgen verschiedener Dinge, die für den täglichen Betrieb oder den Haushalt notwendig sind.

\* Schlaf, mein Prinzchen, schlaf ein - ist ein bekanntes Wiegenlied aus dem deutschsprachigen Raum. Der Text stammt von Friedrich Wilhelm Gotter (*1746 – † 1797), einem deutschen Lyriker und Schriftsteller. Das Lied wurde oft Johann Friedrich Anton Fleischmann zugeschrieben, aber es gibt Hinweise darauf, dass die Melodie von Bernhard Flies, einem Berliner Arzt und Amateurmusiker des 18. Jahrhunderts, stammen könnte. Es ist möglich, dass die Melodie und der Text zu verschiedenen Zeiten entstanden und später zusammengeführt wurden.

**Quellennachweise:**
Wikipedia – Die freie Enzyklopädie
Wikiwand.com
Toengesgasse.de/historisches
brueckenbauverein-frankfurt.de
frankfurt-lese.de
frankfurt-sachsenhausen.de
Staats-Kalender der Freien Stadt Frankfurt: 1824
Staats-Kalender der Freien Stadt Frankfurt: 1827

**Quellennachweise Literatur:**
Werner Hardt: **Niederrads in Wort und Bild – von 1128 bis heute!** Vergangenheit, Frankfurt 2007
Werner Hardt: **Berichte und Geschichten aus Niederrads Vergangenheit**, Frankfurt 2011

**Zwischen Sandhof und Mainfeld:** Geschichte u. Gegenwart d. ehemaligen Dorfes u. heutigen Stadtteils Niederrad / von Hermann Mayenschein u. Michael Uhlig. Hrsg. von d. Frankfurter Sparkasse von 1822 (Polytechn. Ges.) 3., erweiterte Auflage.
2. Aufl. unter dem Titel: **Altes und neues Niederrad** von Hermann Mayenschein.

## Über Gabi Haug

Gabi Haug, Jahrgang 1961, lebt mit ihrem Mann in Frankfurt am Main.

Besuchen Sie Gabi Haug / in den sozialen Netzwerken und entdecken Sie alle Bücher der Autorin:

https://www.facebook.com/Gabis.Romane/
https://www.instagram.com/gabi.haug/